KB140960

티처

서맨사 다우닝
장편소설

신선해 옮김

서맨사 다우닝
장편소설

티처

벨몬트 아카데미의 연쇄 살인

For Your Own Good

1부

1

'진상'은 특유의 악취가 있다. 싸하고 고약한, 가혹하다시피 한 구린내.

그 냄새가 점점 짙게 테디의 코를 찌른다.

제임스 워드가 진상의 악취를 풀풀 풍기며 문간에 나타난다. 땀구멍에서 뿜어져 나오는 구린내가 그의 정장에, 반들반들한 구두에, 터무니없이 새하얀 치아에 배어든다.

제임스가 손을 내민다.

"늦어서 미안합니다."

"괜찮습니다. 모두가 시간을 잘 지킬 수는 없지요."

테디의 대답에, 제임스의 얼굴에 걸려 있던 미소가 사라진다. "어쩔 수 없는 경우가 있지 않습니까."

"그럼요."

제임스는 학생들 책상에 앉는다. 평소에 테디는 학부모와 나란히 앉지만 이번만은 교실 앞 교사 책상에 앉는다. 의자가 비스듬히 놓여 있어 벽에 걸린 상패가 제임스의 시야에 바로 들어온다. 지난주에 도착한, 테디의 '올해의 교사' 상패다.

테디가 운을 뗀다.

"잭 얘기를 하고 싶으시다고요."

"그 녀석 중간과제에 대해 의논드릴 게 있어서요."

잭이 제출한 에세이 '『위대한 개츠비』의 데이지 뷰캐넌: 그 정도 가치가 있는 인물인가?'와 채점기준표가 테디의 책상에 나란히 놓여 있다. 테디는 제임스를 힐끗 올려다본다. "흥미로운 주제였어요."

제임스의 표정은 바뀌지 않는다. "B 플러스를 주셨더군요."

"예, 그랬습니다."

"테디." 제임스는 적당히 미소를 지어 보인다. 다른 사람들처럼 '크러처 선생님'이라고 부르지도 않고 '시어도어'라고 하지도 않는다. 마치 친구 사이인 것처럼 그냥 '테디'다. "대학 입시에 3학년(미국 학제는 지역마다 다른데 대개 초등 5년, 중등 3년, 고등 4년으로 이루어진다. ─옮긴이) 성적이 얼마나 중요한지 아시죠?"

"잘 알지요."

"잭은 전 과목 A를 받는 우등생이에요."

"그렇게 알고 있습니다."

"저도 이걸 읽어봤어요." 제임스는 허리를 펴고 상체를 약간 젖힌다. 긴 논의를 위한 준비 자세다. "잘 썼던데요. 창의력이 상당히 돋보이더라고요. 이제껏 다뤄진 적 없는 주제를 생각해내려고 애가 무척 고심했어요. 무한정 분석됐던 책에 색다른 시각을 부여하고자 했지요."

'무한정.' 이 단어가 허공에 걸린 채 시계추처럼 흔들린다.

테디는 대답한다. "전부 맞는 말씀입니다."

"그런데도 점수는 B 플러스네요."

"괜찮은 에세이였습니다. 괜찮은 에세이는 B를 받지요. 뛰어난 에세이가 A를 받습니다." 테디는 채점기준표를 집어 제임스에게 내밀어 보인다. "세부 기준을 직접 보시죠. 문법, 구조, 기법······. 전부 여기 있습니다."

기준표를 받으려고 엉거주춤 일어나는 제임스의 모습에 테디는 속으로 슬며시 웃음 짓는다. 두 손을 포개고서 가만히 지켜본다.

제임스가 종이를 들여다보려고 하는 순간 그의 휴대폰이 진동한다. 그는 전화기를 꺼내 들며 한 손가락을 세워 테디에게 기다리라 신호하고는 일어나 교실 밖으로 나가 전화를 받는다.

혼자 남은 테디는 시간에 대해 생각한다. 그의 시간이 허비되고 있다.

상담을 청한 쪽은 제임스다. 굳이 방과 후 저녁 시간을 택한 쪽도 제임스다. 테디는 응할 수밖에 없다. 학부모의 이런 요구를 무한정 상대해야 한다.

휴대폰 화면을 응시하며, 흐르는 시간을 잰다. 자신이 무턱대고 일어나 나가버렸다면 과연 제임스는 어떻게 반응했을지 궁금하다.

불행히도 그는 그럴 수 없다.

테디가 나가버리면 제임스는 교장한테 전화해 불평할 것이다. 그러면 교장이 테디를 불러 학부모가 내는 학비에 당신의 급료가 포함돼 있노라 일깨울 것이다. 벨몬트는 공립학교가 아니다.

물론 그런다고 잘리지는 않는다. 불과 6개월 전, 다행히도 '올해의 교사'로 뽑혔으니까. 그렇지만 골치는 아플 텐데 그런 일이라면 사양이다. 지금은 안 된다.

그래서 그냥 기다린다. 시간을 재면서. 하릴없이 벽만 바라보면서.

교실은 잘 정돈돼 있다. 휑하다고나 할까. 테디의 책상 위엔 잭의 에세이, 펜 한 자루와 노트북 한 대 말곤 아무것도 없다. 벽에도 영감을 주는 포스터나 달력은 없고 테디가 받은 상패만 떨렁 걸려 있다.

벨몬트 아카데미는 오래된 학교로, 건물은 짙은 색 판자벽에 묵직한 문, 마룻바닥으로 돼 있다. 근래에 추가한 시설이라곤 문가에 쌓인 보관함뿐이다. 수업 중에 학생들이 휴대폰을 넣어두는 곳이다. 테디가 끈질기게 주장해 이사회의 승인을 얻어냈다. 지금은 다른 교사들도 그에게 고마워한다.

보관함을 설치하기 전에는 학생들이 수업 시간 내내 휴대폰을 사용했다. 그러다 몇 년 전, 테디가 한 학생의 휴대폰을 부숴버렸다. 값비싼 수업이었다.

제임스가 나가고 5분이 지났다. 테디는 손톱 거스러미를 뜯기 시작한다. 고등학생 때 생겼고 나이를 먹으며 고친 버릇인데 지난여름에 도졌다. 그러는 자신이 싫지만 그만둘 수 없다.

시간은 계속 흐른다.

제임스나 다른 학부모가 그를 기다리게 만들 때마다 분당 1달러씩 지불했다면 그는 진즉 교편을 놓았을 것이다. 교직은 물론이고 아무 일도 하지 않아도 되었으리라.

11분이 지나고서야 제임스가 도로 들어온다.

"미안합니다. 기다리던 전화라서요."

"괜찮습니다. 연락이 끊기는 걸 못 견디는 사람들이 있더라고요."

"때론 연락 끊기가 불가능하기도 하죠."

"그럼요."

제임스는 다시 자리에 앉고서 말한다. "단도직입적으로 말씀드리죠. 우리 애 에세이를 어떻게 조치할 방법이 있을까요?"

"조치라 하면 아버님, 잭의 점수를 고쳐달라는 말씀이신지요?"

"흠, 제가 보기엔 A짜리 에세이였거든요. 어쩌면 A 마이너스? 어쨌든 A요."

"무슨 말씀인지 알겠습니다. 아이의 점수와 미래에 대한 아버님의 염려도 충분히 이해하고요. 하지만 제가 점수를 고칠 경우 어떻게 될지 상상이 되시나요? 얼마나 불공평한 처사일지 아시지 않습니까. 다른 학생들은 물론이고 학교에도요. 교사가 아닌 학부모의 생각을 기준으로 채점하기 시작한다면 저희가 직분을 다하고 있는지 어떻게 알겠습니까? 우리 학생들이 교과 내용을 익히고 학습 수준을 높여가고 있다는 걸 알 방법이 없다고요. 바로 그것이, 아버님, 벨몬트의 근간인걸요." 제임스의 당황한 표정을, 이제는 좀 전처럼 거들먹대지 못하는 그의 태도를 사뭇 통쾌하게 여기며 테디는 잠시 뜸을 들였다가 말을 잇는다. "해서 전 아드님의 점수를 고치지 않을 겁니다. 이 학교의 본질을 위협하는 짓이니까요."

무거운 정적이 흐르는 가운데 벽시계 분침이 움직이며 째깍 소리를 낸다.

제임스가 목청을 가다듬는다. "죄송합니다. 선생님께 그런 부담을 드릴 뜻은 없었어요."

"사과는 받아들이겠습니다."

그러나 제임스는 이대로 물러서지 않는다. 학부모는 물러서는 법이 없다.

"잭이 할 수 있는 보충 과제가 있을 듯한데요. 다른 책을 읽고 과제를 또 제출한다든가?"

테디는 어쩔까 생각하며 자기 손을 물끄러미 내려다본다. 검지 거스러미는 이미 너덜너덜하고, 지금은 겨우 학기 중반이다.

이윽고 그가 입을 연다. "어쩌면요. 생각을 좀 해보겠습니다."

"그거면 됩니다. 고맙습니다. 저도, 잭도요."

잭은 자기 자신 말곤 누가 됐건 뭐가 됐건 고마워할 줄 모르는 재수 없는 자식이다. 녀석이 A를 받지 못한 건 바로 그래서다.

녀석의 에세이는 썩 괜찮았다. 실은 오지게 괜찮았다. 녀석이 더 나은 인간이었다면 더 나은 성적을 받았을 것이다.

2

주차장엔 테디의 고물 사브만 덩그러니 남아 있다. 다른 교직원은 물론이고 운동부원들까지 전부 빠져나갔다. 오늘은 그가 마지막이다. 열쇠로 차 문을 열고—그의 차에는 전자 장치가 없다—뒷좌석에 서류 가방을 던져 넣는다.

"크러처 선생님?"

불쑥 들리는 목소리에 테디는 놀라 펄쩍 뛴다. 방금까지도 주차장이 텅 비어 있었는데 난데없이 그의 등 뒤에 웬 여자가 서 있다.

"죄송해요. 놀라시게 하려던 게 아닌데."

여인은 큰 키에 통통한 체격이다. 짙은 색 단발머리, 자주색 립스틱, 심플한 디자인의 푸른 원피스, 하이힐. 손에 든 핸드백이 아주 비싸 보인다. 비싼 걸 알아볼 정도로 테디는 그런 가방을 자주 봤다.

"예?" 테디가 말한다.

"파멜라 워드입니다. 잭 엄마예요."

"아, 안녕하세요." 테디는 허리를 좀 더 편다. "전에 뵌 적이 있던 가요?"

"아뇨, 처음 뵙네요."

그녀가 악수를 청하며 다가서자 향수 냄새가 훅 끼친다. 치자꽃 향이다.

테디는 악수하며 말한다. "아버님과 길이 엇갈리셨나 봅니다. 20분쯤 전에 가셨는데요."

"알아요. 그이한테 들었어요."

"예, 저희는……."

"같이 찾아뵙지 못해 아쉬워요. 일이 잘 처리됐는지 확인하고 싶어서 잠깐 들렀답니다." 그녀는 테디의 눈을 똑바로 들여다본다. 거침이 없다. 교사인 테디를 어려워한다거나 이런 시각 주차장에 단둘뿐인 것을 두려워하는 기색도 없다.

"처리요?" 테디가 묻는다.

"선생님께서 잭에게 최선인 방향으로 신경 써주실지를 확인하고 싶었어요."

질문이 아니다.

"물론입니다. 전 뭐든지 학생들에게 최선이길 바라니까요."

"고맙습니다. 이해해주셔서 감사해요. 편안한 저녁 보내세요."

"어머님도요. 만나뵈서 반가웠습니다."

고개를 까딱하고 그녀는 뒤돌아 간다.

이제야 테디의 눈에도 그녀의 차가 보인다. 주차장 건너편에 있다. 검은색 크로스오버라 밤에는 어둠에 묻혀 거의 보이지 않는다.

그녀도 마찬가지.

자기 차에 올라탄 테디는 주차장을 빠져나가는 그녀의 차를 백미러로 지켜본다.

이제껏 테디는 제임스 워드나 파멜라 워드를 만난 적이 없었다. 잭이 3학년생임을 생각하면 이는 흔치 않은 일이다. 오리엔테이션, 학부모의 밤, 각종 모금 행사와 스포츠 경기까지 테디는 어떻게 해서든 반드시 참석한다. 모두가 테디 크러처를 알고 대개는 그의 아내 앨리슨도 만나본 적이 있다.

제임스가 한번 만나고 싶다는 이메일을 보내온 건 의외였다. 테디는 즉시 온라인 검색에 들어갔고 그가 금융 쪽에서 일한다는 것을 알아냈다. 놀라울 건 없었다. 벨몬트 학부모의 태반이 금융가에서 일하니까. 직업을 알고 나니 제임스에 대한 호기심이 줄었다. 흔하디흔한 학부모에 지나지 않는다. 다루기 어렵지 않은.

이제 테디는 제임스를 조금 더 알게 되었다. 그의 아내도 만났고. 별로 중요한 건 아니다. 이렇게 알게 된 사실을 유리하게 써먹지 않는 한에는.

▶ ▷ ▶ ▷

정면에서 보면 테디의 집은 마치 폐가처럼 보이기도 한다. 울타리 판자는 군데군데 부서졌고 정원에는 잡초가 무성하며 포치도 기울어졌다. 테디와 아내는 손봐서 쓸 생각으로 애초에 허름한 집을 구입해 전기, 배관, 지붕 공사를 시작했다. 공사 하나하나에 돈도 시간도 예상보다 많이 들었다. 돈과 의욕 중에 뭐가 먼저 바닥났는지 지금도 잘 모르겠는데, 어쨌든 집수리는 수년 전에 중단되었다.

그나마 내부는 좀 낫다. 이사하기 전에 방을 칠하고 바닥재도 새로 깔았다.

앨리슨, 하고 외치려다 멈칫한다.

아내를 불러도 소용없다.

큰 집을 소유해서 좋은 점은 부부가 각자 자기만의 방을 가질 수 있을 만큼 공간이 넉넉하다는 것이다. 앨리슨의 방은 집 뒷벽에 면해 있다. 원래 계획대로라면 뒤뜰과 연못을 내다볼 수 있어야 하지만 계획은 실현되지 않았다.

테디의 방은 집 전면 모퉁이에 있다. 그 방에 머무르며 푸릇푸릇한 잔디밭과 새로 칠한 울타리를 바라보게 될 줄 알았다. 그러나 그는 창문에 커튼을 쳐놓고 지낸다.

그의 받은메일함엔 학생들이 보낸 이메일이 잔뜩 쌓여 있다. 보나 마나 과제 때문이다. 기한을 연장해달라, 명확하게 설명해달라, 구체적으로 짚어달라……. 항상 뭔가를 바란다. 요즘 학생들은 시키는 대로 그냥 하는 법이 없다. 꼭 뭔가 더 요구한다. 두 번, 세 번, 심지어 네 번에 걸친 설명이 테디 일의 반을 차지한다.

오늘 밤은 학생들의 이메일을 무시하고 기다란 잔에 우유를 따른다. 유제품은 늘 논란의 대상이라 자주 마시지는 않지만 그는 우유를 좋아한다. 오늘은 특별히 마시기로 한다. 잭 일을 어떻게 처리할지 생각하는 데 도움이 될 것이다.

3

잭은 위층 자기 방에서 역사 과제와 온라인 채팅을 동시에 하는 중이다. 아버지의 문자 메시지가 그를 방해한다.

좀 내려와봐.

아빠가 온 줄 몰랐었다. 차가 들어오는 소리도 못 들었다. 잭은 친구인 루커스에게 보낼 문자를 찍는다.

나는 이만. 내려오라는 분부시다.

루커스는 펑 터지는 폭탄 이모티콘으로 답신한다.

아래층으로 향하며 잭은 무슨 일이 있어도 입을 열지 말자고 다짐한다. 묵묵부답이 상책이다. 꼭 필요한 경우가 아니라면. 뭘 하셨건 부모님 선에서 끝난 일이다. 이제 와서 따진들 아무 소용없다.

"여기다." 거실로 들어서는 그를 향해 아빠가 손짓한다. 재킷만 벗었을 뿐 아직 정장 차림이다. 엄마도 아침에 출근할 때와 똑같은 차림새에 신발만 벗은 모습이다.

잭의 외모는 부모님을 고루 닮았다. 풍성한 머리숱과 턱선과 보조개는 아빠에게서, 눈매와 긴 속눈썹은 엄마에게서 물려받았다. 다시 말해 아빠와 엄마의 장점만 골라 닮았다. 유전자 조합 면에서 행운아임을 잭 자신도 잘 안다.

"앉아라." 아빠가 말한다.

잭이 소파에 앉자 엄마와 아빠도 양옆에 앉는다. 이러니 꼼짝 못 하게 갇힌 기분이다.

아빠가 말한다. "아까 네 영문학 선생님을 뵙고 왔다. 엄마는 일찍 퇴근할 수 없는 상황이었거든."

"근데 엄마도 늦게나마 가서 뵀단다." 엄마가 아빠를 날카롭게 쏘아보며 덧붙인다. "그러니까 우리 둘 다 선생님하고 말씀 나눈 거지."

"크러처 선생님 말이야, 재미있는 분이더구나."

잭은 아무 말도 하지 않는다. 아빠가 던진 미끼를 물지 않을 셈이다.

"네 에세이에 대해 아주 유익한 대화를 나눴다. 채점기준표를 보여주시더라. 아빠는 선생님이 놓치셨을지도 모를 몇 가지를 짚어드렸고. 아빠가 말씀드린 점들은 선생님도 대체로 수긍하셨어."

아빠가 말을 끊자 엄마가 이야기를 잇는다.

"엄마하곤 그리 길게 이야기한 건 아니지만 크러처 선생님도 네 과제에 대한 평가를 재고할 의향이 있어 보였어. 선생도 실수할 수 있다는 걸 이해하시는 것 같더라."

크러처가 자기 실수를 인정했다고? 그럴 리가. 하지만 아빠 엄마는 그렇다고 믿는 눈치다.

다시 아빠가 말한다. "아빠는 네 에세이 문제로 선생님과 대체로 합의에 이를 수 있었다고 본다. 이미 에세이를 돌려준 마당에 당장 네 점수를 바꿔주기는 그렇고, 대신에 추가 과제를 내시겠대. 네가 뭔가를 더 해서 추가 점수를 따내야 한다는 얘기다. 그러면 별다른 잡음 없이 네 점수를 B 플러스에서 A 마이너스로 올릴 수 있어."

한마디로 크러처가 거절했다는 얘기다. 놀랍지도 않다. 잭은 영문학 선생이 자길 얼마나 싫어하는지 안다. 그게 참 이상하다. 잭은 선생들에게 늘 총애받는 학생인데. 크러처 이전에는 선생과의 불화가 단 한 번도 없었다.

B를 받은 적도 없었다. 플러스건 마이너스건 간에.

엄마가 말한다. "우린 이게 지금 상황에서 가능한 최선이라고 생각해. 네 내신 점수는 아무 일 없이 잘 유지될 거야."

잭은 엄마의 표현에 실소하지 않으려 애쓰며 고개를 주억인다. 크러처를 설득해 점수를 고치게 했다면야 더할 나위 없었을 텐데. 둘 다 크러처를 설득하지 못했지만 엄마도 아빠도 절대 인정하지 않겠지.

아빠가 말하듯 '실패는 착각일 수 있으니까'.

이건 아빠가 '워드 어록'이라 일컫는 본인의 숱한 개똥철학 중

하나다. 잭은 평생 지겹도록 워드 어록을 들었다. 대부분 쓸데없는 소리다.

아빠도 엄마도 잠자코 잭을 쳐다본다. 아들이 입을 열길 기다리는 것이다.

"고마워요."라고 그는 대답한다.

엄마가 말한다. "고맙긴. 엄마 아빠가 항상 도와주리란 거 알잖니."

말해 무엇하랴. 아들을 아이비리그로 보내기 위해서라면 물불을 가리지 않겠지. 그렇지만 이번만큼은 부모님의 도움이 달갑지 않았다. 아빠 엄마가 크러처를 만나는 것도, 점수를 고쳐달라고 부탁하는 것도 잭이 원한 일은 아니었다. B 플러스 따위가 무슨 대수라고. 고작 과제 하나 아닌가. 학기 성적도 뭣도 아니다.

하지만 부모님은 "아니지. 우리가 바로잡을 수 있어."랬다.

그렇게 바로잡은 결과로 잭이 할 일이 늘었다. 과제는 부모님이 하는 게 아니다. 게다가 크러처는 그를 더 싫어하게 됐을 것이다.

완벽하네.

"추가 과제가 뭔지 말씀하셨어요, 크러처 쌤이?"

잭의 질문에 아빠가 답한다. "아니. 생각해보시겠다는구나. 너한테 직접 말씀하실 것 같은데."

"아무 말씀 없으시면 엄마 아빠한테 얘기해."

엄마의 말에 잭은 끄덕인다. 예, 예, 그래야죠.

"이번 과제는 제출하기 전에 같이 검토해보자꾸나."

아빠의 말에도 잭은 끄덕인다. 그럴 일은 없을걸요.

아빠 휴대폰이 울린다. 아빠는 재킷 주머니에서 휴대폰을 꺼내고 엄마한테 고갯짓한 다음 거실 밖으로 나간다.

"저녁은 먹었니?" 엄마가 묻는다.

저녁 8시다. 당연히 먹었다. 거의 매일 그렇듯 혼자서. 잭은 대답한다. "어."

"잘했네." 엄마는 미소 지으며 잭의 무릎을 토닥인다. "일단 할 얘기는 다 한 것 같구나. 크러처 선생님 일은 계속 업데이트 해주렴."

"알았어."

거실에서 나오니 복도에 아빠가 있다. 휴대폰에 대고 누군가에게 호통을 치고 있는데 잭은 무슨 일인지 관심 없다. 더는 엿들을 생각도 없다. 아빠의 대화는 따분해진 지 오래다.

위층 자기 방으로 돌아온 잭은 아직 루커스가 접속해 있는지 확인한다. 없다. 다른 애들 두어 명도 찾아보지만 없어서 역사 과제를 이어 쓰기로 한다. 그러나 좀처럼 집중하기 어렵다. 추가 과제가 자꾸 신경 쓰인다. 크러처가 기한을 얼마나 주려나.

아직 이른 저녁인데도 피로감이 빠르게 몰려온다. 크러처와 부모님 사이에서 잭은 핀볼처럼 이리저리 치이는 느낌이다.

휴대폰을 집어 친구인 코트니에게 문자를 보낸다.

우리 엄빠는 구려.

1분 후 답신이 온다.

딱히 놀라운 소식은 아닌걸.

그냥 좀 빠져줬음 좋겠어.

10대의 불안이 널 유일한 눈송이로 만들어주는 건 아냐.

또 〈도슨의 청춘일기〉를 보는 중인가 보다. 코트니가 취했을 때 즐겨 하는 짓이다.

잭은 굳이 대꾸하지 않는다. 이 대화를 계속하다간 코트니는 그의 부모님을 '쌍꼰대'라 칭하고 잭은 휴대폰을 창밖으로 내던질지도 모른다.

침대에 벌러덩 누워 천장에 달린 모던한 비대칭 조명을 바라본다. 엄마가 고른 조명이다. 잭은 그 조명이 싫다. 이 방의 가구, 카펫, 벽도 싫다. 더 짙거나 옅을 뿐 온통 회색이다. 이 방에 들어설 때마다 마치 음울한 먹구름으로 들어가는 것 같다.

2년이 채 안 남았다. 정확히 22개월 후, 잭은 벨몬트를, 이 집을 벗어나 대학교로 떠날 것이다. 어느 대학일지 지금 이 시점에선 알 바 아니다.

'닥치고 웃어라.'

이건 아빠의 어록이 아니다. 벨몬트 학생이라면 누구나 아는, 말하자면 벨몬트 어록이다. 그것이 벨몬트 아이들의 생존 전략이다.

4

어제 이전까지 테디에게 잭은 수업 중에 휴대폰을 제출하는 걸 '노골적으로' 불만스러워하는 밉상 학생일 뿐이었다. 늘 교실 한가운데 앉아 히죽거리며 실없는 농담을 던진다든지 빈정거린다든지, 하여간 어떻게든 관심 끌 짓 할 기회를 노리는 녀석.

부모를 만나보고 나니 녀석이 한층 더 싫다. 뭔 탈이 나도 아빠가 보호해줄 것이다. 믿는 구석이 있다, 이거지.

"방식을 좀 바꾸려고 한다." 테디가 선언하자 학생들이 주목한다. "다음 책은 너희가 직접 고르게 하기로 했다."

과장된 몸짓으로 그는 칠판을 덮었던 스크린을 올린다. 여느 교사와 달리 테디는 칠판과 스크린을 모두 사용한다. 스마트보드는 쓰지 않는다.

칠판에는 두 개의 책 제목이 적혀 있다. 테디는 학생들에게 읽을 시간을 준다. 몇몇은 두 제목을 공책에 적지만 나머지는 그냥 쳐다보기만 한다. 선택권이 주어진 것이 아마 얼떨떨하겠지.

"고른 사람?" 테디가 말한다.

세 명이 번쩍 손을 든다. 항상 손을 드는 그 세 명이다. 테디는 개중 덜 나대는 아이를 지목한다.

"코너. 넌 어떤 게 더 좋아?"

"『모비 딕』이요."

그러자 몇몇이 슬며시 웃는다. 휴대폰이 없어도, 다른 책보다 이게 더 짧고 읽기 쉽다는 걸 알기 때문이다.

그 아이들 생각이 맞다.

두 명이 아직 손을 내리지 않았지만 테디는 못 본 체한다. 교실을 휘휘 둘러보다 맨 뒷줄에 시선을 고정한다. 거긴 '투명 인간'들 자리다. 되도록 눈에 안 띄고 싶어 하는 학생들을 그는 투명 인간이라 부른다.

"캐서린."

학생이 고개를 홱 쳐든다. 그가 부르기 전에는 내내 책상만 내려다보고 있었다.

"의견을 내보겠니?"

학생의 시선이, 아마 이제야 처음으로 칠판을 향한다. 작은 체구에 금발, 피부색도 창백한 캐서린은 정말이지 투명에 가까운 존재다.

"음." 그녀가 말한다.

"음?"

"죄송해요. 그러니까 전…… 아뇨, 의견이 없어요."

의견이 있는 적이 없는 아이다. 테디가 물끄러미 쳐다보자 캐서린은 눈길을 돌린다.

마침내 그의 눈길이 잭을 향한다. 녀석은 자기와 대각선 자리에 있는 여자애를 보고 있다. 여자애의 다리에서 눈을 떼지 못한다.

테디가 그를 부른다. "잭, 네 생각은 어때?"

잭이 눈을 든다. 흠칫하는 기색도 없다. 녀석은 빙글거리며 대답한다. "분명 둘 다 훌륭한 책일 거예요."

어디선가 한 여학생이 키득거린다.

"하지만 하나를 꼭 골라야 한다면, 제 생각엔『모비 딕』이 더 좋은 것 같아요. 유의미한 작품이죠. 요즘은 환경이 워낙 중요하니까요. 특히 바다가요."

학생 몇 명이 박수를 보낸다. 나머지는 눈알을 굴린다.

찰스 디킨스의『황폐한 집』을 읽고 싶은 학생은 거의 없다. 그도 그럴 것이,『모비 딕』보다 15만 단어나 많으니까.

"고맙다, 잭. 다른 사람?"

아무도 손을 들지 않는다.

완벽하다. 테디가 계획한 그대로다.

▶ ▷ ▶ ▷

대부분의 교실에서 멀찍이 떨어진 2층의 교사 휴게실은 교내에서 손꼽게 안락한 공간이다. 플러시 천 의자에 진짜 접시와 컵이 구비돼 있는 데다 이따금 공짜 간식거리도 제공되고 커피는 떨어지는 법이 없다. 테디는 쉬는 시간마다 이 휴게실을 찾는다. 말동무 따위를 원해서는 아니다. 그가 좋아하는 커피 블렌드 '프라임 볼드'가 있는 유일한 장소라서다.

오후 쉬는 시간에는 휴게실이 붐비고 커피 머신 앞에 줄이 조금 생긴다. 다들 커피 머신 두 대로는 부족하다고 입을 모은다.

테디는 프랭크에게 미소 지으며 눈인사를 보낸다. 풋볼 선수 출신인 프랭크는 수학을 가르친다. 일과 커피와 종교에 열정적인 젊은이다. 벌써 학교에서 신앙에 대해 이야기하지 말라는 경고를 받았을 정도다.

프랭크가 커피 캡슐 선반을 가리키며 말한다. "제가 골고루 다 맛을 봤는데요, 자꾸 에티오피안 로스트를 다시 찾게 되더라고요. 너무 강하지도 너무 약하지도 않잖아요, 그쵸?"

"그렇죠."

"게다가 에티오피아 사람들을 도울 수도 있고요. 우리는 가난한 이들을 도와야 해요."

새된 고함이 둘의 잡담을 뚫고 울린다.

"골드 로스트가 정말 하나도 없다고?"

중년의 과학 교사 민디다. 상당히 예민한 여자다. 커피를 마셨건 안 마셨건 간에.

"그럴 리 없잖아."라면서 그녀는 캐비닛을 죄다 열어본다. 다른 교사가 그녀의 수색을 거든다.

테디는 커피 머신 쪽으로 가서 프라임 볼드를 내린다.

"아까 왔을 때는 분명 상자에 반은 차 있었는데!" 민디는 온 캐비닛을 요란하게 뒤진다.

"그새 다 떨어졌나 보죠." 다른 누군가가 말한다.

"말도 안 돼. 그럴 리 없다니까요."

테디의 커피가 다 되었을 때 민디는 누가 골드 로스트를 훔쳐간 게 틀림없다고 못 박는다. "여긴 아무나 드나들 수 있잖아요. 처음 있는 일도 아니고."

그렇다. 몇 년 동안 비품이 숱하게 사라졌다. 때로는 범인을 찾아냈고 때로는 미제로 남았다. 하지만 그 누구도 구태여 커피 캡슐을 훔치지는 않았다.

테디를 제외하고는. 그래도 '훔쳤다'는 표현은 좀 강한 것 같다. 이따금 커피 캡슐 몇 개를 주머니에 슬쩍 넣었을 뿐이다. 나중에 사용하려고. 물론 교사 휴게실에서 말이다. 대부분은.

그러나 민디의 주장은 그게 아니다. 그녀는 사람들이 커피를 한꺼번에 왕창 훔친다고 여긴다. 모든 캐비닛을 최소 두 번씩은 이 잡듯 뒤지고 나서 씩씩대며 휴게실을 나선다.

테디는 커피를 홀짝이며 빙그레 미소 짓는다. 그날의 활력소로 약간의 흥분만 한 건 없다.

프랭크가 에티오피안 로스트를 내리며 중얼거린다. "오늘 수업 중에 뭔 일이 있으셨나. 틀림없이 웬 녀석이 말썽을 부렸겠죠."

테디가 뭐라 대꾸할 틈도 없이 소니아 벤저민이 휴게실로 들어온다. 슬림 로스트 캡슐을 꺼내 들고서 모두에게 미소를 보낸다.

"두 분 오늘 어떠세요?" 그녀가 테디와 프랭크에게 인사조로 묻는다.

"좋습니다." 프랭크가 답한다.

29

"아주 좋아요." 테디도 답한다.

"잘됐네요, 다행이에요. 참 멋진 날이잖아요, 그렇죠?" 소니아의 미소는 그녀가 커피에 넣는 인공 감미료처럼 가식적이다. 그녀가 젓는 티스푼이 컵 안쪽 면에 닿으며 짤그락거린다. 계속해서.

프랭크가 답한다. "맞아요, 오늘 날씨가 참 좋아요."

소니아가 다시 한번 환한 미소를 날린다. "정말로요."

그러고서 나간다. 오늘 그녀가 입은 원피스가 콧물처럼 누리끼리하지만 그런 감상은 테디의 생각에서 금세 사라진다. 그는 그녀의 자만에 찬 표정을 떠올린다. 소니아는 언제나 한결같이 그 표정이다.

프랭크가 고개를 가로젓는다. "흠, 오늘 누가 소니아 쌤 커피에 뭘 탔나 본데요."

"그런가 봅니다." 테디가 말한다.

하지만 아니다. 아무도 그녀의 커피에 뭘 타지 않았다. 적어도 오늘은. 전에 테디가 그런 적은 있지만.

5

테디는 투표 방식을 궁리하느라 오랜 시간을 보낸다. 일단 거수 투표가 어떨까 싶다. 구미 당기는 방식이다. 누가 어떤 책을 고르는지 학생들이 볼 수 있다는 점이 마음에 든다.

그런데 그렇게 하면 왜곡된 결과가 나올 위험이 있다. 아이들이란 대개 줏대가 없어서, 자기가 동경하거나 무시하는 아이의 선택을 보고 마지막 순간에 의견을 바꿀 가능성이 있다. 선택지가 뻔하니 그럴 확률은 낮지만 아예 없는 건 아니다.

그렇다면 비밀 투표다. 그래야 한다.

테디는 저녁 내내 차를 홀짝이며 투표용지를 디자인한다. 오늘은 우유를 마시지 않는다. 유제품은 특별한 경우에만 허용한다. 부담스러운 음식이라 몇 시간 동안 변기통을 붙들고 있게 만드니까.

그렇지만 오늘은 아니다. 오늘 밤 그는 넓고 횅한 집 안의 자기 방에 앉아 되도록 아내 생각을 하지 않으려 애쓴다.

아냐, 아냐. 안 된다니까.

아내 생각은 하지 않겠다. 앨리슨을 떠올리느니 차라리 이메일을 읽고 말지. 손톱 거스러미에서 억지로 손을 떼고 받은메일함을 연다. 이메일은 하나같이 지루하고 뻔하며 답하기 쉽다. 아내와는 정반대다.

아주 가끔, 흥미로운 메일을 받는 날이 있다. 오늘은 말하자면 이메일 복권에 당첨된 날이다.

발신인은 예전 제자다. 벨몬트에 다닐 자격이 없는 형편없는 계집애. 수업을 듣지도 않고 참여 의지도 없는 데다 입만 열었다 하면 잘난 척을 해대는. 팰런 나이트는 잭 워드 100명에 맞먹는 녀석이었다. 빌어먹을, 그런데 그 애가 제출한 에세이는 테디가 본 중 단연 최고였다. 녀석은 고등학교 4년 내내 모든 과목에서 우수했다. 테디도 녀석의 에세이엔 전부 A를 줄 수밖에 없었다. 다만 언제나 A 마이너스였다.

그래도 우주는 잘못된 것을 바로잡을 방법을 반드시 찾아낸다. 팰런의 경우는 테디에게 추천서를 써달라고 부탁했을 때였다.

그 추천서를 쓰는 건 즐거웠다.

테디는 팰런의 평소 태도와 수업 시간의 행동, 타고난 엘리트주의를 상세히, 아낌없이 기술했다.

아울러 그녀의 부정행위가 의심된다는 견해를—아마도 살을 붙여—덧붙였다. 팰런이 지원하면 어떤 자리든 따놓은 당상이었다. 이사회 학생 대표? 팰런 나이트. 학부모 협의회 학생 대표? 팰런 나이트. 하계 연수 프로그램 후보자? 역시나 팰런 나이트.

분명 무슨 수를 썼던 거다. 어쩌면 부모가 배후에서 영향력을 행사했는지도. 테디의 기준으론 그 또한 부정행위나 다름없었다. 그래서 추천서에도 그렇게 썼다.

추천서를 학생에게 직접 주는 교사가 많다. 테디는 아니다. 그가 작성한 추천서는 곧장 대학교 입학처로 보낸다. 팰런의 추천서는 그녀가 지원한 모든 대학으로 발송되었다.

단 한 군데도 그녀를 합격시키지 않았다.

테디가 예상한 그대로. 부정행위는 무조건 유죄로 간주하는 것이 불문율이다. 학생이 아무리 부자라도 학교의 명성을 더럽히면서까지 포용할 가치는 없다.

일 년이 지나고서야 팰런이 내막을 알게 되었는데 그때는 너무 늦은 뒤였다. 부모의 재력도 무용지물이었다. 현재 그녀는 그저 그런 주립대학에 다닌다.

그리고 아직도 테디를 원망한다.

또 나야. 당신이 얼마나 개쓰레기인지 다시 한번 일깨워주려고. 내가 쓴 『분노의 포도』 에세이 기억하지? 당신이 A 마이너스를 줬잖아. 여기 대학교 영문학 강의 과제로 똑같은 에세이를 그대로 제출해서 A를 받았어. 그래도 여기엔 정직한 스승이 좀 있다는 걸 알게 돼서 다행이라니까.

테디는 이 이메일을 두 번 읽는다. 팰런은 언제나 그를 미소 짓게 한다.

▶ ◁ ▶ ◁

금요일이면 학생들은 부쩍 안절부절못한다. 얼른 휴대폰을 손에 쥐고 친구들과 주말 계획을 짜고 싶어서, 교실만 아니면 어디로든 가고 싶어서 안달이다.

참으로 안타깝지만 그들은 한 시간 동안 테디를 벗어날 수 없다.

오늘 그는 유난히 멀끔하다. 가장 좋은 재킷과 새로 산 셔츠를 입었고, 바지 주름은 유리도 벨 만큼 예리하게 각이 잡혔다. 다만 면도는 하지 않았다. 까칠하니 짧은 수염이 그에겐 얼굴의 일부다.

그가 칠판을 가리킨다. "어떤 책을 읽을지 다들 생각을 해봤겠지. 투표에 앞서 마지막으로 할 말 있는 사람?"

그러고서 아이들을 둘러본다. 아무도 손을 들지 않는다.

"그럼 바로 시작하자. 책상 위에 투표용지가 있지? 각자 읽고자하는 책 제목에 동그라미 표시를 한 다음 잘 접으면 내가 돌면서 수거해 오마."

오로지 투표용지를 담을 용도로 그릇을 챙겨왔다. 금테를 두른 진청색 수제 도자기 사발. 13년 전 결혼 선물로 받았고 앨리슨이 아끼는 그릇이다. 테디는 마치 싸구려 플라스틱 그릇처럼 그것을 집어 든다.

교실을 한 바퀴 돌며 학생들에게 도자기 그릇을 내민다. 몇몇은 투표용지를 반으로 접었다. 나머지는 세 번, 네 번, 심지어 다섯 번도 접어놨다. 모두 투표한다. 투명 인간들까지도.

수거를 마친 테디는 교사 책상으로 돌아간다. 용지를 뒤적여 섞고서 그릇째 내려놓는다.

"같이 개표해보자." 그는 학생들을 향해 싱긋 웃어 보인다.

놀란 표정들이다. 당연히 선생이 혼자 개표할 줄 알았나 보다. 가끔은 의외의 돌발 행동을 해주는 것도 좋다.

"첫 번째 표는……." 그가 운을 떼며 용지 하나를 골라 편다. "『모비 딕』."

한 장, 한 장, 용지를 펼치고 결과를 모두가 볼 수 있도록 칠판에 기록한다. 표차가 적을수록 학생들의 관심이 집중된다. 아이들 눈빛을 보면 안다. 흐리멍덩한 눈도 졸린 눈도 없다. 하나같이 초롱초롱, 흥미진진한 눈빛이다. 개표가 이어지면서 교실 안에 긴장감이 고조된다.

공개 개표는 이제껏 테디가 떠올린 최고의 아이디어가 아닐까 싶다.

"세 표 남았다." 다음 용지를 집어 올리는 테디의 눈이 반짝 빛난다. "『황폐한 집』."

학생 몇 명이 신음한다.

테디는 제목 옆에 표시하고 다음 용지를 꺼내 든다.

"마지막 두 표 중 하나는……『황폐한 집』."

1분 전이라면 혹여 무관심했던 아이가 있었는지 몰라도, 이제는 없다.

"드디어 마지막 표는……." 그는 마지막 용지를 최대한 천천히 펼친다. 두 책이 이토록 접전을 벌이는 것에 학생들은 사뭇 당황한 눈치다. 암, 당황스럽고말고.

왜냐면 이 결과는 거짓이니까.

진실은 『모비 딕』의 압도적 승리다. 예견된 결과지만 완전히 '노잼'인. 약간의 극적인 요소야말로 학생들의 참여도를 높이는 데 제격이다. 흥미를 북돋기 위해 개표 중간 결과를 살짝 얼버무리는 건 별문제가 못 된다.

눈앞에 앉아 있는 학생들과 달리 테디는 최고의 교육을 받지 못했다. 사실 그가 받은 건 교육이라 할 수도 없다. 옳고 그름이란 게 보이는 것과 다를 수 있음을 누구도 알려주지 않았다. 그 사실을 테디는 스스로 깨우쳐야 했다. 거짓말을 하는 건 선택이 아닌 필수라는 사실도.

그는 칠판으로 다가가 더없이 극적인 몸짓으로 마지막 표시를 한다. 『모비 딕』 옆에.

학생들이 일제히 안도의 한숨을 토한다.

"너희가 선택한 결과가 나왔다. 즐거운 주말 보내도록."

학생들이 휴대폰을 찾아 챙겨 교실을 나설 때 테디가 한마디 덧붙인다. "잭, 잠깐 남아주겠니?"

잭은 끄덕이고, 아이들이 모두 나가길 기다리는 동안 휴대폰을 확인한다. 교실에 단둘만 남게 된 뒤에야 테디가 입을 연다.

"지난번 네 에세이에 대해 생각을 좀 해봤다."

잭은 침묵한다. 눈치는 있어서 빙글거리거나 건방진 표정을 짓지 않는다.

테디가 말한다. "생각 끝에, 네가 점수를 올릴 수 있도록 추가 과제를 내주기로 했어."

"감사합니다. 정말 감사해요."

"그래서 말이야, 난 네가 애들이 선택하지 않은 책을 읽고 에세이를 작성했으면 한다." 테디는 의자 등받이에 몸을 기대고 양손을 올려 뒤통수에 깍지 낀다.

"저만 『황폐한 집』을 읽으라고요?"

"맞아, 바로 그거야. 과제는 오늘부터 일주일 안에 제출해라."

잭의 입이 떡 벌어진다. 얼핏 항의할 기세다. 그러나 녀석은 더 나은 선택을 한다. "음, 알겠어요. 그렇게 해볼게요."

"할 수 있다는 거 안다."

잭은 조금 멍한 얼굴로 걸어 나간다. 녀석은 테디가 시킨 대로 할 것이다. 달리 선택의 여지가 없으니까.

자기 실수를 부모에게 해결해달라고 하면 안 된다는 사실을 어쩌면 이번 계기로 깨닫게 될지도.

6

소니아 벤저민이 복도를 걸으며 마주치는 학생들에게 일일이 미소를 건넨다. 휴대폰에 코를 박고 있지 않은 학생들은 미소로 답하거나 손을 흔든다.

"안녕하세요, B 쌤!"

"좋은 아침." 그녀의 미소는 따뜻하고 진실하다. 모든 아이가 그녀를 'B 쌤'이라고 부른다. "오늘 기분이 어떠니, 코너?"

"좋아요, 무지 좋아요!" 녀석이 환히 웃으며 대답한다.

코너에 이어 셀레스트, 노아, 패트릭, 리, 시몬……. 그녀는 이 학교 학생들 이름을 거의 다 댈 수 있다.

10년이다. 그녀는 벨몬트에서 10년 동안 아이들을 가르쳤다. 실제로는 9년 11개월 18일. 10주년이 되기까지 2주가 채 안 남았다.

늘 그렇듯 학교에서 뭔가 준비 중일 것이다. 수아레(soirée: '밤 잔치, 야연'이라는 뜻의 프랑스어 – 옮긴이). 그녀가 좋아하는 단어다.

발음할 때의 느낌이 너무나 근사하다. 그녀는 몇 년 동안 옷장에만 모셔둔 빨강 드레스에 몸이 맞길 바라며 한 달 전부터 식단을 조절했다. 그 예쁜 옷을 못 입게 된 건 벨몬트 같은 학교에서 일한 대가다. 여기 음식은 그냥 괜찮은 정도가 아니다. 정말 맛있다. 심지어 교장도 학교 식당에서 점심을 먹는다. 그러지 않아도 되지만 그러고 싶어서 말이다.

열하루만 더 버티면 된다. 그때까지는 당근과 상추를 먹어줄 용의가 있다.

오늘은 월요일, 학교에 활기가 넘친다. 주말은 아이들에게 야릇한 영향을 끼칠 수 있다. 절반은 주말에도 집에 머무르고 나머지 절반은 무조건 집에서 나가고 본다. 소니아는 촉각을 곤두세우고 아이들을 살핀다. 잔뜩 날이 섰거나 곧 날을 세울 기세인 아이가 있는지 알아차려야 한다.

예비 종이 울리며 4분 후면 수업 시작임을 알린다. 딱 알맞은 예비 종 시각을 계산하기 위한 특별 위원회가 만들어졌고, 그때 나온 결론이 바로 4분이었다. 소니아는 위원회에 속하지 않았으므로 이러쿵저러쿵 말을 보태지 않았지만, 내심으론 한심하기 짝이 없는 일이라고 생각했다. 수업 5분 전에 예비 종이 울렸던 기존 방식도 아무 문제 없었다.

"B 쌤!"

소리 난 쪽으로 고개를 홱 돌려 보니 잭이 종종걸음으로 다가오고 있다. "어, 안녕."

"와, 쌤 마침 잘 만났어요. 안 그래도 오늘 찾아뵈려 했거든요."

"응? 무슨 일로?"

"기사요."

"마감은 금요일인데."

"알아요. 그게 문제예요."

소니아의 미소가 흐려진다.

《벨몬트 뷰글》은 매달 둘째 주 수요일에 업로드 되는 온라인 신문이다. 이 학교 소식지의 자문교사로서 소니아는 신문이 매번 정해진 시각에 공개되게끔 만전을 기한다. 예외는 없다. 그녀의 감독하에 그런 불상사는 지금껏 단 한 번도 없었다.

"잭, 네가 금요일까지 기사를 송고하지 않으면 편집할 시간이 부족해."

"알아요."

그녀는 기다린다.

잭이 말한다. "근데 제가 그때까지 기사를 완성할 수 없을 것 같아요."

소니아는 아무 얘기도 못 들었다는 듯 고개를 가로젓는다.

"정말 죄송해요. 하지만 크러처 쌤이 내주신 과제를 금요일까지 제출해야 하거든요. 그때까지 둘 다 하는 건 무리예요."

"너답지 않구나." 그녀의 입술이 일그러진다. "네가 시간 관리를 잘 못한다는 소리로 들리는걸."

"절대 아니에요. 크러처 쌤이 그저께 냅다 과제를 투척하셨단 말이에요. 그게…… 그러니까 추가 과제라서요. 점수 때문에 꼭 해야 돼요."

그러잖아도 테디 크러처와 그의 수업 방식에 대해 할 말이 많은 그녀다. 그러나 애써 꾹 참는다.

대신에 손목시계를 힐끔 내려다본다. 잭이 다음 수업에 지각할 판이다. 그녀 자신도. "나중에 찾아오렴. 그때 다시 얘기하자."

잭은 끄덕하고 부리나케 뛰어간다. 그 와중에도, 아직 복도에 남은 아이들 태반과 손 인사를 주고받는다. 잭은 좋아하지 않을 수 없는 아이다. 어떻게든 도와주고 싶은 그런 학생이다.

그녀도 교실로 들어선다. 다들 이미 앉아 기다리고 있다. 그녀가 문을 닫는 순간 수업 종이 울린다. 만지작거릴 휴대폰이 없기에 아이들은 한 무리의 길 잃은 강아지처럼, 이제 뭘 해야 하는지 알려달라는 눈빛으로 하릴없이 그녀만 쳐다본다.

다행히 그들에게 길을 가르쳐줄 소니아가 여기에 있다.

▶ ▷ ▶ ▷

짬이 나자마자 소니아는《뷰글》학생 편집자에게 문자 메시지를 보내 어쩌면 잭의 기사가 제때 나오지 못해 다른 기사로 때워야 할지도 모른다고 알린다.

안 그래도 예민한 성향의 코트니는 과연 기절초풍한다.

하지만 땜빵용 기사를 구할 시간도 없잖아요!

걱정 마. 어떻게든 해결할 거야. 우린 항상 방법을 찾아내잖니!

코트니의 느낌표 행렬이 메시지 창을 가득 채운다. 코트니는 3학년이다. 3학년은 이른바 '마지막 기회'의 시기라고들 한다. 내신 점수를 올릴 마지막 기회. 대학들이 사랑해 마지않는 온갖 과외 활동을 몰아서 해치울 마지막 기회. 대학 입시에 있어 3학년은 일촉즉발의 시기인데, 비단 학생에게만 그런 건 아니다. 학부모에게도 마찬가지다.

부모가 엄청난 돈을 들여 아이를 벨몬트에 보내는 건 다 기대하는 바가 있어서다. 그들은 아이가 그저 좋은 대학이 아니라 명문대에 진학하길 원한다. 언제나 아이비리그가 목표다. 아니면 적어도 일류 웨스트코스트 대학—버클리, 스탠퍼드, UCLA—쯤은 돼야 한다. 명망 높고 학연의 이점은 더 높은 기관. 아이의 창창한 미래를 보장해줄 학교.

참 기 빨리는 현실이다. 입시 부정 사건이 터진 후로 훨씬 더 심해졌다. 그래서다. 하필 이런 시기에 추가 과제를 요구하는 테디에게 화가 치미는 이유.

평소 그녀는 다른 교사의 방식에 참견하지 않는다는 원칙을 지킨다. 저마다 나름의 방식이 있다고 늘 되뇐다. 그러나 이번에 한해서는 그냥 넘어가지 말고 한마디 하기로 마음먹는다. 설령 상대가 테디라도 말이다. 이 아이들이 받는 스트레스를 생각하면 마땅히 그래야 한다. 그게 그녀의 의무다.

해마다 그녀는 위태위태한 학생들을 예의 주시한다. 그러다 결국 무너져버리는 아이를 한두 번 본 게 아니다. 교사가 무너질 때도 있다.

한번은 교장마저 그랬다.

7

소니아는 테디의 교실이 싫다. 온통 휑뎅그렁한 벽만 봐도 돌아버릴 것 같다. 그가 스마트보드를 쓰지 않으려 하는 것도 어처구니 없다. 정말 어처구니가 없다. 시대를 100년쯤 거슬러 살고자 하는 남자만큼 한심한 존재가 또 있을까.

그런데도 대체로 그는 실력 좋은 교사로 통한다. 훌륭한 교사라고 치켜세우는 이들도 있고.

때는 점심시간, 그는 자기 책상에서 유산지에 싼 샌드위치와 사과를 먹고 있다. 정말이지 실제 나이보다 훨씬 늙은이처럼 군다. 테디 나이가 마흔인 걸 그녀가 아는 까닭은 학교에서 그에게 생일 파티를 거하게 열어주었기 때문이다. 심하게 거한 파티였다.

"소니아 선생님, 안녕하세요." 테디가 일어나 그녀를 맞이한다.

"안녕하세요, 테디 쌤. 오늘 어때요?"

"별일 없죠 뭐. 선생님은요?"

"아주 좋아요."

이제야 처음으로 그녀의 눈에 상패가 보인다. 벨몬트에서 가르친 지 몇 년 만에 테디가 드디어 벽에 무언가를 걸었다. 오로지 '올해의 교사' 상패를 걸기 위해 내내 그 자리를 비워놨다는 듯이.

이사회에서 그녀가 아닌 그를 선택했다니 믿을 수가 없다.

"무슨 용무라도?" 그가 묻는다.

"잭 워드한테 추가 과제를 내주셨다고 들었어요."

테디는 빤히 그녀를 쳐다보기만 한다. 사정을 설명할 생각도 없어 보인다.

그녀가 말을 잇는다. "그런데 잭은 금요일까지 《뷰글》 기사를 마감해야 하거든요. 참고로 그 녀석이 우리 에이스인 걸 알아주셨음 해요."

테디는 무심히 고개를 끄덕인다. "엄연히 나도 《뷰글》 독자인걸요."

물론 그러시겠지. 자기에 대한 기사가 실렸을 때라면. "잭 말로는 이번 주 안에 추가 과제와 기사 작성을 모두 마치는 건 불가능하다더라고요."

"이런."

"녀석이 두 가지를 다 해낼 수 있게 우리가 방법을 좀 찾아보면 어떨까 싶어요."

테디는 고개를 빳빳이 쳐들고 외로 꼰다. "무슨 말씀이신지?"

소니아는 울컥 치미는 짜증을 삼키며 심호흡한다. 무슨 말인지 모를 리 없다. 뻔히 알면서 구태여 그녀 입으로 말하게 시키는 것이다. "그러니까…… 잭의 과제 제출 기한을 좀 미뤄주실 수 있을까요?"

"아니요."

그의 가차 없는 대답에 소니아는 흠칫 놀라고 만다. "전 이해가 안 되는데……."

"저기, 내가 뭘 모르는 게 아니라면요, 각자가 낸 과제 기한이 겹치지 않게끔 교사끼리 협의할 필요는 없지 않나요?"

"물론 그렇긴 하죠. 전 피차 바람직한 결과를 얻자고 부탁을 드리는 거예요." 그런데 어떻게 동의하지 않을 수 있는지 그녀는 도무지 이해가 되지 않는다.

▶▷▶▷

'이 여자가 감히.'

여기가 어디라고 감히 들이닥쳐 기한을 바꾸라고 요구할 수 있는가. 낯짝도 두껍지. 동료 교사에게 그런 걸 요청하는 뻔뻔함이란. 테디는 놀란 정도를 넘어 욕지기가 날 지경이다.

소니아는 그의 앞에 버티고 서 있다. 조각상처럼 꿈쩍도 하지 않는다. 아무것도 잘못한 게 없다는 듯이.

10년 전 그가 처음 봤을 때의 그녀는 누굴 가르치기엔 너무 앳돼 보이는 보잘것없는 풋내기였다. 이제 그녀는 몸집도 불었고 머리도 갈색이 아닌 붉은 색이며 화장도 진해졌고 여기저기 걸친 장신구도 많아졌다. 그녀의 숨결에서는 늘 커피 향이 난다.

그래도 여전히 짜증 나는 인물이다. 그 점만은 조금도 변하지 않았다.

그는 말한다. "아뇨, 그렇게는 안 되겠네요."

"월요일에 과제를 제출하면요? 그럼 되지 않을까요?"

"선생님, 잭이 받은 추가 과제는 선물이었어요. 과제를 더 해서 점수를 올릴 기회요. 기한 변경은 또 다른 선물인 셈인데 그렇게까지 걔 봐줄 생각은 없습니다."

"하지만 선물이 왜 필요하죠? 잭은 전 과목 A 학생인데요."

"항상 완벽하기만 한 학생은 없어요."

소니아는 숨을 들이쉰다. "그렇긴 하죠."

"소니아 선생님이 기사 마감을 월요일로 늦추시면 되지 않나요?"

소니아는 굴하지 않는다. "시간 내주셔서 고마워요, 테디 쌤."

그러고서 더는 말 한마디 없이 나가버린다.

이 일로 부담을 짊어질 편집자 코트니에게는 테디도 아주 약간 미안한 마음이 들지만 그렇다고 소니아의 요청을 받아들일 정도는 아니다. 친절에도 한계란 게 있는 법이다.

그는 교실 문을 닫아건다. 운이 조금 따라준다면 또 다른 누군가가 무언가를 요구하기 전에 점심 식사를 마칠 수 있겠지.

8

소니아는 곧장 자신의 교실로 돌아가 스트레스 볼을 꺼낸다. 히스테리를 다스리는 데 도움이 될지도 모른다며 어느 해 크리스마스에 남편이 준 선물이다. 그녀가 심란해할 때를 남편은 그렇게 표현한다.

'당신 스스로 히스테리를 부추기잖아.'

남편은 재미있자고 이런 선물을 했지만 정작 그녀는 그다지 재미있지 않았다. '히스테리'라는 표현이 싫었고 남편이 그런 식으로 얘기하는 것도 싫었다. 표면에 웃는 얼굴이 그려진 이 바보 같은 작은 공이 의외로 꽤나 유용하기는 하지만.

그녀는 공을 양손으로 쥐고 주물럭대면서 모든 불만과 울분을 잠재우려 애써본다.

그녀가 이런 기분인 건 순전히 테디 때문이다. 항상 그런 건 아니지만 오늘은 그렇다. 그녀는 오로지 잭에게 최선인 해결책을 바랐을 뿐이다. 테디는 그런 그녀의 마음을 알 수도 모를 수도 있지만, 어쨌든 그는 자기 자신한테 가장 좋은 쪽만 고집한다.

그녀는 공을 더 세게 옥죈다. 이걸 터뜨린 사람이 있을까? 그럼 이 안에 어떤 물질이 들었을까? 아마 점액질의 께름칙한 무언가겠지. 스트레스가 풀리거든 한번 검색해봐야겠다. 그때까지는 일단 계속 주물러야겠고.

▶ ▷ ▶ ▷

마지막 교시가 끝나자마자 잭이 온다. 이제 소니아의 기분도 한결 나아져 있다. 다행이다. 테디가 개자식인 건 잭 탓이 아니니까.

"어서 와, 앉으렴." 학생 책상 중 하나를 가리키며 그녀가 말한다. 자신은 그의 옆에 앉는다.

잭은 가방을 바닥에 내려놓는다. "이렇게 돼서 정말 죄송해요. 기사에 필요한 자료는 충분히 만들어놨고, 추념식이 코앞이란 것도 알아요. 혹시 저 대신에 다른……."

"그만, 거기까지." 소니아가 손을 들어 제자의 말을 끊는다. "해결할 방법이 있는 것 같아."

잭의 눈빛이 밝아진다. 녀석은 잘생긴 데다 사람을 끌어당기는 카리스마까지 갖추었다. 과연 인기 만점인 이유가 있다. "정말요?"

"다음 주 월요일까지는 기사를 완성할 수 있을 것 같니?"

잭이 재깍 답한다. "예. 그럼요, 가능할 것 같아요. 근데 그러면 편집은요?"

소니아는 자신을 가리킨다. "내가 하려고."

"쌤이요? 그럼 제가 너무 폐를 끼치는⋯⋯."

"아유, 됐어. 난 괜찮아. 연례행사에 관한 네 기사를 《뷰글》에 못 싣는 게 안 괜찮지. 그날이 얼마나 중요한지 알잖니."

녀석이 고개를 끄덕끄덕하자 갈색 앞머리가 흐트러지며 한쪽 눈을 가린다. "알죠."

그야 모르는 사람이 없으니까.

"그럼 뭐, 해결됐네?"

"고맙습니다. 진짜로요. 진짜 감사해요, B 쌤!"

"뭘 그렇게까지."

녀석이 씩 웃는다.

소니아는 코트니를 안심시킬 문자 메시지를 보낸다.

> 잭이랑 얘기 잘 했어. 걔 기사 실을 거야.

> 쌤 쩔어요!

소니아는 빙긋 미소 지으며 스트레스 볼을 맨 위 칸 서랍에 도로 집어넣는다. 골치 아픈 문제가 말끔히 해결되었으니 이제 필요 없다.

그녀 덕분에.

9

잭은 한결 가벼워진 마음으로 B 쌤의 교실을 나선다. 어지간하면 《뷰글》 같은 과외 활동이라도 마감 기한을 늦춰달라는 요청은 절대 하지 않을 텐데, 이번만은 어쩔 수 없었다. 금요일까지 두 가지를 다 해내는 건 때려죽인대도 불가능한 일이다.

차라리 크러처를 에세이 주제로 삼아야 하지 않나 싶다. 그 재수탱이 꼰대에 관해서라면 책 몇 권 분량은 너끈히 나올 텐데. 꼭 잭이 쓰지 않아도 말이다. 크러처의 수업을 듣기 전에도 그 인간에 대한 소문은 익히 들었다. 잭이 들은 이야기는 전부 사실이었다. 아니, 사실의 일부였다.

학교 건물을 나서자 청량한 가을 공기가 그를 맞이한다. 잭은 차에 오른다. 비싸고 몹시 거슬리는 독일제 차다. 벨몬트에는 직접 운전해서 다녀야 한다. 적어도 아빠의 주장에 의하면.

'좋은 첫인상의 힘을 과소평가하지 마라.'

이것도 워드 어록에 있는 말이다.

잭은 서둘러 주차장을 빠져나와 집으로 직행한다. 운이 좋아 집에 아무도 없으면 책을 어느 정도 읽을 수 있을 것이다. 운이 나쁘면 아예 멈추지 않을 것이고. 그렇게 큰 집에 살면서 프라이버시란 걸 누릴 수 없다는 건 말이 안 되지만, 현실이 그렇다. 그의 부모님은 아들이 뭘 하는지 언제나 훤히 아는 것 같다.

운전 중에 전화가 온다. 코트니는 그가 여보세요, 할 틈도 주지 않는다.

"어이 찐따, 대체 뭣 땜에 기사 마감이 늦어지는 거야?"

"그걸 벌써 알았다고?"

"당연하지. 편집장인데. 그래서 B 쌤한테 제대로 난리 한번 쳐줬지."

잭은 눈알을 굴린다. "쌤한테 왜?"

"그래야 내가 엄청 신경 쓰는 줄 알지. 암튼, 넌 뭔 일이냐니까?"

"크러처. 추가 과제."

"좆됐네."

"그래, 좆같아."

"지난번 과제 망쳤구나?"

"안 망쳤어. 선생이 붕신이라 B 플러스를 준 거지."

"B 플러스? 으엑."

"'내신 점수가 곧 너 자신이다.'" 잭은 아빠 흉내를 내며 워드 어록에서 또 한 문장을 읊는다.

"너 꼭 우리 엄마 같다."

"윽."

"늦으니까 이딴 소리나 듣는 거야. 이 찐따야."

그러고서 코트니는 전화를 끊는다.

잭은 그딴 소리에 화나지 않는다. 코트니가 찐따라 부르는 것도 아무렇지 않다. 걘 초등학교 4학년 때부터 그를 그렇게 불렀다. 그냥 별명이고 농담이다. 잭은 찐따가 아니다. 그가 찐따가 아닌 건 코트니 덕분이고.

로드 아일랜드에서 살던 잭네 가족은 그 당시 아버지가 승진하면서 이 동네로 이사했다. 졸지에 잭은 태어났을 때부터 서로 알고 지낸 아이들 틈바구니에 끼게 되었다. 전학 온 첫날, 모두가 그를 무시했다. 둘째 날엔 주목했다. 특히 베넷이라는 좆밥 새끼가. 놈과 그 패거리가 점심시간에 잭을 에워싸고 앉아 넌 누구냐는 둥 어디서 왔냐는 둥 꼬치꼬치 캐물어대며 그의 식판에 담긴 음식을 야금야금 거의 다 뺏어 먹었다. 주눅 들고 겁먹은 그는 아무 말도 하지 못했다.

코트니가 그를 구했다. 성큼성큼 걸어와 베넷 옆에 떡하니 섰다. 자그만 체구에 머리칼은 한데 모아 올려 딴딴하게 묶은 그 애는 자기가 입은 교복만큼이나 빳빳한 말투로 쏘아붙였다.

"몸 사려라, 베넷. 얘 아빠가 누군지도 모르면서."

걔도 몰랐다. 하지만 잭은 토 달 생각이 없었다. 그가 파악하기에 그 애는 중요한 인물임에 틀림없었다. 정말 베넷이 꼬리를 내렸으니까.

"그냥 장난 좀 친 거야." 놈은 변명했다.

"장난이면 딴 데 가서 치든가."

걔 말대로 되었다. 베넷과 친구들은 잠자코 일어나 딴 데로 갔다.

베넷 패거리가 사라지자 코트니는 잭 옆자리에 앉아 자기소개를 했다. "쟤들은 신고식 따위가 멋있는 줄 알아. 멍청하기는." 그러면서 인상을 썼다.

그날 이전까지 누가 잭을 구해준 적은 없었다. 그럴 필요가 없었다. 그리고 코트니처럼 대담무쌍한 여자애를 만난 것도 잭 인생에 처음이었다.

"우리 아빠는 그냥 금융맨인데." 그가 말했다.

"쟤들은 모른다니까."

코트니는 씩 웃었다. 그도 덩달아 미소 지었다.

"고맙다. 어쩐지 내가 찐따로 느껴지려고 했는데."

"찐따가 어때서. 난 범생인데."

정말 그랬다. 코트니는 학교에서 제일 인기 많은 '범생이'였다.

그렇게 별명이 정해져 오늘날까지 계속되었다. 둘 사이의 우정도.

▶ ▷ ▶ ▷

잭은 집 차량 진입로에 차를 세운다. 시동은 끄지 않는다. 머릿속엔 다시 저 회색 방으로 올라가 『황폐한 집』을 읽을 거란 생각뿐이다. 마치 자살 시도 방법이나 형편없는 TV 영화 내용처럼.

이건 아니지. 오늘은 안 되겠다. 방보다는 동네 도서관이 낫겠다.

도서관 풍경을 상상하며 다시 차를 몬다. 도서관엔 큼직하고 안락한 의자가 있다. 편히 앉아 진지한 책을 읽기에 안성맞춤인 장소다. 방해받지 않고 독서에 집중할 수 있다. 유일한 단점은 음식과 음료 반입이 안 된다는 것. 간식만 있으면 완벽할 텐데. 하기야 언제는 뭔들 완벽했던가?

이제 그의 머릿속에도 이런저런 생각이 떠오른다. 이를테면 되도록 오늘 오후는 크러처가 내준 추가 과제에 집중해야겠다는 생각. 그 생각은 곧 시들해진다.

신호에 걸려 차를 세운 틈에 그는 루커스에게 문자를 보낸다.

어디냐?

집. 왜?

떨 있냐?

몰라서 묻냐?

지금 간다.

책이야 이따 밤에 읽어도 되겠지. 친구네 간다는 걸 부모님이 허락할 리 없다. 주말이라면 모를까. 일요일부터 목요일까지는 9시 이후로 통금 시간이다. 학교 일이 아닌 한 예외는 없다. 아무리 많이 싸워도 아빠의 생각을 바꿀 수 없다. 그 문제에서는 엄마도 마찬가지다. 엄마가 더할 수도 있고.

그래도 코트니의 엄마보다 심하진 않다. 어쨌거나 그렇다.

10

월요일 저녁, 혼자 집에 있을 때 테디는 소셜미디어로 시간을 보낸다. 온라인상에서 그의 이름은 나타샤, 열일곱 살 소녀이고 프로필 사진은 어느 스웨덴 소녀의 계정에서 슬쩍한 것이다. 나타샤는 잭을 비롯한 여러 벨몬트 학생의 온라인 친구다. 그러니까, 누군들 예쁜 소녀와 친구가 되길 원하지 않을까?

모두가 원한다. 남학생이든 여학생이든. 그리고 변태 아저씨들도.

테디는 몇 년에 걸쳐 그런 놈들을 열 명 넘게 차단했다. 프로필을 몇 차례 갈아치우기도 했다. 라리사, 몰리, 야스민, 켈리.

10대로 위장하는 데 있어 문제는 걔들이 나이를 먹는다는 것이다. 가상의 소녀가 어른이 되면 그는 또 다른 소녀를 창조한다.

가짜 프로필을 만드는 아이디어를 처음 떠올렸을 당시에는 과연 그래도 되는지 의문이었다. 중년 남성, 여고생으로 행세하다? 잡

57

히기라도 하는 날엔 헤드라인만으로 인생이 끝장나는 거다.

꽤 오랫동안 저항했다. 그 얼마나 어리석은 발상이냐고 자신을 나무랐다. 자기 파괴적 경계성 행위다. 테디에겐 있을 수 없는.

어느 날, 무작정 해버렸다. 호기심이 두려움을 이겼다.

솔직히 첫 번째 시도는 처참했다. 프로필 만들기에 대해 아무것도 몰랐다. 뭘 적어 넣을지 몰랐고, 열일곱 여자애가 어떤 음악이나 영화나 밴드를 좋아하는지도 알지 못했다.

두 번째 프로필은 약간 나은 수준이었지만 세 번째는 진짜 제대로 실력 발휘를 했다.

테디는 그날그날─상당수가 일과 중에─날아오는 메시지들을 스크롤 하면서 대화를 유지하려 애쓴다.

그런 대화를 즐기는 건 아니다. 비디오 게임이며 스포츠며 주말 계획, 대마초, 술, 이성 얘기 따위는 조금도 관심 없다. 그러나 소셜미디어는 제자들이 뭘 하고 다니는지 감시할 수 있는 유일한 방법이다.

그렇다, 그는 누가 누구와 사귀는지, 어떤 남자애가 어떤 여자애를 좋아하는지, 또 누가 누굴 싫어하는지 다 안다. 별로 흥미롭지는 않은데 이따금 유용하다.

그렇다고 딱히 아이들 사생활을 캐고자 하는 건 아니다. 그는 자기가 낸 과제에 대한 소식을 찾는다. 『모비 딕』에 세이 제출 기한은 몇 주 뒤라서 아직 이르지만 결국엔 아이들이 온라인으로 소식을 전할 것이다. 녀석들은 테디의 손바닥 안에 있다. 장담한다.

한창 스크롤 하는 중인데 화면에 이메일 알림이 뜬다.

크러처 선생님.

선생님께 감사 인사를 드리고자 몇 자 적습니다. 잭에게 추가 과제로
점수를 만회할 기회를 주셔서 감사합니다. 이 문제에 시간 내주시고
배려해주셔서 감사해요. 잭도 저와 같은 마음이랍니다.

파멜라 워드 드림

표현은 정중하다. 사려 깊기까지 하다. 그러나 발신인을 고려하
면 어쩐지 협박처럼 느껴진다.

▶ ▷ ▶ ▷

추념식 위원회 앞에 선 소니아는 쾌활하면서도 온정 어린 미소
를 애써 유지한다.

학부모, 교사, 학생 들로 구성된 공식 위원회가 지난 6개월간 매
달 한 번 이상 모여 회의했다. 추념식이 임박한 요즘은 일주일에 한
번씩 모인다.

소니아가 말한다. "주지하시다시피 추념식은 지난 일을 되새기
고 미래에 대한 낙관을 견지하고자 하는 자리입니다. 두 가지 사이
에 균형이 필요하지요."

"작년하고는 다르게요." 누군가가 끼어든다.

정적이 내려앉는다. 모두가 작년에 벌어진 사태를 기억한다. 흰
나비 떼를 공중에 날릴 계획이었는데 상자 안에 너무 오래 가둬두
었던 것이 화근이었다. 가까스로 살아 있던 나비들은 하나둘 팔랑

대며 날아갔지만 나머지는 죄다 무대 바닥으로 곤두박질쳐 시체 더미를 이루었다.

작년 행사 때는 소니아가 위원장이 아니었다.

"올해는 나비를 날리지 않습니다. 비둘기도요. 그 어떤 생명체도 없을 겁니다. 음, 사람들을 제외하고는요."

"사람들 대부분이요."

한마디 보탠 이는 회의 때마다 가상 말 많은 위원 중 하나다. 잉그리드 로스, 벨몬트 학부모회 격인 협의회의 의장이다. 그리고 코트니의 어머니다.

"예, 고맙습니다." 소니아는 위원회 간사에게로 고개를 돌린다. "자, 음식 준비는 어디까지 진행됐죠?"

"점심 식사는 정오 정각에 시작합니다. 날씨가 허락하면 안뜰에 뷔페가 차려질 거예요. 날이 궂으면 구내식당을 이용할 거고요. 커피, 차, 생수는 종일 제공됩니다."

"조찬은 생략하고요?" 소니아가 묻는다.

잉그리드가 대답한다. "조찬은 없습니다."

"알겠습니다. 연사 섭외는요?"

"제가 좀 짜봤습니다." 잉그리드는 목청을 가다듬으며 일어선다. 늘씬한 그녀는 언제나 방금 필라테스 강습을 받고 온 것 같은 모습이다. 금발 생머리는 하나로 모아 질끈 묶었다. "우선 교장 선생님께서 개식 선언을 해주시고, 이어서 초교파 목회자, 랍비, 동양철학자의 추념사를 들은 뒤 다 함께 묵념하는 시간이 있을 거예요."

"스님도 한 분 모시기로 하지 않았던가요?"

누군가 묻자 잉그리드는 입술을 옹송그린다. "연사 섭외팀의 투표로 스님은 제외됐어요."

"아."

"계속할게요. 묵념이 끝나면 학부모 몇 분도 연단에 서실 겁니다. 저도 한 말씀 거들고요."

소니아는 눈을 치뜨지 않은 자신이 참으로 대견하다.

잉그리드가 이어 말한다. "오후에는 참석자들을 몇 팀으로 나눠 전문가와 함께하는 심리 상담 및 치유의 시간을 보낸 뒤 다시 모여 촛불 의식을 진행할 겁니다. 선생님들 몇 분이 한 말씀씩 하시고, 끝으로 교장 선생님이 희망찬 미래에 대한 연설을 해주실 겁니다."

소니아가 묻는다. "교사들도요? 어떤 선생님들이 연단에 서시죠?"

"아직 명단을 확정한 건 아녜요."

"그럼 후보자 명단은요?"

잉그리드는 한숨을 쉬며 태블릿 화면을 스크롤 한다. "대니얼스, 자비키, 파커, 잭슨, 팀버그 선생님을 고려 중이에요. 음, 크러처 선생님은 당연히 연단에 서실 거고요. 올해의 교사시니까."

그래, 그렇지. 그 지위에 따르는 크나큰 영광은 학교가 주최하는 모든 행사의 연사로 나서게 된다는 것이다. 다시 말해 소니아는 그의 연설을 지겹도록 들어야 한다는 얘기다.

잘됐군그래.

"장식은요?"

이건 항상 좀 민감한 사안이다. 장례식장 분위기를 좋아할 사람은 없다. 그렇다고 추념식 장소를 파티장처럼 꾸밀 수도 없는 노릇이다.

장식팀장이 그동안 취합한 의견 목록을 발표한다. 두루마리 형태의 방명록부터 학교 마스코트인 보브캣 모양의 테이블 장식까지. 턱시도 차림의 보브캣을 만화 스타일로 디자인한 인형을 센터피스로 놓을 계획이라고 한다.

잉그리드가 말한다. "전 반대예요. 보브캣을 꼭 활용해야 한다면 적어도 학교 체육복 같은 걸 입혀야죠."

이번만은 소니아도 동감한다. "격식을 따지는 딱딱한 행사가 아니니까요. 굳이 턱시도일 필요는 없을 것 같네요."

"턱시도는 뺄게요." 장식팀장이 목록의 해당 항목을 박박 할퀴듯 지워버린다. "또 다른 의견 있으실까요?"

잉그리드가 발언한다. "잔잔하게 갑시다. 괜히 우리만 부끄러워질 수 있어요."

"학교도요." 소니아가 덧붙인다.

"예. 그러니까요."

늘 그렇듯 이번 회의도 조용히 끝난다. 소니아는 곧장 교실로 돌아가 스트레스 볼을 주무른다. 이 행사의 책임자 역할이 힘들 줄은 알고 있었다. 벨몬트의 연례 추념식은 몇 년 사이에 엄청난 규모의 행사가 되었다. 그만큼 모금액 규모도 커졌다.

아무도 예상 못 한 일이었다. 처음 추념식이 열린 계기는 전임 교장의 자살이었다.

학교 관리인이 한밤중에 그를 발견했다. 불쌍한 조 아저씨를 생각하면 소니아는 언제나 몸서리가 쳐진다. 그저 할 일을 하던 중이었는데 교장실 실링팬에 목을 맨 시신을 보게 되다니.

11

테디는 몇 달에 걸쳐 추념식 연설문을 썼다. 올해의 교사로 뽑혔다는 사실을 알게 된 직후, 그러니까 여름에 초안을 작성했다. 그 후로 매일 아침 검토와 수정 작업을 거쳤다. 지금까지 총 세 번을 싹 엎어버리고 새로 썼다.

작년 올해의 교사였던 게이브리얼 스타인의 연설은 형편없었다. 너무 길고 너무 슬프고, 하여간 모든 면에서 과했다. 심지어 그는 눈물까지 보였다. 맙소사.

테디는 같은 실수를 되풀이하지 않을 것이다.

오늘 아침, 연설문이 잘 써졌다는 생각이 든다. 군더더기 없이 유려하다. 인정이 느껴지되 우울하지 않다. 무엇보다도, 중요한 연설로 들린다. 마땅히 그래야 한다. 테디는 학생들과 학교를 책임지는 위치에 있으니까. 그의 발언은 막중하다. 의미가 있다. 그 의미를 그는 가벼이 여기지 않는다.

바깥을 거닐며 신선한 공기를 한껏 들이마신다. 완벽한 가을 날씨다. 산들바람이 부는 화창한 날씨. 차 시동을 걸자 그가 좋아하는 토크쇼 진행자의 목소리가 허공을 채운다.

기분 좋은 날이다.

2교시엔 기분이 더욱 좋다. 그가 좋아하는 반 수업이다.

그는 어수선한 분위기를 다잡는다. "자, 이제 다음 책에 들어갈 때다."

"투표로 정하나요?" 누군가 묻는다.

"손."

학생이 손을 든다. 테디는 고개를 끄덕인다.

"투표로 정해요?"

"아니."

"4교시 반은 투표로 정했잖아요."

"너희는 2교시 반이잖아."

모든 반이 똑같은 과정을 거쳐야만 하는 건 아니다. 학년 말까지 수업한 내용이 동일하면 그만이다. 테디가 가르치는 반들은 절대 동시에 같은 책을 읽지 않는다. 한 가지 이유는 부정행위를 방지하기 위해서다.

또 다른 이유는 학생들이 다음에 배울 것을 뻔히 예상하는 게 싫어서다.

테디가 말한다. "그래도 너희들 의견을 들어볼 생각은 있다. 이번에는 어떤 책을 읽어볼까?"

다섯 명이 손을 든다. 그중 둘은 테디도 예상했다. 그는 그 둘을 무시하고 두 번째 줄 여학생을 지목한다. "앰버?"

"『파리 대왕』이요."

테디는 끄덕하고 다른 아이를 호명한다. "노아."

"『제5도살장』이요."

"매들린?"

"『새장에 갇힌 새가 왜 노래하는지 나는 아네』요."

감을 잡은 아이들이 속속 손을 올린다. 아이들에게 선택권을 주면 이렇듯 재미있는 상황이 펼쳐진다.

그는 손 든 아이들을 차례로 호명한다. 의욕 과다인 두 녀석까지도.

"『호밀밭의 파수꾼』이요."

"『안네 프랑크의 일기』요."

"『정글』이요."

하나같이 짧고 읽기 쉬운 고전이다. 아마 이미 읽어본 책들일 테고. 내용이 무겁거나 어휘가 어려운 책, 특히 러시아 소설 번역본은 절대 등장하지 않는다.

테디는 코트니 로스를 힐끔하며 그 애의 반응을 살핀다. 신문 마감에 지장을 준 일로 아직까지 좀 미안한 마음이 있다. 잭 워드 때문에 코트니가 곤란해져서는 안 된다. 잭과 달리 코트니는 건방지지도, 비협조적이지도 않다. 코트니는 과제 기한을 늘려달라고 요청한 적이 없다. 그럴 필요도 없었다. 그러면서도 어김없이 A를 받았다. 까다로운 테디의 기준으로도 언제나 A였다.

어쩌면 이번 책은 좀 쉬엄쉬엄하고 싶을지도 모른다. 약간의 재미가 필요한지도. 코트니도 조금은 즐길 수 있어야지 않겠는가.

테디는 넌지시 떠보기로 한다. "흠, 『아웃사이더』는 어떨까?"

조용하다. 다들 미심쩍은 표정이다. 무슨 꿍꿍이가 있으리라 여기는 눈치다.

"진심?" 누군가 묻는다.

테디의 입꼬리가 올라간다. 『아웃사이더』는 고등학생들에게 성배와도 같은 교재다. 쉽게 읽히고 재밌고 흥미진진하다. 그런데도 중요한 사회경제학적 메시지, 다름을 틀림으로 일축할 때의 결과를 담은 작품이다. 게다가 온갖 유명 배우가 나오는 영화도 있다.

"나는 진지하다." 테디가 대답한다.

학생들이 환호한다. 수업 분위기가 흐트러지지만 테디는 그냥 둔다. 이 아이들은 그 책으로 과제를 하는 것이 선물임을 안다.

그것이 코트니를 위한 선물임을 모를 뿐이다.

코트니를 위해 그는 기꺼이 베풀 것이다. 그가 이런 선물을 하는 경우는 흔치 않다.

100퍼센트 솔직히 말하자면, 이건 비단 잭의 기사 때문만은 아니다. 코트니의 어머니 잉그리드의 영향도 있다. 협의회 의장으로서 그녀는 벨몬트 아카데미 이사회 위원을 겸하기도 한다.

바로 그 이사회가 올해의 교사를 선정한다.

▶ ▶ ▶ ▷

잭의 팔에 뭔가 닿는다. 아니다. 뭔가가 팔을 찌른다.

곧이어 귀에 속삭임이 들린다.

"일어나, 이 찐따야."

눈이 번쩍 뜨인다. 코트니가 선 채로 그를 내려다보고 있다. 싱글싱글 웃으면서.

하교 후 도서관에서 『황폐한 집』을 베고 잠이 들었다. 밤을 새우다시피 하며 읽었는데 아직도 다 못 읽었다.

"범생이 왔냐." 그는 고개를 든다. "깜빡 졸았네."

"응, 봤다." 그녀는 자리에 앉고서 가방을 바닥에 털썩 떨군다. 주변 자리가 모두 비어 있다. 잭은 휴대폰을 확인한다. 5시가 다 되어 간다.

"넌 여기 웬일이야?"

"집에 가기 싫어서."

그는 끄덕인다. 알 만하다. "너네 엄마?"

"언제나 그렇지."

"이번엔 무슨 일?" 그가 눈을 비비며 묻는다.

"조기 지원 하라고 난리야. 진짜, 엄마는 날 고문할 신기술을 매일같이 찾아낸다니까." 코트니는 머리를 흔들며 휴대폰을 들여다본다. "학교 끝나고부터 지금까지 문자를 일곱 개 보냈어. 그중 세 개가 '예일' 타령이야."

다시 한번 그는 끄덕인다. 코트니 엄마는 이미 수년째 예일 타령 중이시다. 그 아줌마의 인생 자체가 딸내미를 그 학교에 보내기 위해 존재하는 것 같다.

"너희 둘, 뭔 일 꾸미는 것 같은데."

수학을 가르치는 맥스웰 선생이 짓궂은 미소를 날리며 다가온다. 겉모습은 선생보다 헬스 트레이너에 가깝다. 툭하면 불끈불끈 근육 자랑질이다. 바로 지금처럼.

잭은 책을 가리켜 보인다. "그냥 공부하는 건데요."

"맞아요, 공부." 코트니도 거든다.

맥스웰은 여전히 능글맞게 웃으며 끄덕끄덕한다. 더는 아무도 아무 말도 없고, 마침내 그는 어디론가 가버린다.

"방금 되게 이상했지." 잭이 속삭인다.

코트니도 속삭인다. "저 쌤, 좀 징그러운 구석이 있어. 뭐, 변태처럼 징그러운 건 아닌데, 허구한 날 애들이 나쁜 짓을 한다고 넘겨짚거든."

"편견 덩어리."

"어. 자기야말로 문제아였을 거야. 그러니까 우리도 똑같은 줄 알지."

잭은 한숨을 쉬고 기지개를 켠다. "꼰대가 너무 많다. 쌤들은 자기네가 얼마나 다루기 힘든 상대인지 모른다니까."

"그치?"

12

늦었다. 잭은 7시에 추념식 준비 위원회 모임에 참석했어야 하는
데, 어디 가느냐고 따지는 아빠와 옥신각신하느라 발이 묶였다.

응, 학교 일이야.

응, 맹세코 학교 일이라니까. 추념식 준비 위원회 학생 대표라고
했잖아, 기억 안 나?

아니, 통금 시간보다 늦진 않아. 아마도. 회의가 너무 오래 걸리
지만 않으면, 아니면 내가 이런 삶에서 탈출하기로 맘먹고 캐나다
같은 데로 내빼버리지 않으면.

마침내 아빠의 허락이 떨어진다. 잭은 다른 위원들 전원이 모인
가운데 맨 마지막으로 도착한다.

"죄송합니다." 그는 서둘러 착석한다. 몇 명이 그를 곁눈질하지
만 어쨌든 무섭게 쏘아보는 이는 없다. 다만 일부 학부모 위원이 상
당히 언짢은 기색이다.

회의 장소는 벨몬트의 어느 교실이다. 잉그리드 로스가 교실 앞쪽 스마트보드 옆에 서 있다. 로스 아줌마. 잭은 그렇게 부른다. 그는 코트니와 알고 지낸 시간만큼 로스 아줌마와도 알고 지냈다.

"방금도 말씀드렸지만, 이 과정이 얼마나 오래 걸렸는지 다들 잘 아실 거예요. 조각상 얘기는 해마다 나왔고 매번 논쟁의 대상이었습니다만, 드디어 우리가 목표를 이룬 것 같네요." 아줌마는 잠시 말을 멈추고 모두에게 미소를 보낸다. "골백번을 시도하고 골백번을 이리저리 구상했다 갈아엎은 끝에, 여러분께 최종 확정된 조각상을 선보이게 되었습니다. 그러니까, 조각상 사진을요."

로스 아줌마가 스마트보드를 톡 두드린다.

구릿빛 바위 하나가 나타난다.

그게 다다. 커다란 바윗덩어리 하나. 이게 최종 결과물이란다. 그동안 나왔던 의견 대부분이 누군가에게 불쾌할 수 있다거나 부적절하다는 이유로 묵살당했다. 천사 형상은 범종교적이지 못하다. 전임 교장 흉상은 자살을 미화한다는 오해를 살 수 있다. 담벼락 비슷한 형태는 영 참신하지가 않다. 그렇게 갑론을박하며 목록은 계속 늘어갔다. 그러다 결국 누군가가 커다란 구릿빛 바위여야 한다는 의견을 제시한 것이다.

강인함과 영원함을 상징한다며. 벨몬트를 상징한다며.

바위 하단에 명패가 붙어 있다. '벨몬트여 영원하라.' 문구 아래 자살한 교장의 이름과 자살한 연도가 새겨져 있다.

"멋있네요." 누군가 평한다.

잭은 고개만 주억인다. 입을 열기가 겁난다. 웃음보가 터질까

봐. 몇 년이나 걸려 벨몬트가 내린 결론이 저 바윗덩어리라니.

로스 아줌마가 기다려보지만 또 다른 평은 나오지 않는다. "교장 선생님의 조각상 제막이 추념식의 대미를 장식할 예정이랍니다. 그 뒤에 기념 촬영이 있을 거고요." 아줌마는 모두에게 함박웃음을 지어 보인다. "마침내 우리가 해냈네요. 애써주신 여러분 모두에게 감사드려요. 정말 기나긴 여정이었습니다."

빈약한 박수 소리가 뻘쭘하게 터진다.

다음 순서로 바위 받침대가 등장한다. 받침대에 대한 논쟁도 조각상보다 약간 덜할 뿐 역시 첨예했더랬다. 최종 디자인은 매우 단순해서 문제 삼을 거리도 없다. 확실히 잭은 이의가 없다.

회의가 끝나자 잭은 대화의 늪에 빠지기 전에 이곳을 벗어나는 상상을 해본다. 물론 턱도 없다. 자리를 뜨기에 앞서 모두와 인사해야 한다. 그게 규칙이다.

그리고 지금은 잉그리드 로스가 그의 코앞에 서 있다.

"안녕하세요, 아줌마." 그가 인사한다.

"안녕, 잭. 내 기억이 맞는지 모르겠는데, 지난번 회의 때는 네가 안 보였던 것 같다?"

"네. 죄송해요. 과제 때문에 못 왔어요." 그는 잠자코 아줌마의 뒷말을 기다린다. 아줌마가 아무 말도 하지 않아서 그가 계속 말을 한다. "정말 대단한 행사가 되겠어요. 준비 위원회에 참여하게 되어 영광이에요."

싱긋 웃는 아줌마의 눈가에 잔주름이 잡힌다. "네 대학 입학 지원서도 한층 알차질 테고."

어쩐지 질책당하는 느낌이다. 적절한 반응인지 잘 모르겠지만 그는 그냥 끄덕인다.

"역시 프린스턴에 갈 계획이니?" 아줌마가 묻는다.

"갈 수 있으면 좋죠. 1지망이긴 해요."

"코트니는 예일 조기 전형에 지원할 거야. 걔 목표는 항상 예일이었던 거 너도 알지?"

진실과는 거리가 먼 문장이다. 코트니의 목표는 웨스트코스트, 다시 말해 엄마에게서 멀어지는 것이다. 스탠퍼드건 버클리건, 하다못해 UC 샌타크루즈라도 상관없다. 엄마와 최대한 멀리 떨어질 수만 있다면. "걔가 몇 번 얘기하긴 했어요."라고 잭은 얼버무린다.

"당연히 했겠지."

"얼굴 봬서 반가웠어요, 로스 아줌마. 다음 회의는 일주일 뒤죠?"

"그래, 맞아."

잭은 미소를 짓고서 교실 문으로 향한다. 나가는 길에 모두에게 알은체하고 미소 띤 얼굴로 인사를 건넨다. 겨우겨우 교실을 빠져나오니 이대로 쓰러질 것만 같다. 싫은 사람들을 좋아하는 척하는 건 여간 힘든 일이 아니다. 음, 싫은 것까진 아닌지도. 그러나 싫은 것에 근접한 감정이랄까.

집에 도착할 무렵 코트니에게서 문자 메시지가 온다.

엄마가 너 만났다는데? 프린스턴??

왜? 아이비리그잖아.

지난주엔 코넬이라며.

뭔 상관? 아이비리그면 됐지.

엄마가 또 예일 얘기 했어?

당연하지. 네 꿈의 대학인데.

진짜, 엄마 때문에 돌아버리겠어.

부모님 하는 일이 그거잖냐. 부모 안내서에 있는 내용일걸.

부모 안내서가 있어?

아무래도 있는 것 같지 않냐?

13

금요일 이른 아침, 소니아가 출근하기도 전부터 코트니의 문자 메시지가 날아든다. 《뷰글》마감일은 스트레스가 가득한 날이다. 특히 편집자가 초긴장 상태다.

> 신설 도서관 기사가 너무 긴 것 같아요!

> 스포츠 몰아보기가 아직 불안불안해요. 주말 지나기 전까지는 자료 준비가 다 안 될 텐데.

> 아무래도 레이아웃을 다시 잡아야 하지 않나 싶은데요.

소니아는 마지막 메시지에 답신한다.

레이아웃을 바꿀 필요는 없어. 기사를 레이아웃에 맞추면 돼.

언제나 마감에 예민한 코트니지만 오늘은 더 심하다. 녀석은 이번 추념식 기념호를 내년 대학 지원서에 쓰고 싶어 한다. 녀석의 스트레스 지수가 10을 찍었다. 소니아의 스트레스 지수는 57쯤 된다는 얘기다. 코트니가 아니어도 그녀는 학교 시험 성적 때문에 간밤에 이메일 폭격에 시달린 터다. 벨몬트의 작년 성적이 눈부셨으니 올해는 당연히 작년을 뛰어넘어야 한다.

"당신 괜찮아?"

남편이 부엌으로 들어온다. 러닝머신으로 한바탕 땀을 뺀 참이다. 마크는 소니아가 고등학생이었던 시절부터 쭉 인생을 함께해온 사랑스럽고 다정한 남자다. 다른 사람과 함께하는 인생은 상상조차 할 수 없다. 비록 저 인간이 히스테리 운운하며 그녀를 약 올리곤 하지만.

"괜찮은데. 왜?"

"휴대폰을 하도 세게 쥐고 있길래. 부서지겠어."

정말 그렇다. 소니아는 커피 잔을 싱크대에 내려놓고 심호흡을 한다. "마감일이거든."

"아. 그럼 오늘 야근하겠네?"

"100퍼."

마크는 허리를 숙여 그녀의 이마에 입 맞춘다. "저녁거리를 냉장고에 남겨놓을게."

그는 샤워하러 뛰어가고 그녀는 차고로 향한다. 학교까지 가는 사이에도 휴대폰 알림음이 몇 차례 더 울린다. 차에서 내리기 전에 그녀는 눈을 감고 매일의 주문을 되뇐다.

'오늘은 좋은 하루가 될 거야.'

'오늘은 좋은 하루가 될 거야.'

'오늘은 좋은 하루가 될 거야.'

열 번을 되뇌고서 눈을 뜬다. 얼굴에 미소를 머금은 다음 차에서 내린다. 세 걸음째에 코트니가 나타난다. 언제나 그렇듯 겉모습은 완벽하다. 잘 다려 입은 옷, 반들반들한 신발, 깔끔하게 질끈 묶은 갈색 머리 포니테일. 제 엄마랑 판박이다.

그러나 두 눈에 불안이 넘실댄다. "도서관 기사는 확실히 너무 길어요."

"괜찮아. 걱정할 거 없어." 소니아는 제자의 팔을 토닥인다.

"너무 길다니까요. 좀 긴 게 아니에요."

"지금 같이 가서 어딜 잘라낼지 검토해보자, 알았지?"

그녀와 코트니는 1교시 시작 전까지 정신없이 편집 작업에 몰두한다. 수업 종소리가 소니아는 그렇게 반가울 수 없다. 드디어 코트니에게서 놓여날 수 있다. 그렇게 안도하는 자신이 약간 미워진다.

아무도 알려주지 않았던 교사 생활의 일부다. 죄책감. 교사는 죄책감에 짓눌려 산다.

소니아는 자신이 한 일과 하지 않은 일, 자기가 도와준 제자와 돕지 않은 제자에 대해 죄책감을 느낀다. 일한 시간과 일하지 않은 시간에도 죄책감을 느낀다. 제자들이 원하는 목표를 이루지 못하거나 원하는 대학에 가지 못할 때도 그녀는 죄책감을 느낀다.

그런 유의 죄책감은 술을 부르기 마련이다. 하지만 소니아는 아니다. 그녀는 술을 입에 대지 않는다. 알코올 중독 수준인 교사를 많이 보기는 한다. 그런 학부모도 부지기수고.

그런데 실제로 술기운이 절실한 학부모들이 있다. 이를테면 코트니의 어머니가 그렇다. 마음의 여유가 꼭 필요한 사람을 한 명 꼽으라면 단연 잉그리드 로스다.

코트니의 어머니만 아니라면 소니아가 상관할 일도 아니다. 그 엄청난 압박에도 여태 그 애의 머리가 폭발하지 않은 게 놀라울 따름이다.

오전 쉬는 시간, 소니아는 교사 휴게실에서 평소처럼 설탕 대신 인공 감미료를 넣은 커피를 한잔하며 코트니의 메시지를 확인한다. 녀석은 수업이 끝나고 휴대폰을 쥘 수 있게 되자마자 메시지를 잔뜩 보내놨다. 하나씩 차근차근, 소니아는 답신을 찍어 보낸다. 그녀는 인내할 줄 안다. 그녀는 상냥하다. 오늘은 좋은 하루가 될 것이다.

주문이 통한 줄 알았는데…… 한 시간 정도 지나자 속이 약간 울렁대기 시작한다.

'제발 오늘은 이러지 마.'

마감일만 아니면 어떤 날이라도 감수할게. 그녀는 배 속의 평안을 되돌리기 위해 굳센 의지를 발휘해보기로 한다. 내 몸은 멀쩡해, 아무 문제 없어. 마감일이라 좀 긴장한 것뿐이겠지.

속을 진정시키려 쉬는 시간마다 자판기에서 다이어트 스프라이트를 뽑아 마신다. 커피는 더 이상 마시지 않는 편이 좋을 듯싶다. 그 쓴맛을 생각만 해도 속이 더 쓰려온다.

다음 수업 전에 스프라이트를 몇 모금 홀짝인다. 별로 도움이 되진 않는다.

수업 도중에 오심이 부쩍 심해진다. 슬슬 열감도 느껴지는 게, 독감이라도 걸린 게 아닌가 싶다. 혹은 식중독에. 그녀는 속으로 말한다. '괜찮아. 괜찮을 거야. 금방 괜찮아질 거야.' 학생들에게는 요즘 수업에서 다루는 『화씨 451』을 몇 장 읽은 뒤 이번 시간이 끝날 때까지 토론하라고 이른다.

스프라이트를 한 모금 더 마시고, 책상에 몸을 기댄 채 한숨 돌린다. 진땀이 나는 걸 아이들에게 들키지 않길 바라며 손등으로 이마를 훔친다.

오장육부가 다 뒤틀린대도 수업 시간에 교실 밖으로 나가는 짓만은 하지 않을 테다. 어지간한 교사들은 그럴 테지만 소니아는 예외다. 그녀는 이 자리를 지키며 능력껏 제 역할을 다할 것이다.

몇 분이 지나자 더는 걷잡을 수 없다. 다급히 쓰레기통을 찾아보지만 닿지 못한다. 그녀는 교사 책상에다 속을 게워내고 만다.

14

3교시를 마치고 잭이 교실을 나서며 휴대폰을 켜자마자 B 쌤 사건을 알리는 메시지가 미친 듯이 뜬다. 쌤을 걱정하는 문자부터 쌤이 사방에 토를 난사해대던 장면을 생생히 묘사하는 것까지 다양하다. 온통 토사물이 흩뿌려진 교실 사진을 올린 아이도 있다.

루커스는 '코로나인가 봐. 아님 임신했나.'라고 한다.

잭은 '바보냐. 장염이겠지.'라고 대꾸한다.

그리고 메모장을 열어 'B 쌤께 회복 기원 카드 보내기'라고 적어둔다. 바로 이런 게 선생들의 사랑을 한몸에 받는 비결이다. 그는 선생들 생일을 일일이 기억하고 모두에게 크리스마스 선물을 건네며, 누가 아프면 잊지 않고 카드를 보낸다. 쉽고 간단한 데 비해 효과가 끝내준다.

음, 크러처에게만은 씨알도 먹히지 않지만. 잭은 오늘 아침에 일어나 가장 먼저 『황폐한 집』 에세이를 이메일로 제출했다. 오늘 중으로만 보내도 됐는데 일부러 일찍 보냈건만 여태 답신 한 줄이 없다. 에세이를 일찍 제출했다고 그 인간이 고마워할 리는 없지만. 물론 잭도 기대하지 않았고.

첫 수업부터 잭은 크러처에게 찍혔다. 미운털이 박힌 건 알겠는데 잭으로선 도무지 이유를 알 수 없었다. 대체 뭘 잘못했기에? 그가 한 일이라곤 크러처의 교실로 들어가 휴대폰을 보관함에 넣고 자리에 앉은 것뿐이다. 정말 그게 다다.

그때 크러처가 그를 불렀다. "잠깐. 이름이?"

"잭 워드요."

"응, 잭 워드, 그 자리가 너무 편해지기 전에 좌석표를 확인해보지 않겠니? 내가 교실 앞쪽에 인쇄물을 놓아뒀는데 넌 거들떠보지도 않았나 보다. 그 자리에 앉아야 할 학생 이름은 시번 드렉슬러거든."

교실 앞쪽을 보니 과연 의자 위에 종이 더미가 있었다. "죄송합니다." 잭은 발딱 일어섰다.

사실 그 좌석표는 수업 첫 주, 즉 크러처가 학생들 이름을 익힐 때까지만 쓰였다. 그 후로는 아무 자리든 앉고 싶은 데 앉아도 됐다. 잭은 맨 처음 앉았던 한가운데 자리를 택했다.

그때부터 쭉, 크러처는 잭을 미워했다. 그래, 어쩌면 첫날 그런 일도 있었는데 굳이 그때 그 자리를 택한 게 잘못이었는지 모르지만, 잭은 교실 한복판 자리가 좋단 말이다. 창밖 풍경과 교실 문에서 너무 가깝지도 멀지도 않은. 완벽한 자리라서 잭은 거기에 앉았다. 그게 그렇게 혼쭐날 일인가?

'좋은 첫인상의 힘을 과소평가하지 마라.'

어쩌면 워드 어록이 맞는가 보다. 어쩌면 잭은 첫 단추부터 단단히 잘못 끼운 셈인지도.

▶ ▷ ▶ ▷

테디는 점심시간이 되어서야 소니아 사건을 알게 된다. 수업 후 학생들 사이에 그 얘기가 돌았는지 아닌지 모르지만 그는 딱히 귀 기울이지 않았다. 잭의 에세이를 읽느라 바빴다. 오늘 아침 그의 받은메일함에 첫 번째로 도착한 메일이었다.

과제 평가를 위해 테디는 〈황폐한 집〉 TV 시리즈를 정주행했다. 지난주 내내 밤마다 두 편씩, 하루도 빠짐없이 보았다. 잭이 책 대신 드라마를 보고 과제를 했을 경우를 대비해서다. 드라마보다 책에 등장인물이 훨씬 많으니, 잭이 드라마에 나오지 않는 인물을 언급하는지 살펴보는 것도 흥미롭겠다 싶었다.

이런 생각에 빠져 있느라 아무것도 모르는 채 점심시간에 교사 휴게실로 들어선다. 왠지 떠들썩한 분위기에 '분수토'니 '오바이트'니 하는 단어들이 여기저기서 들린다. 식사를 하면서 나누기 적절한 화제라는 듯이.

프랭크가 마침내 그에게 소식을 전한다. 소니아의 교실에서 시작해 1층 여자 화장실에서 끝나는 사건의 전말을 자세히 얘기한다.

"소문으로는 코로나라고 하는데 아녜요, 코로나가 아니래요."

"코로나? 아이고 하나님."

프랭크가 입술을 앙다문다. 그래도 주님의 이름을 헛되이 부르지 말라는 경고는 속으로 삼키고, 하던 이야기를 이어간다. "구급차에 실려 갔다는 소문도 가짜예요. 남편 분이 오셔서 데려갔어요."

물론이다. 구급차가 오지 않은 건 테디도 안다. 구급차가 학교에 왔다면 사이렌 소리가 들렸을 것이다.

"그러니까, 그냥 수업 중에 갑자기 그랬다는 겁니까?"

"네. 교사 책상에 토했대요." 프랭크가 대답한다.

"끔찍하군요."

"조가 안됐죠. 그분이 다 치워야 하니까요."

테디는 끄덕이지만 사실 학교 관리인은 안중에 없다. 그는 그렇게까지 탈이 난 소니아를 생각 중이다. "식중독이 아닌가 싶네요."

"식중독 아니면 장염일 거예요, 분명."

테디는 커피를 마시지 않는다. 그 대신 아래층으로, 소니아의 교실로 간다. 문이 닫혀 있지만 문에 난 창으로 안을 엿본다. 오물은 벌써 말끔히 치워졌고 바깥쪽 창문이 열려 있다. 표백제 냄새도 난다.

그는 자기 교실로 돌아가 점심 도시락을 꺼낸다. 볼로냐소시지를 얹은 식빵과 사과 한 알. 평소 그의 점심 식사다. 먹는 동안 다시 잭의 에세이를 들여다본다. 잭이 선택한 주제는 법 체제다. 그리 놀랍지는 않은 게, 녀석의 어머니 파멜라가 변호사다. 이 역시 테디가 온라인 검색을 통해 알아낸 사실이다.

한데 그가 받은 건 에세이만이 아니다. 잭은 성적을 올릴 기회를 주셔서 깊이 감사드린다는 편지를 함께 보냈다. 덜 노련한 교사라면 감동했을 법한.

테디는 아니다. 아부는 절박함에서 나온다. 그는 그런 수를 노리는 학생을 높이 사지 않는다.

점심시간이 끝날 때까지 에세이를 읽는다. 소니아와 오전의 소란은 이미 지난 일이다. 그래서 머릿속에서 지웠는데 퇴근 시간 무렵에 프랑크가 불쑥 머리를 들이민다.

"소니아 쌤 남편한테서 연락이 왔어요. 역시 배탈이었어요. 장염인 것 같다네요."

"알려줘서 고마워요." 테디는 말한다.

▶ ▷ ▶ ▷

그날 저녁, 혼자 집에 있던 그는 지하실로 내려간다. 작업대에 각각 절반씩 채우고 뚜껑을 씌운 시험관 세 개가 놓여 있다. 그는 'S' 스티커가 붙은 첫 번째 시험관을 집어 든다. '소니아(Sonia)'의 S다.

그가 소니아의 커피에 넣은 물질은 얼마 전부터 연구하고 심혈을 기울여 제조한 신약물이다. 임상 시험을 거치지 않아 알맞은 양이나 효과를 확신할 수 없었지만 어떻게든 조만간 확인해야만 했다. 초록색 펜으로 그는 그 시험관에 플러스 표시를 한다.

그러고 나서 위층으로 올라가 차디찬 우유 한 잔을 벌컥벌컥 들이켠다.

15

담요를 둘둘 말고 머리를 베개에 푹 파묻은 채 소니아는 차라리 죽고 싶은 심정이다. 죽고 싶지 않은 순간순간에는, 화가 머리 끝까지 치민다.

아픈 것과 몸져눕는 것은 차원이 다른 문제다. 더구나 타이밍마저 최악이다.

집에 와서도 내내, 움직일 때마다 배 속이 요동친다. 코트니의 문자를 읽는데 속이 메스껍다. 컴퓨터나 TV 화면을 쳐다보기만 해도 토할 것 같다. 커튼을 닫아놓고 침대에 누워 약 한 시간 간격으로 물을 조금씩 마시는 것 말고는 아무것도 할 수 없다. 금요일 밤이 이슥해서야 가까스로 잠이 든다. 자기 몸을, 그날을, 자신의 삶 전부를 저주하면서.

땀에 흠뻑 젖은 채 잠에서 깬다. 침대 시트가 다리를 휘감았고 담요는 침대 아래로 떨어져 있다. 바깥이 회부윰하게 밝아오는 걸 보니 죽지 않고 간밤을 넘긴 모양이다. 그대로 꼼짝 않고 몇 분을 보낸 뒤 그녀는 휴대폰을 찾아 손을 뻗는다. 코트니가 보낸, 읽지 않은 메시지 수 '24'를 보자마자 또 배 속이 울렁대기 시작한다.

온몸을 한껏 웅크리다가 소니아는 이토록 암담한 와중에도 한 줄기 빛이 있음을 깨닫는다. '충분히 살펴보면 그 어떤 상황에서도 한 줄기 빛을 찾을 수 있다.' 그녀의 어머니가 자주 하시던 말씀이다. 과연 어머니가 옳았다. 또다시.

이런 식으로 하루나 이틀 더 앓으면 빨강 드레스를 멋들어지게 소화하는 몸매로 돌아갈 수 있을 것이다. 벨몬트 근속 10주년 기념 파티에 딱 맞춰서.

► ▷ ► ▷

테디는 잭의 에세이를 세 번 정독한다. 첫 번째는 전체적인 흐름을 살핀다. 두 번째는 등장인물과 상세 줄거리를 확인한다. 세 번째는 문법을 꼼꼼히 검사한다.

기차게 잘 쓴 에세이다.

수상하리만치 잘 썼다. 잭이 실제로 책을 읽고—법률적인 부분은 어머니께 약간 도움을 받았겠지만—썼을까? 아니면 누군가에게 돈을 주고 대신 쓰게 했을까.

일주일이란 기한을 생각하면 역시 후자 쪽으로 심증이 간다.

주말을 이용해 테디는 온라인에 오랜 시간 머무르며 잭의 언행을 좇는다.

과연 영화 모임에 대한 대화가 눈에 띈다. 그의 수업을 듣는 아이들 몇 명이 함께 영화 〈모비 딕〉을 보기로 한 모양이다. 놀랍지 않다. 또한 참석자 명단에 잭이 없는 것도 예상한 바다. 녀석이 영화 〈모비 딕〉을 보고자 한다면 자기 집에 딸린 영화관에서 보겠지.

테디는 구글맵 항공뷰로 잭의 집을 본다. 저런 대저택에 영화관이 없을 리 없다.

일요일 밤, 테디는 잭이 사람을 고용해 과제를 대신 하게 했다는 결론에 도달한다. 녀석의 소셜미디어 계정은 너무나 활동적이고 너무나 여유롭다. 주말이 끼지 않은 닷새 동안 그렇게 두꺼운 책을 완독하고 에세이를 작성한 사람이라고는 볼 수 없다. 그런데 테디로서는 그걸 증명할 방법이 없다.

아내가 곁에 있다면 함께 의논해볼 텐데. 앨리슨은 그가 만나본 중 가장 도덕적인 사람이다. 그녀라면 잭을 향한 그의 혐오감을 이해할 것이다.

테디는 아내 대신 지하실을 찾는다.

▶ ▷ ▶ ▷

한때 앨리슨은 지하실을 아이들 놀이방으로 꾸밀 계획을 세웠다. 하지만 그들 사이엔 끝내 아이가 생기지 않았다.

현재 지하실은 창고가 됐는데 한쪽 귀퉁이 공간만은 달리 쓰인다. 테디가 꾸민 작업 공간으로 약간 실험실 같은 분위기를 풍긴다. 비커, 시험관, 심지어 분젠 버너까지 작업대에 가지런히 놓여 있다.

그 뒤편 선반에는 커피 캡슐을 보관한다.

테디는 몇 년 전에 처음으로 캡슐 커피를 마셔봤다. 끔찍한 경험이었고 그는 프렌치 프레스로 만든 커피가 훨씬 낫다고 생각했다.

그런데 캡슐 커피가 점점 더 인기를 끌기에 한번 더 시도해보기로 했다. 처음보다는 나았지만 그의 입맛은 여전히 캡슐 커피를 거부했다. 그러다 프라임 볼드를 맛보게 되었다. 이제는 프라임 볼드 없는 하루를 상상할 수도 없다. 프라임 볼드를 알게 되고 얼마 후에 그는 프렌치 프레스를 내다 버리기까지 했다.

그 일로 아내가 단단히 화가 났다.

그녀는 곧바로 새 프렌치 프레스를 사와서 부엌 보조 테이블 위, 그의 캡슐 커피 머신 옆에 놓았다. 매일 아침 테디는 아내가 프렌치 프레스를 누를 때 나는 뽀글뽀글 소리를 들으며 하루의 첫 커피를 음미했다. '당신 커피는 오래 기다려야 해.' 그렇게 생각했지만 입 밖에 낸 적은 없다. 그녀의 몸이고 그녀의 선택이고 기타 등등 그러하니까.

어느 날 아침 그가 혼자 집에 있었는데, 캡슐 하나가 불량이라 줄줄 새는 것을 발견했다. 원인을 알고 싶었던 그는 캡슐을 뜯어 샅샅이 살펴보았고 결국 커피 가루가 새어 나오는 구멍을 찾아냈다.

바로 그때 이런 생각이 머리를 스쳤다. 캡슐에서 커피가 추출될 뿐 아니라 무언가를 캡슐 안에 주입할 수도 있겠는걸.

한번 해보자.

그는 주사기로 캡슐 테두리 바로 아래에 미세한 구멍을 냈다. 처음에는 커피 필터 안으로 알코올을 소량 주입했다. 효과가 있을지,

알코올 맛이 날지 궁금했다.

알코올 맛이 났다.

무궁무진한 가능성이 열리는 순간이었다.

약간의 관찰이 필요할 뿐이었다. 누가 휴게실에서 커피를 마시는지. 누가 따로 캡슐을 챙겨 오는지. 누가 어떤 캡슐을 즐겨 마시는지.

그는 다시 한번 실험을 감행했다. 골드 로스트를 주머니로 슬쩍해 집으로 가져와, 빻아서 물에 희석한 발륨 반 알을 주입했다. 캡슐을 머신에 넣기 전에 아주 자세히 살펴보지 않는 한 주사기 구멍은 전혀 티 나지 않았다.

어쨌거나 민디는 알아채지 못했다. 그녀는 그 맛대가리 없는 커피를 한 잔 다 마셨고 몇 시간 뒤에는 아주 딴사람이 돼 있었다. 딱히 기분 좋아 보이지는 않았지만 별의별 일에 씩씩대지도 않았다.

그래서 그는 또 실험했다. 다시. 또다시.

그는 온갖 약물을 섞었다. 발륨, 수면제, 심지어 비처방 의약품까지. 그가 한 일은 선행이었다. 콧물과 기침이 멎지 않는 사람은 감기약을 먹은 덕에 병균을 옮기지 않았다. 수면 부족인 사람은 조금이나마 정신을 차릴 수 있었다.

또, 예민한 사람은 순해졌다. 그렇게라도 긴장을 풀지 않았다면 진즉 심장마비로 쓰러졌을 것이다. 지난해 한 차례 심장마비를 일으켰던 지금의 교장처럼.

테디는 그저 모두를 돕고 있을 뿐이다. 그들에게 최선인 방향으로.

단, 소니아는 예외지만.

16

월요일 아침, 소니아는 괜찮다. 거짓말처럼 아무렇지 않다. 어제도 제법 나아져서 코트니가 작업한 《뷰글》편집본을 검토할 수 있었다. 이 녀석, 애초에 걱정 따위 왜 했는지 모르겠다. 혼자서도 기가 막히게 해냈구먼. 편집은 거의 다 마쳤고 레이아웃도 대부분 짜놓았다. 수차례 검토를 거듭한 끝에 그녀가 내린 결론은 하나다.

'나 스스로 좀 더 자신감을 가져야겠어.'

소니아는 좋은 교사였고 지금도 그렇다. 남편처럼 대학교수는 아닐지라도, 썩 훌륭한 교사다. 소니아가 방법을 가르쳐줬기에 코트니가 맡은 바를 정확히 알고 이행할 수 있었다.

하찮은 장염에서 소니아가 찾아낸 두 번째 한 줄기 빛이다. 그녀는 자신이 유능함을 새삼스레 상기하게 되었다.

얼굴에 미소를 머금고 학교로 들어선 그녀는 곧장 《뷰글》편집실로 향한다. 코트니가 벌써 와 있다. 지난 금요일과 다름없이 스트레스에 짓눌린 얼굴이다.

녀석이 의자에서 벌떡 일어선다. "B 쌤! 오셨네요! 몸은 좀 어떠세요?"

"아, 괜찮아. 다 나았어. 가벼운 장염이었는걸. 아니 뭐, 그리 가볍지는 않았던 것도 같지만. 어쨌든 무사히 이겨냈단다."

코트니가 생긋 웃는다. "잘됐어요."

"그럼, 상황을 좀 볼까." 소니아는 제자 옆을 지나 허리를 숙이고 컴퓨터 화면을 들여다본다. 이제 할 일로 복귀할 때다. "코트니, 이건 어젯밤에 확인한 것보다도 나은데?"

"정말요?"

"그렇다니까. 네가 너무나 훌륭하게 잘해줬어."

코트니가 짓는 미소가 하도 환해 눈이 부실 지경이다. "고마워요, B 쌤."

"잭 기사도 받는 즉시 알려줄게."

아직 좀 이르지만 소니아는 학교 건물 끝쪽으로 향한다. 교실들에서 멀리 떨어진 남관 한구석에 관리실이 있다. 조는 소니아보다 훨씬 오래 이 학교에서 근무했다. 적어도 20년은 됐을 거다.

금요일에 그녀가 만든 난장판을 그가 치웠을 것이다. 보통 난장판이 아니었는데.

문이 닫혀 있어 노크를 했는데 응답이 없다. 약간 안심되면서 창피하기도 하다. 그래서 그녀는 조촐하게 감사 인사를 담은 쪽지를 문 아래 틈으로 밀어 넣는 것으로 만족한다.

다음으로 수업 시작 전에 들른 곳은 교사 휴게실이다. 휴게실이

북적인다. 다들 1교시 전에 커피 한잔하러 오니까. 모두가 그녀에게 안부를 묻는다.

그녀는 미소 짓는다. "아, 괜찮아요. 이제 멀쩡해요. 어쨌거나 아직 안 죽었답니다."

모두가 말한다. "다행이에요, 정말. 건강한 모습을 보니 좋네요."

"저도요."

소니아는 커피를 마시고 자리를 뜬다. 그녀가 나타나기 전에 다들 그녀 얘기를 하고 있었던 것 같다. 금요일 일이 여태 화제일 리는 없는데. 지금쯤이면 모두의 관심사에서 멀어졌어야 한다. 벨몬트에선 그 어떤 화제도 만 하루를 넘기지 못하니까.

그러니 아마 그녀의 10주년 파티 계획을 모의 중이었나 보다. 대망의 그날이 나흘 앞으로 다가왔다.

▶ ▷ ▶ ▷

테디가 학생에게 추가 과제의 기회를 주기 싫어하는 이유 중 하나는 그의 재량권이 사라지기 때문이다. 추가 과제란 애초에 조건이 정해져 있다. 이 과제를 수행하면 너의 성적이 올라갈 것이다. 추가 과제가 형편없지 않은 한 계약은 성사된 것이다. 다시 말해 테디는 속절없이 잭의 점수를 A로 올려야만 한다.

단 A 마이너스로.

추가로 민폐를 끼쳤으니까.

잭도 그걸 알고 있다. 교실에서 녀석은 싱글벙글 여유 만만한 모습이다. 친구들과 농담 따먹기를 하고 여자애와 시시덕댄다. 시간이 남아돈다는 듯이.

학생들이 교사 휴게실 커피를 마실 수 없는 게 심히 안타깝다.

이런 까닭에 테디는 기분이 나쁜데 소니아까지 나타나 비위를 건드린다. 일터에 복귀한 그 여자는 지난 금요일 요란하게 분수토를 뿜었다는 이유로 크게 주목받고 있다. 이건 테디도 예상했다. 그 여자가 여느 때보다도 더 뻐기며 나댈 줄을 미처 몰랐을 뿐이다.

두 사람은 1교시 시작 전에 교사 휴게실 밖에서 마주친다. 오늘 그녀가 입은 원피스는 녹색이다. 토사물 같은 녹색.

그가 말을 건넨다. "무사히 돌아오셔서 다행입니다. 다들 걱정 많이 했어요."

"어머나, 고마워요. 다들 걱정해주셔서 너무 고마운데, 이제 전 괜찮아요. 아무렇지도 않답니다."

"좋은 소식이네요."

그녀가 덧붙여 말한다. "참, 《뷰글》은 수요일, 일정에 맞게 나올 거예요. 잭의 기사도 실리고요."

테디는 조금 놀라지만 내색하지 않는다. "정말 잘됐군요."

"그러니까요."

마지막으로 만족스런 미소를 날리고 소니아는 휴게실로 들어간다. 테디는 들어가지 않는다. 대신 계단 쪽으로 되돌아간다. 그리로 통하는 복도는 '명예의 전당'이다. 벨몬트 창립자, 역대 교장들과 현 교장, 이사회 위원들의 사진이 진열된 그 공간을 여기서는 그렇게 칭한다.

그 뒤편에는 교사 및 직원의 사진이 있다. 그러나 전부 있는 건 아니다.

이른바 '벽에 걸리는' 교사들은 벨몬트에서 가르치기만 하는 게 아니라 배우기도 했던 이들이다. 이 학교를 졸업한 뒤 교사나 직원으로 돌아오는 이들은 특별하다고들 한다. 심지어 타 학교 출신보다 낫단다. 벨몬트가 그들의 고향이라나 뭐라나.

테디는 그들 중 하나가 아니다.

소니아가 그들 중 하나다.

17

소니아로 인해 산만해진 분위기가 가시자 비로소 테디는 다시 자신의 직분인 '가르치기'를 제대로 할 수 있다.

2교시 반 학생들이 『아웃사이더』를 읽기로 한 지 일주일이 채 안 됐는데 벌써 다들 빠르게 읽어치우고 있다. 이 사실을 그는 학생들의 온라인 대화를 보고 알았다. 그의 예상대로 상당수가 전에 이 책을 읽은 적 있지만 이번이 처음인 아이들도 있다.

그가 학생들에게 말한다. "다들 읽기 시작했지? 그러니 너희가 느낀 첫인상을 좀 들려줬으면 한다."

대니엘이 가장 먼저 손을 번쩍 든다. 언제나 그렇듯.

"응?" 테디가 알은체한다.

"전반적으로 이 책은 소셜과 그리저 간의 사회경제적 차이와 그 애들이 받는 대우의 차이를 다뤄요. 그리저 애들은 가난하기 때문에 차별 대우를 받고 범죄자 집단이라는 낙인이 찍히죠."

"요즘 세상이랑 비슷한 것 같아요." 알렉스라는 녀석이 이어 말한다. 장학생도 아니면서―사실 엄청난 부잣집 아들이면서―온라인에서는 꽤나 '깨어 있는' 척하는 녀석이다.

테디가 말한다. "『아웃사이더』의 세상이 현실이라면 너희 대부분이 소셜에 속하리라는 데는 동의들 하나?"

"예."

"네."

"네."

"아마 그렇겠죠." 대니엘이 말한다. "그런데 『아웃사이더』 세상엔 인터넷이 없잖아요. 이제는 다른 세상이에요."

"아냐, 다르지 않아." 알렉스가 반박한다.

"당연히 다르지." 대니엘이 대꾸한다.

테디는 코트니를 본다. 녀석은 책상만 내려다볼 뿐 손을 들지 않는다. 그 애답지 않다. 틀림없이 《뷰글》 때문에 시달려서일 것이다. 다음 호 공개가 겨우 이틀 남았다. 책 때문에 힘들 리는 없으니까.

테디가 말한다. "너희 중에 이 책을 전에도 읽어본 사람들이 있을 거다. 그러니 스포는 빼고, 책에서 또 어떤 점이 인상 깊었지?"

누군가 답한다. "별명이요. 포니보이, 소다팝, 투비트. 이상하잖아요."

"그런가? 너희 중에도 별명이 있는 친구들이 있지 않나?"

몇 명이 끄덕끄덕한다.

"그럼 별명 자체가 이상한지 몰라도 별명으로 불린다는 설정은 이상할 게 없다는 얘기로구나. 또 다른 의견?"

대니엘이 또 나선다. "양극화가 너무 뚜렷해요. 첫 챕터부터 드러나죠. 소셜 아니면 그리저예요. 포니보이를 위한 중간 계층이 존재하지 않는 것 같아요."

"존재하지 않으니까."

코트니다.

드디어.

"그건 무슨 말이지?" 테디가 묻는다.

"중간 계층은 그리저를 건드리지 않아요. 소셜들이 그러죠. 그리저들을 폭행하고 괴롭혀요. 그래서 중요하고요."

"예리한 지적이구나. 그렇다면 소셜은 왜 그리저를 괴롭힐까?"

알렉스가 대답한다. "저들이 더 낫다고 생각하니까요. 부자라서."

"하지만 요즘 학폭은 옛날 같지 않아요. 우리 중에 누가 돈 없는 애를 괴롭히지는 않잖아요." 대니엘의 말이다.

대부분이 고개를 끄덕인다. 코트니도.

맞는 말이다. 벨몬트 학생들은 거칠지 않으며 학교에서 치고받고 싸우는 일도 많지 않다. 다만 테디는 이 녀석들이 스스로가 얼마나 위선적인지, 비교적 덜 부유한 친구들을 자기네가 어떻게 대하는지 깨닫기를 바란다. 이를테면 장학생들. 그 애들은 언제나 외톨이다.

지금 이 교실에도 한 명 있다. 캐서린, 뒷줄에 앉는 투명 인간 중하나. 현재 진행 중인 토론에서도 그 애는 입 한번 떼지 않는다. 테디가 지목해도 되지만 저 가여운 여자애를 난처한 상황에 몰아넣고 싶지 않다.

저런 아이인 것이 어떤 기분인지 그는 똑똑히 기억한다. 줄곧 무시당하고 사는 기분이란. 어른이 된 지금도 사정은 크게 다르지 않다. 그의 사진은 벽에 걸리지 못했다. 벨몬트 학비를 감당할 돈이 없었기 때문에.

평생 '아웃사이더'다. 책 속에서처럼.

처음 만났을 때 앨리슨은 바로 이 책을 읽고 있었다.

▶ ▷ ▶ ▷

그녀는 식료품점 앞에 앉아 있었다. 테디는 그녀를 스치듯 지나쳐 가게로 들어갈 참이었다. 늘 이런저런 단체가 그곳에 모금 탁자를 설치해놓고 아이들과 부모들이 지키고 서서 행인들에게 기부를 부탁했다. 그는 단 한 번도 걸음을 멈춘 적이 없었다.

앨리슨을 보기 전까지는.

그녀는 간이 탁자 뒤에 앉아 한 손에는 책을 들고 다른 손 손가락으로는 짙은 색 머리칼을 배배 꼬고 있었다. 탁자 앞에 걸린 표지판에는 손 글씨로 이렇게 적혀 있었다.

메모리얼 병원 모금 행사
소아 병동에 장난감이 필요해요!
환아들에게 웃음을 선사해주시겠어요?

활짝 웃는 아이 얼굴에 몸통과 팔다리는 막대기처럼 죽죽 그어 표현한 그림들이 표지판 여기저기에 있었다. 테디는 걸음을 멈추고 그것을 무려 1초 동안이나 들여다봤다.

"제 그림이 마음에 안 드세요?" 그녀가 물었다.

"오, 아뇨. 훌륭한데요. 화가신가요?"

그녀는 웃었다. 진짜 미소였다. 훗날 그가 보게 될, 그녀가 화났을 때 짓는 것과는 다른. "재미있네요. 전 간호사예요."

"간호사가 이런 모금 활동도 하는 줄은 몰랐어요."

"저도요. 하지만 이제 1년차라서요. 1년차는 다 이걸 해야 되나 보더라고요. 뭐, 아마 의무는 아닐 텐데 권장된다고나 할까요."

"학교의 교과 외 활동 같은 거군요."

"맞아요, 딱 그거예요."

"전 교사입니다."

"전 앨리슨이에요."

웃음이 터졌다. 테디는 웃음에 인색했고 근무 중에는 아예 웃지 않았다. 그런데 이 여자가 1분도 안 걸려 그 벽을 무너뜨렸다.

앨리슨은 말했다. "근데 전 상관없어요. 아이들한테 새 장난감이 필요한 건 사실이니까. 지금 있는 장난감들은 정말 한심하거든요."

그는 지갑에서 얼마 안 되는 현금을 몽땅 꺼냈다. "20달러 있네요. 이거면 장난감을 좀 살 수 있을까요?"

그녀는 그의 손에서 지폐를 낚아챘다. "그럼요. 세액 공제용 영수증도 써드릴게요. 무려 25센트나 공제받으실 수 있답니다."

또 한 번, 그는 웃고 말았다. 생각보다 더 크게. 그녀가 그토록 귀엽지 않았더라면 아마 그렇게까지 웃지는 않았을 것이다. 어쩌면 그 자신에게 그녀가 필요한지도 모른다는 생각이 들기 시작했다. 그를 웃게 하는 사람. 그는 그런 사람을 사귀어본 기억이 없었다.

테디는 그녀의 책 쪽으로 고개를 까딱했다. "학교에서 제가 그 책을 가르칩니다."

"정말요? 전 지금 처음 읽는데."

"읽어 보니 어때요?"

그녀는 어깨를 으쓱하며 영수증을 찌익 뜯어 그에게 건넸다. "나쁘지 않네요. 소셜 것들은 진짜 개똥같은 놈들이지만요."

바로 그때 확신했다. 그에게는 정말로 그녀가 필요했다.

18

마지막 교시 종료를 알리는 종이 울리자마자 테디는 학교를 나와 집으로 간다. 좀처럼 없는 일이다. 보통은 참석할 회의나 만날 누군가가 있는데 오늘은 아무 일정도 없다. 기꺼이 그는 가능한 한 빠르게 퇴근하는 여유를 누린다.

집은 여전하다. 잡초가 무성한 정원, 허물어져가는 현관, 칠이 벗겨진 외벽도. 평소와 다를 게 없다.

그런데 집 안으로 들어가자……

공기가 향긋하다. 건조기에서 갓 꺼낸 빨래처럼 산뜻하고 청결한 향이다. 아주 익숙한, 너무너무 좋은 향기.

"앨리슨?" 그는 외친다.

대답이 없다.

"앨리슨, 집에 온 거야?"

여전히 아무도 답하지 않아, 그는 한달음에 침실로 뛰어 올라간다.

아무도 없다. 침구는 그가 두고 나온 그대로 흐트러져 있고 잠옷도 의자에 걸쳐진 채다. 협탁 위 책 더미와 빈 유리잔 여러 개, 정전 후 시간을 맞춰놓지 않아 깜빡거리는 알람 시계도 그대로다.

다만 향기가 더 짙다.

"여보?"

대답도 움직임도 없다. 테디 자신의 것 말고는 아무런 인기척도 없다.

하지만 그녀가 여기 있었다.

그는 옷장으로, 그녀의 옷장으로 다가간다. 집이 워낙에 구옥이라 수납공간이 넉넉지 않다. 그렇다고 부부가 붙박이장을 짜 넣을 생각을 한 적도 없었다. 대신에 그들은 침실에 있는 두 개의 작은 수납장에 각자의 옷가지를 넣고 나머지 짐은 다른 방들에 보관했다. 그리고 철마다 옷가지를 옮겼다.

그녀의 옷장 문은 닫혀 있다. 오늘 아침과 똑같이. 그는 망설이다 그 문을 열어젖힌다.

비었다.

옷걸이에 걸려 있던 옷들과 선반에 얹혀 있던 신발들이 전부 사라졌다. 심지어 앨리슨이 스웨터와 핸드백을 보관하는 위쪽 선반마저 텅 비었다.

어제는 이렇지 않았다. 절반쯤, 어쩌면 그 이상은 차 있었다. 앨리슨은 떠날 때 짐을 다 가져가지 않았었다.

한여름이었던 4개월 전, 테디와 앨리슨은 여느 날과 비슷한 시각에 잠자리에 들었다. 둘 다 책을 좀 읽다가 불을 껐는데 좀처럼 잠을 이룰 수 없었다. 에어컨이 있었지만 역부족이었다. 낡아빠진 방문과 창문, 심지어 마룻바닥 틈으로도 열기가 새어 들어왔다. 앨리슨은 넌더리를 냈다.

다음 날 일어나 보니 그녀가 없었다. 그녀의 옷가지 일부, 세면도구와 화장품, 컴퓨터도.

13년이나 이어온 결혼 생활을 그녀는 그렇게 그만두었다. 달랑 요금 청구서 한 장만 식탁에 남겨두고서. 쪽지 한 장, 하다못해 포스트잇 메모조차 남기지 않았다. 그가 받아야 하는데 그녀 앞으로 잘못 날아온 청구서 한 장뿐이었다.

바로 그날 테디의 옛 습관이 되살아났다. 그녀에게 연락해볼까 하는 생각이 들 때마다 그 대신 하염없이 손톱 거스러미를 뜯었다.

▶ ▷ ▶ ▷

《뷰글》공개 전날, 비로소 코트니가 차츰 안정을 되찾는다.

소니아는 컴퓨터 화면을 가리키며 말한다. "봐, 환상적이지?"

듣는지 마는지, 코트니는 그저 고개를 주억인다. 컴퓨터 화면을 들여다보는 틈틈이 휴대폰으로 어머니의 문자 메시지에 답하더니 또 한 번 알림이 뜨자 휴대폰을 엎어놓는다.

"집에 무슨 일 있는 건 아니지?" 소니아가 넌지시 묻는다.

"맨날 똑같죠 뭐."

소니아는 대꾸하지 않는다. 하지만 그녀는 잉그리드가 어떤지 안다. 이사회나 협의회를 압박하지 않으면 딸아이를 몰아붙이는 사람이다. 코트니에겐 그럴 필요가 없는데. 녀석은 제법 유순한 편인데 말이다.

코트니는 소식지 첫 페이지를 열고 유심히 훑는다. 한 번 더.

"훌륭하다니까." 소니아가 말한다.

"이번 호를 대학 지원서에 첨부할 거예요. 반드시 완벽해야 해요."

"그래, 좋아." 소니아는 팽팽해진 기운이 좀 가라앉길 기다렸다가 말을 잇는다. "나가서 뭘 좀 먹는 게 어떻겠니? 검토는 내가 할게. 크로스 교정, 오케이?"

코트니는 반대할 기세였지만 금세 생각을 고쳐먹고 끄덕인다. "예. 크로스 교정, 좋아요."

"바람 좀 쐬렴. 한 시간쯤 있다가 돌아와. 쌤이 한번 쭉 훑어볼 시간은 될 거야."

"30분 내로 올게요."

코트니가 나가자 소니아는 약속한 대로 《뷰글》 크로스 교정을 시작하되 자신에 대한 기사부터 찾아본다. 화면 속 페이지를 획획 넘겨보니 3쪽에 있다. 잭의 기사 다음, 라크로스 집중 기사 다음, 그러나 신설 도서관 기사 앞이다. 이만하면 썩 괜찮은 자리다.

벤저민 선생님, 근속 10주년 맞아

영문학 교사 소니아 벤저민이 이번 금요일, 근속 10주년을 맞는다. 벤저민은 벨몬트 아카데미 출신으로(2001년 졸업) 브라운 대학교에 진학했다.

세인트존스 대학교에서 석사 학위를 받은 뒤 '국경없는교사회' 해외 자원 봉사자로 활동했다. 귀국 후에는 스스로 '제2의 고향'이라 여기는 벨몬트로 돌아왔다.

이곳에서 교직 생활을 하는 동안 수많은 위원회 활동을 통해 벨몬트 공동체에 적극 이바지해왔다. 현재는 협의회 담당과 《벨몬트 뷰글》 자문을 겸임하고 있다.

금요일에는 구내식당 옆 스태퍼드 룸에서 온종일 그녀의 근속 10주년을 축하하는 자리가 마련된다. 정오에 예정된 기념식에는 누구나 참석할 수 있다.

대체로 만족스러운 기사이긴 한데, 이왕이면 자신을 '사랑받는 영문학 교사 소니아 벤저민'이라 소개했으면 싶다. 역시 그 편이 더 정확하지 않은가.

19

수요일 초저녁, 테디는 집 뒤편을 쭉 돌아본다. 땅거미가 내려앉아 모든 것이 무채색으로 보인다. 그래서 밝은 대낮의 풍경보다 나은지 못한지 그로서는 판단하기 어렵다.

그는 휴대폰 카메라로 그곳의 화초와 잡초, 덤불, 나무 들을 빠짐없이 찍는다. 집 안으로 들어와서는 뒤뜰에서 찍은 것들이 어떤 식물인지 컴퓨터로 하나하나 검색하고 진짜 도감으로도 정보를 찾아본다. 인터넷에 가짜 정보가 얼마나 많은지 그는 누구보다도 잘 안다.

단 한 번도 뒤뜰을 청소하지 않기를 정말 잘했다. 그곳은 너무나 좋은 것들이 가득한 보물 창고다.

화면 속 사진과 학명 들을 들여다보고 있노라니 머리가 아파온다. 눈두덩 안쪽이 빠개질 듯한 게, 신경이 툭툭 끊어지는 느낌이다.

눈을 감고 의자 등받이에 등을 기댄다. 원래 그의 의자는 아니었다. 앨리슨의 의자였다. 얼마 전부터 그녀의 방을 서재로 쓰기로 했다. 앨리슨이 더 좋은 방을 차지했었다는 걸 최근에야 깨달았기 때문이다. 의자도 더 편하고. 이제는 그의 것이다.

하지만 그는 앨리슨 생각을 금세 떨쳐낸다. 지금 그가 생각하는 건《뷰글》이다.

오늘 정오에《뷰글》최신호가 나왔다. 이번에도 어김없이, 점심시간에 모두가 볼 수 있도록. 테디도 읽었다. 자기 교실에 앉아 맨 먼저 잭의 추념식 기사를 읽었다. 세 번을 정독하면서, 녀석이 제출한 에세이와의 유사성을 찾아보았다.

100퍼센트 솔직히 고백하자면 문체가 유사함을 인정할 수밖에 없다. 그러나 법정 증언대에서 선서를 한 것도 아니고, 아닌 말로 그가 오로지 진실만을 말해야 할 의무는 없다. 심지어 자기 자신을 속인들 누가 뭐라 할까.

게다가 잭은 기사에 테디를 언급했다. 그가 추념식에서 연설할 예정이라서.

또 아부를 떠는군.

아부를 밥 먹듯 하는 녀석이다. 그런 식으로 자신의 시건방을 어물쩍 덮어버린다. 이를테면 교사들한테 크리스마스 선물을 주는 식으로. 테디에게는 준 적 없지만 그건 그의 수업을 이번 학기에 처음 들어서고, 돌아오는 크리스마스에는 분명 그에게도 선물을 할 것이다. 작년 크리스마스에는 교사들 모두에게 각자의 이름을 새긴 몽블랑 펜을 돌렸다.

그는 교사 휴게실에서 그 펜을 보았다. 특히 소니아가 제자로부터 받은 가장 사려 깊고 근사한 선물이라고 칭찬하던 것이 기억에 남는다. 그건 그냥 하는 말이 아니었다. 벨몬트 학생들은 인색하지 않다.

소니아와 달리 그는 이런 것에 감동하지 않는다. 올해 크리스마스에 잭이 무슨 선물을 건네든 녀석에 대한 그의 견해는 달라지지 않으리라.

《뷰글》에는 소니아에 관한 기사도 있다. 그녀의 근속 10주년 파티가 얼마나 거창해지려는지, 그것만 준비하는 특별 위원회가 조직됐을 정도다.

여전히 눈을 감은 채 그는 콧방귀를 뀐다.

테디도 얼마 전에 근속 10주년을 맞았다. 그를 위한 파티 장소는 교사 휴게실이었다. 저렴한 축하 현수막이 벽에 걸리고 탁자에는 플라스틱 통에 담아 파는 식료품점 컵케이크가 놓였다. 그리고 학과 우편함으로 그의 10주년 기념 배지가 배달됐다.

그러나 소니아의 10주년은 다르다. 벨몬트 출신의 벨몬트 교사는 이 학교의 '가족'이다.

게다가 그녀는 부자이기도 하다. 일하지 않아도 먹고살 수 있는데 굳이 일을 한다. 그래서 더 기분 나쁘다.

테디는 관자놀이를 문지르며 눈을 뜬다. 어느 정도 통증을 가라앉히고, 뒤뜰의 식물들을 식별하는 작업을 다시 이어간다. 주초에 그는 눈향나무 수액을 사용했다. 바로 그 약물이 소니아에게 그런 탈을 일으킨 것이다.

하지만 다른 가능성도 무궁무진하다.

드레스가 몸에 맞는다.

며칠 사이 살이 더 빠지거나 찔 수도 있다는 생각에 소니아는 일부러 금요일까지 기다렸다. 그렇지만 아침에 가장 먼저 그 옷을 꺼내어 입어봤더니 처음 샀을 때와 거의 똑같이 잘 맞는다. 그래 뭐, 엉덩이 쪽이 좀 끼고 허벅지 쪽엔 살짝 주름이 잡히지만, 어쨌든 맞는다.

"오, 근사한데."

욕실에서 막 나온 마크가 감탄한다. 웃통은 알몸에 바지도 잠옷 바람이다. 허릿단이 두둑한 뱃살에 밀려 내려가 있다. 그녀 혼자만 세월과 더불어 살이 찐 게 아니다.

"고마워."라고 답하며 그녀는 뾰족구두에 발을 밀어 넣는다. 평소 출근할 때 신는 신발이 아니지만, 오늘은 특별한 날이니까.

"파티 즐길 준비 되셨나요?" 그가 짓궂게 묻는다.

"물론이지요."

"정말 나는 초대 안 해줄 거야? 진짜 가지 마?"

응, 오지 마. 절대로. 오늘은 나의 날이야. 오직 나만을 위한 날. 스탠호프 대학의 박사이자 교수인, 매년 학술 논문을 발표하는 마크 벤저민 박사는 제발 빠져주면 좋겠어. 물론 그녀는 남편을 사랑하고 물론 그가 자랑스럽다. 하지만 교육자들이 모인 자리에서는 언제나 그에게로 관심이 쏠린다.

오늘은 어림없다.

"아, 보통 이런 행사에 배우자가 오진 않거든. 학교 일이니까."

"알았어." 그가 키스하려고 몸을 숙이자 그녀는 립스틱이 번질세라 얼굴을 뒤로 뺀다. 그는 아내의 정수리에 입맞춤한다. "축하해. 당신은 이 파티의 주인공 될 자격이 충분해. 그동안 열심히 했잖아."

암, 그렇지, 그렇고말고.

높은 구두굽에 발목이 접질리지 않게 그녀는 조심조심 계단을 내려가 곧장 차로 향한다. 오늘 아침 식사는 거른다. 파티, 아니, '수아레'에서 실컷 먹을 수 있을 테니까.

학교로 가는 길에, 소니아는 그 단어를 떠올리며 빙그레 미소 짓는다. 물론 야연이 아닌 낮 시간대의 파티지만, 그래도 수아레다. 그리고 그녀가 그 수아레의 주빈이다.

차를 세우고 바로 내린다. 오늘은 주문을 외울 필요도 없다. 당연히 오늘은 좋은 날이 될 것이다.

20

소니아는 평소 출근 시간보다 적어도 30분은 일찍 도착한다. 수학 교사 프랭크가 앞문 쪽으로 걸어간다. 그는 언제나 누구보다 일찍 출근한다. 아직 학교가 붐비지 않을 때 조용히 업무를 처리할 수 있어서다. 집에 어린아이가 있으니 이해할 만하다.

잉그리드 로스의 SUV가 옆문 근처에 서 있다. 차 뒷문이 열린 채다. 평소와 같은 요가복 차림의 그녀가 건물에서 나온다. 불현듯 질투심이 인다. 아이를 낳고도 잉그리드는 소니아가 평생 가져본 적 없는 늘씬한 몸매를 유지하고 있다.

소니아는 심호흡을 하며 마음을 다잡는다. 잉그리드는 그녀를 위한 파티를 준비하고 있잖은가.

곧장 교실로 가자. 공식 배지 수여식은 점심때까지 기다려야 하니까. 복도를 걷다가 구내식당 밖에서 아주 잠깐 서성인다. 스태퍼드 룸이 바로 건너편이다.

아니다. 확인하지 않을 거다. 그건 주인공이 할 일이 아니다.

더는 지체 없이 교실로 가서 물건들을 놓아두고 커피를 마시러 교사 휴게실로 향한다.

그러나 발길이 그녀를 구내식당 쪽으로 이끈다. 이른 시각이니 잠깐 엿보는 것 정도는 괜찮지 않을까.

스태퍼드 룸으로 들어서는 그녀를 잉그리드가 발견한다.

"소니아! 드디어 오늘이네요. 축하해요!" 그녀가 다가와 소니아를 살짝 껴안는다. 몸이 거의 닿지도 않는다. "아직 꾸미는 중이에요."

소니아는 끄덕이고, 주위를 둘러보며 미소 짓는다. 리넨 천을 덮은 긴 탁자에 작은 장미 꽃송이를 채운 유리 볼 장식이 드문드문 놓여 있다. 어떤 엄마 두 명이서 그 위로 큼지막한 축하 현수막을 걸고 있다. 이제 겨우 절반 정도 꾸민 듯한데 이미 연회장 분위기가 물씬 난다. 소니아도 이쯤은 예상했어야 한다. 잉그리드 로스 사전에 '대충'이란 없다. "정말 예쁘네요. 진심, 너무너무 고마워요."

"아이, 고맙긴요. 우리가 좋아서 하는 일인걸요."

"감사 인사차 잠깐 들렀어요. 수업 준비를 해야 하니 전 이만 갈게요."

"넵. 이따 다시 봬요."

소니아는 다시 한번 공간을 둘러보고서 문으로 향한다. 문을 여는 순간, 마침 두 팔 가득 짐을 들고 들어오려던 여자와 마주친다.

여자는 화들짝 놀랐다가 이내 그녀를 알아보고 외친다. "소니아 쌤! 축하해요!"

코너의 어머니다. "고맙습니다. 이따가 봬요." 소니아는 그녀가 들어올 수 있게 문을 잡아준다. 코너의 어머니는 한 손에 커피 머신을, 다른 손에는 여러 종류의 커피 캡슐이 담긴 상자를 들고 있다.

▶ ▷ ▶ ▷

4교시가 끝난 뒤 잭은 느긋하게 움직인다. 서둘러 가방을 싸거나 휴대폰을 잡아채지 않는다. 복도에서 여유롭게 문자 메시지를 확인한다. 다른 애들이 전부 식당으로 가는 사이에도 그는 뭉그적대며 복도가 텅 비기를 기다린다.

여느 날 같으면 선생님들이 교실에 남아 업무를 보거나 느지막이 휴게실로 향하곤 한다. 하지만 오늘은 모두 B 쌤의 기념 파티에 참석할 것이다. 잭은 이 주변에 아무도 남지 않을 때까지 기다리기만 하면 된다.

모두 사라지자 그는 곧바로 크러처의 교실로 간다.

교사 책상은 말끔히 정돈돼 있고 노트북은 없다. 그게 없을 줄은 알고 있었다. 크러처 같은 인간이 그걸 아무렇게나 놔둘 리 없다. 그 고물 컴퓨터를 누가 훔쳐가기라도 할 것처럼.

정작 잭의 관심은 크러처가 책상에 두는 물건들에 있다.

『황폐한 집』 과제에 감사 편지까지 갖다 바쳤으면 이제는 크러처의 미운털 명단에서 빠졌어야 한다. 다른 선생이라면 누구라도 마음이 움직였을 텐데 이 인간만은 꿈쩍을 하지 않는다. 잭에게 '잘 받았다'는 이메일 한 줄조차 보내주지 않았다. 그냥 '읽씹', 즉 잭의 메일을 읽고도 무시해버렸다.

잭은 그게 너무 분했다. 열심히 하는 것으로 크러처의 호감을 살수 없다면 다른 방법을 찾아내고야 말리라.

그것이 약간의 염탐을 의미한다 해도. 혹자는 그것을 사생활 침해라 할지도 모른다. 그의 아빠는 아니겠지만.

'너의 적을 적 자신보다 잘 알라.'

잭은 교실 문을 닫고 크러처의 책상 앞에 앉아 가운데 서랍을 연다. 첫인상: 생각보다 많이 너저분하다. 펜, 포스트잇, 종잇조각 따위가 마구잡이로 섞여 뒹군다. 학생들이 놓고 간 것들을 주워다 모았는지 분홍 나비나 꿀벌 같은 유치한 모양의 지우개도 잔뜩 들어 있다. 더 뒤적여보니 계산기 두 대, 연필깎이 세 개, 온갖 색상의 형광펜들도 보인다. 흥미로운 건 없다.

이번엔 오른쪽 서랍을 열어본다. 여기엔 책이 있다. 『모비 딕』, 『아웃사이더』, 『주홍 글씨』. 쪽지 같은 게 숨어 있을까 싶어 책장을 팔락팔락 넘겨보지만 아무것도 없다. 책들 아래엔 크러처가 가르치는 모든 수업의 계획표가 있다. 그것들은 봐도 별게 없다.

무언가를 특정해 찾는 건 아니다. 크러처에게 잘 보이는 데 이용할 수 있는 것이면 뭐라도 좋다.

이제 왼쪽 서랍 차례다. 테이크아웃 식당 메뉴판이 쌓여 있다. 대개 중국집과 델리카트슨(주로 가공 육류와 치즈, 수입 식료품을 전문으로 취급하는 상점 – 옮긴이) 메뉴판이다. 그 아래에 책이 한 권더 있다.

『우리 지역의 동식물: 현장 안내서』

식물도감이라.

크러처가 원예에 취미가 있다고는 상상하기 어렵지만, 어쨌든 이건 의미 있는 발견이다. 크러처의 사생활에 대한 첫 단서.

중간에 책갈피 대신인 듯 명함이 하나 꽂혀 있다. 잭은 명함 앞면에 적힌 이름을 확인해본다.

의학박사 레오 토빈
난임 전문

크러처에 대해 알아낸 두 번째 정보다. 그와 아내가 아이를 가지려고 노력 중이다.

21

스태퍼드 룸이 볼썽사나워졌다.

소니아라는 이름을 듣는 데 이미 신물이 나버린 테디는 오전 내내 일부러 그곳을 피했다. 그렇지만 점심시간에 열리는 기념식만은 절대 놓치지 않을 셈이다.

그는 문 바로 안쪽에 서서 찬찬히 이 공간을 둘러본다.

거대한 축하 현수막부터 탁자에 놓인 장미꽃 장식까지 구석구석, 요란하게 꾸미지 않은 곳이 없다. 보브캣 인형은 말해 무엇하랴. 그 작은 괴물들이 사방팔방에 널려 있다.

교사 대부분과 협의회 학부모 다수가 이미 모여 있다. 잉그리드 로스는 앞쪽 중앙, 그녀에게 걸맞은 자리에 있다.

학생도 상당수 참석했는데 코트니를 비롯해 대부분이 학교 소식지 기자들이다. 코트니가 있는 지점은 어머니와 가장 먼 자리다.

"꽤나 떠들썩하죠?" 프랭크가 옆으로 다가오며 말을 건다. 이 수학 선생, 문밖 복도에서 한바탕 팔 굽혀 펴기라도 하고 들어왔는지 유난히 근육이 도드라져 보이고 얼굴도 사뭇 상기돼 있다.

"예. 여러모로 근사하네요."

"샌드위치 좀 드셔보세요." 프랭크가 하나를 집어 들어 보인다. "연어인가 봐요."

"연어? 진짜요?"

"연어 맛이 나요."

무려 연어라니. 테디는 콧방귀를 날리고 싶지만 속으로 삼킨다. 그의 파티에는 확실히 연어가 없었다.

그가 선 자리에서, 거대한 케이크가 보인다. 웨딩 케이크를 방불케 하는, 소니아를 위해 주문 제작한 3단 케이크다. 이곳의 다른 모든 것처럼 그것 역시 과하기 이를 데 없다. 테디는 케이크 겉면을 손가락으로 깊게 그어버리고픈 충동을 강하게 느낀다.

마샤 씨가 들어오자 모두 조용해진다. 그녀는 말하자면 문지기다. 누구든 교장을 만나고자 한다면 그녀를 거쳐야만 한다. 그녀의 등장은 곧이어 교장도 등장하리라는 예고와도 같다.

교장이 걸어 들어올 때는 테디조차 허리를 곧추세운다. 다른 몇몇도 거의 차렷 자세로 선다. 교장은 키가 큰 편도 아닌데 위압적이다. 분명 저 꼿꼿한 자세 덕분이다. 군인 출신답다.

소니아와 인사한 뒤 교장은 모두에게 말한다. "우선, 이렇게 멋진 행사를 만들어주신 협의회에 감사를 표하고 싶군요." 목소리가 깊고 굵다. 박력이 있다. 발언할 때의 그는 틀림없는 총지휘관이다.

'본인 생각으로는 그렇겠지.' 테디는 슬며시 미소 짓는다. 정말이지 테디에게 오늘은 벨몬트에서의 가장 좋은 날로 남을지도 모르겠다.

"자, 우리가 모두 이 자리에 모인 이유가 있지요?" 발언을 이으며 교장이 소니아를 돌아본다. 잔뜩 흥분한 그녀의 얼굴을 보아하니 또 다른 은하계로 날아갈 수도 있을 듯하다. "주지하시다시피, 소니아 벤저민 선생님은 우리 벨몬트 출신으로……."

탕! 음식이 놓인 탁자가 흔들려 주변에 있던 사람들이 서둘러 붙잡는다. 나머지 사람들은 무슨 일인가 싶어 그쪽으로 고개를 뺀다.

잉그리드.

탁자 끝에 선 그녀의 표정이 어딘지 부자연스럽다. 얼굴은 벌겋고 눈은 휘둥그렇다. 그녀가 허리를 숙이더니 녹색 액체가 든 병을 집어 든다. 아마 녹차겠지. 요가 맘들은 다들 녹차를 마시니까.

그녀가 속삭인다. "죄송해요. 떨어뜨렸어요."

저쪽 끝에서는 코트니가 콱 죽어버리고 싶은 표정이다.

코트니와 어머니, 둘 중 누가 더 애처로운지 모르겠다. 하지만 소니아가 애처롭지 않은 건 오지게 확실하다. 그녀는 조금 화난 듯 보인다.

교장이 다시 목소리를 낸다. "말씀드렸듯이 소니아 벤저민 선생님은 벨몬트 아카데미 출신으로, 졸업 후……."

교장이 계속해서 그녀의 이력을 읊어대는 동안 테디는 귀를 닫아버린다. 대신 눈에 불을 켜고 소니아를 주시하며 자신의 최신 실험이 효험을 나타내길 기다린다. 지금까지 그녀는 마냥 행복해 보일 뿐이다. 아픈 기색은 전혀 없다.

실망스럽다. 몹시 실망이다. 아무래도 '오늘' 신약물을 시험하는 게 아니었나 보다. 어쩌면 약발이 들기까지 생각보다 오래 걸리는지도 모른다. 혹은 사용량이 부족했거나.

한숨을 내쉬며 그는 잉그리드를 건너다본다. 아직도 창피한지 여전히 얼굴이 불그레하다. 테디는 남몰래 웃음 지으며 시선을 조금 아래로 내린다. 그녀의 손이 탁자 모서리를 꽉 움켜쥐고 있다.

저 탁자.

그제야 그의 눈에 커피 잔이 들어온다. 아니, 잔'들'이.

시선 닿는 곳 어디에나 있다.

그중 하나가 잉그리드 앞에 놓여 있다. 거의 빈 잔이다.

다른 잔들도 아무 데나 흩어져 있다. 음식 탁자 위에, 사람들 손에, 음료대 위에. 커피 머신 근처에. 커피 머신 옆에 커피 캡슐 상자가 있다.

새로 사온 상자겠지. 설마 이 아줌마들이 위층에서 상자를 가져왔으려고. 커피 캡슐 한 상자 살 돈이 없는 것도 아닐 텐데.

테디는 다시 교장을 주목한다. 그의 발언은 여태 끝날 줄을 모른다.

"석사 학위를 취득한 데 이어 국경없는……."

어쩔 수 없이 시선이 자꾸 음료대 쪽으로 향한다. 저 커피 캡슐 상자가 못내 마음에 걸린다. 새로 뜯은 상자라면 캡슐이 차곡차곡 빈틈없이 쌓여 있어야 한다. 한데 저 상자는 다르다.

내용물이 뒤죽박죽이다. 마치 누군가가 아무렇게나 막 쑤셔넣은 모양새다. 마치 누군가가 캡슐들을…… 다른 곳에서 저 상자로 옮겨 담은 것처럼.

아니, 아니다. 절대 그럴 리 없다. 황당무계한 상상일랑 집어치우자. 테디는 제풀에 절레절레 도리질한다. 교장의 연설이 지루한 나머지 잠시 쓸데없는 공상에 빠진 게다.

그러나 배 속이 거북한 이 느낌은 도무지 떨쳐낼 수 없다. 게다가 결단코 커피 때문에 메스꺼운 게 아니다.

"따라서 저는 소니아 선생님의 근속 10주년을 매우 자랑스럽고도 영광된 마음으로 축하하는 바입니다. 실로 경이로운 위업을 이루셨어요." 교장이 마샤 씨에게 눈짓하자 그녀가 작은 벨벳 상자를 건넨다. '10년' 배지다. 중요하고 또 중요한 바로 그 배지.

바로 지금 테디의 가슴팍에도 달려 있는.

교장이 상자 뚜껑을 젖히자 배지가 드러난다. 테디는 시계를 확인한다. '이건 오래 걸려도 너무 오래 걸……'

그 생각을 비집고 외마디 비명이 날아든다.

저쪽 오른편에서. 잉그리드가 서 있는 곳이다. 아니…… 서 있던 곳.

그녀가 쓰러졌다.

22

테디는 움직일 수 없다. 눈앞의 모든 것이 움직이는데 그는 그만 얼어붙었다. 마치 실물 크기의 화면으로 스릴러물을 보는 것처럼.

완전히 의식을 잃은 잉그리드, 쓰러질 때 부딪힌 이마에서 피가 흐른다. 그녀를 에워싼 사람들, 그러나 누구도 어찌할 바를 모른다.

마샤 씨, 911을 부른다.

소니아, 빨강 드레스가 너무 꽉 낀다. 그녀는 날벼락을 맞은 표정이다.

전부 테디 때문이다. 웃어야 할지 울어야 할지 모르겠어서, 그는 코앞에서 벌어지는 상황에 웃지도 울지도 못한다.

"구급차가 오고 있어요." 마샤 씨가 알린다. 협의회 사람들을 손짓해 불러 음식을 전부 치우라고 이른다. "오염됐을지도 몰라요."

아니다. 그렇지 않다는 걸 테디는 안다. 그러나 또한 그는 이제 움직여야 한다. 어떻게든 움직여 저 커피를 제거해야 한다.

그는 잉그리드 쪽으로 간다. 모두가 혼비백산한 상태다. 그가 다른 잔들과 잉그리드의 커피 잔을 뭉뚱그려 모아 사람들 틈을 비집고 개수대 쪽으로 빠져나갈 때까지 아무도 그를 눈여겨보지 않는다.

개수대 앞에 있던 어떤 어머니가 그를 보고 손을 뻗는다. "이리 주세요."

테디는 잔들을 넘겨줄 수밖에 없다. 그 여자가 잔들을 음료대에 내려놓는 동안 그는 잉그리드의 잔에서 눈을 떼지 않는다.

밖에 소방차와 경찰차가 와서 선다. 좁은 동네인 데다 범죄율도 낮다. 이런 사건에 총출동하는 것도 무리가 아니다.

소방관, 경찰관에 구급대원까지 들이닥치는 판이라 잉그리드의 잔을 넘겨받았던 어머니도 바빠진다. 그녀는 흡사 고양이처럼 날쌔게 그리로 뛰어들다시피 해서는 그들이 잉그리드에게 갈 수 있도록 사람들을 헤쳐가며 길을 터준다. 그 틈을 타 테디는 음료대로 슬금슬금 다가가 잉그리드의 잔에 남은 커피를 다 따라 버린다.

만일을 대비해서.

"무슨 일이에요?"

잭이다. 방금 들어왔고, 놀라서 눈이 튀어나올 듯하다.

"로스 부인이 쓰러지셨다." 테디가 말한다.

"오 맙소사." 잭은 주저 없이 혼돈 한복판으로 뛰어든다.

테디는 한 걸음 옮기다 소니아와 부딪힐 뻔한다. 몇 분 전의 그와 똑같이 그녀도 얼어붙고 말았나 보다.

"이게 무슨…… 전 잘…… 모르겠어요."

"누가 알겠습니까."

그녀는 고개를 젓는다. 그는 내딛던 걸음을 물린다.

"테디 선생님, 비켜주세요."

마샤 씨다. 잉그리드를 안정적으로 옮길 수 있게 바깥으로 통하는 길을 만드는 중이다. 구급대원들이 산소마스크를 씌운 그녀를 들것에 실어 마샤 씨의 안내에 따라 그를 지나쳐 문밖으로 나간다.

테디도 뒤따라 나가지만 병원으로 가려는 것이 아니다. 그는 식당을 통과해 위층으로, 교사 휴게실로 간다.

굳이 잉그리드의 잔을 비울 필요는 없었는지도 모른다. 아마 그 커피는 이 휴게실이 아닌 어떤 학부모의 집에서 가져왔을 것이다. 그저 그가 말도 안 되는 상상에 잠시 사로잡힌 것뿐이다.

그래, 틀림없이 그거다. 양심이란 때로는 얼마나 끔찍한 것인가. 소니아가 마셨어야 할 커피를 잉그리드가 마셨을 확률은……

100퍼센트다.

휴게실에 커피 머신이 단 한 대뿐이다. 그러니까 지금 아래층에 있는 머신은 여기서 가져간 것일 수밖에 없다. 커피 캡슐도 그렇고.

이런.

▶ ▷ ▶ ▷

테디가 다시 스태퍼드 룸으로 내려갔을 때는 남은 사람이 얼마 없다. 경찰관 두 명이 몇몇 어머니들과 이야기 중이다.

그는 안을 둘러보며 쓰레기통을 찾는다.

커피 캡슐. 그 캡슐을 손에 넣어야 한다.

탁자 부근에 쓰레기통이 하나 있다. 탁자 위 음식은 전부 치워졌고 장식만 남아 있다. 미니어처 장미들은 이제 볼품없이 너덜너덜하고 유리 볼도 여럿 기울어져 나뒹군다.

두 번째 쓰레기통은 음료대 옆, 커피 머신과 가까운 곳에 있다. 그런데 경찰관들과도 가깝다. 해낼 수 있을지 어떻게 해낼지 전혀 모르겠지만 어찌 됐든 그는 해봐야 한다. 그쪽으로 한 발짝 내딛는 순간, 누군가 그의 팔을 건드린다.

"테디 선생님."

마샤 씨의 깡마른 손이 그를 붙든다.

"아, 마샤 씨. 로스 부인은요?"

"아직 별다른 연락은 못 받았어요. 근데 이제 여길 정리해야 해서요." 그녀는 그를 문가로 내몰다시피 해서 쓰레기통에서 멀어지게 한다. "오늘 남은 수업은 취소하라는 교장 선생님의 지시예요. 이 일이 학생들에게 지독한 트라우마로 남을지도 모르니까요."

"예, 그렇죠, 옳은 결정 하셨네요."

마샤 씨가 그의 면전에서 문을 닫으려 한다. 일이 어떻게 돌아가는지 보려고 여태 얼쩡대던 아이들도 오늘은 더 이상 수업이 없다는 말을 듣자마자 뽀르르 흩어진다.

마샤 씨가 말한다. "고마워요. 무슨 소식이든 들리면 교장 선생님께서 공지하실 거예요."

그녀는 테디를 밖에 세워둔 채 기어이 문을 닫는다.

▶ ▷ ▶ ▷

망했다. 완전히 망했다.

소니아는 텅 빈 교실을 이리저리 서성인다. 발을 쿵쿵 굴러대고 스트레스 볼을 미친 듯이 주물러도 아무 소용없다. 그녀는 공을 냅다 벽으로 내팽개친다. 부딪히는 소리도 영 시원찮다. 팡! 하지 않고 픽! 한다.

잉그리드가 걱정되지 않는 게 아니다. 당연히 걱정된다. 구급차에 실려 간 그녀가 물론 끔찍이 안타깝다. 설령 워낙에 안 먹어서 그렇게 됐다 해도. 아마도 그래서일 거다. 그 여자는 우라지게 말랐으니까.

'망했어.'

배지를 받기는 했다. 지금도 빨강 드레스에 달려 있다. 혼돈의 도가니 속에서 교장이 떨어뜨린 걸 그녀가 '바닥에서' 주워야 했다. 그녀의 수아레가 그 지경까지 떨어졌다. 바닥을 기면서 10년 배지를 찾아 헤매는 지경까지.

스트레스 볼을 주워들고 두 번째로 벽에다 패대기친다.

아니, 그 전에 멈춘다. 심호흡을 한다. 그래도 최악은 아니었다고 스스로를 다독인다. 그녀가 자신의 기념식장에서 쓰러진 건 아니지 않냐고.

사실, 그랬다면 적어도 모두의 관심이 끝까지 그녀에게 집중되었겠지.

다시 한번 그녀는 스트레스 볼을 힘껏 내던진다.

23

실수다. 그야말로 끔찍한 실수였다.

테디는 교실 책상에 혼자 앉아 손톱 거스러미를 뜯는 중이다. 이러면 생각하는 데 도움이 된다. 그는 몇 시간 전 일이 벌어지기까지의 모든 정황을 머릿속으로 차근차근 되짚어본다.

앞으로는 어찌 될지도 예상해본다.

한 여자가 쓰러졌다. 그뿐이다. 발작이나 경련 같은 전조 증상도 없었다. 그냥…… 기절했다.

그것이 그 방 안의 모든 것을 조사할 정당한 사유가 되는지 안 되는지는 모르겠다. 안전하게 그는 된다는 쪽으로 가정하기로 한다. 마샤 씨가 그걸 요구할 것이다. 어쨌거나 잉그리드는 이사회 위원일 뿐 아니라 학비를 내는 학부모이기도 하니까. 교장은 이 사건의 진상을 철저히 규명하고자 할 것이다. 위원회가 강력히 촉구할 것이다.

다시 말해 경찰이 그곳의 모든 것을, 쓰레기통 안 커피 캡슐을 포함한 전부를 조사할 거란 뜻이다. 하지만 과연 테디가 사용한 특정 식물까지 밝혀낼까? '악타이아 파키포다(Actaea pachypoda)'라는 식물에서 발견되는 독소를 찾아낼 수 있을까?

다시 한번 안전하게, 그는 그들이 찾아보고 찾아낼 거라 가정한다. 경찰은 누군가 캡슐에 손을 댔다는 사실을 알아낼 것이다. 그렇다고 누군가 잉그리드를 '독살'하려 했다고 단정하지는 않겠지만. 아, 제발. 테디는 누굴 독살하려던 게 아니다. 그저 캡슐을…… '조작'했을 뿐이다. 그것도 아주 살짝.

하지만 그를 용의자로 점 찍을까? 그럴지도. 캡슐에 그의 지문이 남았을 수 있다.

엄지 거스러미를 하도 세게 뜯는 통에 피가 맺히기 시작한다.

웃긴다. 다 어처구니없는 생각이다. 잉그리드는 괜찮을 것이다. 그녀는 곧 깨어날 것이고, 다들 그녀가 단순히 기절했다 여길 것이고, 그러면 아무 일 없이 다 끝나는 거다. 경찰이 현장에 있던 음식과 음료를 모조리 조사하느라 막대한 시간과 비용을 낭비할 리 없고, 쓰레기통 안 캡슐까지 일일이 조사할 리는 더더욱 없다. 터무니없지 않은가.

게다가 그건 어디까지나 사고였다. 그는 누구도 해칠 마음이 없었다. 하물며 잉그리드 로스는 그가 개인적으로 좋아하는 사람인데. 어쨌거나 이사회 위원이니까.

단지 그는…… 단지 그는 소니아의 콧대를 눌러주고 싶었을 뿐이다. 더는 그에게 이래라저래라 하지 못하게, 특히 제자 다루는 법에 대해 훈계하지 못하게 하고 싶었을 뿐이다. 어쩌면, 한발 나아가 그녀의 파티를 망치고 싶었을 수는 있다. 약간만.

그가 의도한 것은 결국 그거였다. 자기가 주인공인 파티에서 기절하게 해서 콧대를 꺾어주는 것. 그게 전부였다.

누굴 해칠 의도는 눈곱만큼도 없었다.

그런데 뜻하지 않게 일이 터지고 경찰과 구급대가 출동하고 상황이 이렇게…… 믿을 수가 없다. 그냥, 믿기지 않는다.

그래도 이 상황이 마냥 나쁜 것만은 아니다. 긍정적인 면을 보자면, 그의 실험은 유효했다. 처음 사용한 식물이었고 기대한 효과를 확인했다. 인정받을 만한 일이다. 더구나 그는 과학자가 아니지 않은가. 그는 일개 '올해의 교사'에 지나지 않는다.

또, 엉뚱한 사람이 그걸 마신 게 그의 잘못은 아니지 않은가. 그 아줌마들이 교사 휴게실 캡슐을 건드리지만 않았어도 그의 실험은 완벽했을 것이다.

그러니 어떻게 보면 그는 성공한 셈이다.

그는 창밖을 내다본다. 마지막 경찰차가 멀어지고 있다. 바로 지금이다. 그는 서류 가방을 챙겨 교실을 빠져나간다. 누가 봐도 퇴근 길에 나서는 모습이다. 평소처럼, 아무렇지 않게.

식당은 비어 있다. 관리직 직원들까지 전부 떠났다. 스태퍼드 룸 문은 닫혀 있지만 잠기지는 않았다. 그는 응당 거기 있어야 하는 사람처럼 자연스럽게 들어간다.

그곳은 비지 않았다. 젠장.

수학 교사 프랭크가 바닥에 엎드려 탁자 밑을 살피고 있다.

"어후 놀라라." 그가 일어서며 카키색 바지를 탁탁 턴다. "아직도 누가 있는 줄은 몰랐어요."

"나도요."

"예, 전 아까 펜을 잃어버려서요. 아끼는 펜인데." 프랭크는 양팔을 넓게 펴고서 실내를 두리번거린다. "도무지 안 보이네요."

"안타깝군요."

"누가 알겠어요, 애들 중에 한 놈이 챙겨 갔는지도요. 한데 쌤은요? 무슨 일로 오셨어요?"

테디는 음료대 쪽을, 쓰레기통을 보지 않으려 안간힘을 쓴다. 불행히도 벌써 청소를 마친 모양이다. 장식들은 사라졌고 음식이 있었던 흔적조차 없다. 그새 커피 머신도 치웠다. "혹시 아직까지 남아 있는 사람이 있나 싶어 들러봤어요. 새로운 소식을 들을 수 있을까 해서요."

프랭크는 근육질 팔을 들썩하며 어깨를 추어올린다. "아직 무소식이에요." 그러고서 문 쪽으로 발걸음을 옮긴다.

테디도 함께 나가는 수밖에. 여기서 미적댈 마땅한 핑계가 없다. 빈 식당을 나란히 걷던 중 프랭크가 말한다. "별일이 다 있네요."

"별일 정도가 아니지요."

"월요일에 상담사들이 오겠지요?"

"예. 그랬으면 좋겠네요."

"학교에 목회자도 한 명은 있어야 하지 않나 싶어요. 필요한 사람이 있을 수도 있으니까요."

테디는 이번에는 대꾸하지 않는다.

주차장에 남은 차도 몇 대 안 된다. 지금 벨몬트에 머무르고 싶은 사람은 없다. 그런 일이 벌어진 마당에. 잘 가라는 인사를 하려고 테디가 프랭크를 돌아보며 입을 떼는 순간, 프랭크의 휴대폰 알림음이 울린다. 프랭크는 허리띠에서 휴대폰을 뽑아 든다.

테디의 휴대폰도 진동한다. 교장이 보낸 단체 메시지다.

친애하는 벨몬트 가족 여러분,

잉그리드 로스 님께서 갑자스럽게 운명하셨기에

심심한 조의를 담아 알려드립니다. 오늘 오후 병원에서

숨을 거두셨습니다.

삼가 고인의 명복을 빕니다.

24

프랭크 맥스웰은 자신의 눈을 믿을 수가 없다. 내가 방금 뭘 본건가. 잉그리드 로스가 죽었다니.

'죽었다고?'

"오 주여." 테디가 탄식한다.

"말도 안 돼." 프랭크도 중얼거린다.

두 사람은 한동안 멀거니 서서 휴대폰 화면을 응시한다. 이윽고 테디가 전화기를 주머니에 집어넣는다. "얼른 집으로 돌아가야겠어요. 불현듯 사무치게 아내가 보고 싶군요."

"저도요."

테디가 오지게도 낡아빠진 사브로 성큼성큼 걸어가고 프랭크도 자신의 지프로 향한다. 아무렇지 않은 척 평소처럼 걸어보지만 생각뿐인지도 모른다. 속에서는 아드레날린이 마구 솟구치고 있으니까.

손이 절로 가슴께로 올라가 셔츠 안의 십자가를 움켜쥔다.

우리 집. 집으로 가야 한다. 아내와 아들이 거기에 있다.

그들은 갓 깎은 잔디밭과 환상적인 참나무 고목이 바로 앞에 있는, 소박하지만 멋진 집에 산다. 프랭크의 수입은 대단찮지만 아내가 창의적으로 집을 잘 꾸몄다. 그의 눈에는 잡지에 나오는 집처럼 보인다. 그러면서도 안락하다. 집은 좋은 곳이다. 머무르기에 안전한 장소.

단지 그가 거기에 가고 싶지 않을 뿐이다.

집으로 가는 대신 정처 없이 차를 몬다. 생각할 시간이 필요할 때 그는 이렇게 차를 몰고 돌아다니곤 한다. 운전면허를 땄을 때부터 오랜 세월 이어온 습관이다. 11년을 오랜 세월이라 할 수 있다면 말이다. 그에겐 오랜 세월이다. 처음 혼자 차를 몰았던 그때가 마치 백만 년 전 같다. 어쩌면 테디 쌤 차보다도 오래됐을 고물 차였지만 아무래도 상관없었다. 음악을 크게 틀어놓고 어디든 마음대로 갈 수 있었던 그때, 그는 난생처음 자유를 맛보았다. 황홀했다.

그래서 지금도 차를 몬다. 다만 이제는 예전처럼 황홀하지 않다. 더는 자유를 꿈꿀 수 없기 때문인지도 모른다. 아내, 아이, 대출, 직업…… 현재 그의 삶은 자유를 허락하지 않는다. 심지어 그는 식재료 하나도 마음대로 사지 못한다. 아내가 여간 까다로운 게 아니다.

그마저 평범한 날의 얘기다. 오늘은 결코 평범하지 않다.

학교를 벗어난 그의 차가 주간 고속도로를 달리며 집에서, 가족에게서, 아내에게서 멀어진다. 음악 소리를 올리고 창문은 내린 채 지프는 덜컹대며 도로를 내달린다. 세상에 그가 머물러야 할 곳은 없다는 듯이.

그래도 소용없다. 한없이 갑갑하기만 하다. 그의 구속복에 쇠사슬이 달려 있어서, 그가 있어야 할 곳으로 자꾸만 끌어당긴다.

헬스장에라도 가면 좋겠건만 다친 어깨가 아직 완전히 회복되지 않았다. 운동하고 싶은 마음을 억누르고 그는 이만 집 방향으로 차를 돌린다.

진입로에 미시의 차가 있다. 있어야 할 자리에 어김없이. 집으로 들어가기 전에 그는 몇 차례 심호흡하고 짧게 기도한다. 그리고 거울을 보며 태연한 표정을 연습한다.

그런데 미시가 나온다. 그가 현관문을 열기도 전에 그녀가 나타난다.

"방금 소식 들었어. 학교에서 일이 있었다며. 자기 괜찮아?"

"아, 나야 괜찮지."

"안 그래도 지금 막 자기한테 전화하려던 참이었어. 정말 괜찮아?"

프랭크는 아내의 입을 막을 요량으로 그녀를 얼싸안는다. "괜찮다니까. 난 별로 본 것도 없어." 그의 품에서 아내의 긴장이 풀리는 게 느껴진다.

"다행이다. 아아, 그분은 정말 안됐어. 잉그리드…… 뭐? 러스?" 그녀는 그의 품에서 나와 그를 부엌으로 데려간다. 닭고기 익는 냄새가 풍겨온다. 그들은 닭 요리를 자주 먹는다.

"비슷해."라면서 그는 등받이 없는 의자에 걸터앉는다. 음식 냄새를 맡으니 마음이 좀 진정된다. "프랭키는?"

미시가 거실을 가리킨다. "만화 봐."

133

저녁 먹기 전에 그가 샤워부터 마치고 나왔을 때는 두 살배기 아들 녀석도 부엌에 있다. 배가 고플 텐데도 녀석은 가만히 앉아 있질 않고, 미시는 녀석에게 온 가족이 식탁에 앉아야 식사를 할 수 있다고 설명한다. 거의 매일 저녁 이런 장면이 재현된다. 이 장면은 언제나, 얌전히 앉아 있으면 뭘 해주겠다는 식으로 미시가 아들을 구슬리면서 끝난다.

프랭크는 이 익숙함이 반갑다. 집에서는 무얼 하든 예사로운 기분이다. 저녁 식사, 청소, 프랭키 목욕시키기……. 아들 방에서 책을 읽어주며 재우는 시간, 프랭크에겐 오늘이 그저 꿈만 같다. 잠들지 않고 꾸는 악몽.

그러나 프랭키와 미시가 잠든 뒤 모든 것이 되돌아온다. 프랭크가 벨몬트 웹사이트를 열어보니 바로 부고가 뜬다. 그렇다, 실제로 벌어진 일이다. 한갓 악몽이 아니었다.

아까 교장이 보낸 단체 메시지와 똑같은 문구가 첫 페이지에 실려 있다. 그 아래에 학부모, 교사, 학생 들의 애도 댓글이 수두룩하다. 프랭크도 댓글을 단다.

유가족분들께 심심한 조의를 표합니다.

지운다. 다시 적는다. 다시 지운다. 어쩌면 침묵이 금인지도 모른다. 어쩌면 침묵이 똥인지도 모르고.

'잉그리드.'

'빌어먹을 잉그리드.'

다음 순간 죄책감이 밀려든다.

그의 손이 또 가슴께의 십자가를 더듬는다. 그는 이 십자가를 매일같이 자나 깨나 지니고 다닌다. 절대 벗지 않는다.

그 밤이 다 가도록 그는 십자가에서 손을 떼지 않는다. 누가 먼저 나타날지 궁금하다. 그녀의 남편일지 경찰일지.

▶ ▷ ▶ ▷

테디는 집으로 가지 않는다. 심지어 벨몬트 주차장에서 나가지도 않는다. 프랭크의 차가 주차장을 빠져나가는 것을 지켜본 뒤 차에서 내려 곧장 스태퍼드 룸으로 돌아간다. 확실하게 확인해둬야 하기 때문이다.

쓰레기는 없다. 쓰레기통 두 개가 다 깨끗이 비워졌다. 물론 커피 캡슐도 없다. 쓰레기통은 물론이고 음료대 위나 캐비닛 안에도. 경찰이 쓰레기를 가져갔는지 테디는 확신할 수 없다. 마샤 씨에게 등 떠밀려 나간 뒤로 그는 여기서 무슨 일이 있었는지 전혀 알지 못한다.

한숨을 내쉬고 그는 학교 뒤편으로 향한다. 쓰레기 수거장으로.

25

'오늘은 좋은 날이 될 거야.'

'오늘은 좋은 날이 될 거야.'

'오늘은 좋은 날이 될 거야.'

월요일 아침, 소니아는 차에 앉아 주문을 외며 마음의 준비를 한다. 주말은 끔찍했다. 연례 추념식에 관한 메시지가 얼마나 많이 오갔는지 모른다. 잉그리드 얘기를 어떻게 해야 할까요? 추념식 대상을 바꿔야 할까요?

잉그리드가 먹은 뭔가가 원인이면 어떡해요?

상한 음식이 있었을 수도 있을까요?

빵을 어디서 주문했지요?

커피에 들어간 우유가 문제였으면요? 잉그리드가 우유를 넣는지 아시는 분 계시나요?

정말이지, 한도 끝도 없었다. 그 와중에 단 한 명도 그녀의 근속

10주년을 언급하지 않았다. '축하해요' 한마디조차 없었다.

소니아는 한 여자가 죽었다는 사실을 염두에 두어야 한다. 이게 경쟁의식을 가질 일인가? 죽은 여자에게? 당치도 않다. 설령 그녀가 이 사람 저 사람 붙들고 "저는요? 제 10주년은요?" 한들 과연 그들이 동정하고 공감해줄까? 축하해줄까? 천만에.

그러므로 그녀는 염려하되 침울하지 않은 표정을 얼굴에 씌우고 차에서 내린다. 아이들에게는 그녀가 필요하다. 세상에, 학교에서 사람이 죽었다. 지금 아이들에겐 그 어느 때보다도 그녀가 필요하다.

이제 하루를 시작하자.

▶ ▷ ▶ ▷

프랭크는 학교 주차장에 차를 세운다. 여전히 가슴이 두근두근하다. 주말 내내 그랬다. 누군가 문을 두드릴 때마다, 휴대폰이 울릴 때마다 심장이 덜컥덜컥 내려앉는 듯했다. 언제 누가 등을 떠밀지 모르는 채로 옥상 난간에 올라선 심정이었다.

파멸이 임박했음을 안다는 건 너무나 끔찍하다.

하지만 아직은 아니다. 그가 줄곧 간절히 기도한 덕분인지도 모른다. 그랬으면 좋겠다.

차에서 내려 학교로 걸어간다. 경찰도 화난 남편도 악마의 삼지창도 없다. 하루의 시작이 상서롭다.

건물 안으로 들어서자마자, 잉그리드 로스와 눈이 마주친다.

아마 협의회가 그새 추모 공간을 마련했나 보다. 그를 정면으로 바라보고 있는 건 그녀의 영정 사진이다. 탁자에 올려진 커다란 영정 사진 아래에 꽃들이 놓여 있어 프랭크는 빈손으로 온 자신이 한심하게 느껴진다. 생각조차 못 했다.

이 영정 사진은 그가 처음 보는 사진이다. 화장기 없는 얼굴에 머리는 더 길다. 야외에서 찍었는지 그녀 뒤로 커다란 나무 한 그루가 있다. 사진 속에서 환히 웃는 그녀는 진정으로 행복해 보인다. 그가 아는 잉그리드는 행복하지 않았다. 결단력 있는 사람이기는 했다. 집중력이라면 타의 추종을 불허했고. 하지만 행복했냐고? 아니, 그가 아는 한 아니었다. 그렇지만 행복에 관해서라면 그도 다르지 않았다. 아주 불행한 것도 아니었지만, 어쨌든.

그녀도 그걸 알고 있었다. 그녀는 그의 내면을 보았고 그것을 정조준했고 그에 맞춰 행동했다. 마치 그…… 고대 그리스의 그것처럼. 이름이 뭐였는지 가물가물하다. 그는 수학 교사지 신화학 교사가 아니다. 하지만 아, 생각난다.

세이렌(아름다운 노랫소리로 뱃사람들을 홀려 바다에 빠져 죽게 했다고 전해지는 그리스 신화 속 요정 – 옮긴이).

맞나? 아니, 아니다. 서큐버스(남자들 꿈속에 여인으로 나타나 정을 통하면서 정기를 빼앗는다고 알려진 일종의 악마 – 옮긴이). 잉그리드 로스는 서큐버스였다.

그녀를 생각하기만 해도 다시금 분노가 치솟는다.

그는 셔츠 안 십자가를 쥐고 손가락으로 테두리를 더듬는다. 때로는 그의 안에서 소용돌이치는 천불로 인해 자연 발화로 비명횡사

하겠다는 생각이 들기도 한다. 사실, 그가 한 짓을 생각하면 그렇게 죽어 마땅하다.

어떤 까닭인지 그렇게 되지는 않는다. 그 대신 죄의식이 그를 짓누른다. 어쩌면 죽음보다 더한 고통이.

잉그리드의 사진을 바라보는 모습을 들킬세라 그는 서둘러 그곳을 벗어난다. 복도 끝에서 자신의 교실 쪽이 아닌 오른쪽으로 꺾어 포터 룸으로 향한다. 지난 주말, 월요일 1교시 전에 교직원 조회에 참석하라는 공지가 있었다.

도착해보니 실내가 반쯤 차 있다. 스태퍼드 룸과 달리 이곳에는 학생들이 출입할 수 없다. 카드키로 문을 열어야 하는 데다 학생들 공간과는 멀리 떨어진 남쪽 복도 끝에 있다. 여기서 벌어지는 일은 아이들에게 새어나가지 않는다.

앞에 서 있던 마샤 씨가 7시 40분 정각에 조회를 시작한다. 그녀가 입은 트위드 정장도 그녀의 목소리도 지극히 사무적이다.

"다들 수업 준비를 하셔야 할 테니 짧게 끝내겠습니다." 그녀는 손에 클립보드를 들고 있다. 나이 지긋한 비서가 으레 그러하듯 그녀도 신기술을 멀리한다. 사용하면 업무가 쉬워질 텐데도 굳이. "잉그리드 로스의 부고는 다들 접하셨을 겁니다. 그분께 일어난 일에 대해 저희가 경찰 및 유족들과 계속 연락하고 있으니 그 점은 안심하셔도 됩니다. 일단은 사인을 밝혀줄 부검 결과를 기다리는 중이에요."

부검 소식이 프랭크에게 위안이 되지는 못한다. 전혀.

마샤 씨가 이어 말한다. "짐작하시겠지만 유가족분들의 상심은 이루 말할 수 없습니다. 학교 본관 출입구에 추모 공간을 설치해 누구든 꽃이나 편지 등으로 조의를 표할 수 있게 해두었습니다. 조의가 담긴 물건들은 추후 전부 유족 측에 전달할 거고요. 아울러 오늘은 심리상담사 몇 분이 학교에 계실 겁니다. 학생이든 교사든 대화가 필요한 사람이 있다면 주저하지 마시고 알려주세요. 그분들을 위해 상담사가 계시는 거니까요." 말을 맺은 그녀는 클립보드에서 눈을 떼고 고개를 든다. "질문 있으신 분?"

누군가가 상담사 면담으로 수업을 빠질 경우 출석 인정 사유가 되느냐고 묻는다. 다른 누군가는 잉그리드의 장례식에 대해 묻는다.

장례식. 프랭크는 장례식 생각은 하지도 못했다.

교회에서 치르게 된다면 하나님 저를 도와주소서. 그는 도저히 끝까지 자리를 지킬 수 없을 것이다.

마샤 씨가 대답한다. "관련 소식과 정보는 들어오는 대로 계속 공지하겠습니다. 오늘 조회는 여기까지입니다."

8분. 모든 공지를 듣는 데 8분이 걸렸는데 프랭크의 심장은 더 세차게 뛴다. 그와 나란히 선 소니아 곁으로 마샤 씨가 다가온다.

"테디 크러처 선생님이 오늘 병가를 내셨어요. 대체교사를 투입하긴 할 텐데, 혹시 벤저민 선생님이……."

소니아가 끄덕이고, 프랭크는 그들의 대화를 더 들을 것 없이 자리를 뜬다. 부검 얘기에 머릿속이 더 복잡해졌다.

그녀의 녹차 병을 건드리지 말았어야 한다.

그것이 그가 스태퍼드 룸에서 찾던 물건이다. 펜이 아니라.

26

얼마 만인지 모르겠다. 테디가 이렇게—여전히 낡고 삐걱대는—뒷문 포치에 서서 뒤뜰을 바라보는 것이. 화초고 잡초고 덤불이고 관목이고, 뒤뜰엔 아무것도 없다. 남은 식물이라곤 너무 커서 잘라낼 수 없었던 나무 한 그루뿐이다.

화요일 저녁, 해 질 녘이다. 테디는 이틀째 결근 중이다. 병이 난건 아니다. 언제 마지막으로 아팠는지 기억도 안 난다. 그가 학교에 가지 않은 건 집에서 할 일이 너무 많아서다.

하지만 처음부터 이렇진 않았다. 제 입으로 실토할 일은 없겠지만, 그는 거의 포기할 뻔했다. 사실, 한동안은 진짜 포기했었다. 금요일 저녁 그는 학교 쓰레기 수거장을 샅샅이 뒤지고도 아무 소득 없이 집으로 돌아와 곧바로 잠을 청했다. 아무것도 먹거나 마시지 않았다. 특히 우유는 쳐다보지도 않았다. 그는 우유 마실 자격이 없었다. 우유는커녕 그 무엇도 목구멍으로 넘길 자격이 없었다. 그런 짓을 저지르고 무슨 낯짝으로.

그토록 끔찍한 짓을 저질러놓고.

다분히 순수한 발상에서 시작한 것이 갑자기 그의 손을 떠나더니 끝내 사람을 죽였다.

그는 인간 말종이었다. 동료 교육자들과의 사소한 불화에 목을 맨 인간. 거슬리니까 벌을 줘야겠다고 작심한 인간. 그들의 커피에 독을 탄 인간.

음, 독을 탄 건 아니지. 손을 댔달까. 그는 그들의 커피에 손을 댔다. 아주 살짝.

정작 그가 목맸어야 할 대상은 제자들이다. 제자들에게 집중하기, 그것이 그의 직무요 목적이요 '사명'이었다.

그러나 그는 그 전부를 저버렸다.

몸속의 그 느낌은 서서히 시작되었다. 간질간질, 마치 모기 한 마리가 돌아다니는 것 같았다. 아니, 구더기 한 마리가. 그래, 분명 구더기였다.

자가 증식하는.

침대에 누운 시간이 길어질수록 그의 몸속을 기어 다니는 구더기의 수도 늘어났다. 공포 그 자체였다. 살갗 안쪽이 온통 그 끈적하고 미끌미끌한 생물로 뒤바뀐 듯한 느낌이었다. 토요일 저녁, 그는 완전히 잠식당했다.

완전히 낯선 느낌은 아니었다.

예전에 한 번, 앨리슨이 떠났을 때도 그랬다. 그녀가 그놈의 청구서만 달랑 남기고 떠났을 때.

그 느낌은 후회보다 훨씬 지독했다. 후회란 그저 성가시게 머릿속을 긁어대는 생각에 지나지 않으니까. 회한은 몸속을 구더기 굴로 만든다.

그녀만 곁에 있었어도 그 소름 끼치는 느낌에 사로잡힐 일은 없었을 텐데. 그녀에겐 모든 것을 나아지게 하는 비결이 있으니까.

그가 유난히 가라앉을 때마다 부부가 함께 영화를 보았다. 언제나 그녀는 한심하기 짝이 없는 코미디 영화를 골랐다. 앨리슨은 드라마를 싫어했다. 심각하거나 우울한 내용이면 뭐든지 싫어했다. 처음에 그는 그녀가 고르는 영화가 하나같이 유치하며 그런 영화를 보는 건 쓸데없는 시간 낭비라고 여겼다.

그녀는 말했다. "단 한 번이라도 웃었으면 된 거야."

그녀가 옳았다. 그 한심한 영화들이 때로는 한 번 이상도 그를 웃게 했다. 그녀와 함께했기 때문이다. 앨리슨의 웃음은 전염력이 강했고 그녀의 웃음소리는 아름다웠다. 한번은 그가 "당신이 웃으면 시 낭송을 듣는 것 같아."라고 말했을 정도다. 그 말에도 그녀는 아름답게 웃었다.

이제 그는 그런 영화를 보지 않는다. 그녀가 없으니까.

그는 다시 웃음에 인색해졌고 그것이 이 비극의 발단이었다. 웃기를 그만두고 나자 직장 동료들의 짜증스러운 면면이 거슬리기 시작한 것이다. 그들이 짜증스럽게 굴기를 그만두지 않아서 그는 그들의 커피에 손대기 시작했다.

그런 과정을, 앨리슨을 떠올리다 보니 그는 기분이 더욱더 나빠졌다.

▶ ▷ ▶ ▷

그가 침대에 누워 버티는 사이 결국엔 구더기들도 지쳐 휴면기에 들었다. 극성을 부리던 고통이 제풀에 지쳐 차츰 잦아들었다. 일요일 아침, 마침내 자신의 굴에서 나온 테디는 새로이 목적의식을 다졌다. 제자들에게 돌아가자. 녀석들이 이기적이고 건방진 개망나니가 되지 않게 그가 가르쳐야 한다.

그러나 먼저, 그의 잘못을 없던 일로 되돌려야 한다. 지하실 정리부터. 그는 커피 캡슐과 시험관을 비롯한 실험 도구를 모조리 없앴다. 알약, 연구 자료, 그 밖의 모든 것도. 진짜 중요한 것을 뒷전으로 미루게 한 끔찍한 물건들일 뿐이었다.

다음으로 그는 뒤뜰을 공략했다. '악타이아 파키포다'부터.

첫눈에 그의 관심을 끌었던 식물이다. 눈길이 가지 않을 수 없었다. 까만 점이 하나씩 박힌 하얗고 동그란 열매들. 그래서 '인형 눈'이라고도 불린다. 꼭 눈알처럼 생긴 그 작은 열매들에는 혈압을 낮추는 독소가 가득 들었다. 과량을 섭취할 경우 심장마비를 일으킬 수 있다. 미량으로도 의식을 잃을 정도다.

그의 계획은 그저 소니아를, 기왕이면 그 여자의 10주년 기념식장에서 잠깐 기절시키는 것이었다. 인형 눈 열매에서 추출한 즙을 커피 캡슐에 주입할 때도 그는 정량을 넘기지 않으려 극도로 조심했다. 결단코 죽일 생각은 없었다. 그녀는 물론이고 그 누구도.

장갑 낀 손으로 그는 맨 먼저 그 식물을 뽑아 단단히 싸맸다. 그러고서 다른 식물들도 전부 제거했다. 독이 있건 없건 가리지 않았다. 무조건 깡그리 없어져야 했다. 고되고 무자비한 식물 학살 작업에 꼬박 이틀이 걸렸다. 뒤뜰에 식물이 남아 있는 한 학교 복귀는 고려 대상이 아니었다.

문제는 그다음이었다. 뽑아낸 식물들을 처리하기가 만만치 않았다. 돈을 내고 짐차를 불러다 한꺼번에 처리하고 싶은 마음이 굴뚝같았지만 이건 아무도 모르게 해치워야 할 일이었다. 몽땅 자루에 욱여넣고 그의 차에 실어 원예 폐기물 처리장으로 직접 나르는 수밖에 없었다. 각각 다른 지역의 다른 처리장으로 총 다섯 번을 움직였다. 폐기물을 넘길 때도 물론 매번 다른 가짜 이름을 댔다.

그리하여 화요일 밤 현재 뒷문 포치에 선 그는, 전에 없이 몸을 너무 많이 쓴 탓에 구석구석 쑤시지 않는 데가 없다. 그래도 속은 시원하다. 끝내준다. 새로 시작하게 된 기분이다. 아니, 그는 새로 '태어난' 기분이다.

신선한 우유 한 잔으로 하루를 마감한다. 속죄가 끝났다는 의미다.

그는 자신을 정화했다. 자신의 진정한 사명인 제자들에게 집중하지 못하고 잘못된 길을 걸어오며 저지른 모든 과오를 씻어냈다.

처음부터 다시 시작할 준비가 됐다. 이번에도.

27

영광스러운 아침이다. 햇살은 눈부시고 새들도 지저귀고, 테디는 차로 걸어가는 동안 나비가 날아와 어깨에 앉는대도 놀라지 않을 것 같다. 물론 나비가 날아와 앉지는 않는다. 그가 확인했다.

일찌감치 학교에 차를 댄다. 아직 한산하다. 그는 주차장에 있는 차들 중 유일하게 프랭크의 차를 알아본다. 놀랍지 않다. 프랭크는 늘 일찍 출근한다. 프랭크의 교실을 지나치면서 테디는 잠깐 들러 인사를 할까 생각하다가 그냥 곧장 교사 휴게실로 간다.

슥 둘러보니 모든 것이, 커피 캡슐까지도 그대로다. 커피를 내리며 테디는 혼자 웃음 짓는다.

커피 캡슐. 거참 멍청한 발상이었지.

쓰레기 수거장에도 캡슐은 없었다. 수상쩍은 건 아무것도 없었는데 창피한 일이 있었다. 관리인인 조가 쓰레기 더미에서 기어 나오는 그를 본 것이다. 둘 다 아무 말도 하지 않았기 때문에 피차 더 민망해졌다. 조에게도 쉽게 잊히지 않을 순간이었으리라.

테디는 교실로 내려가 노트북을 열고 금요일 이후 처음으로 이메일을 확인한다. 목록을 빠르게 훑다가 중요메일 표시가 있는 것부터 읽는다. 잉그리드는 죽었으나 아직 땅에 묻히진 않았다. '부검'이라는 단어에 테디는 잠시 얼어붙지만 얼른 떨쳐낸다. 오늘은 구더기에 시달릴 시간이 없다.

팰런이 그의 주의를 끈다. 이 예전 제자는 자기가 얼마나 화났는지를 그에게 끈질기게 고한다.

어이, 개새끼, 또 나야.

알고나 있으라고. 내가 당신한테 발목 잡혀서 영영 성공 못 할 줄 알

지? 천만에. 난 조기 졸업할 거고 석사 과정에도 지원해서 이미 합격

했어. 내가 당신보다 더 많이 벌 날이 머지않았다고.

또 소식 전할게.

테디는 빙긋 웃는다. 팰런이 소식을 전하면 언제나 그러듯이. 이 녀석은 아직도 뭘 모른다.

그는 적이 아니다. 적이었던 적도 없다. 팰런을 위한, 제자 모두를 위한 그의 목표는 이기적이고 버릇없는 애새끼에 불과한 그들을 더 나은 인간으로 변화시키는 데 있다.

팰런이 당장 이해하지 못한대도 그는 희망을 잃지 않았다. 아직은 아니다. 그는 제자를 포기한 적 없다. 잭을 포기하지 않았듯 팰런을 포기하지도 않았다. 언젠가 그들도 깨닫게 될 거다.

깨닫는다면 다 그의 덕분이고.

▶ ▷ ▶ ▷

죽음. 벨몬트가 죽음에 휩싸였다.

어디에나 죽음이 있기에 소니아는 죽음을 생각하며 복도를 걷는다. 잉그리드의 장례식이 금요일이고 얼마 후엔 연례 추념식이다.

"좋은 아침, 좋은 아침." 마주치는 학생들과 일일이 눈을 맞추며 인사한다. 모든 게 괜찮다는 확신을 줘야 한다. 실상은 그렇지 않을지라도. 어제, 학교 분위기가 조금씩 안정을 되찾기 시작한 바로 그때, 지역 신문에 기사가 떴다.

벨몬트 아카데미에서 사망자 발생?

이게 헤드라인이었다. 물음표까지 포함해서. 그렇다, 벨몬트에서 사망자가 발생했다. 너무 많이 죽었다.

그렇지만 여전히 살아 있고 여전히 《뷰글》 자문교사인 소니아는 이제 새 편집자를 찾아야 한다. 코트니가 조만간 다시 등교하는 일은 없을 것이다. 어쩌면 영영 돌아오지 않을지도 모른다. 그렇다고 그 애를 원망할 수는 없다. 이 학교에서 어머니를 잃었으니.

이렇게 죽음이 또 찾아왔다. 언제나 이런 식이다. 어떠한 조짐도 없이, 전혀 예기치 못한 때에 닥쳐온다.

소니아는 애써 머리에서 죽음을 몰아내고 메인 홀을 두리번거리다, 찾던 사람을 이내 발견한다.

"잭."

녀석이 미소 짓는다. 여느 때와 다를 바 없는 얼굴이다. "아, B 쌤."

"코트니랑 얘기해봤니? 좀 어떻던?"

"연락 못 했어요. 그…… 음, 금요일 이후로요."

"많이 힘들겠지. 마음 추스를 시간을 주렴."

"예."

"준비가 되면 걔가 연락할 거야." 소니아는 자신이 할 수 있는 가장 믿음직한 눈빛을 보내며 녀석의 손을 토닥여준다. "그거 말고도 또 너한테 부탁할 게 있어. 《뷰글》일이야."

"다음 기사요? 벌써요?"

"기사 얘기는 아니고."

그녀를 바라보는 잭의 눈빛은 너무나 숨김없고 신뢰가 가득하다. "그럼 무슨 일인데요?"

그녀는 잭에게 따라오라 손짓하고 모퉁이를 돌아 비교적 덜 붐비는 복도로 간다. 지금은 딱 16분으로 정해진 오전 휴식 시간이다.

"편집자 자리 말인데……"

"아." 곧이어 그녀의 말뜻을 이해한 잭의 눈이 한층 더 커다래진다. "아!"

소니아는 적당히 진지한 어조로 말을 잇는다. "그래. 당장 편집자 자리가 공석이야."

"하지만 코트니가 돌아올 건데요."

"그럼, 그럼. 그러니까 임시로, 걔가 없는 동안에 어떡할지를 말하는 거야. 아무래도 코트니는 가족과 함께할 시간이 필요할 테니까."

잭은 끄덕끄덕하더니 계속해서 끄덕인다. 속으로 이런저런 선택지를 가늠해보는 눈치다.

그녀가 말한다. "오늘 밤에 찬찬히 생각해볼래? 쉽게 결정할 일이 아니잖니."

"그러는 게 좋겠네요. 생각해볼게요."

"어떻게 하기로 정하든 쌤은 지지할게. 어느 쪽이든 《뷰글》에서 활약한 이력은 입시에 도움이 될 거야. 그냥 기자로서도."

제자가 혼자 생각할 수 있게 그녀가 자리를 피해주는 동안에도 잭은 하염없이 고개를 주억인다.

▶ ▷ ▶ ▷

학생들이 프랭크를 쳐다보고 있지만 그는 딱히 그들을 보고 있지 않다. 졸린 눈, 손에 괸 턱, 수많은 멍한 눈빛이 흐릿하게 덩어리져 보일 뿐이다. 그가 자주 제자들을 이런 식으로 보는 건 아니다. 거의 항상 그는 제자들을 주의 깊게 살핀다. 그중 누구든 걸리길, 뭔가 잘못하기를 기다리면서.

악마와 그 부하들은 때와 장소를 가리지 않는다. 언제고 이 아이들을 어둠의 편으로 꾀어내려 든다. 프랭크는 항시 그것을 경계하며, 아이들이 유혹에 저항하게끔 도우려 애쓴다.

오늘은 그다지 애쓰지 않는다.

4교시 미적분 시간, 누가 여기 있고 싶을까. 학생들은 말할 것도 없고 프랭크도 마찬가지다. 마음 같아서는 헬스장에 있고 싶다. 지금 이 순간에도 계속되는 신경과민을 운동으로 승화하면서.

아니면 교회에서, 그의 죄가 사해지도록 기도한다든가. 어젯밤도 그저께 밤도 교회에서 기도했지만 소용없었다. 아직껏 아무도—경찰도 잉그리드의 남편도—그의 앞에 코빼기도 내밀지 않는다. 그야말로 미치고 환장할 노릇이다.

교실 한복판에서 손 하나가 쑥 솟는다.

"응, 스텔라?"

"a 플러스 b가 f의 역함수라면, 교점은 a는 a 플러스 b 마이너스 1 분의 1 아닌가요?"

프랭크는 그 문제를 들여다보며, 질문 내용을 파악한다. 평소보다 오래 걸려 답을 찾는다. "그래. 응, 네가 맞아." 그는 스마트보드를 쓸어 문제를 싹 날려버린다. 수학이란 얼마나 쉬울 수 있는지.

다른 문제가 보드에 나타나서 그는 아이들에게 풀어보라고 한다. 그사이에 그는 책상 서랍을 열고 휴대폰을 확인한다.

안 읽은 메시지 한 통. 엔진오일 갈라는 아내의 메시지다.

그는 한순간 안도하지만 금세 또다시 불안해진다. 그의 심정을 대변하는 세 글자가 머릿속을 떠다닌다. '-더라면.'

그 모금 행사에서 잉그리드를 만나지 않았더라면.

미시가 프랭키랑 집에 있지 말고 행사장에 그와 동행했더라면.

취할 때마다 후환을 남기는 그가 과음하지 않았더라면.

잉그리드와 함께 행사장을 떠나지 말고 혼자 집으로 왔더라면.

28

찬란한, 그저 찬란한 날이었다. 테디는 이 단어를 사랑한다. 말하자면 열 손가락 안에 들 정도로. 그 목록이 자주 바뀌기는 하지만 말이다. 때로는 퍽 오랜만에 조우한 단어가 그의 마음속 목록에 들어가기도 한다. 그러나 '찬란하다'는 목록에서 빠진 적이 없다.

2교시 반 학생 대부분이 『아웃사이더』를 완독하고 과제 작성만을 앞두고 있다. 『모비 딕』을 읽는 4교시 반 학생들은 좀 더디지만 그야 충분히 예상한 바다.

학교 일과가 끝날 무렵, 테디는 오늘 밤에도 큰 유리잔 하나 가득 우유를 채워 마실 생각을 한다. 보통은 이틀 연속 우유를 마시지 않지만, 성공을 축하할 수 없다면 삶이 무슨 의미가 있겠는가?

퇴근 후 귀갓길에 그는 동네 구멍가게에 들른다. 교사라는 직업의 수많은 단점 중 하나는 고급 식료품점에서 장을 볼 수 없다는 것이다. 테디는 오래전에 이 단점과 화해했다. 심지어 포스 애비뉴 주류점의 주인장이자 계산원인 헥터와 친해지기까지 했다.

두 사람의 인연은 몇 년 전 헥터네 가게의 우유가 할인매장보다도 저렴하다는 사실을 테디가 발견하면서 시작되었다. 더구나 헥터는 특별 주문도 마다하지 않았다. 기꺼이 고객을 왕으로 모시겠다는 훌륭한 자세로 가게를 운영하는 인물이었다. 이후로 지금까지 테디는 그 가게의 충성 고객이다.

"오늘도 우유인가요?" 헥터가 묻는다.

테디는 고개를 끄덕여 보이고 싱글싱글 웃으며 안쪽으로 들어간다.

"조심하셔야겠어요. 우유를 그렇게 퍼마시는데 어디 간이 남아나겠어요?" 헥터가 농담을 던지고 제풀에 낄낄대면서, 계산대 쪽 천장에 매달린 TV 소리를 낮춘다.

테디는 냉장고에서 우유를 꺼낸다. 헥터가 테디 전용으로 들여다 놓은 브랜드의 우유다. 테디는 오로지 유리병에 담긴 우유만 마신다. 플라스틱병이나 돼먹지 않은 종이팩에 든 건 거들떠보지도 않는다.

헥터가 또 말을 붙인다. "이제 불어봐요. 대체 뭐가 어떻게 돌아가는 겁니까? 선생님 학교 말이에요."

학교? 테디는 잠시 후에야 퍼뜩 알아차린다. "아, 예. 사고가 있었죠. 비극이지 뭡니까. 너무 안됐어요, 그 어머님."

"그러게나 말입니다."

"어쩌다 그렇게 됐는지는 아무도 몰라요. 그분이 그냥…… 쓰러지셨어요."

"소식 못 들으셨어요?"

"무슨 소식이요?"

"와, 선생님들이 제일 빠른 소식통일 줄 알았는데." 헥터가 TV 리모컨을 집어 버튼을 몇 번 누르자, 축구 경기를 중계하던 화면이 지역 뉴스로 바뀐다. "전 좀 아까 봤거든요."라면서 그는 리모컨 끝으로 화면을 가리킨다. "대체 저 아이들한테 뭘 가르치는 거냐고요."

화면 하단에 그어진 띠를 따라 도무지 말이 안 되는 문구가 흐른다. 이해를 해보려 애쓰며 테디는 읽고 또 읽는다.

17세 벨몬트 학생,

모친 살해 혐의로 연행

2부

29

첫눈은 언제나 가장 근사한 마법을 부린다. 이번 겨울엔 첫눈이 늦었다. 어느덧 1월이니까. 하얀 눈 이불을 덮은 벨몬트 아카데미는 마치 디킨스 소설 속 풍경 같다.

주위를 쇠사슬로 둘러친 울타리만 아니면.

코트니가 체포된 지 두 달 반이 지났다. 공판 기일은 몇 주 뒤지만 벌써 언론이 학교 밖에 진을 쳤다. 그들은 텐트 안에다 장비들을 보관하고 미니 히터로 몸을 녹인다. 따끈한 커피를 파는 커피 트럭도 한 대 자리를 잡았고 동네 가게의 광고 전단지를 돌리는 사람도 보인다.

이건 겨우 시작일 뿐임을 소니아는 깨닫는다.

경비원이 그녀에게 들어오라고 손짓하고, 그녀는 기자들을 향해 손가락 욕을 날리고 싶은 걸 애써 자제하며 그들을 지나쳐 간다. 주차를 해놓고는 주문 외기를 건너뛰고 차에서 나온다. 천 번을 외운

157

대도 오늘은 좋은 날이 될 리 없다.

정문 바로 안쪽에 상담소가 차려져 있다. 소니아는 상담소를 그대로 지나 교사 휴게실로 직행한다. 놀랍게도 프랭크 한 명뿐이다. 주차장은 분명 반 넘게 차 있었는데.

프랭크가 알은체한다. "아. 오셨어요."

"좋은 아침입니다." 그녀가 대답한다.

그녀가 점심 도시락을 냉장고에 넣고 커피를 내리는 사이 프랭크는 구석에 앉아 무심히 그녀를 눈으로 좇는다. 그는 지난주에도 안색이 영 좋지 않더니 갈수록 심해진다. 낯빛은 파리하고 눈 밑에 다크서클도 내려왔다. 심지어 근육마저 쪼그라든 것 같다.

"다들 포터 룸에 있어요." 그가 말한다.

"조회가 있어요? 전 공지를 못 받았……."

"조회는 없어요. 거기에다 TV를 설치했더라고요."

소니아는 입술을 악문다. 미쳐 돌아가는 분위기를 피할 유일한 장소가 학교인 줄 알았는데, 아닌가 보다. 한숨을 내쉬며 그녀는 커피에 인공 감미료를 넣고 저은 뒤 휴게실을 나선다. 목적지는 당연히 교실이다. 잠시 후 그녀는 교실이 아닌 포터 룸에 도착한다.

포터 룸에는 교직원이 빼곡히 들어찬 가운데 모두의 시선이 커다란 화면을 향해 있다. TV 속 기자는 백금발에 화장이 짙은 여자다.

"……지방 검사와 변호인이 도착하길 기다리고 있습니다. 코트니 로스 양은 1차 공판 전 신청 기간 또는 배심원단 선정 기간 중에는 법정에 출두하지 않을 것으로 예상됩니다. 공판 개시일까지 로스 양은 대중 앞에 모습을 드러내지 않을 것 같습니다."

중간 광고가 나오자 대화가 시작된다.

"재판 내내 기자들이 학교 밖에 있을까요?"

"법원에 있어야 하는 거 아녜요?"

"거기에도 있어요. 어디에나 기자들 천지예요."

"아이고 환장하겠네."

소니아도 동의한다. 방학이 끝나고 겨우 새 학기에 다들 적응하기 시작한 이때, 또다시 폭탄이 터졌다. 소송, 재판, 언론. 코트니가 체포됐던 때보다도 더하다.

그야말로 '아이고 환장하겠네'다.

가구 광고가 나오는 중에 TV 소리가 사라진다. 마샤 씨의 걸음에 맞춰 트위드 치마가 사각사각 쏠리는 소리만 허공에 퍼진다.

화면 앞에 선 그녀가 말한다. "잠시만 주목해주세요. 우리 학생들이 힘든 시간을 보내야 할 겁니다. 이…… 상황이 끝날 때까지 학교에 너무 많은 이목이 쏠릴 거예요. 기자들이 교직원이나 학생들과 인터뷰를 하려고 달려들 테고요. 물론 선택은 여러분 몫이지만, 언론과의 접촉은 삼가주셨으면 하는 것이 학교 측의 입장입니다." 그녀는 단호한 눈빛으로 사람들을 둘러보고서 이어 말한다. "당분간 아래층 상담소도 계속 운영할 예정입니다. 도움이 필요한 사람을 위해 심리상담사분들이 상주해 계십니다. 상담소는 평일 오후 6시까지, 그리고 토요일 오전에도 열어두겠습니다."

누군가 기침한다. 마샤 씨 뒤 화면에 기자가 돌아왔지만 뭐라고 하는지 들을 수 없다.

"마지막으로, 중요한 당부 말씀을 드립니다. 제발 수업 중에 재판 얘기를 자제해주세요. 학생들은 온종일 휴대폰을 확인할 겁니다. 당연히 그 일에 대해 얘기할 거고요. 수업 시간에는 철저히 수업에만 집중해주십시오." 마샤 씨는 깊이 숨을 들이마신다. 너무나 지친 모습이다. 벨몬트의 교직원 모두가 지난 두 달 새에 10년은 늙어버린 것 같다. "질문 있으신 분?"

아무도 없다.

1교시 종이 울린다. 적어도 한 가지는 변하지 않았다. 마샤 씨는 여전히 시간을 엄수한다.

소니아의 1교시 수업은 딱 예상했던 대로 흘러간다. 그동안 벨몬트 재학생 수가 10퍼센트 이상 줄었다. 행정실에서 함구하는 탓에 정확한 수는 아무도 모르지만, 모든 수업에 빈자리가 눈에 띄게 늘었다.

마샤 씨가 지시한 대로 소니아는 수업 중에 재판이나 코트니를 언급하지 않는다. 그러나 학생들은 아니다. 수업 시간만 빼고 온종일 그 얘기다. 뉴스에 무슨 얘기가 나왔고 전문가들은 어떻게 예측하며 아이들은 어떻게 생각하는지 등등의 단편들이 온종일 소니아의 귀에 들어온다.

"걔 짓이야."

"100퍼."

"말이 되냐. 코트니는 절대 아냐."

"걔네 엄마 모르냐?"

일과가 끝날 무렵, 소니아는 몸이 천근만근인 느낌이다. 뭐, 몸무게가 늘어난 것도 사실이긴 하다. 몸에 맞는 옷이 하나도 없고 심지어 너무 껴서 아예 못 입는 옷도 있다. 스트레스성 폭식. 남편이 그걸 그렇게 부르며 스트레스 볼을 또 하나 건넸다. 이제 스트레스 볼이 세 개다. 학교에 하나, 집에 하나, 차에 하나.

지금까지는 그다지 도움이 되지 않았다.

공보다 음식에 더 손이 가기도 하고.

집에서 그녀는 TV를 켜지 않는다. 오늘 법원에서—또—무슨 일이 있었는지 그녀는 궁금하지 않다. 코트니를 비난하면서 그 애가 어머니를 살해한 동기를 추측하는 소리 따위 듣고 싶지 않다. 의도적인 살인일 수도 있고 아닐 수도 있다. 기자에 따라 다르다. 누구는 그 애가 잉그리드 로스에게 약물을 먹였다 하고, 또 누구는 독극물을 먹였다 하고, 몇몇은 그 애가 '불법 조작' 혐의로 기소되었다고 보도한다.

거기에 문자 메시지까지 유출됐고, 적어도 유출된 내용은 모두가 보았다. 코트니가 어머니 때문에 미치겠다는 말을 수차례 반복했다는 사실이 공개되면서 많은 사람이 그 애의 유죄를 확신하고 있다.

소니아는 그딴 말들을 하나도 믿지 않는다. 단. 한. 마. 디. 도.

저녁거리를 오븐에 데우면서 그녀는 치즈를 좀 썰고 크래커를 몇 개 꺼낸다. 식사 전에 간단히 요기할 양이다. 한 입 베어 물려는 순간, 휴대폰이 울린다. 아는 번호지만 그녀는 받지 않는다.

치즈 얹은 크래커를 두 개 먹는 사이에 음성 메시지 알림음이 울린다. 간식 에너지에 힘입어 그녀는 메시지를 재생한다.

"벤저민 선생님, 제프리 브루스터 측 사무관입니다. 저희 측 최종 증인 신청 명단에 선생님 성함을 올렸기에 이렇게 연락드립니다. 일

161

단 공판이 시작돼야 선생님께서 증언하실 날짜를 알려드릴 수 있을 것 같습니다. 증언 내용을 검토해야 하니 조만간 제가 다시 연락드리겠습니다. 문의 사항이 있으면 언제든 전화 주십시오."

소니아는 '삭제' 버튼을 눌러버린다.

벨몬트 교사 절반이 예비 증인 명단에 들어갔다. 보통 이렇다고 했다. 명단에 필요 이상의 이름이 들어간다고. 일단은 모두 인터뷰를 하고 혹시 모르니 증언 준비도 해둬야 한다고. 그런데 이제 소니아는 증언대에 서서 성경에 손을 얹고 선서한 뒤 증언을 해야 하기에 이르렀다.

검사 측 증인으로서.

30

뉴스라면 보기도 듣기도 싫을뿐더러 입에 올리기조차 싫은데, 프랭크가 퇴근해 집에 왔을 때 아내는 TV를 보고 있다.

"어린애가 안됐네." 그녀가 말한다.

"그렇지." 그는 가방을 떨궈놓고서 욕실로 들어가 문을 닫아걸고 물을 튼다. TV 소리가 들리지 않는 유일한 장소다.

1분 만에 미시가 문을 두드린다. "자기야?"

"응?"

"오늘 저녁은 스파게티야. 30분쯤이면 다 돼."

그는 이미 소스 냄새를 맡았다. 현관문을 열고 들어오자마자 코로 밀려드는 양파, 토마토, 마늘 냄새에 배가 꼬르륵거렸다. "맛있겠다. 금방 나갈게."

거실로 나와 보니 프랭키가 바닥에 앉아 장난감 자동차를 맞부딪치며 놀고 있다. 부딪치고 부딪치고 또 부딪치고……. 시끄러워 미치겠다.

"그만, 프랭키." 프랭크가 말한다.

프랭키는 그만한다. 잠시간은.

TV에서는 지금도 뉴스가 나오고, 코트니의 사진이 그를 응시한다. 모든 방송국이 뉴스에 똑같은 사진을 내보낸다. 그 애의 소셜미디어 계정에 있던 그 사진은 야외에서 친구들과 함께 찍은 것이지만 뉴스에 나오는 사진에서는 친구들이 지워졌다. 사진 속에 혼자 남은 코트니는 몇 사람쯤 눈살을 찌푸리게 할 만큼 짧은 치마를 입은 채 엉덩이를 옆으로 빼고 카메라를 향해 포즈를 잡은 모습이다.

끔찍하다. 모든 게 너무나도 끔찍할 따름이다.

저녁 내내 그는 아등바등 움직인다. 스파게티를 먹고서 프랭키를 씻기고 재운 다음 미시와 시간을 보내기 위해 거실로 돌아온다. 오늘 밤엔 드라마 〈보슈(Bosch: 마이클 코넬리의 소설을 원작으로 제작·방영한 미국 추리물 드라마 – 옮긴이)〉를 한 편 보고서 또다시 뉴스 시청이다.

"자러 갈까?" 미시가 묻는다.

"좀 이따."

"그래."

"저기 미시. 실은 나, 드라이브나 하고 올까 싶은데."

"드라이브? 지금?"

"학교 주변이 다 저 난리야." 그는 TV 쪽으로 손을 내젓는다. "그냥…… 그냥 좀, 잠시 나갔다 와야겠어."

미시가 슬픈 눈빛을 보낸다. 그를 도저히 견딜 수 없는 지경으로 몰아가는. "그래, 다녀와. 난 이해해."

그녀는 항상 이해한다. 그래서 모든 게 더, 훨씬 더 괴로워질 뿐이다.

프랭크는 차에 올라 운전대를 잡는다. 곧장 교회로 차를 몬다.

그는 답을 찾고자 할 때마다 유니티 오브 라이프 교회를 찾는다. 미시에게 청혼해야 하는지 아닌지 마음이 갈팡질팡할 때, 그는 여기로 와 신께서 바른길로 인도해주시길 기도로써 간구했다. 그녀가 임신했을 때, 그는 여기로 와 아내가 무사히 건강한 아이를 낳기를 기원했다. 얼마 전 어깨를 다쳤을 때도, 그는 여기로 와 빠른 회복을 빌었다.

그렇게 기도하면 언제나 마음이 한결 편해졌다. 언제나 과연 제대로 찾아온 기분이었다.

지금은 그렇지 않다.

그가 있을 곳은 여기가 아니고 그가 얘기할 상대는 신이 아니다. 경찰서로 가 경찰과 얘기해야 한다. 잉그리드 로스가 그에게 한 일부터 고해야 한다.

적어도 그가 기억하는 것을. 그리 많지는 않다.

모금 행사장에서 만난 그녀는 몸의 굴곡이 그대로 드러나는 검은 원피스 차림이었다. 처음에는 별다를 게 없었다. 그와 그녀는 교사와 이사회 위원이 나눌 수 있는 평범한 대화를 나눴다. 그러다 함께 술을 한잔했다.

"수학 커리큘럼에 대해 쌤이랑 더 자세히 의논하고 싶은데요."라고 그녀는 말했다. 그녀의 입술은 검붉은 빛이었다. 립스틱 색인데도 어쩐지 술잔 테두리에 묻어나지 않았다.

"그러시죠."라고 그는 답했다.

"그냥 하는 말이 아니에요. 진심이랍니다."

"저도요."

"그럼 바로 하죠 뭐. 우리, 나가요. 저쪽 모퉁이 근처 모나에 가죠. 같이 한잔하면서 얘기해요."

그는 그렇게 했다. 왜냐고? 협의회장이 동행을 원하면 따라야 하니까.

또한 협의회장이 자꾸만 칵테일을 시키면 마셔야 하고.

수학과 벨몬트 얘기가 오갔고 어쩌다 보니 이런저런 뒷소문에 대한 얘기도 나왔다. 악의적이거나 누군가에게 해가 될 정도는 아니었다. 그러나 그즈음 그는 이미 흐리멍덩한 상태였다.

그녀는 두 잔을 더 주문했다.

정작 그녀 자신은 술을 마시지 않았고 그들 뒤에 놓인 화분에다 잔을 비웠을 수도 있다는 생각을, 당시 프랭크는 전혀 못 했다. 어쩌면 그랬을 수도 있겠다는 생각이 든 건 한참 나중의 일이었다.

두 사람이 함께 일어선 것은 어렴풋이 기억난다. 그녀가 그의 팔을 부축해 데리고 나왔다. 바깥공기가 제법 쌀쌀했지만 그는 춥지 않았고 몸을 떨지도 않았다.

그것이 그에게 남은 그날 밤의 마지막 기억이다.

그는 홀로 호텔 방에서 깨어났다.

31

말이 쇼핑몰이지 여기서 영업 중인 가게는 몇 군데 되지도 않는다. 소니아는 텅 빈 임대 공간들을 지나쳐 유일하게 남은 그나마 가게다운 가게로 들어간다. 법정에 입고 갈 옷이 없다. 맞는 옷이 하나도 없다. 몸에 안 맞는 건 둘째 치고라도, 집에 있는 건 법정 출석용으로 입기에 알맞은 옷들이 아니다. 절대 안 된다. 무려 TV에 나올 텐데.

그녀가 아는 한, 피할 길은 없다. 공판 현장을 방송하지는 않지만 법정에 들고 나는 사람들을 전부 찍기는 할 것이다. 신원도 알려질 것이다. 모든 것이 기록되고 공개된다.

바로 그녀가, 벨몬트 아카데미를 대표하는 소니아 벤저민이, 학교의 일원에게 불리한 증언을 하라는 압박을 받고 있다. 너무나 두렵다. 비명을 내지르고 싶을 만큼.

그러나 그녀는 가방에서 사탕을 꺼내 입으로 밀어넣는다.

그들이 뭘 물을지는 알고 있다. 사전 면담으로 일종의 연습을 했고 오늘 오후에도 검사보가 전화해 다시 한번 확인했다. 전화한 여자의 목소리는 벨몬트 학생들처럼 어리게 들렸다.

그녀의 질문은 지난번과 똑같았다. 소니아는 거짓말로 답하고 싶었지만 그러지 않았다. 그럴 수 없었다. 그리고 지금, 자신의 답변이 법정에서 어떻게 들릴지 그녀는 자꾸만 곱씹게 된다.

코트니 로스 양과 로스 양의 어머니가 함께 있는 장면을 목격하신 적 있습니까?

예.

한 번입니까 여러 번입니까?

여러 번 봤습니다.

두 사람이 다투는 걸 보신 적 있습니까?

예.

한 번 이상요?

예.

무슨 문제로 다투던가요?

못 들었습니다. 두 사람의 사생활이라 전 자리를 피했어요.

로스 양이 선생님께 자기 어머니 얘기를 한 적이 있나요?

예.

뭐라고 했지요?

간섭이 좀 심하시다고요.

그분이 무엇에 간섭한다고 하던가요?

학교 성적, 교과 외 활동 같은 거요. 코트니한테 꽤 자주 문자를 보내셨어요. 어디서 뭘 하는지 수시로 물으셨죠. 코트니는 좋아하지 않았어요. 어린애 취급 당하는 것 같다면서요.

로스 양이 어머니를 사랑한다고 말한 적 있나요?

아뇨.

어머니가 싫다는 말은 했고요?

네.

한 번 이상요?

네.

10년 넘게 교사로 재직하시면서 수많은 학생과 학부모를 보셨을 겁니다. 선생님께서 보시기에 잉그리드 로스의 행동이 비이성적이었나요?

가끔씩은 예, 그렇게 보였습니다.

구체적으로 말씀해주시겠요?

코트니를 예일에 보내겠다는 생각이 너무 확고하셨어요. 오로지 예일이었죠.

잉그리드 로스가 딸을 폭행하는 장면을 보신 적 있습니까?

폭행은…… 아뇨, 본 적 없어요.

꼭 폭행은 아니어도 그분이 로스 양에게 손을 대는 장면은요?

어머님이 코트니의 뺨을 때리는 건 봤습니다.

▶ ▷ ▶ ▷

지난가을, 새 학년 1학기가 시작되고 몇 주 후의 일이었다.《뷰

169

글》제1호 업로드를 24시간 남긴 시점이었고, 소니아는 코트니와 함께 늦게까지 학교에 남아 있었다.

잉그리드는 이미 화가 난 상태로 나타났다. 그런 어머니를 보고 코트니는 사색이 되었다.

"왜 문자에 답을 안 하니?" 잉그리드는 다짜고짜 따지고 들었다.

"작업 중이라서."

"네가 언제부터 학교 일 한답시고 연락을 무시했니?"

"무시한 거 아니야. 온종일 하는 일 없이 빈둥대지 않을 뿐이지. 누구누구랑은 다르게."

독기에도 목소리가 있다면 꼭 이때의 코트니와 같으리라.

잉그리드의 손이 너무 빨라서, 소니아는 방금 자기가 뭘 봤는지조차 얼른 알아차리지 못했다. 코트니의 얼굴이 온통 새빨갛게 달아올랐다. 소니아는 그 애도 어머니의 뺨을 올려붙일 줄 알았다. 하지만 그 애는 그냥 뛰쳐나갔다.

"어머님." 소니아가 말했다.

"죄송해요, 정말 죄송해요." 잉그리드는 두 손을 들고 손바닥을 펼쳐 보였다. "우리 애가 너무 무례했네요."

무례한 건 당신이라고 쏘아붙이고 싶었지만 소니아는 아무 말도 하지 않았다. 그녀가 나설 자리가 아니었다. 아무리 여기가 학교라 해도. 소니아는 부모의 자녀 체벌에 관한 법률을 잘 알고 있었다. 주먹을 쥐지 않은 맨손으로 치는 것은 미국 어느 주에서도 폭행으로 간주하지 않는다. 법적으로 소니아가 보고할 의무가 있는 행위는 없었다.

170

다음에 코트니와 단둘이 있게 됐을 때 소니아는 그 일에 대해 대화를 해보려 했다. 하지만 코트니가 한사코 대답을 피해 그녀의 말문을 막았다.

이제는 법정에서 그 일화를 털어놓아야 하는데 코트니에게는 조금도 도움이 되지 않는다. 오히려 그 애의 혐의를 강화할 뿐이다. 소니아는 검사 측이 원하는 바를 알고 있었고 그들이 이야기를 어떻게 몰아갈 계획인지도 능히 예견할 수 있었다. 코트니는 자신을 한 계점까지 밀어붙이는 저돌적이고 고압적인 어머니를 두었다.

그것이 동기다.

이해할 만한 동기이기도 하다. 그들은 코트니를 교복 입은 악마로 만들려는 게 아니다. 참을 대로 참다가 질려버린 아이일 뿐이다. 그렇다고 정당방위는 아니다. 잉그리드는 딸아이와 다투던 와중에 죽은 것이 아니니까. 코트니는 어머니를 독살했다. 또는 그랬다고 그들이 주장한다.

옷가게 피팅 룸에서 소니아는 마지막 질문을 떠올리며 몸서리친다. 최악의 질문이다.

잉그리드 로스가 딸의 뺨을 때리는 장면을 보았다고 다른 누군가에게 말씀하신 적 있습니까?

아뇨.

소니아는 아무것도 하지 않았다.

아무에게도 말하지 않았고 상부에 알리지도 않았다.

잉그리드 로스가 학부모였기 때문에. 학비를 대는 학부모들 덕에 벨몬트가 존재하므로.

32

슬슬 약이 오를 정도로 자꾸 아빠의 개똥철학이 맞는다. 또 하나의 워드 어록이 진리로 밝혀졌다.

'돈이 문을 열 수 있다.'

그렇다. 돈이 문을 연다. 구치소 감방 문까지도.

지금은 한밤중이다. 부모님이 정한 통금 시간이 한참 지났지만 잭은 상관하지 않는다. 이때가 아니면 코트니를 볼 수 없으므로 어떻게든 빠져나가야 한다.

건물 옆문에 도착한 그는 야간 교도관에게 문자 메시지를 보낸다. 잠시 후 환갑에 가까운 짧은 백발 아줌마가 불안한 눈초리로 두리번대며 문을 열어준다. 그녀는 감당 못할 대출로 고민이 많다. 뻔뻔한 전 남편이 위자료를 주지 않으면서 법원에도 나타나지 않는 탓이다.

인터넷이란 아름다운 것이다.

두 번 생각할 것도 없이 잭은 케이라는 이름의 이 교도관에게 연락했다. 그렇다, 불법이었다. 그렇다, 그녀가 그를 신고할 수도 있었다. 잭도 모르지 않았지만 그래도 연락했다.

코트니 일이니까. 잭이 외톨이일 때 그 애만은 곁에 있어주었으니까. 몇 년이고 왕따로 괴롭힘 당할 수도 있었던 잭을 그 애가 구해주었으니까. 코트니를 위해서라면 이까짓 위험이야 얼마든지 감수할 거다. 묻지도 따지지도 않고.

"들어와, 들어와." 케이가 그를 잡아채다시피 해서 안으로 들이고는 문을 쾅 닫고 잠근다.

잭은 주머니에서 봉투를 꺼내어 건넨다. "고맙습니다. 정말 고맙습니다."

그녀는 봉투 안을 확인한 뒤 대답한다. "이 일은 일어난 적 없는 거다."

"무슨 일이요?" 그가 그녀를 향해 씩 웃으며 눈을 찡긋한다.

케이도 피식 웃고는 그를 복도로 이끈다. 시멘트 바닥이며 진녹색 벽이며, 온통 어둡고 칙칙하다. 잭 평생에 이런 곳은 처음이다. 어지간하면 발도 들이고 싶지 않은 곳. 그런데 코트니는 크리스마스에도 여기에 있었다.

지방 검사가—카메라 앞에서 당당히—말하길 살해 혐의로 기소된 피의자는 돈이 아무리 많아도 보석으로 나갈 수 없다고 했다. 또한 그는 올해 재선에 출마할 거란다.

케이가 잭을 작은 방으로 데려간다. 문이 하나에 창문은 없고 플라스틱 탁자 하나와 의자 두 개가 있다. 그녀는 그에게 두 손을 탁자에 얹으라고 하고서 그의 몸을 살짝씩 치며 훑는다. 그녀의 손이 그의 사타구니께에 닿는 순간은 많이 민망하다.

휴대폰과 열쇠를 압수한 다음 그녀는 방에서 나와 그를 또 다른 어두컴컴한 복도로 데려간다. 빈 감방 두 곳을 지나쳐 가자 마침내 코트니가 있는 방에 이른다.

코트니는 잭이 상상했던 것보다 더 안돼 보인다. 초췌하고 지친 기색에다 너무 많이 야위었다. 몇 달간 식사다운 식사 한번 못 한 듯한 모습이다. 아마 실제로 잘 먹지 못했을 거다.

잭을 본 그녀가 숨을 헉 들이켠다. "어떻게……."

"어떻게 왔는지는 알 거 없고."라면서 케이가 문을 열고는 잭에게 들어가라고 손짓한다. "15분이다."

잭은 감방으로 들어가 코트니를 힘껏 껴안는다. "어이, 범생이."

"접촉은 거기까지." 케이가 말한다.

"죄송해요." 잭은 얼른 사과한다.

케이는 둘 모두에게 고개를 끄덕하고는 문을 닫는다. 금속에 금속이 겹치는 소리가 실로 무시무시하다. 최후의 선고 같다.

잭은 케이가 멀어지길 기다렸다가 코트니의 옷을 가리킨다. 회색인 것만 빼면 병원 수술복 비슷하다. "이거 실망인걸. 주황색 점프슈트쯤은 입어줘야 하는 거 아냐?"

"그러게. 나도 살짝 기대했는데 말이지."

코트니가 미소 짓는다. 잭도 미소로 답한다.

"앉아." 코트니가 바닥에 고정된 의자를 가리키며 말한다. 자신은 침상에 앉는다. "보고도 믿을 수가 없네. 여기 들어올 방법을 찾아내다니."

"나도 내킬 때면 설득을 참 잘한단 말이지."

코트니가 엄지와 검지를 비벼 보인다. 현금을 뜻하는 만국 공통어다. 잭은 끄덕한다.

"더 일찍 생각해냈어야 하는데." 잭이 말한다.

"그래, 그랬어야지. 이 찐따야."

그가 웃는다. "잘 지내냐고 물으면 바보 같겠지?"

"네가 생각하는 딱 그만큼 잘 못 지낸다."

"괴롭히는 사람은 없어?"

"아니, 다들 잘해주는 편이야. 가끔씩 교도관들하고 카드놀이도 하는걸. 그러니까, 창살 사이로 말이야." 코트니는 헛기침을 하고서 이어 말한다. "교도관들 말고는 말 섞을 사람이 별로 없기는 해. 변호사랑 아빠뿐이지."

"불행 중 다행이네." 잭은 말한다. 그렇게 생각해서는 아니다. 이 불행 중에는 불행밖에 없다.

"근데 여기 얘긴 하기 싫다. 학교 얘기 해줘. 딴 생각 하고 싶어." 코트니가 화제를 돌린다.

학교 얘기라고 딴 게 있을까. 온통 코트니 얘기지. 게다가 첫 공판이 얼마 남지 않은 시점이라 모두의 의견이 분분하다. 어떻게 될지, 어떻게 돼야 하는지.

"코너랑 시번이랑 헤어졌어." 결국 이걸 얘기한다.

"진짜?"

"진짜."

"말해봐."

잭은 그 이야기를 최대한 극적으로 자세히 늘어놓는다. 재판이나 코트니의 어머니에 대한 얘기를 피할 수 있는 거라면 뭐든지.

"둘이 잘 안될 줄 알았어." 그녀가 말한다. "다른 건?"

잭은 그런 잡다한 얘기들을 기억나는 대로, 아주 사소한 것들까지 다 주워섬긴다. 코트니는 미소 짓고 소리 내어 웃기도 하고 심지어 몇 번은 작게 '꺅' 하기도 하지만, 전부 억지로 호응하는 듯하다. 예전에 행복했던 것들을 애써 즐기려는 것처럼.

케이가 나타나 안을 들여다보고는 다시 사라진다.

결국 코트니가 묻는다. "다들 내가 했다고 생각해?"

잭도 이 질문을 받을 줄 알고 있었다. "아니."

"다는 아니어도 그렇게 믿는 애들이 있긴 하겠지."

잭은 어깨만 으쓱한다.

"바른 대로 불어."

"그래, 있다. 등신들."

코트니는 침상에 걸터앉은 채 몸을 잭 쪽으로 숙인다. "TV에서는 뭐래?"

그는 머뭇거린다.

"야아. 아무도 말을 안 해준단 말야."

그는 숨을 깊이 들이쉬고 사실대로 말한다. "네가 명문대에 들어가야 한다는 압박감을 못 이겼대."

코트니는 물러앉더니 그를 바라보며 고개를 가로젓는다. "와우."

"그렇지."

"엉망이네."

잭이 말한다. "그래도 좋게 생각하면, 넌 부모의 간섭이 왜 나쁜지를 알리는 홍보대사가 됐어."

그녀의 눈이 휘둥그레진다. "내가 홍보대사라고?"

케이가 다시 나타난다. "행크의 휴식시간이 곧 끝난다. 금방 돌아올 거야. 이제 마무리해."

잭은 끄덕인다. 코트니는 하나뿐인 창문을 응시한다. 작고 좁은 창에 창살까지 있다. 그녀가 부쩍 나이 들어 보이는데 왜 그런지는 모르겠다.

그가 말한다. "괜찮을 거야. 금방 다 끝나."

그녀가 그를 돌아본다. "난 미워하지 않았어. 그래, 말은 그렇게 했지. 근데 진심은 아니었단 말이야. 엄마잖아."

"알아."

"무슨 말인지 알지, 그치?"

"그럼. 당연하지."

한숨을 푹 내쉬는 코트니의 몸이 축 처진다. 너무나 낙심한 모습이다. "우리 열한 살 때인가, 가족끼리 같이 호수로 여행 갔던 거 기억하지? 그 집에서 내내 같이 지냈잖아."

그는 끄덕인다. "기억하지."

"바닥이 투명해서 물속이 보이는 고무보트가 있었어. 우린 거기 엎드려서 물고기를 구경했고."

잭이 미소 짓는다. "그러다 너무 멀리 떠내려갔잖아. 돌아가느라 번갈아 노를 저어야 했지."

"근데 처음 고개를 들었을 때도 기억나? 부두에서 얼마나 멀어졌는지 처음 알아챘을 때?"

"응."

"다들 안에 들어가 있었던가 그랬어. 우리가 목이 터져라 외치는데 아무도 못 들었어."

"응, 기억나."

"지금 내 심정이 그래." 코트니는 공허한 눈으로 그를 바라본다. "그때 그 보트에서 느꼈던 거랑 똑같아."

33

다들 좀 닥쳐줬으면 좋겠다. 프랭크가 바라는 건 그것 하나인데 아무도 들어주지 않는다.

수업 전, 수업 중, 수업 후, 쉬는 시간, 점심시간, 방과 후, 집에서도. 어제는 퇴근 후 편의점에 들렀는데 그새 기자가 다가와 말을 걸었다. 그 개자식이 벨몬트에서부터 따라와서는, 계산대 줄에서 바로 뒤에 붙어 코트니에 관해 묻는 게 아닌가.

"할 말 없습니다."

"저기요, 이해합니다." 기자는 담배 냄새를 풀풀 풍기며 말했다. "여기 기자들 대부분이 군침 도는 이야기만 찾고 있어요. 특종만 노리죠. 전 진실을 좇습니다."

"할 말 없어요."

"선생님 성함은 쓰지 않을게요."

"됐다니까요."

기자는 서너 번 더 졸라보다 결국 포기하고 물러갔다.

오늘 아침 프랭크는 차를 몰고 학교 안으로 들어가다가, 울타리 밖에 서 있는 그 기자를 보았다. 눈이 내리진 않았지만 기온이 영하였고 프랭크는 그 기자가 춥기를 바랐다.

그러고서 곧이어 자책했다.

프랭크에 대한 진실을 알면 저 기자가 뭐라 할지 훤히 그려진다.

저이가 그 사진을 본다면.

프랭크는 잉그리드와 함께 술을 마시고 일주일 뒤에 그 사진을 처음 보았다. 그녀가 전화해 지난번 대화를 이어서 더 하고 싶다고 했다. 그는 좋다고 했다. 당황한 탓도 있었지만 거절할 수 없기 때문이기도 했다. 이사회 위원에게 어떻게 싫다고 하는가.

외진 곳에 위치한 그 술집은 어둡고 조용했다. 잉그리드는 근사했다. 따지고 보면 그녀는 언제나 근사한 모습이었다. 하지만 그날 밤은 특히 더 그랬다. 처음엔 일, 학교, 날씨 같은 일상적인 이야기를 나눴다. 그러다 그녀가 코트니 얘기를 꺼냈다.

"걔가 쌤 수업을 잘 못 따라가는 것 같더라고요."

그런 자리에서 잉그리드의 딸 얘기를 하고 싶지는 않아서 프랭크는 어깨를 으쓱했다. "AP 미적분 때문이에요. 대부분 학생이 어려워하지요." 실상 코트니가 그렇게까지 못하는 건 아니었다. 대개는 A만 받는 우등생인 데다 그의 수업에서는 평균 B 플러스였지만 아직 학기 초라 성적을 올릴 시간도 충분했다.

그는 이런 얘기를 그 애의 어머니에게는 하지 않았다.

"쌤이 좀 도와주시면 어떨까요?" 잉그리드는 물었다.

"개인지도 말씀이세요? 그렇다면 몇 분 소개해드릴 수는 있는데요. 벨몬트가 추천하는 실력 좋은 과외 쌤들이 계세요."

"제 말뜻은 그게 아닌데요."

그의 손이 허공에서 정지하고 술잔이 탁자와 입술 사이에서 멎었다. 그녀의 어조가 어딘가 달라졌다. 더는 그다지 추파를 흘리지 않았다. 아니, 그런 기색은 온데간데없었다. "무슨 말씀이신지 잘 모르겠습니다만……." 그는 조심스레 말했다.

"잘 아실 텐데요."

어색해진 분위기를 덜고자 그는 슬쩍 웃었다. "제가요?"

"어리석게 굴지 마요, 프랭크." 잉그리드가 휴대폰을 꺼냈다. 화면을 쓸어 열고 몇 차례 두드리더니 그의 앞으로 쓱 밀었다.

그녀가 찍은 셀카 사진에 그가 함께 있었다. 정작 그녀의 얼굴은 머리칼에 가려 알아볼 수 없었다. 그러나 그의 얼굴은 선명했다. 그는 눈을 감은 채였고 두 사람이 침대에 있는데 둘 다 허리 위로 알몸이었다.

그는 아무것도 기억나지 않았다. 셔츠를 벗은 기억도 없었다.

"이게 무슨……."

"이걸 아무한테도 보이고 싶지 않으시겠지요."

"아뇨, 전……."

잉그리드는 휴대폰을 낚아챘다. "그러려면 내 딸이 A를 받아야할 거예요."

그는 그녀를 쳐다봤다. 얼떨떨했다. 그러다 서서히 사태의 심각성을 깨달았고 이어서 극심한 고뇌에 휩싸였다. "하지만 아무 일 없었잖아요. 제가…… 그럴 수가 없었잖아요."

잉그리드는 싱긋 웃었다. "아내분께 그렇게 해명해보시든가요."

▶ ▷ ▶ ▷

복수란 건 평생토록 생각조차 해본 적 없었다. 언제나 다른 쪽
뺨을 내밀라는 가르침을 따르며 살아온 그였다.

소니아의 파티 날에 잉그리드를 보기 전까지는.

그날도 프랭크는 일찍 출근했다. 학교가 한산한 그 시간대가 업
무를 처리하기에 좋기 때문이었다.

그런데 그녀가 있었다.

잉그리드. 주차장에서 파티용품 상자를 한아름 안아 들고 학교
본관으로 들어가는 참이었다. 요가 바지에 협의회 재킷을 입고 머리
는 깔끔하게 틀어 올린 그녀는, 여느 학부모들과 다를 바 없는 지극
히 평범한 모습이었다. 어떻게 해도 서큐버스로는 보이지 않았다.

프랭크는 어느 차 뒤에 차를 댔다. 그녀는 그를 볼 수 없지만 그는
사이드미러로 그녀의 차를 볼 수 있는 위치에. 그는 내리지 않았다.

아직은.

SUV 트렁크 문이 열려 있는 건 그녀가 곧 돌아온다는 뜻이었다.

운전석에 앉아 기다리고 있자니 그녀의 휴대폰에 있는 그 사
진이 떠올랐다. 그녀가 한 짓은 그냥 고약한 정도가 아니었다. 그
건…… 파렴치했다.

프랭크에겐 치욕이었다. 파티장에서 그녀를 봐야만 하기에 더더

욱 그러했다.

그는 자길 쳐다보는 그녀를, 그녀의 눈빛에 담긴 무언의 협박을 상상했다.

그러자 치욕감이 이울고 분노가 일었다. 문득 어떤 생각이 머리를 스친 건 바로 그때였다.

물병.

그녀가 어딜 가나 들고 다니는 그 물병에는 늘 어김없이 녹차가 담겨 있었다. 그녀는 그 초록 액체를 정말 사랑했다. 심지어 그와 함께 술을 마시면서도 자긴 녹차가 너무 좋다고 얘기할 정도였다.

그녀의 차 트렁크가 열려 있고 차 문은 잠기지 않았고 주위엔 아무도 없었다. 운전석 옆 컵 홀더에 보나 마나 그 물병이 있겠지. 너무 쉽다. 그야말로 식은 죽 먹기다.

그는 그녀가 한동안 눈에 띄지 않기만을 바랐을 뿐이다. 반나절 정도 화장실에 처박혀 파티에는 참석하지 못하기를. 그의 눈에 뜨이지 않게 말이다.

죽어서 안 보이게 되길 바란 건 아니었다. 맹세코 그런 생각은 한 적 없었다.

최근에는 통 운동을 못 했지만 그는 언제나 차 안에 운동 가방을 두었다. 또한 항상 그 운동 가방에 이뇨제를 보관했다. 몸이 물에 불은 상태면 진짜 체중을 어떻게 알 수 있겠는가? 불가능하다. 그는 체중과 체지방을 확인하고자 할 때면 몇 시간 전에 미리 이뇨제를 복용했다. 화장실에 머무는 시간이 좀 길어지는 것쯤은 별문제가 못 되었다.

그래서 기회가 왔을 때 그는 잉그리드의 녹차에 이뇨제를 조금 흘려 넣었다.

그 이뇨제의 잠재적 부작용을 인터넷 검색으로 알게 된 것은 한참 나중의 일이었다. 그 약은 심부전을 일으킬 수 있었다.

34

프랭크는 점심시간에 교사 휴게실로 온 것을 후회하는 중이다. 다들 포터 룸으로 몰려가 TV를 보느라 이곳에는 아무도 없을 줄 알았는데 막상 와보니 꽉 차 있다. 다들 점심거리를 냉장고에서 꺼내거나 전자레인지에 데우고 있다. 그리고 다들 누가 증언할지를 두고 떠들어댄다. 정확히는, 누가 어느 편에서 증언할지를 두고.

소니아가 말한다. "절 불렀다는 게 믿기지가 않아요. 우리 중 누가 됐건 우리 학생에게 불리한 증언을 해야 한다는 사실이 전······ 그저 혐오스럽기만 하네요." 그녀는 오늘도 검은 원피스 차림이다. 코트니가 체포된 그날 이후로 줄곧 검은 옷만 입는다. 애도를 표하는 그녀 나름의 방식이라고 하는 이들이 있는가 하면 살이 너무 쪄서 그런 거라고 하는 이들도 있다.

프랭크는 관심 없다. 그냥 그녀가 닥쳐줬으면 할 뿐이다.

다른 누군가가 말한다. "나리 쌤도 소환할 거라던데요." 역사를 가르치는 나리는 소니아처럼 협의회 담당 교사이기도 하다.

"증언대에 서게 될 학부모도 꽤 많을 거예요." 또 다른 교사가 말한다.

다시 소니아가 받아 말한다. "학생들은요? 몇 명은 코트니 편에서 증언하겠지요."

"꼭 좀 그래주면 좋겠어요." 루엘라 메이슨이다. 자칭 애늙은이라는 미술 교사. 코트니 얘기를 하다 감정이 북받쳐 꺼이꺼이 흐느끼고는 한다. 바로 지금처럼.

다들 할 말이 있다. 할 말이 많다.

하나님만 빼고. 더는 그분께서 프랭크에게 말씀을 전하시지 않는다.

프랭크는 테디에게 슬쩍 말한다. "전 교실로 가볼게요. 할 일이 좀 있어서."

"알 만합니다."

교실로 돌아온 프랭크는 교사 책상에 앉아 휴대폰을 확인한다. 아내가 보낸 메시지가 하나, 퇴근 후 귀갓길에 치즈 그레이터를 사오라는 내용이다. 지극히 일상적이고 평범한 부탁에 조금은 마음이 놓이는 듯하다.

5교시 종이 울릴 때까지 그는 휴대폰으로 성경을 읽는다.

요한일서 1장 9절: 만일 우리가 죄를 자백하면 그는 미쁘시고 의로우사 우리 죄를 사하시며 우리를 모든 불의에서 깨끗하게 하실 것이요.

프랭크의 죄는 사해지는 것 같지 않다. 이 구절을 몇 번이고 반복해 읽어도 아무 느낌이 없다.

AP 미적분. 코트니가 들었던 바로 그 수업이다. 그 애의 책상은 여전히 빈자리다. 한번은 그가 그 책상을 옮기려 했는데 한 아이가 반대했다. 코트니가 곧 돌아와 앉을 자리이니 치우지 말아달라고 부탁했다. 그래서 그냥 두었다.

그런데 그 빈 책상이 못내 눈에 밟힌다. 교실 앞에 서면 자꾸만 그쪽을 곁눈질하게 된다.

오늘은 그 자리에 앉은 코트니가 보인다. 마땅히 있어야 할 자리에 있는 그 애가.

똑바로 쳐다보니 역시 빈자리다.

몇 분이나 지났을까, 또다시 그 애가 그의 시야 끝에서 아른거린다. 허리를 꼿꼿이 펴고 앉은 코트니. 질끈 묶은 머리. 빳빳하게 다려 입은 셔츠. 그러나 그의 시선이 똑바로 그쪽을 향하면, 그 애는 사라진다.

수업이 끝날 때까지 그 애가 세 번이나 더 나타난다. 한 번은 하마터면 프랭크가 한마디 건네려는 순간에 그 애가 자취를 감춘다.

학생들이 교실을 나서는 사이 그는 의자에 털썩 주저앉는다. 눈이 그를 속이고 있는 것뿐이다. 환영이 아니었다. 그는 자신이 본 것을 환영이라 치부하길 거부한다.

▶ ▷ ▶ ▷

소니아는 법정에 입고 갈 옷을 열네 벌이나 샀다. 하나씩 입어보며 사진을 찍어 노트북에 저장한다. 사진을 하나씩 열어보며 꼼꼼히 살펴본다. 진지하되 어두워 보이지 않고 지적이되 촌스럽지 않아야 한다. 아울러 날씬해 보이고. 적어도 실제보다는 날씬해 보여야 한다. 현실에는 필터를 적용할 수 없는 것이 한스러울 따름이다.

"아무래도 옷을 더 사야겠어." 그녀는 중얼거린다.

"또?" 남편 목소리다.

그녀는 화들짝 놀라 눈을 든다. 마크가 옆에 앉아 있다. 그녀는 전혀 몰랐었다. 어느 틈에 와서 앉았는지.

아이스크림을 먹으면서.

"그건 부엌에서 하시지?" 그녀가 쏘아붙인다.

"뭘? 먹는 거?"

"응."

그는 어깨를 으쓱한다. "하나도 안 흘릴게."

그녀는 이를 악문 채 입을 닫고 만다.

"어디 보자."라면서 그가 화면 쪽으로 고개를 들이민다.

그녀는 노트북을 탁 덮는다. '일주일 안에 살을 얼마나 뺄 수 있는지' 검색해보고 있던 것을 그에게 들키기 싫다.

"별거 아냐."라고 일축하며 그녀는 일어선다.

"별거 아니긴. 다시 앉아봐. 같이 의논해보자고."

그녀는 망설인다. 이 모든 걸 같이 의논할 수 있다면 정말 좋겠다 싶다.

마크가 손을 뻗어 그녀를 소파 쪽으로 끌어당긴다. "증언 때문에 당신이 얼마나 긴장했는지 알아. 그러니까 나한테 털어봐."

한숨을 쉬며 그녀는 못 이기는 척 도로 앉아 그에게 기댄다. 그가 아이스크림을 한 숟가락 떠서 내밀고, 그녀는 순순히 받아먹는다. "이런 현실이 도무지 믿기지 않아. 벨몬트 역사상 최악의 시기가 아닌가 싶어."

"교장이 자살했을 때보다도 더해?"

"응. 훨씬 더하지. 비교도 안 되게." 그녀는 허리를 펴고 그와 눈을 맞춘다. "그거 알아? 학생들도 증언한대."

"그건 별로 놀랍지 않은데."

"걔들 걱정되는 거에 비하면 나 긴장되는 건 아무것도 아니야. 고작 열 몇 살인 애들이 무려 살인사건 재판에서 증언해야 하는 거야. 그게 말이나 되냐고." 그녀는 아이스크림을 한 숟가락 더 받아먹고는 벌떡 일어선다. "그만 줘. 난 이제 내일 도시락 싸야 해."

그녀는 보무도 당당하게 부엌으로 향한다. 소파에 눌러앉아 남편이 아이스크림 한 통을 다 비우는 걸 거들지 않은 자신이 매우 대견하다. 당근과 셀러리를 한입 크기로 썰면서는, 그에게 사실대로 다 털어놓지 않은 것 또한 참 잘했다는 생각이 든다. 이를테면 옷가게 피팅 룸에서 사탕을 까먹는다는 얘기 같은 것. 지레 히스테리를 부린다는 소리 따위, 지금은 절대로 듣고 싶지 않다.

히스테리가 아니다. 그녀는 단지 증언할 일이 너무나도 걱정스러울 뿐이다.

오늘은 더욱이 최악이었다. 누가 증언하고 누가 증언하지 않느냐를 두고 모두가 말을 보태기 시작하기 전까지는 교사도 직원도 코트니를 입에 올리길 조심스러워했다. 특히 그 애의 유죄 여부에 대해서는 극도로 말을 아꼈다. 그래, 학생들은 이러쿵저러쿵 수군

댔지만, 교직원은 그러지 않았다. 오늘 이전까지는.

　걔가 그랬대도 놀랄 일은 아니죠. 잉그리드는 걔한테 악몽이었을 거예요.

　무슨 말을 그렇게 해요? 정말 그 어린것이 사람을 '죽일' 수 있었다고 생각해요?

　전 가능한 일이라고 봅니다.

　불가능하죠.

　걔가 얼마나 심한 압박감에 시달렸을지 생각해봐요. 어머니가 그렇게 몰아붙이는데.

　자식한테 혹독한 부모는 많아요. 그렇다고 코트니가 어머니를 죽였다는 뜻은 아니잖아요.

　어쨌거나 우리는 유죄 선고가 내려질 경우에 대비해야죠.

　하루 종일. 이런 대화가 하루 온종일 이어졌다.

　소니아는 쉬는 시간마다 모두 모여 TV를 시청하는 포터 룸에 되도록 가지 않으려 했지만, 어쩔 수 없었다. 그녀가 할 수 있는 최소한은 의견을 말하는 것이었다. 코트니가 자기 어머니를 죽였을 가능성은 전혀 없다고. 소니아는 그 점을 큰 소리로 분명히 밝혔다.

　코트니가 친구들에게 어머니가 죽었으면 좋겠다는 문자 메시지를 수차례 남겼음에도 불구하고. 잉그리드를 죽인 독극물이 뭐든지 간에 그들 집에서 나온 것이라는 추정에도 불구하고. 잉그리드가 코트니를 심하게 압박했다는 사실에도 불구하고.

그 모든 정황에도 불구하고, 소니아는 한사코 그 애가 무고하다고 믿는다. 그러나 다르게 생각하는 사람이 많다는 생각에 이르자 다시금 아이스크림 한 숟가락이 간절해진다. 그래서 소니아는 다시 소파로 가 앉는다.

35

아침에 프랭크는 안간힘을 써가며 어찌어찌 학교로 들어간다. 금방이라도 머리가 터질 것만 같다. 통 잠을 못 잔 탓도 있다. 침대 발치에 서 있는 코트니를 본 후로는 뜬눈으로 밤을 지새웠다.

까무룩 잠결로 흘러들던 순간에 번쩍 정신이 들었다. 교복을 입은 그 애가 가만히 서서 그를 내려다보고 있었다. 한 손에는 공책을 다른 손엔 펜을 들고서 필기할 준비를 하는 자세로. 교실에서의 모습 그대로.

그가 벌떡 몸을 일으키는 바람에 미시도 잠에서 깼다.

그새 코트니는 사라지고 없었다.

진짜 그 애가 아니었다는 건 프랭크도 알고 있었다. 이 집에 그 애는 없고 있었던 적도 없다는 걸 아는데, 그래도 잠을 이룰 수 없었다. 그때부터 날이 밝을 때까지 그는 그 애의 혼이 자신을 따라다니는 게 아닌지 생각에 생각을 거듭했다. 살아 있는 사람의 혼이 누군가를 따라다닌다는 얘기는 들어본 일이 없지만 어쩐지 가능할 법도 하다는 생각이 들기 시작했다.

그를 따라다녀야 할 혼이 있다면 잉그리드일 텐데 아직껏 그녀가 나타난 적은 없었다.

일주일 전만 해도 그는 귀신이 있다거나 귀신에 홀린다거나 하는 말을 믿지 않았다.

이제는 잘 모르겠다.

그는 포터 룸이나 교사 휴게실을 피해 쉬는 시간에도 교실에 머무른다. 여전히 잠이 오지 않는다. 책상에 발을 얹고 드러눕다시피 해도. 시야 끝에 코트니가 나타난다. 그를 보고 있다. 필기할 내용을 기다린다.

하는 수 없이 그는 인터넷 검색창에 '살아 있는 사람의 혼이 자꾸 따라와요'를 입력해본다. 문장을 이리저리 변형해 검색해도 한결같이 스토킹 관련 사이트만 주르륵 뜬다.

차라리 그렇게 간단한 문제라면.

마지막 교시 수업 중간에 그는 학생들에게 칠판에 적힌 문제를 풀라 이르고 교실에서 나온다. 화장실에 다녀오겠다는 핑계를 댔지만 실은 코트니를 피하고 싶어서다. 학생들 몇 명이 그 애로 보이기 시작해서.

자야겠다. 어떻게든 반드시 자야 한다.

텅 빈 복도를 터벅터벅 걷는다. 실은 이쪽저쪽으로 서성인다. 경찰서로 가야 할까 생각하면서.

그 상념을 소니아가 방해한다.

그녀가 복도 저쪽 끝에 가만히 서 있다. 그는 손을 흔들어 보이며 그리로 향한다.

그녀는 손을 마주 흔들어주지 않는다.

좀 더 가까이서 보니 낯빛이 몹시 창백하다. 쓰러지지 않으려고 버티는 듯 손으로 벽을 짚고 서 있다.

그는 발걸음을 재게 놀려 서둘러 다가간다. "쌤, 괜찮으세요?"

소니아가 퀭한 눈을 들어 그를 보더니 힘없이 고개를 젓는다.

이제 보니 얼굴과 목까지 땀이 흥건하다. 곧 쓰러질 것만 같아 그가 손을 뻗는 순간, 별안간 그녀의 몸이 뻣뻣하게 굳는다. 곧이어 마치 괴상한 춤이라도 추듯 팔, 몸통, 머리를 부들부들 떨어댄다.

그가 소니아의 팔을 붙잡으려는 순간 그녀가 다시 몸을 떨더니 바닥에 쓰러진다.

발작이다. 무슨 까닭인지 몸이 발작을 일으킨 것이다. 프랭크는 경련을 계속하며 넘어가는 그녀의 머리를 얼른 받쳐준다.

그와 동시에 생각한다. '귀신에 씌였어.'

아니나 다를까 그녀의 눈동자가 뒤집힌다.

그러나 다음 순간, 그녀의 숨이 멎는다.

36

테디가 아는 한, 이 세상 사람들은 두 부류로 나뉜다. 한쪽은 '아이들을 생각하라'고 말하는 이들이다. 그 말을 큰소리로 자주 외치며 온통 그런 게시물로 소셜미디어를 도배한다.

다른 한쪽은 '실제로' 아이들을 생각하고 아이들에게 도움이 되는 것을 '실천'하는 이들이다. 아이들을 지켜주기 위해 주어진 몫 이상으로 노력하는 이는 그리 많지 않다.

그는 후자에 속한다.

아이들을 교육하는 사람들로 가득 찬 공간에 앉아 생각하니, 자신과 같은 사람이 거의 없다는 사실이 자못 실망스럽다.

날이 저물고도 한참이 지난 늦은 저녁, 교장이 소니아 벤저민 일로 긴급회의를 소집했다.

소니아 벤저민이 숨을 거둔 일로.

"그분의 갑작스러운 죽음은 우리 모두에게 충격이 아닐 수 없습니다. 학생들에게도요." 교장은 연방 머리를 저으며 발언한다. "그분의 나이를 고려해 검시관이 이미 부검을 결정하셨다고 합니다."

완벽하다. 꼭 필요한 일이다. 테디가 예상한 그대로다.

상담을 권하는 교장의 발언이 이어지고, 테디는 귀를 닫는다. 동료들을 둘러보며 몇 명이 우는지 세어본다. 누구누구가 우는 시늉만 하는지도 살피고.

딱히 어려운 일이 아니다. 돌이켜보면 그의 아내도 자주 그랬던 것 같다.

굳이 따지자면 그의 전 아내가. 언젠가 그가 서류에 서명한다면 말이다.

그녀의 변호사가 보낸 서류가 크리스마스 다음 날 도착했다. 분명 그녀가 일부러 그렇게 날짜를 맞추었을 것이다. 그를 최대한 괴롭히려고.

앨리슨은 아무것도 요구하지 않는다. 집의 절반이나 퇴직금의 절반이나 은행 예금의 절반도. 오로지 이혼만을 요구할 뿐이다. 아마 언젠가는 그가 그 요구에 응할지 모른다. 하지만 지금, 이혼 서류는—한때 그녀의 것이었던—그의 책상에 놓여 있고 계속 거기에 있을 예정이다.

▶ ▷ ▶ ▷

한참을 더 도리질하고 진짜든 가짜든 숱한 눈물을 뿌린 끝에 드디어 회의가 마무리된다. 교사 몇 명이 집에 가는 길에 한잔하기로 뜻을 모으고 테디에게도 합류할지 묻는다. 다른 때라면 거절하겠지만 오늘은 날이 날이니만큼 응하기로 한다.

그들은 조명도 구리고 탁자도 흠집투성이인 좁고 구저분한 술집에 자리를 잡는다. 테디는 토닉과 라임을 주문한다. 더럽게 쓰지만, 그래야 다들 그가 술을 마신다고 여길 테니까.

마샤 씨도 교장도 없는 자리여서 나리 탬이 대장 노릇을 한다. 가장 연장자도 아니요 가장 오래 재직한 것도 아니지만 그녀는 벨몬트 출신이다. 즉 벨몬트 가족이다. 게다가 몇 안 되는 유색인이다. 벨몬트는 유난히도 '하얀' 학교다.

"소니아를 위해." 그녀가 일어나 잔을 높이 든다. 검은 옷을 입은 그녀의 눈가에 눈물이 맺힌다. "우리의 동료이자 친구였던 그녀가 편히 잠들기를."

"소니아를 위하여." 모두가 복창하며 잔을 맞부딪친다.

누군가가 그날 저녁의 안줏거리로 추억팔이를 시작한다. "처음 만난 날 소니아 쌤이 학교 안내를 해줬거든요. 제일 기억에 남는 게, 쌤이 뭘 설명하든 결국엔 학생들 얘기로 돌아가는 거예요. 쌤의 관심사는 오로지 학생들이었어요."

나리가 맞장구친다. "워낙에 아이들을 사랑하셨죠. 그래서 본인 자식이 없었나 싶어요. 학생들을 제 자식처럼 여기셔서요."

다수가 고개를 주억인다.

또 다른 누군가가 말한다. "언젠가 쌤도 그러시더라고요. 이미 자식이 차고 넘쳐서 자긴 아이를 가질 필요가 없다고요."

몇 명이 웃는다. 다른 몇 명은 운다.

누군가 죽으면 남은 이들은 이렇게 과거사를 다시 쓴다. 테디는 동료들이 각색한 추억 이야기를 듣다가 본인도 사연을 보탠다. "소니아 선생님을 떠올리면 언제나 커피잔을 들고 다니던 모습이 눈에 선합니다. 그 커다란 빨강 머그잔이요."

누군가가 쿡쿡 웃는다. "맞아요! '가르침은 나의 슈퍼파워'라고 적혀 있잖아요."

"제자한테 받은 선물이겠죠?" 나리가 말한다.

"역시 그렇겠죠." 테디는 대답한다. 속으로는 아닐 거라고 생각하지만. 소니아는 그런 컵을 직접 사는 그런 부류의 인간이었다.

한 시간쯤 돌아가며 회고담을 풀어내고 나자 모임이 흩어지기 시작한다. 그즈음이 돼서야 사람들은 그녀가 어떻게 죽었는지를 에둘러 얘기한다. 그 화제를 단도직입적으로 꺼내는 것은 몰지각한 짓이라는 듯이.

"자연사였을 거예요, 그렇죠?" 누군가 말한다.

"그럼요." 나리가 답한다. "벨몬트에서 살인이 두 건이라는 건 말이 안 되죠."

모두 끄덕이지만 확신 없는 표정들이다.

잘됐다.

술집을 나온 뒤 주차장에서 프랭크가 테디를 붙잡는다. 술집에서는 어찌나 조용하던지 테디는 그가 있다는 것조차 잊은 터였다.

"괜찮아요?" 테디는 묻는다. 프랭크가 복도에서 소니아를 발견한 사람이란 건 모두가 알고 있다.

"아뇨." 프랭크는 다소 과격하다 싶을 정도로 머리를 흔들어댄다. "안 괜찮아요."

테디는 기다린다.

마침내 프랭크가 입을 연다. "소니아 쌤, 뭔가 이상했거든요. 그건…… 그건 심장마비가 아니었어요. 그분은…… 모르겠어요, 경련이었나. 발작을 일으켰거나요."

"발작? 뇌전증 발작 같은 거요?"

"모르겠어요. 응급대원도 그렇게 물었는데 전 그냥 어딘가 정상이 아닌 듯했다고만 답했어요. 달리 어떻게 설명할지 모르겠어요."

테디는 그의 어깨에 손을 얹는다. "집으로 가서 가족 곁에서 좀 쉬어요. 힘든 하루였잖아요."

"예, 그렇죠." 프랭크는 어깨를 늘어뜨리고 고개를 푹 숙인 채 비척비척 걸어간다.

테디도 차를 몰고 집으로 향한다. 프랭크가 약간 안쓰럽다. 소니아를 발견한 사람이 하필 그여서 안타깝다. 코트니가 체포된 일만으로도 많이 괴로워했는데. 하지만 테디도 어쩔 수 없었다. 누군가는 그녀를 발견해야 했다.

소니아에게도 좀 미안하다. 회한은 아니다. 후회하지도 않는다. 해야 할 일을 했을 뿐이니 후회해서는 안 된다. 테디는 자신의 실수를 바로잡고자 한 것이다. 그 실수로 인해 코트니가 감방에 갇혀 있으니까.

이제 소니아는 그 애에게 불리한 증언을 할 수 없다.

테디로서는 이 방법밖에 없었다. 게다가 그는 처음 사람을 죽이고도 무사했다. 두 번째라고 그러지 말란 법은 없지 않은가?

37

식기끼리 닿는 소리 말고는 조용하기만 한 식탁. 잭은 아몬드 가루를 입혀 구운 연어를 한 조각 입에 넣고 씹다가 탄산수로 꿀꺽 넘긴다.

맞은편에 엄마가, 옆에는 아빠가 있다. 몇 달 만에 가족이 함께하는 저녁 식사. 음식은 엄마가 좋아하는 식당 에이런데일에서 포장해 왔다. 워드 가족 중 누구도 요리하지 않는다.

이윽고 엄마가 말한다. "함께 시간을 보내는 편이 좋겠다고 생각했어. 오늘 학교에서 그런 일도 있었고 하니."

아빠도 말한다. "어떻게 이런 비극이……. 소니아 선생님 참 좋은 분이셨는데 말이야."

잭은 끄덕인다. 아직도 좀 멍하다. 학교 일과가 끝날 무렵 경보음이 울려 퍼졌다. 처음에는 경찰이 온 줄 알았다. 잉그리드 살해 용의자를, 코트니가 아닌 제2의 용의자를 잡으러 왔구나 하고 생각했다.

그러나 아니었다. 또 사람이 죽었다. 왜 죽었는지, 어떻게 된 일인 지 아무도 모르지만 벌써부터 갖가지 소문이 온라인에 파다하다.

"좋은 선생님이셨어." 잭은 말한다.

"그래, 그러셨지." 아빠는 짧게 답하고 물을 한 모금 마신다. 손 님이 있지 않는 한 워드 가족은 술을 마시지 않는다. 다들 너무 바 빠서 즐길 시간이 없다. "아빠가 몇 번 이야기하면서도 항상 합리적 이고 유능한 여성이라는 인상을 받았거든."

잭은 구태여 꼬집어 말하지 않지만 B 쌤은 항상 아빠가 요구하 는 대로 들어주었다. 그래서 아빠 마음에 쏙 드는 선생이었던 거다.

엄마가 말한다. "몇 달 사이에 충격적인 사건이 너무 많이 벌어졌 어. 처음엔 잉그리드, 그다음엔 코트니. 그러더니 이번엔……." 식탁 위로 손을 뻗지만 잭의 손 근처에도 못 미친다. 식탁이 너무 크다. "넌 어떡하고 있니, 잭? 정말로 어때?"

뭐라고 대답해야 하는지 알지만 잭은 그렇게 대답할 생각이 없 다. 부모님 두 분이 그를 빤히 쳐다보고 있는 이런 분위기에서는.

"아직 파악 중이야." 그는 이렇게 답한다. 두 분은 이런 표현을 좋 아한다. '파악 중'이라는 표현이면 두 분에게 무난한 대답이 될 게다.

아빠가 끄덕인다. "시간이 좀 걸릴 거야."

엄마가 말한다. "누구든 얘기할 사람이 필요하면, 엄마가 도와 줄 수 있어. 우리 로펌 파트너 하나가 심리학계에서 최고 권위자로 손꼽히는 사람하고 결혼했거든. 상담 약속 잡아줄까?"

"아니, 별로."

"음. 언제든 얘기만 해."

"알았어."

다시 침묵이 이어지고 식기들 달그락대는 소리만 허공에 울린다. 어쩐지 불길한 예감이 드는데 그게 뭘지 잭은 짐작이 되지 않는다.

부모님은 모두가 식사를 마치기까지 기다린다. 업무상 식사 자리인 것처럼. 업무 관계에서는 어려운 얘기를 식사 초반부터 꺼내지 않는다. 얘기가 잘 풀리지 않아도 상대방과 한자리에서 먹어야 하기 때문이다. 언짢은 기분으로 어색하게 식사하고 싶은 사람이 어디 있겠는가. 이건 잭의 아버지가 아들에게 똑똑히 가르쳐준 진리다.

이윽고 아빠가 말한다. "벨몬트에서 일어난 여러 상황을 고려한 결과, 네 엄마랑 나는 이 학교가 너한테 최선인지에 의문을 갖게 됐다."

"전학을 가라고?" 잭은 대들듯 묻는다. 욱하는 감정을 주체할 수가 없다. "지금 이 시점에?"

부모님이 눈짓을 교환하고 엄마가 대답을 맡는다. "아직은 그냥 의논 중이야. 찾아보니 버몬트에 썩 괜찮은 학교가 있더라."

"버몬트?"

아빠가 말한다. "잭, 벨몬트 평판이 보통 타격을 입은 게 아니야. 재판이니 뭐니, 학교가 아니라 서커스장이 돼가는 판이잖냐. 거기다 오늘 그 불행한 사건까지……"

엄마가 끼어든다. "우린 그저 너한테 최선인 길을 찾을 뿐이야."

잭은 애꿎게 자기 앞에 놓인 시금치 볶음만 노려본다. 한 달 전, 1년 전, 2년 전에 버몬트의 기숙학교로 갈 기회가 왔다면 그는 뛸 듯이 기뻤을 것이다. 이 집에서, 그의 먹구름 방에서 벗어날 기회니까.

하지만 지금은 아니다. 코트니가 감방에 있고 살인 재판을 앞두고 있는 지금. 잭은 그 애 곁을 지켜야만 한다.

"나한테 발언권이 있기는 해?"

아빠가 대꾸한다. "글쎄다. 지난 학기 네 영문학 점수가 A 마이너스가 아니었다면 또 모를까."

► ▷ ► ▷

잭은 곧장 자기 방으로 올라간다. 부모님과 한자리에 더 있다간 후회할 말을 뱉어버릴 것만 같아서. 아빠는 자제력 부족을 성숙하지 못하다는 증거로 여기니까.

'자기 자신을 통제하지 못하는 사람은 절대 성공할 수 없다.'

곁에 아무도 없게 되자 잭은 뭐라도 집어 던지고 싶다. 그 대신 그는 베개에 얼굴을 묻고 비명을 내지른다.

그놈의 A 마이너스.

얼마나 열심히 공부했는데. 마지막 과제에 얼마나 많은 시간과 공을 들였는데. 크러처는 기어이 A 마이너스를 줬다. 잭은 받아들일 수밖에 없었다. 그 선생이 자기를 얼마나 싫어하는지 아니까. 솔직히 B 플러스가 아닌 게 어딘가.

게다가 코트니가 체포된 후 잭은 머릿속이 너무 복잡했다. 할 일도 너무 많았다. 《뷰글》이 잡아먹는 시간이 어마어마했다.

아빠는 그런 사정을 아랑곳하지 않고 아직도 걸핏하면 그 성적을 들먹인다.

한때는 잭이 크러처에게 호감을 살 작전을 펴하기도 했다. 구체적인 계획 세우기는 미루고 미루다 단념했다. 그게 버몬트 전학이라는 부메랑이 되어 이렇게 뒤통수를 칠 줄은 꿈에도 몰랐다.

잭은 소셜미디어를 전부—B 쌤에 관한 소문은 특히나—무시하고 검색창을 연다.

시어도어 크러처, 벨몬트 아카데미

얼마 지나지 않아 그는 크러처가 어느 학교 출신인지, 언제 교사가 되었는지, 어디서 살고 집값이 얼마인지까지 알아낸다. 결혼기념일이 8월 11일이며 아내 이름이 앨리슨인 것도.

크러처의 책상에서 발견했던 난임 전문의의 명함이 생각난다. 앨리슨이라는 분이 결국 임신했는지 궁금하다.

앨리슨 크러처

그녀의 사진이 화면에 뜨자 잭은 흠칫 놀란다.
그가 아는 사람이다.

38

캄캄한 방에 테디의 노트북 화면만이 빛을 내뿜는다. 평소 잠자리에 들 시간은 훨씬 지났고 그는 우유가 아니라 커피를 홀짝이고 있다. 오늘 밤 전교생이 온라인에 모여 소니아의 죽음에 대해 떠들어대는 중이다.

테디는 나타샤 프로필로 접속해 여기저기 기웃대며 모든 대화를 확인한다. 평소에는 지루하리만치 시답잖은 얘기들이 오가지만 오늘 밤 이 아이들은 고삐 풀린 망아지나 다름없다.

살이 너무 많이 쪘잖아. 심장마비가 올 만도 하지.

마약이야, 마약. 장담하는데, 쌤들 절반은 뽕쟁이일걸.

지난주에도 치즈버거를 먹더라. 식습관이 똥이었어.

심장마비에 한 표. 누가 봐도 안 건강했잖아.

난 B 쌤이 좋았어. 돌아가셔서 안타까워.

옴마나 너무 슬프잖아! 이게 웬열???

진정해. 매일 누군가는 죽어.

우리 학교에서는, 인정.

이 아이들은 소니아가 자연사했다고 보는 무리다. 다른 무리에서는 자연사가 아니라는 의견이 대세다. 테디는 그 대화에 참여한다.

벨몬트에 살인이 두 건이었을 가능성이 있을까?

그니까 내 말은, 누군가 B 쌤을 죽인 거면?

독살이라면 비소나 청산가리일 거야.

음, 세상에는 백만 가지 독극물이 존재한단다. 두 가지가 아니라.

아니, 누가 왜 B 쌤을 독살해????

그치? B 쌤보다 먼저 살해당했어도 이상하지 않을 다른 쌤이 최소 열 명은 되는데.

하지만 진짜 살인이면? 우리 엄빠 기절할 각.

진짜 살인이면 금방 밝혀지겠지.

살인이면 언론이 터뜨릴 거야.

이 일이 내 대학 입시에 영향을 줄까?

와 씨, 그건 생각도 못 했네.

이거 땜에 대학 입시에 지장이 있으면 울 엄빠는 백퍼 고소할걸.

그런 걸로 고소가 되냐.

네가 어떻게 알아?

울 아빠가 판사라서?

네가 살인한 게 아닌 한 대학 갈 확률은 그대로야.

> 어휴 그만들 해. 아직 확실한 게 아니잖아.

테디는 대화를 쭉 읽다가 본인도 한마디씩 거들며 대화를 부추긴다. 이내 아이들 중 하나가 빤한 사실을 깨닫는다.

> 얘들. 만약 B 쌤도 독살이라면?
> 코트니 엄마 때랑 똑같은 독이라면?

'펑!' 폭탄이 떨어졌다.

►▷►▷

테디가 세운 원래 계획의 결함은 커피 캡슐이었다. 숱한 심사숙고와 허심탄회한 반추 끝에 깨달은 사실이다. 어디까지나 캡슐이 문제였다.

교사마다 선호하는 풍미가 따로 있어서, 여느 날 같으면 엉뚱한 인물이 엉뚱한 캡슐을 골라잡을 염려가 전혀 없었다. 소니아의 파티 날은 여느 날이 아니었기 때문에 일이 틀어진 것이다. 누가 어떤 캡슐을 내려 마실지 모르는 일이라서.

코트니를 구할 계획을 세우기 시작하면서 테디는 방식을 재고해야 했다. 이미 내린 커피에 뭔가를 타는 건 불가능할 듯했다. 들키지 않고 할 방법이 없었다. 애먼 사람에게 화가 미칠 위험 없이 인공 감미료나 설탕, 우유에 뭘 섞는 것도 불가능하긴 마찬가지였다.

그야말로 난제였다. 까다로운 퍼즐. 테디는 퍼즐을 좋아한다. 물론 괜찮은 퍼즐이어야 하지만. 그의 지능을 욕되게 하는 퍼즐은 사양이다.

며칠 동안 이 문제가 머릿속을 떠다니게 두고 어딘가 부족한 아이디어를 하나씩 버렸다. 하나같이 너무 위험하거나 애매했다. 그 어느 것도 그가 도모하는 일에 꼭 들어맞지 않았다.

어느 날 아침, 평소대로 점심용 샌드위치를 싸다가 반짝, 머릿속이 환해졌다. 점심 도시락.

그 빤한 걸 이제야 떠올리다니. 웃음이 다 났다.

교사들은 교사 휴게실 냉장고에 점심 도시락을 보관한다. 몇 년이라는 기간에 간혹 도시락을 서로 바꿔 먹은 사례가 없지 않았지만, 근래 들어서는 그런 일이 전혀 없었다.

소니아가 검사 측 증인으로 소환됐다는 소식이 들리자마자 이 계획은 운명처럼 모든 조건이 척척 맞아떨어졌다. 얼마 전부터 소니아는 다이어트 중이라면서 샐러드를 도시락으로 챙겨오고 있었다.

너무나 완벽하다. 너무 쉽다.

어쨌든 처음엔 그렇게 생각했다. 그런데 뒤뜰을 싹 쓸어버렸다는 사실이 기억났다. 써먹을 재료가 없었다. 인형 눈 잎도 열매도. 게다가 겨울이었다.

그렇다고 뭘 심어서 키울 시간도 없으니 창의력을 발휘해야 했다. 온통 눈밭인 마당에 그 식물을 찾아 여기저기 어슬렁대봤자 헛수고일 터였다. 그는 여러 화원을 찾아가 꽃이며 허브며 채소 따위에 대해 물었다. 아직 겨울이지만 봄을 미리 준비한다고 둘러댔다.

어느 화원 직원은 말했다. "잘하시는 거예요. 대부분은 아무 계획도 없이 겨울을 나고 봄이 돼서야 허둥지둥하는데."

"아, 전 일평생 계획적인 사람이었거든요." 테디가 말했다.

그는 화원을 둘러보는 척, 자신은 이미 아는 식물들을 가리키며 직원들이 얼마나 아는지 시험해보았다. 그건 그냥 재미 삼아 해본 일이었다. 필요한 식물을 찾는 동안 할 일 없어 보이지 않게 말이다.

무의미한 대화를 주거니 받거니 하는 와중에 남몰래 찾던 식물을 용케 발견해낸 그는 인형 눈 잔가지 몇 개를 꺾었다. 잔가지들은 마술처럼 교묘하게 그의 주머니 속으로 사라졌다.

그 비행(非行)을 보상하고자 그는 여러 종류의 씨앗을 아주 많이 샀다. 앨리슨이 좋아하는 튤립 씨앗도 포함했다. 여차하면 진짜 심어볼까 싶기도 했다. 봄이 되면 뒤뜰이 온통 튤립으로 뒤덮일지도. 앨리슨이 보면 굉장히 좋아하겠지.

하지만 인형 눈이 먼저다.

집으로 돌아와서, 테디는 인형 눈 열매에서 짜낸 즙을 주사기에 채웠다. 커피 캡슐에 썼던 용량보다 훨씬 많이. 정확히 열 배, 즉 성인 치사량을 넉넉히 넘는 양이었다. 단, 만에 하나 첫 번째 시도에 실패할 경우를 대비해 한두 번 더 쓸 만큼의 열매를 남겨두었다.

다른 사람이 체포됐다면 구태여 그런 수고를 무릅쓰지 않을 것이다. 그러나 하필 코트니였다. 그가—어디까지나 끔찍한 '사고'였다고는 해도—그 애의 어머니를 죽인 장본인인 데다, 잉그리드는 '올해의 교사' 선정에 일부라도 관여한 인물이었다. 테디는 그녀에게 빚을 졌다. 그런데 그녀가 죽었으니 그가 진 빚은 그녀의 딸이 물려받는 게 당연했다.

　오늘 3교시는 수업이 없는 시간이었다. 테디는 교사 휴게실로 올라갔다. 누군가 있었지만 문제될 것 없었다. 그는 날씨 얘기를 주고받으면서 자연스럽게 냉장고를 열고 자기 도시락을 찾아 뒤적거리는 척했다. 소니아의 투명 플라스틱 용기에 주삿바늘을 꽂고 샐러드에 열매 즙을 주입한 뒤 휘휘 흔들기까지 걸린 시간은 단 1초였다.

　그로부터 몇 시간 뒤, 그녀가 죽었디.

　이런 능력을 인정해주는 상이 없다는 게 애석할 따름이었다.

39

벨몬트가 거창한 추도식을 거행한다. 장소는 야외 풋볼 경기장, 전교생과 전 교직원이 모인 듯하다. 어쩌면 동네 주민들도 전부. 다행히 계절에 맞지 않게 날이 온화하니 여기서 얼어죽을 사람은 없겠다.

테디는 다른 교사들과 함께 노천 관람석에 서 있다. 자신이 죽으면 과연 사람이 이만큼 모일지 궁금하다. 하지만 소니아가 이 광경을 보는 것도 아니잖은가. 죽은 사람은 자신에게 쏟아지는 관심을 즐길 수 없다.

"정말 감동적이에요." 루엘라가 말한다. 머리끝부터 발끝까지 검은색으로 치장했다. 치렁치렁 여러 줄로 늘어뜨린 검정 구슬 목걸이까지. "소니아 쌤의 삶을 기리기 위해 모두가 모인 광경을 보니 마음이 흐뭇하네요." 이 미술 교사는 모든 걸 기려야 하는 줄 안다.

"여긴 고인의 죽음을 애도하는 자리인 줄 알았는데요." 테디가 한마디 한다.

핏빛 틴트를 바른 루엘라의 입술이 일그러진다.

프랭크는 아무 말 없이 고개만 젓는다. 소니아를 발견한 이후로 내내 맥을 못 추는 모습이지만 그건 테디 탓이 아니다. 프랭크가 운이 나빴을 뿐.

저 아래 무대에서는 소니아의 남편이 추도사를 하고 있다. 테디는 오래전부터 학교 행사에서 여러 번 그를 만났다. 그는 존재감이 상당한 사람이다. 키로나 덩치로나 거구이기도 하지만 또한 저명한 교수이기 때문이다. 소니아가 돈은 더 많았을지 몰라도 결혼으로 사회적 지위가 상승한 것 역시 분명한 사실이다.

고인의 남편이 흐느껴 우느라 말을 잇지 못하자 교장이 마이크를 넘겨받는다. 그는 일렁이는 감정의 바다를 침착하게 다스린다. 지도자다운 자세다.

자살한 이전 교장과는 다르게.

그 징징대던 쫄보 영감을 떠올리노라니 테디는 절로 한숨이 나온다. 진정 그 인간은 쫄보였다. 쫄보가 아니었으면 천장이 그렇게 낮은 방에서 목을 매지도 않았을 것이다.

"지루하세요?"

나리다. 여기가 장례식장인 줄 아는지 베일 달린 모자를 썼고 검은 생머리를 딴딴하게 틀어 낮게 고정했다. 베일에 가려 눈이 제대로 보이지는 않지만 못마땅한 눈빛을 쏘는 게 느껴진다.

"아뇨, 지루하긴요. 벨몬트에 죽음이 잇따라서 심란할 뿐입니다." 테디는 '죽음' 대신 '살인'이라 일컫지 않는 신중함을 발휘한다. 하루 이틀 지나면 다들 알게 될 것이다. 잉그리드의 사인이 밝혀지는 데 그만큼의 시간이 걸렸고 소니아의 체내에서는 동일한 독극물이 훨씬 많이 검출될 테니까.

프랭크가 중얼거린다. "끔찍해요. 너무 끔찍해."

"죽음도 삶의 일부예요." 루엘라가 말한다.

"쉬잇." 나리가 그녀를 말린다.

"우리 모두 기도해야 해요." 프랭크가 속삭인다. 억지로 쥐어짜는 듯 잔뜩 쉰 목소리다.

이번엔 다들 못 들은 체한다.

테디는 경기장 너머 꽉 찬 주차장으로 시선을 던진다. 값비싼 고급 차량이 즐비하다. 수많은 학부모가 주중 한낮에 달리 할 일이 없다는 듯 여기로 달려왔다. 여기 있는 옷, 장신구, 핸드백을 합친 가격만도 족히 수백만 달러는 될 거다. 손목시계는 말할 것도 없고. 남자가 찰 만한 장신구라야 결혼반지와 손목시계 정도니까. 테디는 언제나 그 두 가지를 확인한다.

쌍안경이 없어 안타깝다. 오늘 여기에 최고급 명품 시계가 몇 개쯤은 와 있을 텐데.

교장이 '소니아의 애창곡' 연주를 위해 무대에 오른 학교 악단을 소개한다. 잠시 후 엉성하기 짝이 없는 〈린 온 미(Lean On Me, 내게 기대)〉가 울려 퍼지기 시작한다.

군중이 노래를 따라부르기 시작할 때 테디는 슬그머니 빠져나온다.

풋볼 경기장 뒤편에 학교 매점이 있다. 구매 대기 인원과 예상 대기 시간을 알려주는 앱까지 갖춘 최첨단 매점이다. 오늘은 문을 열지 않았다. 주변에 서성이는 사람이라곤 휴대폰으로 볼일이 있는 학부모 몇 명뿐이다.

그중에 제임스 워드가 있다.

테디는 3미터 거리에서도 그의 냄새를 맡을 수 있다. 진상의 악취는 그만큼이나 강하다.

통화 중에 테디를 본 제임스는 기다리라는 듯 손가락을 들어 보인다. 테디는 기다린다. 제임스가 그러라고 해서가 아니라 그가 뭐라고 할지 알고 싶어서다.

제임스가 손을 내밀어 악수를 청한다. "테디, 다시 뵙게 돼 기쁘다고 하고 싶은데 상황이 이러하니 그런 말은 부적절할 듯싶군요."

테디는 끄덕인다.

"정말이지 믿기지가 않습니다." 제임스가 말한다. "몇 달 사이에 두 명이 죽다니요."

"예. 너무나 큰 비극이지요."

제임스가 그를 보며 고개를 살짝 꼰다. "그런데 벤저민 선생님이 어쩌다 그렇게 되셨는지는 아직 밝혀진 게 없는 거죠?"

"제가 알기론 그렇습니다."

"거참 이상하군요."

테디가 아무 말도 하지 않자 제임스가 이어 말한다. "그나저나 감사 인사를 못 드렸네요. 잭 성적을 올릴 기회를 주신 것요."

"별말씀을요."

"최종 성적이 그다지 좋지 못해 유감입니다."

테디는 절로 나오는 웃음을 가까스로 참는다. 그의 수업에서 잭은 절대로 A 마이너스를 넘는 성적을 얻지 못할 것이다. 절대로. "예. 정말 유감이에요."

잭의 엄마인 파멜라가 다가와 둘의 대화는 중단된다. 그녀는 어두운색 정장 차림이다. 금방 직장으로 돌아갈 모양이다.

"어디 갔나 했네. 아직 통화 중인 줄 알았더니." 남편에게 한마디하고서 그녀는 테디를 돌아본다. 지난번 주차장에서 만났을 때와 똑같이 자주색 입술이다. "크러처 선생님, 다시 봬서 반가워요."

"안녕하세요. 시기가 좀 그렇지만요."

"예, 음, 이 학교에 안 좋은 일이 너무 많이 생겼네요, 그렇죠?"

"안 그래도 그 얘길 하던 중이었어." 제임스가 대꾸하며 휴대폰을 힐끔 내려다본다.

테디가 말한다. "뭐, 적어도 총격 사건은 없었으니까요. 그냥…… 그렇잖습니까."

길고도 불편한 침묵이 이어지고 테디는 그 시간을 한순간도 빠짐없이 즐긴다.

"조만간 더 유쾌한 상황에서 다시 뵙길 바라요." 이윽고 파멜라가 말한다.

테디는 멀어지는 워드 부부를 지켜본다. 나란히 걸어가는데, 파멜라가 하이힐을 신어서 제임스와 키가 엇비슷해 보인다. 참으로 멋진 한 쌍이다. 불행히도 한 쌍의 몹쓸 진상이기도 하지만.

테디도 자리를 뜨던 중 누군가가 언뜻 시야에 걸린다. 지나가는 어떤 여자애의 옆모습이다.

아니, 여자애가 아니다. 어른이다. 검은 머리, 앙증맞은 코, 루비처럼 빨간 입술.

그는 고개를 저으며 헛웃음을 짓는다. 왜냐면 그녀일 리 없으니까.

▶ ▷ ▶ ▷

추도식 도중에야 잭은 비로소 실감한다. B 쌤의 남편이 고인에 대해 이야기하기 전까지는 쌤의 죽음에 대해 별 느낌이 없었던 그다. 그것이 현실로 다가오지 않았다고나 할까.

막상 실감하고 나니 그 슬픔이 생각보다 더 크고 무겁다. B 쌤은 좋은 사람이요 유능한 교사인 데다 아직 젊었다. 마흔도 안 됐다. 무슨 일이었건 간에 이건 아니지 않나. 지금 이 순간 코트니가 감방에 앉아 있는 것만큼이나 천부당만부당하다.

너무하다. 도무지 감당이 안 된다.

그래서 잭은 추도식 자리를 끝까지 지키지 못하고 뛰쳐나온다. 세상 어디든 지금 여기보다는 낫겠다. 하다못해 병원이라도.

곧장 그리로 차를 몰고 가 응급실 문을 통과해 들어간다. 잭의 느낌으론 냄새도 그대로 풍경도 그대로다. 지난번 즉 2년 전에 팔이 부러져서 왔을 때와 똑같은 것 같다.

실제 응급실 풍경은 TV에 나오는 것과 전혀 다르다. 피 흘리는 환자가 바퀴 달린 들것에 실려 수술실로 급히 이동하는 걸 목격하게 되지는 않는다. 아무도 제세동기를 부르짖지 않고 단 한 사람도 "당장!"이라고 외치지 않는다. 대기 구역에 있는 사람이라곤 뜨개질

하며 TV 토크쇼를 보는 어떤 할머니 한 명뿐이다.

접수 직원에게 웃으며 손 인사를 하고 잭은 환자들이 있는 곳으로 직행한다. 접수원은 아무 말도 하지 않고 그를 막지도 않는다. 신기할 것 없다. 잭은 용모 단정한 백인이므로 웬만한 입구는 그냥 무사통과다.

필요하면 출구도.

잭은 침상을 가린 커튼이며 자재문 등 이곳의 모든 것을 기웃대며 통로를 걷는다. 어떤 여자가 다가와 도움이 필요하냐고 묻는다.

그는 얼굴에 함박웃음을 띄우고 대답한다. "아, 친구가 여기에 있다고 문자를 보내서요. 그래서 그놈 찾는 중이에요."

"그럼 접수처로 가서 그 친구 이름을 대야지." 그녀는 엄한 표정을 짓는다. 무서운 선생 노릇을 자처하는 식으로. "거기 직원이 도와주실 거야."

"고맙습니다." 그는 또 한 번 활짝 웃어 보인다.

그녀가 가고 그는 되돌아와 응급실을 한 바퀴 더 돌아본다. 이 정도 규모의 동네에 있는 응급실치고 그리 크지는 않다. 응급 상황이 빈번한 동네가 아니긴 하다.

마침내 그녀가 보인다.

그가 기억하는 모습 그대로다. 그때와 똑같이 대충 한데 모아 질끈 묶은 곱슬머리. 똑같이 발그레한 뺨. 심지어 분홍빛 입술마저 똑같다. 다정한 아줌마다. 부모님이 오실 때까지 그를 잘 보살펴주었던.

그리고 그간에 임신하지도 않았다. 어쨌든 임신부로 보이지 않는다. 아마도 난임 치료가 잘되지 않는 모양이다.

그는 그리로 다가가며 말을 건넨다. "혹시……? 제가 팔이 부러져서 왔을 때 여기 계셨던 분 맞죠? 그때 제 팔에 붕대를 감아주셨는데."

그녀는 그를 보며 눈을 깜빡깜빡한다. "어, 내가…… 잠깐, 잠깐. 그래, 기억난다. 네가…… 제크?"

"잭이요. 잭 워드."

"아, 아깝다." 그녀가 빙긋 웃는다. 잭의 기억에도 그녀는 웃음이 많은 사람이다. "난 앨리슨 크러처야."

역시나. "크러처요? 잠깐, 그럼 설마……? 죄송해요. 그게, 저희 학교에도 크러처 쌤이 계시거든요. 벨몬트요."

그녀의 표정이 순식간에 바뀐다. 미소가 사라지고 눈빛이 멍해진다. 마치 잭이 죽은 사람 이야기를 꺼낸 것처럼. "반가운 얘기는 아니네." 저도 모르게 말이 튀어나왔는지 그녀는 부리나케 손으로 입을 막는다. "아이고, 말이 심했다, 그치?"

"음…… 쪼끔요."

"사과할게. 너희 선생님이 내 전 남편이거든."

잭은 너무 놀라 말문이 막힌다. "아."

"뭐, 거의 전 남편이랄까. 그런 거나 다름없지."

잭은 끄덕인다. "네에."

그녀가 훗 웃는다. "미안. 내 사생활 얘기가 너한테 무슨 재미라고. 그나저나 넌 여기 웬일로? 혹시 어디 아프니? 아님……."

"아, 아니에요. 전 괜찮고요, 친구 병문안 왔어요." 말을 하는 동안에도 그의 머릿속은 팽글팽글 돈다. 앨리슨과 대화하는 건 전혀 도움이 되지 않겠다.

그녀가 말한다. "다시 만나서 반가웠어. 친구가 얼른 낫길 바란다."

"저도요. 고맙습니다."

그는 그곳을 떠나 빙 둘러서 다른 출구로 나간다. 잭은 더 이상 크러처에게 잘 보일 방법을 궁리하지 않는다.

지금 그는 크러처가 여전히 끼고 다니는 결혼반지를 생각한다.

그리고 바로 어제 크러처가 다른 쌤과 오늘 추도식 얘기를 나누면서 한 말을 떠올린다. 자기 아내는 근무를 뺄 수 없어 추도식에 참석할 수 없다고 했다.

잭은 또한 아빠가 자주 읊어대는 또 하나의 워드 어록을 떠올린다.

'정보는 힘이요 가치다. 그것을 이용할 때와 입 다물 때를 알라.'

40

이튿날 아침 출근길에 프랭크는 뭔가 달라졌음을 감지한다. 학교 앞에 진을 친 기자들이 더 많아졌다. 훨씬 더 많아졌다. 이상하다. 아직 1차 공판도 열리기 전인데. 심지어 배심원단 선정도 끝나지 않았다. 그러나 프랭크는 대문을 통과하자마자 상황을 파악한다.

경찰이다. 사방에 그들이 있다. 주차장에 경찰차가 쫙 깔렸다.

프랭크는 경비원 바로 앞에서 멈춰 선다.

"아침부터 좀 정신없죠?" 경비원이 말한다.

"예. 좀 그렇네요." 이 수많은 경찰. 그를 잡으러 온 거다.

누굴 탓하겠는가, 그가 자초한 일인 것을. 그는 잡혀가도 싸다. 어떤 일을 당해도 싸다. 소니아가 죽는 장면을 봐야 했던 것까지도. 잉그리드를 죽인 벌이다. 전부 연결돼 있다. 언제나 그렇다. 언제나 그랬다.

하나님이 반드시 그리되게 하신다.

"괜찮으십니까, 맥스웰 선생님?" 경비원이 묻는다.

"아뇨." 프랭크는 고개를 젓는다. 어떤 일이 예정돼 있건 간에 그는 담대히 맞을 준비가 되지 않았다. "집에다 뭘 두고 온 게 방금 생각났어요."

그는 차를 돌려 학교 밖으로 달아난다.

▶ ▷ ▶ ▷

테디더러 저 형사를 세 마디로 묘사하라면 '닳고 지친 늙은이'라 하겠다. 말하자면 오래된 소파 같다.

베이츠가 그의 성인데 이름이 노먼이 아니다. 노먼이었으면 완벽했을 텐데 너무나 아쉽다(노먼 베이츠는 히치콕 감독의 영화 〈사이코〉의 주인공으로 다중인격장애가 있는 연쇄 살인마 – 옮긴이).

그들은 윈저 룸에 앉아 있다. 원래 교장 접견실로 쓰이지만 오늘은 조사실이 됐다. 베이츠의 손에는 수첩 하나와 끄트머리가 잇자국투성이인 몽당연필 한 자루가 들려 있다. 그는 벨몬트의 전 교직원을 일일이 만나보겠다고 한다.

아마 교사 휴게실 냉장고에 접근한 사람들을 얘기하는 거겠지. 지금쯤 틀림없이 샐러드 통을 입수했을 테니까. 테디는 구태여 그 증거물을 빼돌리려고 들지도 않았다. 일부러 내버려뒀다. 오히려 경찰이 찾아내길 바랐다.

"소니아 벤저민 사망 당일 그녀를 본 기억이 있습니까?" 베이츠가 묻는다.

"매일 마주치던 사이였으니까요. 휴게실에서든 복도에서든. 때로는 주차장에서도요."

"하지만 사망 당일에요." 베이츠는 여기서 이러고 있는 게 지긋지긋하다는 듯 한숨 지으며 말한다. "소니아 벤저민을 보셨습니까? 대화했다거나?"

"최소한 인사 정도는 했겠죠. 최근 들어 포터 룸에 교사들이 자주 모여요. 다가올 재판 때문에 거기다 TV를 설치했거든요. 하지만 전 교실에서 혼자 점심을 먹었습니다. 언론 보도는 되도록 피하고 싶어서요. 다들 너무 심하게 떠들어대니까."

베이츠는 끄덕인다. 그의 주먹코에 돋보기안경이 얹혀 있다. "그럼 선생님은 소니아가 점심 먹는 걸 못 보셨겠네요?"

"아, 뭐, 그분이 점심 먹는 거야 숱하게 봤죠. 하지만 그날은, 예, 못 봤어요. 저 혼자 먹었습니다."

형사가 그것을 기록한다. "선생님은 소니아와 가깝게 지내셨나요?"

"직장 동료고, 오랜 세월 같이 일했죠. 하지만 학교 밖에서도 어울렸냐고 물으신다면, 아닙니다. 소니아와 전 그렇게 가까운 사이가 아녔어요."

"선생님이 '올해의 교사'시라고요."

"예, 그렇습니다만."

"다들 질투하겠네요. 제 말은, 동료 교사분들이요."

테디는 숨을 길게 들이쉰다. "벨몬트에서 가르치는 것 자체가 영광인걸요. 여긴 동북부에서 손꼽히는 명문 학교입니다. 학생만이 아니라 교사도 아무나 들이지 않지요. 다들 여기서 일하는 것만으로도 만족할 겁니다."

베이츠가 피식 웃는다. 그의 숨결은 커피 향이 난다. "거참 흥미롭군요. 저로선 직원 '모두'가 만족하는 일터라곤 가본 적도 들어본 적도 없어서요."

"뭐, 제가 모두를 대변할 수 있는 건 아니지요. 그래도 대체로는 그래요. 교사들은 여기서 가르치는 것에 매우 만족합니다."

"혹시 소니아를 싫어했던 사람이 있었을까요? 생각나는 사람 없으세요?"

"잠깐만요." 테디는 의자에 앉은 채 상체를 앞으로 내민다. 지금껏 이 질문이 나오길 기다렸다. "그럼 누군가가 소니아를 '죽였다'고 생각하시는 겁니까? 바로 여기, 학교에서요?"

"전 그렇게 말한 적 없는데요."

"하지만 누가 벤저민 선생을 싫어했냐고 물으셨잖아요."

"그랬죠. 그저 정보 수집차 여쭤본 겁니다."

물론 그렇겠지. 그래서 경찰들이 증거를 찾아 주차장을 샅샅이 수색하는 거겠지. "형사님은 교사 중에 누가 소니아를 싫어했는지 물으신 거겠죠?"

베이츠는 어깨를 으쓱한다. "그럼요. 교사, 직원, 학생…… 누구든지 그분을 좋아하지 않았던 사람이요."

"그분을 싫어한 사람은 없어요. 적어도 저는 그렇게 알고 있습니다." 테디는 생각해보는 척 잠시 뜸을 들인다. "실은요, 학교 관리인은 벤저민 선생을 그다지 좋아하진 않았던 것도 같아요."

"관리인요?"

"그분 성함은 조예요. 조셉 애플이요. 여기서 20년 넘게 일하셨을 거예요. 이제 나이가 지긋한데도 여전히 일은 잘하세요."

베이츠는 이것도 수첩에 적어 넣는다. "한데 그분이 소니아를 좋아하지 않았다?"

"글쎄요, '그분이 소니아를' 어떻게 여겼는지는 몰라도, '소니아가 그분을' 딱히 좋아하지는 않았던 것 같아요." 테디는 어디까지 털어놓을지 고민하는 척 어깨를 살짝 들썩한다. "형사님도 아시겠지만 소니아는 부자였어요. 그런데 조 같은 사람들은 그저…… 잡역부죠. 소니아가 그분을 아주 정중하게 대했을 것 같지는 않네요."

"그렇군요." 베이츠는 계속 기록하며 말한다. "그래서 선생님 생각에 조셉 애플이 그걸 좋지 않게 여겼을 수도 있다는 말씀이시죠?"

"말씀드렸듯이, 제가 그분을 대변할 수는 없고요."

그러나 학교 뒤편 쓰레기 수거장을 뒤지는 모습을 들킨 뒤로 테디는 가장 먼저 조를 점찍었다. 누군가는 이 일의 용의자여야 하기 때문에.

41

3교시가 끝나고 휴대폰을 확인하면서 잭은 약간 아찔함을 느낀다. 온갖 소문이 난무해 뭐가 진짜고 가짜인지 구분할 수가 없다. B 쌤이 살해당했다는 사실을 제외하고는.

이제껏 B 쌤이 살해당했다고는 생각지 않았던 그다. 물론 다들 그 가능성을 떠들어댔지만, 벨몬트에서 살인이 '두 건'이나? 말도 안 된다. 특히 B 쌤은……. 세상에 누가 그분을 증오했겠는가. 아무한테도 해를 끼치지 않는 분이셨다.

아직 있냐?

루커스가 쉬는 시간을 틈타 메시지를 보내온다.

잭은 답신한다.

어. 울 엄빠는 지금 상황을 모르나 봐.

학교 끝나고 건너와.

B 쌤 관련 뉴스가 보도되자 벌써 학부모들이 학교로 와서 아이들을 데려가기 시작했다. 이제 벨몬트는 온라인에서 '살인고'라는 별명으로 통한다. 소셜미디어가 온통 '살인고' 이야기로 들끓는다.

B 쌤 뉴스가 다가 아니다. 맥스웰 선생의 아내가 학교로 찾아와 남편의 행방을 수소문한 일로도 온라인이 시끄럽다. 그녀가 행정실에서 소란을 피우는 장면을 누군가 휴대폰으로 찍어 올린 것이다.

해당 동영상에는 신경질적으로 보이는 한 여자만 나온다. 그녀는 "아침에 출근한다고 나간 사람이 여기 아님 어디 있겠어요!"라는 말을 되풀이하면서, 대체 왜 학교에서 집으로 전화해 그를 찾은 거냐고 쏘아붙인다.

잭은 루커스에게 물어본다.

오늘 맥스웰 쌤 본 애 있냐?

아니.

경비원이 사방에 깔렸다. 아침에는 사람이 없더니 지금은 청원경찰 군단이 학교 곳곳을 배회한다. 잭은 플라스틱 배지를 단 꺽다리 아저씨를 스치듯 지나쳐 영문학 교실로 들어간다. 그러다 크러처와 정면으로 부딪치기 직전에 멈칫한다.

그는 마치 잭을 기다렸다는 듯 교실 문 바로 안쪽에 서 있다.

"안녕하세요, 크러처 쌤."

"지각할 뻔했구나."

잭이 대답하려는 순간 수업 시작종이 울린다. 결국 지각이다. 순전히 선생이 문을 막아선 탓이지만 잭은 아무 말 없이 자리로 가서 앉는다.

수업 시간 내내 그는 크러처의 손가락에 끼워진 결혼반지에서 눈을 떼지 못한다. 기회를 봐서 아내의 안부를 물어볼까 싶다.

아니다. 그러면 목적을 그르치게 된다.

그래도 상상해보니 재밌긴 하다.

하지만 또다시, 잭은 아빠가 옳았음을 깨닫는다. '인생은 불공평하다. 절대로 공평하지 않다.'라고 아빠는 늘 말한다.

맞는 말이다. 인생이 공평하다면 B 쌤은 여전히 살아 있고 크러처는 그렇지 않을 것이다.

▶ ▷ ▶ ▷

프랭크는 교회에 앉아 있다. 그가 다니는 교회는 아니다. 벨몬트에서 나온 그는 유니티 오브 라이프를 지나쳐 계속 차를 몰았다. 계속해서 무언가를 찾아 헤맸다. 감정. 위안. 용서. 탈출.

50킬로미터쯤 달리다 터치포인트 미니스트리에 차를 댔다. 아레나처럼 지은 거대한 이 건물은 이 지역 유일의 초대형 교회다. 그는 공연장으로 치면 관객석 격인 신도석 중간쯤에 자리를 잡았다. 저 아래 제단은 비어 있고 신도석도 거의 다 빈자리다. 제단 뒷벽을 천장부터 바닥까지 덮은 스크린에서 성경 장면이 나온다. 화면은 15초 간격으로 바뀐다.

그야말로 장관이다.

프랭크는 화면에 나오는 이야기를 모조리 꿰고 있다. 그가 기억할 수 있는 가장 오래된 순간부터 성경은 그에게 늘 삶의 일부였다. 화면 속 그림들을 보노라니 옛 추억이 절로 떠오른다. 어린 시절에 다녔던 교회, 행복한 추억이 너무도 많았던 그곳이 생각난다. 친목 소모임, 빵 바자회, 교회 연극. 예배는 재미를 예고하는 서막에 지나지 않았다.

꽤 오랫동안 그는 향수에 젖어 헤어날 줄 모른다. 삶이 더 단순했고 그가 사람을 죽이지 않았던 그리운 옛 시절.

삭개오가 모든 걸 바꾼다.

프랭크는 단박에 그를 알아본다. 삭개오는 속이고 거짓말하고 훔치는 부패한 세리였다. 그러나 죄의식이 그를 덮쳤다.

화면 속 그림은 삭개오가 돌무화과나무에 올라 예수님을 기다리는 장면이다. 그는 자신의 죄를 뉘우칠 참이다. 예수님은 과연 기대를 저버리지 않으셨다.

마침내 프랭크는 깨닫는다.

미시와 프랭키가 용서하지 않을지도 모르고 경찰은 틀림없이 용서치 않을 테지만, 하나님은 용서하시리라. 하나님은 언제나 용서하신다.

조금은 가벼워진 마음으로 프랭크는 터치포인트 미니스트리를 나선다. 차창을 연 채로 록 음악을 크게 틀어놓고 50킬로미터를 되돌아 경찰서까지 쉼 없이 달린다.

차에서 내리기 전, 아내에게 문자 메시지를 보낸다.

> 당신과 프랭키를 영원히 사랑해.

그는 곧장 경찰서로 걸어 들어간다. 망설이거나 심호흡을 하거나 용기를 끌어모으지도 않는다. 진실을 털어놓는 일이야말로 지금껏 해온 그 어떤 일보다도 쉽다.

그는 말한다. "제가 잉그리드 로스를 죽였습니다."

▶ ▷ ▶ ▷

올리버 형사는 괜찮은 사람인 것 같다. 복부가 좀 물렁하지만―확실히 운동 부족인 티가 난다―노련해 보인다. 어쩌면 지혜롭기도 한 듯하고. 그저 프랭크는 왜 자기가 감방이 아닌 취조실에 앉아 있는지 이해가 되지 않을 뿐이다.

"사건의 경위를 다시 한번 말씀해주시죠." 올리버가 말한다.

프랭크는 한숨을 쉰다. 이미 세 번이나 똑같은 얘기를 반복했다. 살인 자백도 생각보다 쉽지 않은 일인 것 같다. "학교 건물 밖에서 잉그리드를 봤습니다. 그 여자가 상자 더미를 안으로 옮기는 사이에 전 그 여자 차로 가서 녹차가 담긴 물병에 이뇨제를 넣었고요.

231

'맥스핏 2000'이라는 약입니다."

"하필 그때 선생님 차에 마침맞게 이뇨제가 있었다고요?"

"뭐, 예. 체중 조절용으로요."

올리버는 주억이며 그 내용을 기록한다.

"말씀드렸듯이 전 그분을 죽일 생각이 없었습니다. 그날 학교에서 파티가 열릴 예정이었고 그 여자가 준비 책임자여서 저는⋯⋯." 프랭크의 말끝이 흐려진다. 이 부분을 실토하는 건, 더구나 네 번이나 되풀이하는 건 너무나 고역이다. "전 그 여자를 곤란하게 만들고 싶었나 봅니다. 쉴 새 없이 화장실을 들락거리느라 파티에 참석할 수 없게요."

"어째서요?"

프랭크는 숨을 깊이 들이쉬고서 또 한 번 같은 이야기를 반복한다. 술에 취한 밤. 연출된 사진. 코트니의 AP 미적분 성적을 올려달라는 협박. 하도 여러 번 얘기하다 보니 더는 창피한 줄도 모르겠다. 거의.

"전 그 여자가 저 때문에 죽은 줄도 몰랐습니다. 나중에야 검색을 통해 그 이뇨제가 심부전을 일으킬 수 있다는 사실을 알았어요. 어쨌든 명백히 제 잘못이고, 그래서 여기로 왔어요. 그러니 절 체포하십시오. 저항하지 않겠습니다."

올리버는 가만히 듣기만 한다. 코끝에 걸린 안경조차 움직이지 않는다. "잠시만 기다리십쇼. 금방 돌아오겠습니다." 프랭크만 남기고 올리버는 나가버린다. 곧 제복 입은 경찰 둘을 대동하고 돌아와 그에게 수갑을 채우겠지.

그러나 형사 혼자 돌아온다. 그가 대동한 것은 달랑 서류철 하나다.

"맥스웰 선생님."

"프랭크라고 불러주세요."

"그래요, 프랭크." 올리버는 자리에 앉아 서류철을 펼친다. "무슨 말씀이신지 잘 알겠습니다. 그러니까, 선생님께서 뜻하지 않게 잉그리드 로스를 죽였다고 믿는다는 말씀이시죠?"

"제가 죽였어요."

올리버는 대꾸하지 않는다. 서류를 팔락팔락 넘기다 한 장을 꺼내 프랭크 앞에 대고 흔들어 보인다.

"잉그리드 로스의 휴대폰 감식 보고서입니다. 그분 휴대폰에는 그런…… 폭로 사진이 없었어요. 그런 유의 사진은 전혀."

"지웠겠죠. 클라우드 같은 데로 옮겼거나." 프랭크는 잠시간 생각하다 손가락을 딱 튕긴다. "아, 그 여자는 부자잖아요. 개인 클라우드가 있을지도 모릅니다."

올리버는 다른 한 장을 뽑아 든다. "이것도 좀 보시죠."

프랭크는 실눈을 뜨고 자세히 들여다보지만 도무지 무슨 뜻인지 알 수 없는 내용뿐이다. 그는 어깨를 으쓱한다.

"사망 당시 잉그리드 로스의 위장에 있던 내용물을 분석한 부검 결과 보고서입니다." 올리버가 말한다. "그분은 그날 녹차를 마시지 않았어요."

233

42

오후 4시 정각, 잭은 몽롱하다. 아주아주 많이 몽롱하다.

그와 루커스는 루커스네 집 영화감상실에서 마블 영화를 보고 있다. 전에 본 영화인지 아닌지 잘 모르겠지만 아무래도 상관없다. 어쨌거나 그냥 본다. 루커스의 부모님은 집에 안 계시고, 설령 계신다 해도 전혀 신경 쓰지 않을 것이다. 루커스가 졸업생 대표로 뽑히는 길에서 이탈하지만 않으면.

"내가 알고 싶은 건," 잭은 숨을 길게 내뿜고 이어 말한다. "누가 너한테 돈이라도 주면서 크러처를 피하라고 했냐? 넌 그 인간 수업을 한 번도 안 들었잖아."

"아, 크러처 좆까. 우리 형이 귀띔해주더라. 내가 행정실 아줌마한테 뇌물 좀 먹였지. 수업 바꿔달라고."

"돈으로?"

"아니. 매력으로."

"둥신 새끼."

루커스는 어깨를 들썩한다. "왜? 그 인간 미운털 명단에 올랐냐?"

"어."

"좆같겠다."

그렇다. 정말 좆같다.

둘은 곧 입을 다물고 영화 속 전투 장면을 감상한다. 잭과 루커스는 슈퍼히어로 영화 수십 편을 함께 보았다. 둘은 열두 살 때부터 친구였다. 루커스가 잭에게 자기 부모님은 답이 없다고 털어놓은 순간부터. 잭은 얼마든지 공감할 수 있었다.

둘은 휴대폰을 들여다보거나 영화를 보는 틈틈이 물담뱃대를 주거니 받거니 한다.

"어우 씨." 루커스가 리클라이너에서 흐느적대는 상체를 세우려 애쓴다. "이거 봤냐?"

잭이 건너다보니 루커스의 휴대폰 화면이 번쩍거린다. 눈이 부시다. "보긴 뭘?"

"해시태그 '살인고'가 유행이다."

"시끄러."

"진짜야. 이 동네에서만. 전국으로 퍼지진 않았고. 아직은."

잭은 자기 휴대폰을 빼 들고, 쌓인 메시지들을 스크롤 한다. 대개 한심한 소리들이다. 그래도 읽는다. 읽지 않을 수 없어서. 한참을 스크롤 하다 보니 화면이 점점 뿌옇게만 보인다.

루커스가 말한다. "맥스웰 쌤은 아직도 행방불명이래. 그 쌤도 죽었다는 소문이 있네?"

잭은 신음하며 의자에 더 깊숙이 몸을 묻는다. 이 소식은 못 들은 걸로 하고 싶다. 또다시 사람이 죽으면 그는 꼼짝없이 버몬트 행이다.

▶ ▷ ▶ ▷

한 시간 뒤에도 프랭크는 여전히 경찰서에 있다. 그는 체포되지 않았고 제복 경찰관도 오지 않았다. 대신 그의 아내가 왔다.

미시는 화를 내면서 울기도 한다. 최악의 조합이다. 그러는 게 당연하지만. 남편이 살인자임을 알게 됐으니 오죽 힘들겠는가.

취조실 문이 열려 있어 프랭크는 미시가 올리버와 얘기하는 것을 볼 수 있다. 그녀는 손동작을 많이 하고 자주 머리칼을 뒤로 넘긴다. 심하게 낙심했을 때의 버릇이다. 그녀의 눈길이 프랭크와 올리버 사이를 불안하게 오간다.

분명 미치도록 화가 날 것이다. 실망하고 상처받고 혼란스럽고. 온갖 나쁜 감정에 휩싸여 있으리라. 그러나 그녀는 그가 진실을 고백해야만 했다는 것도 잘 알 것이다. 미시는 진실을 열렬히 옹호하는 사람이다.

그녀가 걸어온다. 프랭크는 흠칫 상체를 조금 세운다. 마음의 준비를 한다.

"프랭크." 미시는 화난 목소리가 아니다. 꼭 아들에게 하는 것처럼 약간 묘한 말투다.

"안녕." 그가 말한다.

그녀는 탁자 맞은편에서 의자를 끌어와 그의 옆에 놓고 앉는다. "당신이 어떻게 된 건지 솔직히 잘 모르겠는데, 어쨌든 도움을 받을 수 있게 할 거야."

"도움? 도움은 필요 없어. 난 체포돼야 한다고."

미시는 미소 띤 얼굴로 끄덕이며 손을 뻗어 그의 손을 토닥인다. "당신이 그렇게 생각한다는 거 알아."

"왜 다들 같은 소리만 하지? 내가 한 짓을 내가 아는데."

"그래, 안다니까."

프랭크는 인상을 쓴다. 아내가 도무지 그를 믿어주는 것 같지 않다.

형사가 취조실로 들어온다. 아무 일 없다는 듯, 다 괜찮다는 듯 속없이 웃는 얼굴이다. "있잖아요, 프랭크. 음료에 이물질을 타는 건, 설령 그게 이뇨제라도 불법입니다. 그래요, 그 일로 저희가 선생님을 체포할 수도 있어요. 하지만 문제는, 선생님이 그랬다는 증거가 없다는 겁니다. 그 녹차 물병은 한참 전에 사라졌다고요."

"증거물을 보관하지 않는다고요?" 프랭크는 묻는다.

"피해자가 녹차를 마시지 않았다고 밝혀진 이상 그 물병은 증거물이 아니니까요."

"그럼…… 절 체포하지 않겠다는 겁니까?"

"네. 하지만 선생님께서 도움을 받으실 수 있게 조치할 겁니다. 왜냐면 선생님 말씀대로 정말 그런 일을 하셨다면……."

"정말 했다니까요." 프랭크가 말한다.

"알았습니다. 저희는 그저 선생님이 다시는 그런 일을 하지 않기를 바라는 거고요. 선생님도 다시는 그러지 않기를 바라시잖습니까, 그렇죠?"

프랭크는 고개를 주억인다. "하지만 도움 같은 건 필요 없어요."

올리버는 대답하지 않는다.

미시가 또 그에게 가식적인 미소를 보낸다.

프랭크는 얼떨떨하다. 그리고 실망스럽다. 수감되어 처벌받지 않으면 그는 절대로 용서를 받을 수 없기 때문이다.

▶▷▶▷

잭은 침실 창밖으로 부모님 차가 집으로 오는 것을 본다. 차가 두 대다. 두 분이 각자 일터에서 바로 학교 모임에 갔다 온 것이다.

잭은 책상 앞에 앉아 중식당에서 포장해 온 음식을 먹으며 수학 과제를 하는 중이다. 그는 이 동네의 모든 중식당에 빠삭하다. 문제는, 몽골리안 비프를 잘하는 데와 면 요리를 잘하는 데가 각각 따로 있다는 거다. 뭘 먹을지 고르기가 매번 너무나 어렵다.

그는 소셜미디어를 열고 검색창에 #살인고 태그를 입력한다. 오늘 저녁 벨몬트는 '최근의 가짜 뉴스와 오해를 바로잡고자' 학부모 회의를 소집했다. 회의 내용이 벌써 올라왔기에 읽고 있는데 아빠한테서 문자가 온다.

좀 내려와봐라.

238

부모님은 거실에 있다. 잭은 앉지만 두 분은 앉지 않는다. 불길한 징조다. 게다가 엄마는 신발을 벗지도 않았다. 아직도 하이힐을 신은 채다.

아빠가 운을 뗀다. "아수라장이 따로 없더라. 혼돈 그 자체였어."

잭이 온라인으로 본 내용과는 다른 얘기다. 놀랍지는 않다. 제임스 워드는 현실을 제 나름의 방식으로 받아들인다.

있는 그대로의 현실로 되돌리는 것은 엄마의 몫이다. "지금까지 밝혀진 사실을 짚어보자. 소니아 벤저민은 사실, 학교에서 살해당한 거였어. 물론 너도 이미 알고 있겠지."

엄마는 변호사 말투를 쓰고 있다. 잭은 끄덕인다.

"좋아. 프랭크 맥스웰 건은, 오늘 행방불명이었지만 죽은 건 아니었어. 일종의 신경 쇠약 증세를 보이는 모양이야. 소니아 선생님의 죽음을 목격한 충격 탓이라고들 하는데, 진실은 아무도 모르지." 엄마는 잠시 말을 멈추고 잭의 반응을 살핀다. 하지만 아무 반응도 얻지 못한 채 이어 말한다. "그분은 병가를 내고 당분간 휴직하실 거야."

아빠는 모듈형 소파 앞을 왔다 갔다 서성인다. "믿을 수가 없구나. 네 엄마와 나는 오로지 네가 최고의 교육을 받기만을 바랐을 뿐이다. '벨몬트.' 다들 입을 모았지. '벨몬트로 보내야죠.' 그런데 이렇게……." 적당한 단어를 찾는 듯 허공에 대고 손을 흔들더니 이렇게 말을 맺는다. "이런 일이 일어났어." 연설을 하다 말고 휴대폰을 꺼내 든다. "이건 받아야 해." 그러고는 거실에서 나가버린다.

할 수만 있다면 잭은 한숨을 쉴 것이다.

엄마가 그의 곁에 앉는다. 이제 변호사처럼 굴지 않고 표정도 한 결 부드럽다.

"엄마 아빠가 뭐든지 너한테 최선인 것만을 바라는 거 알지?"

"그게 버몬트는 아니야."

"친구들이랑 같이 여기 있고 싶은 거 알아. 코트니 일로 네가 많이 힘들어한다는 것도 알고. 하지만 엄마 아빠로선 두려운 게 당연하잖니. 만에 하나라도 너한테 무슨 일이 생기면……?" 엄마는 잠시 후 덧붙인다. "너한테든 다른 학생한테든."

"벨몬트에 무슨 연쇄 살인마라도 있는 줄 아나 봐? 낫 같은 걸 들고 돌아다니면서 사람들 도륙하는? 그런 거 없어."

"아니지, 독살을 하잖아."

잭이 뭐라 대꾸하기도 전에 아빠가 다시 들어온다. "미안. 나 없는 사이에 무슨 얘기들 했어?"

"그냥, 우리가 얠 얼마나 걱정하는지 알려주고 있었어."

"그럼, 당연히 걱정하지."

잭이 말한다. "알았어. 이제 가봐도 되지?"

엄마는 대답하지 않는다. 아빠는 휴대폰을 힐끔 본다. "벌써 시간이 이렇게 됐구나. 너도 끝내야 할 과제가 있겠지. 이 일은 일요일에 더 의논해보자. 음…… 저녁 먹으면서?" 마치 업무 회의 약속을 잡는 것 같은 투다.

"그리고 이제부터 학교에선 먹지도 마시지도 마." 엄마가 당부한다. "점심은 따로 싸 가고."

"알았어, 그렇게 할게." 잭은 그렇게 할 생각이 없지만 순순히 답한다. 그리고 두 분이 또 다른 얘길 꺼내기 전에 냉큼 거실을 벗어난다.

▶ ▷ ▶ ▷

잭의 방 책상에 여전히 노트북이 열린 채 놓여 있다. 그새 #살인고 태그를 단 메시지가 수백 건이나 쌓였다. 이상하다. 노트북 앞을 떠난 지 고작 20분 정도 지났을 뿐인데.

잭은 곧 그 이유를 알아차린다.

43

세상이 완벽하다면 사법 체계가 그 본질과 목적에 맞게 돌아갈 것이다. 그러나 현실의 사법계는 약간의 도움이 필요함을 테디는 알고 있다. 이른바 '살짝 찔러주기'가 필요하다. 그래서 그렇게 했다. 살짝 찔러줬다.

아침에 잠에서 깨보니 벌써 뉴스가 쫙 퍼졌다. 그가 예상한 그대로.

두 건의 살인, 동일한 독극물?

잉그리드 로스(45세)와 소니아 벤저민(38세)이 동일한 독극물에 의해 사망했다는 제보가 있다. 경찰도 검찰도 잉그리드 로스를 사망하게 한 약물을 특정해 밝히지 않았지만, 친모를 살해한 혐의로 코트니 로스가 구속 기소된 가운데 등장한 새로운 정보는 로스 양이 과연 진범인지에 의혹을 갖게 한다.

이 지역에서 나고 자라 현재 시내에서 식료품점 '네이처스 푸드'를 운영하는 로비 헤럴드는 "말이 안 되죠. 진범이 잡혔다면 어떻게 다른 누군가가 똑같은 방식으로 살인을 저지를 수 있었겠어요?"라고 반문한다.

이 같은 의문을 제기하는 사람은 헤럴드만이 아니지만, 이에 답할 수 있는 이들인 경찰과 검찰은 침묵으로 일관하고 있다.

테디는 슬며시 웃는다. 여기에 들인 수고라야 이메일 한 통 보낸 게 전부였다.

가짜 소셜미디어 계정을 만든 경험이 없었다면 익명으로 이메일을 보낸다든지 경로를 동유럽으로 우회해 추적을 피하는 방법 같은 건 전혀 몰랐으리라.

또한 그걸 전부 익히느라 고군분투하지 않았다면 숨기려 '애썼지만' 실패한 것처럼 보이는 이메일을 보내는 법도 알지 못했으리라. 평범하고 무지한 사람이 할 법한 방식으로 말이다.

자, 그렇게 된 거다. 익명의 제보. 살짝 찔러주기.

경찰이 이메일 발신자를 추적하는 날엔, 벨몬트에서 벌어지는 일을 전부 아는 누군가에게로 바로 연결될 것이다. 자신을 업신여기고 거의 인간 취급도 하지 않는 학부모들과 교사들을 증오하는 자.

이를테면 관리인 조 같은.

테디는 실로 감탄스러우리만치 이 일에 능하다. 본인도 이제야 알게 된 사실이지만.

출근길에 보니 학교 밖에 진을 친 기자들이 어제보다 훨씬 많아졌다. 푸드 트럭도 늘어났다. 테디는 눈길 한번 주지 않고 그들 앞을 지나간다.

정문에 선 경비원이 손을 흔들더니 차창을 내리라고 신호한다.

"조심하십쇼. 기자들이 막무가내로 달려들 수 있어요. 코멘트 따겠다고 난리들이네요."

테디는 절로 새어 나오는 미소를 애써 참는다.

학교 안에서는 경비업체 직원들이 문가며 복도 등등에 카메라를 매달고 있다. 엊저녁 학부모 회의에서 교장이 예고한 대로다. 그는 벨몬트가 미시시피강 이쪽과 저쪽을 통틀어 보안에 가장 철저한 학교가 되리라고 선언했다. 일부 학부모는 실제로 그 말을 믿는 표정이었다.

다 부질없는 짓이다. 테디는 더 이상 누굴 죽일 생각이 없다.

오늘 아침 그는 교사 휴게실에 들르지 않는다. 곧장 교실로 가서 자리를 잡고 앉아 오늘 일과를 준비한다. 간밤에 사법 체계를 바로잡는 데 너무 많은 시간을 쏟느라 정작 본업에 임할 겨를이 없었다.

1교시 학생들이 도착하자 교실이 온통 뉴스 이야기로 떠들썩하다. 3교시쯤 되자 다들 벨몬트의 살인자 얘기다.

"그놈 호칭이 있어야 해."

"벨몬트 도살자?"

"그놈이 사람들을 도살하는 건 아니지 않아?"

"왜 '놈'이라고 넘겨짚는데?"

"학교 참수인 어때?"

"참수인은 무슨. 독살인데."

"그럼 몰살자."

"너희 다 돌았냐?"

잭 워드다. 교실로 막 들어온 참에 들리는 대화가 매우 못마땅한 표정이다. "코트니가 아직 감옥에 있잖아. 진범이 따로 있는 거면 경찰은 잘못을 인정하고 걜 풀어줘야지."

테디는 자신이 기억하는 한 처음으로 녀석의 말에 동의한다. 어쩌면 자기밖에 모르는 이 녀석도 마침내 무언가를 깨우쳤나 보다.

수업 중에는 심지어 녀석이 어쩌면 그렇게 악질은 아닐지도 모른다는 생각까지 든다. 물론 여전히 재수 없게 건들대고 여전히 건방지기 이를 데 없다. 그러나 똑똑한 녀석이다. 그건 테디도 인정한다. 그리고 그건 테디 자신의 공이기도 하다. 그는 제자들의 발전을 위해 끊임없이 노력하니까. 언제나 길은 있다.

점심시간, 테디는 교사들이 뭐라고 하는지 알아보러 휴게실로 향한다. 어쨌든 그럴 계획이었다. 그런데 교실 문을 나서자마자 마샤 씨와 맞닥뜨린다.

"테디 선생님, 마침 잘 만났어요."

마샤 씨는 평소보다 더 지쳐 보인다. 눈 밑 그늘이 사뭇 짙다.

그는 말한다. "안녕하세요. 오늘 좋아 보이시네요."

"그리 말씀해주시니 고맙군요. 실은 간밤에 잠을 거의 못 잤는데요."

"아니, 무슨 일로요?"

"일이 많아서요. 짐작하시겠지만."

그들 바로 건너편에서 누군가가 사다리에 올라 카메라를 달고 있다. 과연 일이 많은 날이다.

그녀가 말한다. "그래도 당분간 소니아 선생님의 빈자리를 채울 대체교사를 구했어요. 이번 학기가 끝날 때까지 수업을 대신 맡아 주실 거예요."

"다행이네요. 일 처리가 정말 빠르십니다."

마샤 씨는 미소에 가까운 표정을 짓는다. "정말 운이 좋았어요. 저분이 자진해서 우릴 돕겠다고 오셨으니까요." 그녀가 테디 뒤편으로 눈길을 던진다. 테디는 뒤를 돌아본다.

심장이 덜컥 내려앉는다.

윤기 나는 검은 머리도 앙증맞은 코도 여전하지만 이제 아이가 아니다. 소니아 추도식에서 얼핏 보았던 바로 그 여자다.

팰런 나이트.

그의 예전 제자. 그 때문에 명문대에 들어가지 못했던. 때때로 그에게 이메일을 보내 개새끼라 욕하는.

팰런이 그를 돌아보며 생긋 웃는다.

44

테디의 표정이 아주 볼 만하다. 팰런은 잠시 그 표정을 음미하고서 악수를 청한다.

"테디 쌤, 다시 뵈니 어찌나 반가운지."

그는 선뜻 대답하지 못한다. 그녀를 본 충격 탓이다. 그녀가 스스럼없이 이름을 불러서일 수도 있고. 그는 더 이상 '크러처 쌤'이 아니다.

이윽고 그도 입을 뗀다. "팰런. 돌아온 걸 환영한다."

"고맙습니다."

"소니아 선생님 교실로 안내할게요." 마샤 씨가 팰런에게 따라오라고 손짓한다. "자리 정리도 하고 소니아 선생님 수업 계획도 살펴봐야죠. 테디, 우린 나중에 얘기해요."

복도를 걸어가며 팰런은 뒤돌아보고 싶은 충동을 강하게 느낀다. 한때 자신의 영문학 선생이었던 작자가 이제는 충격에서 헤어났

247

을까. 그러나 그녀는 뒤돌아보지 않는다. 약한 모습으로 비치기는 죽어도 싫다.

늙을 대로 늙은 마샤 씨가 그녀를 B 쌤의 교실로 이끈다.

아니, '그녀의' 교실로.

팰런이 벨몬트를 졸업한 지 수년이 지났다. 복도를 배회하는 경비원들과 바깥에 둘러친 사슬 울타리를 제외하면 학교는 몇 년 전과 똑같아 보인다. 하지만 느낌이 다르다.

사람들이 다 오랫동안 게임에 빠졌다 현실 세계로 갓 돌아온 것처럼 좀 멍해 보인다. 심지어 학생들 분위기도 달라진 것 같다. 그다지 겁먹지는 않았지만 예전처럼 당차고 자신감 넘쳐 보이지도 않는다.

"소니아 선생님 수업 계획서를 인쇄해뒀어요." 마샤 씨가 책상에 놓인 서류철을 가리킨다. "학생 명단이랑 현재 성적은 이메일로 보낼게요."

"고맙습니다."

"오늘까지 기존 대체교사 선생님이 수업하시니까 참관하셔도 좋아요. 수업은 내일부터 시작하는 거죠?"

"네, 그럼요."

"좋아요." 마샤 씨는 그녀의 어깨를 두드린다. "다시 만나니 좋구나, 팰런. 그럼, 이제 난 뛰어가야겠다."

팰런은 마샤 씨가 다른 교사들에게도 반말을 하는지 궁금하다. 아마 아니겠지. 그렇다고 따지거나 싸울 생각은 없지만. 그녀가 돕겠다고 자원하자 교장이 일반적인 초임 교사 봉급에 훨씬 못 미치는 금액을 제시했을 때처럼. 그때도 그녀는 군말 없이 받아들였다.

그녀는 이 학교에서 최대한의 아군을 확보해야 한다. '올해의 교사'란 맞서기 힘든 적이니까.

크러처와 마지막으로 서로 얼굴을 보며 대화한 날은 그녀가 벨몬트를 졸업한 날이었다. 그때까지 그녀는 지원했던 대학에서 모조리 떨어졌다. 아이비리그가 그녀를 거부했다. 베닝턴, 애머스트, 조지타운도. 어느 대학이건 이유를 알려주기는커녕 그녀와 대화조차 하지 않으려 했다. 마치 인터넷에 그녀의 범죄 동영상이 나돌고 그녀를 제외한 모두가 그걸 본 것만 같은 분위기였다.

졸업식 날이 최악이었다. 친구들은 모두 자기가 원하던 대학이나 적어도 2지망 대학에는 합격한 상태였고, 그녀의 부모님은 화가 난 상태였다. 딸아이가 은밀한 사생활 문제로 더 나은 학교에 진학하지 못한다고 믿어 의심치 않은 그들은 악의를 품고서 졸업식장에 나타났다.

푸른 가운과 금색 어깨띠의 바다에서 그렇게 그녀는 혼자 동떨어진 기분이었다. 부모님은 그녀와 딱 한 번 사진을 찍고 나서 그대로 가버렸다.

떠나는 부모님의 뒷모습을 우두커니 바라보던 중 크러처의 목소리가 들렸다.

"팰런. 졸업 축하한다."

팔꿈치에 가죽을 덧댄 그 촌스러운 트위드 재킷 차림의 그가 앞에 서 있었다. 당시 그녀는 모든 게 그 인간 탓인 줄은 꿈에도 몰랐다. 그녀에게 그는 그저 앞으로 두 번 다시 볼 일 없는 거만한 영문학 선생일 뿐이었다.

"고맙습니다, 크러처 쌤."

"1지망에 합격 못 했다는 얘긴 들었다."

그녀는 말없이 고개만 끄덕였다. 지원한 모든 대학에 합격하지 못했다는 얘기는 굳이 하지 않았다.

"다 잘될 거다. 이걸 계기로 넌 더 나은 사람이 될 거야."

"설마요."

"정말 그렇다니까. 두고 봐라." 그는 미소를 짓고는 다른 졸업생을 축하해주러 갔다.

팰런은 그 대화를 돌이키고 또 돌이키며 한없이 곱씹었다. 아직도 믿기지 않을 만큼 너무나 잔인한 말이었기 때문이다.

벨몬트로 돌아온 지금, 그녀는 오후 수업 시간 내내 교실에 앉아 대체교사보다도 더 주의 깊게 학생들을 살피고 있다. 개개인의 성격이 어찌나 쉽게 읽히는지 놀라울 지경이다. 부모님이 주립대 학생인 딸에게 용돈을 끊어버렸으므로 그녀는 아르바이트로 식당 종업원과 바텐더 일을 했다. 그렇게 서비스업에 종사한 경험이, 지나고 보니 꽤 쓸모가 있다.

마지막 교시가 끝나고 모두 떠난 뒤에도 그녀는 교실에 남아 소니아의 책상에 익숙해지려 해본다. 이 자리에 앉아서 보니 교실이 생소한 느낌이다. 여기서 10대 아이 수십 명의 눈길을 한꺼번에 받는 장면이 머릿속에 그려진다. 다들 그녀가 실수하기만 기다린다. 그녀를 놀릴 기회를 기다린다. 그녀의 약점을 잡아 자기들이 유리하게 써먹으려 한다.

그녀 자신이 예전에 그랬듯이.

쉬운 직업이 아니다. 몸담고 싶은 직업도 아니다. 여기가 아니라 대학원에 다니면서 석박사 학위를 따고 싶다. 그녀는 언제나 대학에서 학생들을 가르치고 싶었다.

날이 저문 뒤에야 차를 몰고 학교 정문을 나선다. 도로는 텅 비었고 기자들도 보이지 않는다. 팰런은 동네를 가로질러 쭉 달린다. 벨몬트에서 최대한 떨어지면서 카운티를 벗어나지 않는 데로. 부모님이 '이 지역의 망신, 모든 것의 망신'이라고 부르는 곳으로. 그녀의 부모는 생활비를 대주지 않는다. 아무것도 해주지 않는다.

그녀는 작은 부엌과 욕실이 딸린 옹색한 원룸에 산다. 살림살이라곤 에어 매트리스 하나, 여행 가방 하나, 전등 하나가 전부다. 이제 막 이사한 것처럼.

실은 이사한 지 한참 됐지만.

벽에는 사진 한 장 붙어 있지 않지만 그녀의 컴퓨터에 수많은 사진이 있다. 대부분 테디 사진이고 전부 별개의 폴더에 나눠서 저장돼 있다. 집. 학교. 모퉁이 단골 가게.

그녀는 꽤 오래전부터 그를 지켜보았다.

45

산 넘어 산이요 엎친 데 덮치기 마련이다. 현명한 테디는 이를 잘 안다. 그는 평생토록 좋은 날만 이어지거나 좋은 일만 있으리라 기대하지 않는다.

그래도 하루 이틀 정도는 애쓴 보람을 즐길 수 있다면 너무나도 좋을 텐데.

코트니를 구해내기 직전이다. 언론이 신나게 나팔을 불어대고 코트니의 비싼 변호사도 현 상황에 대한 답변을 요구하고 나서며 검경이 쌍으로 압박을 받고 있다. 조만간 기소를 철회할 것이다. 그럴 수밖에 없다. 공판 개시일을 단 며칠 남기고 여론이 뒤집혔다. 배심원단 후보들이 객관성을 잃었다. 담당 검사는 전의를 상실했을 것이다. 세상 어떤 검사가 어차피 질 사건에 아등바등하고 싶겠는가.

테디가 이렇게 만들었다. 코트니를 구해야 했기에 그 애를 구할 작전을 실행했다.

하지만 이걸 즐기게 됐냐고?

아니, 아니, 전혀 그렇지 않다.

오늘 밤 그는 우유를 마시고 뉴스를 보며 자신의 선행을 자축할 계획이었다.

다 틀어졌다.

지금 그는 TV 앞에 앉아 뉴스를 보고 있지만 조금도 즐겁지 않다. 유리잔에 따라놓은 우유는 여태 한 모금도 줄지 않았다. 이제 더는 차갑지도 않고.

팰런 때문에 다 틀어졌다. 하필 지금 그 녀석이 돌아왔기 때문에.

불과 몇 년 사이에 그녀는 부쩍 성숙해졌다. 좋은 쪽으로는 아니다. 사람에 따라 어쩔 수 없는 경우가 있다. 유전자가 그런 걸 어쩌겠나.

그녀를 마지막으로 본 때는 그녀가 벨몬트를 졸업한 다음 날이었다. 그는 헥터네 가게로 들어가는 참이었는데 그녀의 차가 근처 신호등 앞에 섰다. 새까만 메르세데스 SUV 운전석에서 팰런은 휴대폰으로 통화 중이었다. 다른 건 다 안중에 없다는 듯 요란하게 손짓을 해대며 오로지 통화에만 열중했다. 졸업식장에서 그녀가 얼마나 의기소침해 보였건 간에 그는 자기가 한 일을 후회하지 않았다. 팰런은 자아도취에 빠진 허영덩어리였다. 물정 모르는 철부지였다.

그녀는 아직도 그를 원망한다. 그간의 이메일만으로도 충분히 알 수 있지만 오늘 보여준 심통 난 반항아의 표정으로도 새삼 확인했다. 팰런은 조금도 변하지 않았다. 그동안 아무것도 깨우치지 못했다.

이런 학생들을 더 나은 인간이 되도록 가르치는 게 얼마나 어려운 일인지, 사람들은 모른다. 그가 이토록 애쓰고 애쓰고 또 애쓰는데도 때로는 소용이 없다.

그렇다고 포기한다는 뜻은 아니다. 그는 결코 포기하지 않는다. 다 그들을 위한 일이다.

►▷►▷

'돈으로 모든 걸 살 수는 없다.'

이 또한 워드 어록에 있는 말이며 역시나 진실이다. 잭이 아무리 많은 돈을 제안해도 교도관 케이는 두 번 다시 코트니를 만나게 해주지 않는다. 너무 많은 이목이 쏠린 인물이라는 것이다. 뉴스며 언론이며 줄줄이 코트니를 접견하러 오는 변호사들이며, 하루가 어떻게 지나가는지도 모를 지경이라고 한다. 그렇다, 케이는 돈이 궁하다. 하지만 그래서 더더욱 직장을 잃을 수 없다.

그는 다른 방법을 찾아야 한다. 언제나 길은 있다.

워드 어록의 또 다른 문장: '시멘트 벽에도 금은 있다.'

그는 케이를 설득해본다. "전화 한 통만요. 제가 교도관님 휴대폰으로 전화하면 잠깐 코트니를 바꿔주시는 방법은 어떨까요?"

그들은 그날 영업을 마친 은행 주차장에 있다. 잠복 경찰처럼 각자 차에서 내리지 않은 채 접선 중이다. 케이의 차는 80년대에 만들어진 게 아닌가 싶다. 잭의 차는 외관으로나 분위기로나 차주를 과시욕 넘치는 얼간이로 보이게 한다.

과시욕 넘치는 돈 많은 얼간이로.

그는 자동화기기에서 갓 뽑은 새 지폐 뭉치를 들어 보인다. "저번이랑 똑같이 쳐드릴게요. 이번엔 그저 통화 한 번이지만요."

케이 쪽은 조용하다. 나직이 틀어놓은 라디오에서 컨트리 음악이 흘러나올 뿐이다. 마침 좋아하는 곡이기도 하고 그녀의 침묵도 깰 겸 잭이 노래 얘기를 하려는 순간에 그녀가 말한다.

"새벽 1시 정각에 내가 전화하마. 행크 휴식 시간이야."

"딱 좋아요."

걸려오는 전화를 놓칠세라 그는 눈을 부릅뜨고 기다린다. 과제도 하고 뉴스와 소셜미디어를 뒤지기도 하면서 잠을 쫓는다. #살인고 메시지가 다시 몇 배로 불어났고 이제는 다들 코트니가 무고하다고 여기는 분위기다.

상상해보라.

하지만 상황이 이렇게 되고 보니, 애초에 코트니를 알지 못했다면 과연 그는 어떻게 생각했을지 의문이다. 그 애가 무고하다는 확신을 얻기 전까지는 유죄라고 믿었겠지. 그래, 아마 그랬을 것이고 그래서 실망스럽다. 언젠가 학교 상담사와 얘기할 맘이 생기면 이걸 얘기해봐야겠다. 몽롱하게 취했을 때 곰곰이 생각해보거나.

정확히 1시에 그의 휴대폰이 부르르 진동한다.

"여보세요?"

"8분 주마." 케이가 말한다.

잭이 대답하지만 이미 통화 상대가 바뀌었다.

"어이." 코트니는 졸린 목소리다.

"나야. 잘 지냈어?"

"B 쌤이 돌아가셨다니 믿을 수가 없어."

맞다. 그 일이 일어난 뒤로 코트니와 얘기할 기회가 없었다는 걸 깜빡했다. 기억이 되살아나자 슬픔이 밀려든다. "알아. 말도 안 되는 일이지." 그는 시계에서 눈을 떼지 않는다. 7분 남았다. "지금 바깥 분위기가 어떤지 들었어?"

"변호사가 얘기해줬어. 날 풀어줄 수밖에 없을 거라더라."

"당연히 그래야지."

"하지만 홍보대사 노릇도 괜찮은데 말이야. 이제 다시 한갓 평범한 애로 돌아가겠네."

잭은 빙그레 웃는다. 이제야 코트니답다. "그럼 다른 분야의 홍보대사가 되면 되지."

"어떤 분야?"

"글쎄다. 고등학교 신문 홍보대사를 하면 딱인데." 4분 남았다. "너 없는 사이에 내가 편집을 맡았는데, 이야, 진짜 무시무시하더라."

"네가 망쳐놨지, 엉? 내 소식지가 너 때문에 망했어, 맞지?"

"아마도?"

"찐따."

얘가 찐따라 불러주니 그렇게 반가울 수가 없다.

"야, 근데 정말 벨몬트로 돌아오려고? 그러니까, 여기서…… 로스 아줌마가 그렇게 됐는데?"

"아냐, 당연하지. 안 그럼 엄마가 어쩌다 그렇게 됐는지 무슨 수로 밝혀내겠어?"

1분 30초. "뭐 좀 물어봐도 돼? 이번 사건 말이야."

"물어봐."

"혹시 뭐였는지 넌 알아? 그러니까…… 두 분의 사인."

"응. 우리 변호사한테는 의무적으로 알려야 했나 봐. 대중에 공개하지 않을 뿐이지."

"정말 독극물이었어?"

코트니는 잠시 망설이다 답한다. "응. 그리고 저들은 내가 그걸 엄마 커피에 넣었을 거래."

46

팰런도 일찌감치 출근했지만 기자들을 앞서진 못했다. 이미 그들은 물론이고 커피와 빵을 파는 푸드 트럭도 학교 정문 밖에 와 있다. 그녀는 경비원 앞에서만 정차하고 신원을 밝힌다.

기자들은 그녀의 관심 밖이다. 재판도 그렇고. 살인 사건이 벌어진 건 물론 끔찍하다. 특히 소니아 벤저민은 좋은 선생이었는데. 팰런이 만난 최고의 선생까지는 아니어도 제자들을 존중하는 선생이었다. 테디가 저 잘난 맛에 사는 똥고집쟁이만 아니었다면 소니아에게 많은 것을 배울 수 있었을 텐데 말이다.

팰런의 차는 그녀가 사는 원룸만큼이나 허름하다. 아마 이 주차장에서 가장 구중중한 고물 차일 것이다. 하지만 그녀는 신경 쓰지 않는다. 자기가 시내 번화가의 중고물품점에서 산 옷을 입고 있는 것 또한 전혀 개의치 않는다. 어쩌면 이 학교의 어느 학부모가 기부한 치마와 블라우스일지도 모르지만.

상관없다.

경비업체 직원들이 아직도 학교 여기저기에 CCTV를 설치하고 있다. 이른 시각이라 그들 외에는 아무도 없다. 팰런은 주차를 하고 건물 안으로 들어가 교사 휴게실로 직행한다.

어제 이전까지 그녀는 그곳에 들어가본 적이 없었다. 학생들은 늘 교사 휴게실 내부가 어떤지 궁금해했고 메뉴판과 웨이터와 금박 두른 커피 병이 있는 고급 식당 같은 분위기를 상상했다.

아니다.

막상 그냥 휴게실이다. 다만 안락한 가구와 번듯한 취사 공간, 굉장히 다양한 커피가 있는 썩 괜찮은 휴게실이다. 진짜 컵과 접시가 있고, 값비싼 고급품은 아니지만 은식기류도 갖추었다. 벽에는 학교 설립자의 사진과 '교육은 자유로 통하는 열쇠'라고 적힌 액자가 나란히 걸려 있다.

팰런은 프라임 볼드를 내려 가지고 교실로 내려간다. 아직 조용한 틈을 타 오늘을 준비하려고 교사 책상에 앉는다.

소니아의 수업 계획서는 이미 세 번이나 검토했다. 이제 여기 와서 진짜로 교사 일을 하려고 보니 긴장감이 밀려온다. 가르치기란 것을 어떻게 하는지 그녀는 전혀 알지 못한다.

"좋은 아침입니다."

교장이 양손에 각각 서류 가방과 트래블 머그를 들고 문가에 서 있다. 팰런은 약간 어리둥절하다. 초기 면접 때 그를 보기는 했지만 대화다운 대화를 나눈 적은 없다.

그녀는 일어나 인사한다. "안녕하세요. 깜짝 방문이시네요."

그는 살짝 웃는다. "누가 나보다 먼저 출근하는 경우가 드물거든. 여기 계신 걸 보니 인사를 해야겠더라고요. 돌아온 걸 환영합니다."

"반겨주셔서 감사합니다."

"상황이 아주 완벽하지는 않지요, 물론." 교장은 숨을 들이쉬며 복도 쪽으로 눈길을 돌린다. "그래도 예전 우리 학생을 교사로 다시 맞이하는 건 언제나 기쁩니다. 우리에겐 벨몬트 출신이 대체로 최우수 교사니까요."

그런 말을 들으니 그녀는 더더욱 긴장된다.

아무래도 실수한 것 같다.

교사 일을 자원했을 때는 까짓것 하고 쉽게 생각했다. 막상 이렇게 교실에 앉아서 다시 생각하니 전혀 쉽게 여겨지지 않는다.

이 동네로 돌아온 것도 쉬운 일은 아녔다. 우선 달리 갈 데가 없었다. 다른 어디에서도 그녀를 교사로 받아줄 리 없었다. 그녀의 말을 곧이곧대로 믿어줄 곳은 여기뿐이다. 그녀는 벨몬트 가족의 일원이니까.

테디에게 보낸 이메일 내용이나 학교에 얘기한 것과는 달리 팰런은 대학을 졸업하지 못했다.

▶ ▷ ▶ ▷

오후 2시 정각. 학교로 운전해 가는 길에 테디가 틀어놓은 라디오에서, 오후 2시 정각에 지방 검사가 기자회견을 연다는 소식부터 전한다.

참 애매한 시간으로 잘도 잡았다. 점심시간과 저녁 뉴스 시간 한 중간에 놓인 때로.

보나 마나 나쁜 소식일 테지만 코트니에게는 아니다. 담당 검사에게나 그렇지.

벨몬트로 가는 내내 테디의 얼굴에선 미소가 떠나지 않고 도착해서도 마찬가지다. 그러다 문득 팰런이 생각난다.

하나를 해결하면 꼭 또 다른 문제가 생긴다.

그는 교사 휴게실에 들르지 않고 곧장 교실로 간다. 팰런은 급한 문젯거리가 아니다. 당장은 수업 준비를 해야 한다. 그녀가 돌아와 골치가 아픈 와중에도 지난밤 그는 학생들을 위한 기똥찬 아이디어를 떠올렸다.

범죄 용의자로 억울하게 몰린 인물에 대한 책을 읽히기에 이보다 더 완벽한 때가 있을까.

2학년생들에게 읽힐 책은 고전소설 『죽음 앞의 교훈』이다. 하지만 1학년 아이들을 위해서는 말하자면 특별식을 준비했다. 그는 어지간하면 수업에서 현대소설을 다루지 않는다. 읽어야 할 고전소설이 워낙 많아서다. 졸업하고 나서도 진짜 고전문학을 읽는 학생이 몇 명이나 되겠는가? 많지 않을 것이다. 다들 돈 벌기 바쁠 테지.

그럼에도 지난밤 그는 현대소설을 제자들에게 읽히기로 마음먹었다. 이언 매큐언의 『속죄』가 다음 책이다. 배경이 제2차 세계대전이라는 게 약간 함정이지만 21세기에 쓰인 소설로서는 최초로 그의 수업에 등장하게 되었다.

다 코트니가 돌아올 것을 예견하고 결정한 일이다.

어쨌든 그 애가 벨몬트로 돌아오면 좋겠다. 학교에 드리운 먹구름을 어느 정도 걷어낼 희소식이 될 것이다.

교실 문은 닫혀 있지만 복도에 모이기 시작한 학생들 소리가 들린다. 익숙한 기대감이 스멀스멀 피어오른다. 어떤 수업이나 과제를 앞두고 기분 좋게 흥분했을 때의 느낌이다. 학생들은 교사의 그런 면을 모른다. 교사도 행복해하는 제자들 모습을 보는 게 '좋을' 때가 있는데 말이다.

적어도 테디는 그런 교사다. 언젠가 아이들에게 제대로 말해줘야겠다. 연례 추념식 연설 중에 해도 괜찮겠고. 언제가 될지 모르지만 추념식이 아직 취소된 건 아니다.

하기야 그는 '올해의 교사'이므로 졸업식에서도 연설을 하게 될 것이다. 교사라는 직업의 진면모를 학생들에게 알려주기에 알맞은 기회일 듯싶다. 그래, 그때가 좋겠다. 이 자리의 이점을 써먹을 수 있는 기간은 단 1년뿐이니까. 물론 중앙 복도 명판에 그의 이름이 새겨질 테지만. '올해의 교사'라는 지위는 사실상 영원하다.

공식적인 1년이 지난 뒤에도 그의 이름은 명판에 길이길이 남을 것이다. 그가 최고라는 사실을 모두에게 알리는 호칭과 함께.

그는 벽에 걸린 상패를 보려고 컴퓨터에서 눈을 뗀다. '올해의 교사'란 글자와 그의 이름, 그와 교장이 함께 찍은 사진이 박힌 실로 아름다운 상패다. 때로 그는 상패를 그저 바라보며, 저 명예로운 이름을 얻기 위해 얼마나 많은 시간과 공을 들였는지 떠올리고는 한다. 각종 모금 행사와 연회에 참석해 이사회 위원들과 대화하며 자신이 벨몬트 최고의 교사임을 입증해냈다.

그러나 오늘은 그런 상념에 빠져들 수 없다.

그의 '올해의 교사' 상패가 사라졌다.

47

테디가 교장과 독대할 일은 별로 없다. 그런 유의 만남은 대개 승진이나 해고 또는 학생과의 심각한 분쟁 중재를 위한 것이다. 올해의 교사 상패를 도난당한 일은 당연히 교장실로 직행할 만한 중대 사안이다.

하지만 우선 마샤 씨를 통과해야 한다. 교장의 충직한 경비견.

오늘 그는 대기 2번이다. 그보다 먼저 온 젊은 여자는 실수로 보안카드를 세탁기에 넣어버려서 새로 발급받아야 하는 사무 보조원이다.

그는 한숨 짓지 않으려 무진 애를 쓰며 초조하게 기다린다. 드디어 마샤 씨가 그를 부른다.

"테디 선생님." 안경 너머로 그를 올려다보며 그녀가 인사조로 말한다. 그녀는 늘 진주 안경 줄을 목에 걸고 다니다 필요할 때마다 안경을 쓴다.

"안녕하세요, 마샤 씨. 교장 선생님을 좀 뵀으면 합니다."

"지금 회의 중이세요. 만나실 수 없어요."

"아니, 이게 얼마나 중대한 사안인지 모르시는 것 같은데……."

"제가 아는 건 1교시 시작종이 5분 후에 울리고 선생님은 수업이 있다는 겁니다." 그녀는 그를 외면하고 다시 컴퓨터 모니터를 본다. "휴식 시간에 다시 오시지요. 그때 들어가실 수 있게 짬을 내볼게요."

테디는 불끈 주먹을 쥔다. "마샤 씨, 절도 사건입니다. 제발요, 벨몬트에 도둑이 있다고요."

그녀는 연필 선처럼 가느다란 눈썹 한쪽을 치켜올린다. "절도요? 뭐가 없어졌는데요?"

"제 올해의 교사 상패요." 그는 두 손을 쳐든다. "어제만 해도 교실 벽에 있었는데 오늘 아침에 와보니 없어요."

마샤 씨는 그다지 충격받지 않은 모습이다. "거참 이상한 일이군요."

"용납할 수 없는 일이지요."

"아니에요, 테디 선생님. 살인 사건이 용납할 수 없는 일이죠. 선생님 상패가 사라진 건 불편한 일이고요." 그녀는 일어서서 헤링본 치마를 당겨 편다. "조한테 확인해보세요. 밤에 청소하시잖아요. 뭔가 보셨을지도 몰라요."

그녀는 그대로 그를 지나쳐 나가버린다.

테디의 요청은 묵살당했다.

그가 묵살당했다.

조를 찾아볼 겨를도 없이 첫 수업 종이 울리니 당장은 어쩔 도리가 없다. 그는 서둘러 교실로 돌아간다. 안으로 들어서자마자 벽을 본다.

역시 없다.

뒤이어 학생들이 우르르 들어와 휴대폰을 보관함에 넣고 각자 자리에 앉는다. 이제 테디는 그들에게 아량을 베풀 마음이 없다. 누구라도 범인일 수 있다. 학생이라고 예외는 아니다. 벨몬트 학생들은 그저 재미 삼아 물건을 훔칠 그런 부류다. 뭐가 필요해서 훔치지는 않는다.

그들은 특별식을 받을 자격이 없다. 오늘은 아니다.

그는 노트북을 탁 덮는다. "시작하자. 다음 과제를 정할 시간이지? 이번엔 무슨 책을 읽어볼까 오랫동안 열심히 생각해봤는데, 다들 지금까지 아주 잘 따라와준 만큼 이제는 좀 더 어려운 책에 도전해봐도 좋겠다 싶다." 그는 제자들에게 회심의 미소를 날린다. "그래서 이번엔 너희에게 단테의『신곡』을 읽히기로 했다. 세 편 전부."

아이들이 앓는다. 볼멘소리가 여기저기서 들린다.

좋다.

▶ ▷ ▶

오전 휴식 시간, 마샤 씨는 자리에 없다. 테디는 교장실 문을 직접 두드릴 참이다. 거의 두드릴 뻔한다. 전례가 없는 일인 데다 벨몬트 관례에도 어긋난다. 하지만 그에겐 그런 관례를 깨뜨려도 무방

한, 정당한 사유가 있다. 젠장, 이걸로 안 된다면 달리 무엇이 된단 말인가?

살인. 뭐든지 그놈의 망할 살인 사건으로 귀결된다. 도무지 벗어날 수 없는 올가미 같다.

그는 조를 찾아 나선다. 관리실─적절한 명칭인지는 모르겠지만─은 너무 멀어서 거기까지 걸어가기만 해도 제법 지친다. 어쩌면 조는 감시 카메라가 실제로 작동하는지 알지도 모른다. 아직 설치가 전부 완료된 것은 아니라 가능성은 희박하지만. 그래도 도둑이 카메라에 잡혔다면 진짜 좋을 텐데.

테디는 관리실 문을 두드린다. 조는 늙었다. 아마 마샤 씨만큼 늙었을 거다. 그래서 예전보다 움직임이 굼뜨다. 4분 예비 종이 울리기 전까지 그가 문에 닿을 수 있으면 좋겠다.

기다리는 동안 테디는 오후에 열릴 기자회견에 관한 뉴스를 휴대폰으로 찾아본다.

놀랄 만큼 힘차게 문이 열린다. 가슴 주머니에 벨몬트 문장이 박힌 푸른색 제복 차림의 조가 나타난다. 그는 대머리에 가깝다. 흰 머리털 몇 가닥만 가까스로 붙어 있다. 과연 조는 평생을 육체노동자로 살아온 사람으로 보인다.

"아. 선생님이셨군요."

인사인지 아닌지 모를 그의 말에 테디는 약간 흠칫한다. "안녕하세요, 조."

조가 끄덕인다.

"어젯밤 일에 대해 여쭐 게 있어서요. 혹시 제 교실도 치우셨습니까? 쓰레기통을 비운다거나 뭐 그런 거요."

또 끄덕끄덕.

"제 상패가 없어졌습니다. 올해의 교사 상패가 벽에 걸려 있었는데 지금은 사라졌어요."

아무 반응이 없다. 놀라거나 기겁하거나 하다못해 뜨악할 수도 있는데 조의 표정은 마냥 태연하다. 가는귀먹은 노인네라 그의 말이 안 들린다는 듯이.

"혹시 어젯밤……."

"들었어요. 난 아무것도 몰라요."

"청소하러 들어가셨을 때 교실 벽에 상패가 있었는지 혹시 기억하시나요?"

"아뇨."

"그렇군요. CCTV가 혹시 작동하나요? 누가 상패를 가져갔다면……."

"아뇨."

그렇군. 알 만하다. 소니아 일로 경찰과 얘기할 때 그가 조를 언급했다 이거지. 그렇다, 그는 경찰에게 조가 소니아를 좋아하지 않았을 거라고 얘기했다. 소니아가 자길 제대로 대우해주지 않아 못마땅했을 거라고. 그러고서 그는 익명의 이메일 제보도 했다. 경찰이 그것까지 파악해낸 것 같지는 않지만.

그게 다 무슨 상관인가. 이전까지 그는 조를 나쁘게 대한 적이 없다. 그리고 솔직히 충격이다. 학교 관리인이란 사람이 어쩜 이렇게 무심할 수 있나.

"그럼…… 이 일을 어떻게 해결하면 좋을지 조언을 부탁드려도 될까요? 세상에, 교내에 절도 사건이 웬 말입니까."

그제야 처음으로 조의 표정이 바뀐다. 커피에 찌들어 누레진 이가 몽땅 드러나도록 째지게 웃는다. "쓰레기 수거장은 살펴보셨어요? 쓰레기 뒤지는 걸 얼마나 좋아하시는지 제가 좀 압니다만."

.

48

오늘따라 크러처 기분이 거지같은가 보다. 그거야 새삼스럽지도 않지만 오늘따라 평소 잭을 대하는 식으로 다른 모든 애들한테까지 심술을 부린다.

『신곡』이라니. 잭은 안다. 이건 벌이다. 어쩌면 비난일 수도 있고. 그는 모두를 싫어하니 말이다.

크러처가 말한다. "『신곡』을 읽고 과제를 제출하기까지 총 4주를 주기로 했다. 다시 말해 첫 편인 「지옥」을 다음 주까지 읽어야 한다는 얘기다. 특히 누가 어느 지옥에 왜 빠지는지에 유의하도록. 예컨대 위선자나 도둑의 최후가 어떤지."

그래, 알겠다. 어쩌면 그뿐인지도 모르겠다. 크러처는 자기가 신인 줄 아는 거다. 사람들을 벌하는 것이 자신의 업인 줄 아는 거다.

점심시간에 잭은 구내식당에서 먹는다. 도시락은 싸 오지 않는다. 아무도 안 그런다. 점심시간 중간에 잭의 휴대폰이 울린다. 모두

의 휴대폰이 울린다. 모두 같은 뉴스 알림이다.

속보

지방 검사, 오늘 오후 기자회견 전격 취소

"오늘 코트니가 풀려나는 줄 알았는데." 루커스가 말한다.

"나도." 잭은 기사를 전부 읽어보지만 지금까지 알려진 정보 말고는 아무 내용도 없다. "이상한데."

코트니의 친구인 다리아가 다가온다. "이거 봤어?"라며 자기 휴대폰을 들이민다.

"봤어." 잭이 답한다.

다리아가 말한다. "엊저녁에 걔 아버지랑 통화했을 때는 오늘 기소가 취하될 거라셨단 말이야."

"오늘은 아직 한참 남았잖아."

다리아는 미간을 모으고 휴대폰을 들여다본다. 백금발에 피부도 새하얀 여자애. 새빨간 립스틱이 그 애의 트레이드마크다. "그렇긴 하지. 근데 뭔가 찜찜해."

그러고서 다리아는 다른 아이들한테로 간다.

잭도 찜찜하긴 마찬가지다. 케이한테 문자를 보내볼까 하는 생각도 들지만 일개 교도관이 검찰청 사정을 알 리가 없지 싶다.

오후 내내 그는 틈나는 대로 뉴스를 확인한다. 다른 발표는 없다. 기자회견도 없고 코트니에 대한 언급도 없다. 아까의 속보는 오보 아니었을까. 처음 있는 일도 아니고.

271

그날 마지막 수업을 마치고 나올 때까지도 새로운 소식은 없다. 아예 무소식이다. 루커스가 문자로 자기네 집에 갈 거냐고 묻는다. 한 대 피우겠냐는 뜻이다. 잭은 복도에 선 채로, 집에 가서 『신곡』 읽기를 시작할지 루커스네로 갈지 갈등한다.

"잭."

눈을 드니 마샤 씨가 앞에 있다. 그녀를 보면 항상 할머니가 생각난다. 본인이 이르는 대로 하게 만드는 말투가 특히. "안녕하세요, 마샤 씨."

"잠깐 좀 따라오겠니?" 당연히 따라올 것을 안다는 듯 그녀는 앞장서 걸어간다.

그는 따라간다.

그녀는 교실들에서 멀어지는 방향으로 걸어 모퉁이를 돌고, 그쪽 복도에서도 맨 끝에 있는 문 앞에서야 멈춘다. 그리고 노크도 없이 문을 연다.

창문 하나 없는 비좁은 공간에 철제 책상 하나와 의자 몇 개가 놓여 있다. 청소도구 따위를 보관하는 창고를 사무실로 용도 변경한 모양새다. 책상 한쪽에 잭이 처음 보는 사람 둘이 나란히 앉아 있다. 둘 다 벨몬트 교직원은 아닌 것 같다.

마샤 씨가 말한다. "테이트 형사님, 올리버 형사님이시다. 벤저민 선생님 일로 너한테 몇 가지 질문을 하실 거야."

잭은 그 둘을 번갈아 보고서 또 마샤 씨를 본다.

"부모님 중 한 분이 동석하시는 편이 나을 것 같거든 내가 연락드리마. 네가 정하렴."

으악, 세상이 무너진대도 싫습니다요. 부모님을 모셔오느니 혼자서 형사님 백 명을 상대하렵니다. "아니에요. 전 괜찮아요."

그녀는 끄덕하고 문을 닫는다. 잭은 자기 이름을 대고 두 형사와 악수한 뒤 의자에 앉는다.

둘 중 더 나이 들어 보이는 쪽인 테이트가 말한다. "조사에 응해 줘서 고맙다." 영화에서 흔히 보는 반백의 형사 인상을 풍긴다.

영화 생각을 하다 보니, 이런 자리에서는 변호사 없이 말하면 안 된다는 사실이 떠오른다. 엄마도 귀에 못이 박히도록 강조했다. 말하자면 엄마 판 '워드 어록'이다. 잭은 조심스레 떠본다. "마샤 씨 말씀으론 벤저민 쌤 일이라시던데……?"

올리버가 답한다. "그래, 맞아." 테이트만큼 늙어 보이거나 머리가 세지는 않았지만 역시 어지간히 나이 들어 보인다. "네가 학교 소식지 편집자라며? 벤저민 선생님은 자문 교사였고."

잭은 끄덕인다. 코트니 후임이라고 얘기하려다가, 쓸데없이 과한 정보라는 생각에 그냥 침묵한다.

"벤저민 선생님을 얼마나 잘 알았니?" 테이트가 묻는다.

"보통 쌤들에 대해 아는 만큼요." 잭이 어깨를 으쓱하며 말한다.

올리버가 수첩에 그 내용을 적는다.

"네가 보기에 벤저민 선생님은 어떤 분이셨니?" 테이트가 심드렁하게 묻는다.

"훌륭한 교사셨죠. 선생님께 배운 게 많아요."

"이를테면 어떤 걸 배웠을까?"

잭은 속으로 탄식한다. 너무 솔직히 답했다. 엄마가 알면 실망하

273

시겠다. "기사 배치하는 법, 레이아웃에 맞게 기사 고치는 법, 뭐 그런 거요."

테이트는 끄덕인다. 올리버는 적는다.

이게 다 뭐냐고, 코트니는 어떻게 되는 거냐고 묻고 싶지만 잭은 그렇게 어리석지 않다.

"선생님이 돌아가신 날 그분을 봤니?" 테이트가 묻는다.

"예. 학교에서 봤어요."

"언제였는지 기억하니?"

물론 기억한다. 점심시간에 《뷰글》 편집실에서 B 쌤을 만나 소식지에 대해 의논했다. "복도에서 마주쳤거나 《뷰글》 편집실에서 만났거나 둘 중 하나였을 거예요. 둘 다일 수도 있고."

"하지만 그날 말이다, 그날 언제였는지 기억하냐고."

"잘 모르겠어요. 매일같이 만났으니까요."

올리버가 그것도 적는다.

"벤저민 선생님을 좋아하지 않았던 사람이 있을까?"

테이트의 이번 질문은 잭으로선 뜻밖이다. 하지만 놀랄 것 없다. 어쨌거나 B 쌤은 살해당했으니까. "제가 알기론 없어요."

"누가 그분 험담하는 걸 들은 적도 없고?"

"저한테 그런 얘길 한 사람은 없어요."

올리버는 계속 적는다.

"좋아. 이제 다 된 것 같다. 질문에 답해줘서 고맙다."

"별말씀을요." 잭은 일어나 둘 다와 악수한 다음 가방을 어깨에 걸머진다. 그가 몸을 돌려 문을 열려는 순간, 돌연 테이트가 TV 속

형사처럼 반전을 꾀한다.

"잠깐, 미안하지만 딱 하나만 더 물어보자."

잭은 뒤돌아본다. "네?"

"너, 카운티 공무원에게 뇌물을 주고 코트니 로스를 접견했지?"

49

팰런은 오늘 테디를 한 번도 못 봤다. 복도에서 우연히 마주치게 되지도 않았다. 분명 그가 그녀를 피하는 것이다.

뿌듯하다.

벨몬트에서 일하기 전까지 그녀는 쭉 그의 뒤를 밟았다. 테디는 딱히 뭘 하지 않는다. 외식도 하지 않고 술 마시러 나가지도 않고 심지어 영화관에도 가지 않는다. 지난 몇 달간 그가 한 흥미로운 행동이라곤 뒤뜰을 치운 것뿐이다. 그때만 빼고는 언제나 그 낡아빠진 집 안에 틀어박혀 지냈다. 아마 제자들 삶을 망칠 새로운 방법을 연구하는 데 몰두했을 테지.

이제는 그 인간도 그녀가 한동네에 산다는 걸 알기 때문에 그를 몰래 감시하기가 한층 어려워졌다. 그녀가 창의력을 좀 더 발휘해야 한다.

다행히도 지금은 21세기다. 실리콘밸리의 천재들이 사생활 침해를 위한 기술을 개발해냈다. 테디는 자기 집 우편함 바로 옆에 '몰카'가 설치돼 있다는 걸 알지 못한다. 몰카 가까이로 차를 몰고 지나가는 척하며 데이터를 다운로드하기만 하면 되는데, 그가 언제 집에 있고 언제 집에 없는지 그녀는 훤히 꿰고 있다. 몇 주 간격으로 그곳에 들러 새 배터리를 장착한 카메라로 바꿔치기한다.

문제는 돈이 많이 든다는 것이다. 돌아온 뒤로 신용카드 빚이 급격히 늘었다. 남의 삶을 망치는 일은 거저 되는 게 아니다.

제자들이 읽고 있는 책을 한 번씩 다 재독해야겠다고 다짐하면서 그녀는 짐을 챙겨 교실을 나선다. 학교 일과는 끝났지만 학생도 교사도 아직 학교에 있다. 일부는 복도에 있고 일부는 운동부 연습 중이고 또 몇 사람이 정문 근처에 모여 있다. 대개 행정실 사람들이고 마샤 씨도 있는데 다들 주차장을 내다보고 있다.

"뭘 그렇게들 보시는 거예요?" 팰런이 다가가 묻는다.

행정 직원이 답한다. "잭 워드가 체포됐어요."

팰런은 잭 워드가 누군지 모른다. 밖을 보니 경찰이 한 청년—학생—을 경찰차에 태우고 있다.

마샤 씨는 전화기를 귀에 대고 입을 가린 채 딴 사람이 못 듣도록 속삭이며 통화 중이다.

"어쩜 세상에." 팰런은 짐짓 다른 사람들만큼 걱정하는 것처럼 들리도록 말한다. "무슨 일로 저렇게 됐대요?"

아무도 모르는 것 같다.

"살인 사건하곤 무관했으면 좋겠네요." 누군가 말한다.

행정실 직원이 도리질을 한다. "잭이? 오, 아냐. 말도 안 돼."

"아직 아무것도 몰라요." 통화를 마친 마샤 씨가 이른다. "무슨 일인지 전혀 모르는 상태로 괜한 소문이 퍼지지 않게 주의합시다." 그녀는 모두에게 엄한 눈빛을 쏘고는 자리를 뜬다.

어떤 소문이든 생기기 전에 팰런도 그곳을 벗어난다. 빌몬트 같은 학교에서는 평판이 빠르게 쌓이기 마련이고 그녀는 절대 소문의 진원지로 알려지고 싶지 않다.

'닥치고 웃어라.'

그것이 빌몬트 아이들의 생존 전략이다. 이곳으로 돌아왔으니 그녀도 똑같이 그리해야 한다. 그녀가 집중할 유일한 일이란 몰카 데이터를 모아서 들여다보고 연구하여 다음 행동을 계획하는 것이다.

첫 번째 행동은 여기로 돌아오기도 전인 몇 달 전에 해치웠다. 1단계는 그의 결혼 생활을 파탄 내는 것이었다.

그건 거의 너무하다 싶도록 쉬웠다.

▶ ▷ ▶ ▷

잭은 경찰서 취조실에 혼자 앉아 있다. 이미 조서에 올랐고 지문도 채취당했다. 그러고서 경찰은 이제 그를 어찌해야 할지 모르는 눈치다. 코트니가 있는 구치소로 보낼 수도 없고 유치장은 꽉 찼다. 대개 기자들이다. 개중 상당수가 무단침입으로 잡혀 왔다. 여기는 사람이 정말 많다.

사람이 많아서 그나마 괜찮다. 잭은 이토록 무서웠던 적이 없다.

17년 평생을, 사고 치지 말란 소리를 듣고 살았다.

278

17년 평생을, 그것을 머리에 새기며 살았다.

"단 한 번의 그릇된 판단이 모든 것을 바꾼다."라고 아빠는 누누이 말한다. 아빠가 예로 드는 건 음주 운전이지만 아마 교도관 매수에도 적용되는 말일 거다.

잭은 결국 사고를, 그것도 대형 사고를 쳤다. 모든 것을 바꿀 만큼 큰 잘못을 저질렀다. 지금 그가 할 수 있는 일이라곤 엄마가 오길 기다리는 것뿐이다.

이윽고 엄마가 온다. 저쪽에서부터 호통치는 목소리가 들린다.

"감히 내 허락도 없이 내 아들을 신문하다니……."

목소리가 점점 커지더니 문이 벌컥 열린다. 엄마가 서 있다. 엄마의 분노와 근심과 혼란이 잭에게도 고스란히 전해진다. 복잡하게 뒤섞인 감정이 순식간에 밀려 들어온다.

실망도 포함해서.

엄마가 와락 달려온다. "괜찮아?"

그는 끄덕인다.

엄마는 고개를 홱 돌려 테이트와 올리버를 노려본다. "누구든 이게 무슨 일인지 제대로 설명해야 할 거예요."

테이트가 답한다. "아드님이 공무원을 매수한 혐의로 체포됐습니다."

"터무니없는 혐의로군요."

테이트는 대꾸하지 않는다.

"엄마."

"넌 가만있어." 엄마는 아들을 보지도 않는다. 심호흡을 하고 어

279

깨를 쫙 펴며 엄마에서 변호사로 변한다. 그리고 형사들에게 말한다. "밖에서 얘기하시죠."

잭은 다시 혼자 남는다. 휴대폰도 없다. 창문도 없다. 자신이 얼마나 한심한지 생각하는 것 말고는 아무것도 할 게 없다.

이후로 몇 시간이 흐리멍덩하게 흐른다. 조사실 밖으로 불려 나온 그에게 다시 한번 엄마는 가만히 있으라고 이른다. 그가 판사 앞에 서고 판사는 그의 죄명을 읊고서 보석을 허가한다. 잭의 귀에는 거의 아무 소리도 들리지 않는다. 그는 이미 이다음을 생각하는 중이다. 벨몬트 같은 학교가 공무원 매수라는 중죄를 저지른 학생에게 과연 어떤 처분을 내릴까.

곱게 끝날 리 없다.

보석금을 내고 경찰서에서 나온 뒤가 더 심란하다. 경찰서 앞에서 아빠가 그를 기다리고 있다.

"대체 무슨 짓을 한 거냐?" 아빠가 다그친다.

엄마가 나선다. "여기서 말고. 집에 가서 해."

잭은 그나마 덜 화나 보이는 엄마 차를 타기로 한다. 차 안에서 엄마는 자기 로펌의 누군가와 얘기하거나 형사 사건 변호사들에 대해 여기저기 묻거나 하며 쉴 새 없이 통화만 한다.

잭은 점점 더 불안해져 속이 뻐근할 지경이다.

엄마는 집 진입로에 들어서서야 통화를 마치고 그에게 말한다. "네가 무슨 짓을 저질렀는지 알기나 해?"

"난 그냥……."

"입. 다물어."

더는 한마디도 할 수 없다. 그의 입장에서 해명할 수도 없다. 하다못해 루커스에게 문자를 보낼 수도 없다. 엄마가 휴대폰을 압수했기 때문이다. 가끔은, 엄마가 변호사인 게 정말 싫다.

아빠는 차에서 내리기도 전부터 고함을 치지만 엄마가 막는다.

"들어가서 해."

들어가자마자 잭은 방으로 쫓겨 올라간다. 휴대폰에 이어 노트북과 태블릿까지 빼앗긴다. 아무하고도 소통할 수 없도록. 심지어 부모님과도 말할 수 없다. 형사 사건 전문 변호사가 올 때까지 대화는 일절 금지다.

그때까지는 침대에 누워 천장만 멀뚱멀뚱 쳐다본다. 그가 다 망쳤다. 한순간의 실수, 그릇된 판단이 그의 인생 경로를 바꿔버렸다.

아빠 말이 맞았다. 항상 그랬던 것 같다. 잭이 무시해 마지않았던 워드 어록은 어쩌면 쓸데없는 개똥철학이 아닌가 보다.

아직 고등학교를 졸업하기도 전인데 그는 벌써 인생을 되돌리고 싶다.

50

방과 후에 테디는 모두 나가길 기다리며 오랫동안 교실에 앉아 있다. 결국 교장을 만나지 못했다. 공식 사건 보고서를 작성해 마샤 씨에게 제출한 것이 그가 할 수 있는 최선이었는데 아직까지 응답이 없다.

테디는 일한다. 아니, 일하는 척한다. 머릿속엔 온통 상패 생각뿐이다.

상패와 조. 그리고 쓰레기 수거장.

그는 늘 조에게 마뜩잖은 구석이 있다고 여겼다. 조는 너무 오래 전부터 이 학교에 있었다. 너무 많이 알고 너무 많이 본다. 이를테면 쓰레기 수거장 장면 같은 것까지. 학교 일이라면 모르는 게 거의 없는 마샤 씨조차 그 노인네만큼 알지는 못한다.

조를 모함하기로 한 건 마땅한 선택이었다. 쓰레기 더미를 뒤지다 조에게 들키지 않았다면 사정이 달라졌을지도 모른다.

상패가 쓰레기 수거장에 있을까? 정말 조가 거기다 갖다놓았을까? 한편으로는 굳이 거기로 나가 또 쓰레기 더미를 뒤적거린다면 꼴이 얼마나 우습겠나 하는 생각이 든다. 다른 한편으론 그래도 확인해봐야 한다고 생각한다. 결국 테디가 일어나 밖으로 나서자, 조금씩 눈이 날리기 시작한다. 저물녘이라 모든 게 잿빛으로 보인다. 적절하다. 테디의 기분이 그러하니까.

발이 쭉 미끄러진다. 욕이 절로 나온다. 그는 몸을 일으키며 바지에 묻은 눈과 흙을 털어낸다.

대형 쓰레기 수거함 뚜껑을 열자 그 위에 쌓였던 눈이 뒤쪽으로 떨어져 그의 발치에 다시 쌓인다. 그는 눈 더미를 콱 밟는다. 또 욕지거리를 한다.

전부 조를 겨냥한 욕이다.

플라스틱 상자 하나를 수거함 앞에 옮겨다 놓고 밟고 오른다. 지난번과 똑같이 참기 힘든 악취가 코를 찌르지만 테디는 그래도 참아내며 안을 뒤적인다. 구역질이 몇 번 나고, 잠깐 쉬기 위해 몇 차례 내려온다. 지난번보다 오래 걸리는 것 같다. 어둠이 내려앉아 이제는 보안등 불빛에만 의존해야 한다. 장갑을 꼈는데도 손이 곱아든다. 그렇지만 그는 수거함 안을 샅샅이 뒤진다.

상패는 없다.

► ▷ ► ▷

이지키얼 T. 피셔는 거인이다. 어쨌든 소파에 앉아 그를 올려다

보는 잭의 눈에는 그렇게 보인다. 잭의 변호사는 마치 정장 입은 풋볼 선수 같다.

잭은 아직도 입 한번 떼지 못했지만 적어도 변호사의 말을 듣는 것은 허용되었다.

날이 저물었고 저녁 먹을 시간도 한참 지났지만 잭은 여태껏 굶었다. 내내 방에 갇혀 있다가 불려 내려오니 배가 꼬르륵거린다. 마지막으로 배 속에 넣은 것은 몇 시간 전에 먹은 단백질 바 하나였다.

"담당 검사와 얘길 해봤습니다." 이지키얼은 한 손에 커피잔을 든 채로 난롯가에 서 있다. 엄마와 아빠도 앉지 않고 그의 양옆을 지킨다. 잭은 어른들을 올려다봐야만 하는 꼬맹이가 된 기분이다. 이지키얼이 말한다. "그 교도관이 전부 털어놨대요. 잭이 발신자로 찍힌 통화 기록까지 보여줬고요."

케이. 그 아줌마가 덜미를 잡힌 거다. 그게 아니고서는 도무지 설명이 안 된다. 케이와 잭은 우호적인 관계였다. 잡히기 전까지는.

이지키얼이 이어 말한다. "하지만 이건 뇌물 사건이 아니에요."

"네, 알아요." 엄마가 말한다.

"아니 왜……."

잭이 입을 열자 엄마가 손을 들어 막는다.

엄마는 이지키얼에게 말한다. "그들은 잭이 왜 그렇게까지 코트니를 만나려고 했는지를 알고 싶어 해요. 교도관을 매수하면서까지 걜 만나려고 한 이유요."

이지키얼은 달팽이처럼 느릿느릿, 그 커다란 머리를 주억인다. "그러니까요. 단순히 이유만 알고자 하는 게 아니고요. 솔직히 그들을 탓할 수는 없어요. 아무래도 시기가…… 의심스럽긴 하니까요. 그나마 좋게 말해서요."

엄마는 끄덕인다. 아빠는 잭만큼이나 혼란스러운 표정이다.

"거래하길 원하던데요." 엄마가 말한다.

"거래 얘기를 해보고 싶은 겁니다. 상황에 달렸어요. 정황상 좋아 보이진 않으니까요."

엄마는 변호사를 쳐다보더니 이내 끄덕인다. "예. 안 좋죠."

"그렇지만 단순히 정황이 좋지 않다고 해서 누군가를 살인죄로 체포할 수는 없어요." 이지키얼의 말이다.

잭이 놀라 외친다. "살인죄요?"

"맙소사." 아빠도 놀란 듯 이지키얼과 잭과 엄마를 차례로 쳐다본다. "그러니까 지금 저쪽에선 앨……."

엄마가 말한다. "그래. 당신이 생각하는 그거 맞아."

아빠는 입을 떡 벌린 채 의자에 털썩 앉아 초점 없이 허공을 응시한다.

마침내 이지키얼이 의뢰인을 돌아본다. "잭, 지금 무슨 상황인지 알겠니?"

잭은 입을 열기도 겁이 나서 고개만 흔든다.

"넌 코트니를 만나기 위해 교도관을 매수했어." 그는 손을 들어 지레 막는 시늉을 한다. 꼭 엄마 같다. 변호사는 다 그러나 보다. "안 돼, 말하지 마라."

잭은 잠자코 있는다.

"넌 코트니를 만나 은밀히 대화했어. 녹음이나 녹화, 어떠한 기록도 남지 않았지. 그로부터 이틀 후, 소니아 벤저민이 잉그리드 로스 때와 똑같은 독극물로 사망했어. 해당 독극물이 뭐였는지는 대중에 공개된 적 없고." 그는 잭이 사태를 인지할 수 있게 잠시 말을 끊는다. 효과가 있다. "그런데 넌 또다시 교도관에게 돈을 건네고 코트니와 통화했지. 이번에도 통화 내용은 녹음되지 않았고."

잭의 머릿속에서 조각들이 맞춰지며 하나의 그림이 완성된다. 경찰 역시 모든 정황을 그런 식으로 끼워 맞췄을 것이다.

경찰은 두 사람이 만나 코트니를 풀려나게 할 계획을 세웠다고 추정한다. 코트니가 친모를 살해하는 데 썼던 독극물이 뭔지 그에게 알려줬으며, 그가 동일한 독극물로 B 쌤을 살해했다고…….

사건 당일에 그가 B 쌤을 만난 것 또한 사실이다. 심지어 그 자리에 쌤의 음식도 있었다. 점심시간에 《뷰글》편집실에서 만났고 그때 쌤은 샐러드를 먹었으니까. 경찰은 그것도 알고 있을 것이다.

경찰은 잭과 코트니가 공범이라고 여긴다.

미쳤다.

그런데 완벽하게 앞뒤가 들어맞는다.

51

팰런은 오늘 자 녹화본을 확인한다. 카메라가 차량 진입로를 향하고 있으므로 그녀는 테디가 언제 들어오고 나가는지 볼 수 있다. 인도 쪽 일부도 볼 수 있다. 팰런은 우체부가 몇 시에 오는지 안다. 동네의 누가 반려견을 산책시키며 몇 시에 여길 지나가는지도 안다. 그녀는 모든 것을 표로 정리해 기록한다. 테디의 집에 들어가야 할 일이 생기면 언제가 알맞을지 정확히 알고 있다.

이제는 그의 교실에 카메라를 설치해야 한다.

벨몬트에서 하루 근무하면서, 기회가 많지 않겠다는 걸 알았다. 일과 전후에는 교실이 잠겨 있고 일과 중에는 주변에 사람이 너무 많다. 점심시간을 노리는 수밖에 없다. 학생들이 식당으로, 테디는 교사 휴게실로 가는 때를 기다려야 한다.

오래 걸리지는 않는다. 30초면 끝날 일이다.

팰런은 카메라를 스카프로 감싸 매고 가방에 넣는다. 카메라 앱은 이미 휴대폰에 설치했으니 매일 손쉽게 데이터를 내려받을 수 있다. 하루에 여러 차례도 가능하다. 카메라를 학교 와이파이에 연결해 화면이 자동으로 클라우드에 올라가게 할 생각도 해봤지만 이내 접었다. 너무 위험하다. 머리 나쁜 범죄자나 할 법한 짓이다.

노트북을 열고 받은메일함을 확인한다. 예전 대학 등록금 납부 고지서, 예전 집주인이 보낸 분노의 메일, 단기대출 광고 메일이 전부다.

다음으로 그녀는 벨몬트 웹사이트에 로그인한다. 이제 교직원인 그녀는 학생들이 볼 수 없는 영역에도 접근할 수 있다. 정작 그녀가 보고 싶은 건 학생들—정확히는 테디의 학생들—성적인데 그건 볼 수가 없다. 교사도 본인의 학생들 성적만 열람이 가능하다.

실망스럽다. 팰런 자신이 그의 제자였을 때처럼 실제 실력보다 낮은 점수를 받는 학생을 찾아볼 셈이었는데.

그래도 수업 일정은 볼 수 있다. 둘 다 영문학을 가르치니 겹치는 학생은 없다. 그녀는 전에 테디와 소니아의 수업을 들었던 학생들을 찾아 스프레드시트에 명단을 작성한다.

대부분은 그녀에게 의미 없는 이름들이다. 자기 제자들 이름도 거의 모르는 판에 테디의 제자들 이름은 더더욱 알지 못한다. 그런데 올해 테디의 수업을 듣고 지난해에 소니아의 수업을 들었던 한 학생의 이름이 눈에 띈다.

잭 워드.

그녀가 이 이름을 아는 까닭은 오늘 체포된 아이의 이름이기 때문이다.

► ▷ ► ▷

테디는 집에서 샤워를 한 후 컴퓨터 앞에 있다가 잭의 체포 사실을 알게 된다. 그는 온라인으로 학생들 대화를 엿보는 중이었다. 상패 얘기를 하는 녀석이 있는지 살피려고 했는데 뜻밖에도 온라인은 잭 소식으로 시끄럽다. 하지만 공개된 정보가 별로 없다. 경찰의 발표도 '벨몬트 학생이 뇌물공여 혐의로 체포되었다'가 전부였다.

테디는 폭소한다. 신나게 웃어젖히다 물까지 엎지를 뻔한다.

암, 그 자식은 누군가를 매수하려 들고도 남을 놈이지. 그놈이 대가를 치르게 됐다는 게 놀랍긴 하지만. 잭 같은 아이들에게 후환이 따르는 경우는 극히 드문데 말이다.

► ▷ ► ▷

몇 시간이 흐르고 나자 잭도 말을 할 수 있게 된다. 마침내 잭과 이지키얼 단둘뿐이다. 밤이 이슥해져서 부모님은 엄마 서재에 둘만 남겨두고 나갔다. 이지키얼이 앉는다. 이제야 비로소 거인이 아닌 그냥 덩치 큰 사람 정도로 보인다.

"참 힘든 하루였겠구나." 그가 말한다.

"아니라곤 못 하겠네요."

"이제 내가 몇 가지 질문을 할 건데, 넌 내가 묻는 말에만 대답해야 해. 알겠니?"

잭은 끄덕인다.

"좋아. 자, 네 휴대폰에 그 교도관과 통화한 기록이 있니?"

"네."

"몇 번?"

잭은 잠시 생각한다. "대여섯 번이요."

"네 차 GPS는? 네가 구치소에 간 기록이 있겠지?"

"네."

"몇 번?"

"한 번요."

이지키얼은 받아 적지 않는다. 손깍지를 끼고서 잭을 똑바로 들여다본다. "네 휴대폰으로 코트니한테 문자 메시지를 보냈니?"

"걔가 잡혀간 뒤로는 안 보냈죠."

"너랑 코트니가 주고받은 메시지에 그 애 어머니 얘기가 있니?"

잭은 기억을 더듬어본다. 제법 오래된 일이라서. "아마도요."

"그 애가 자기 엄마를 나쁘게 말한 적이 있니?"

항상 그랬지. "예."

"엄마가 죽었으면 좋겠다는 말도 했고?"

"네." 대중에 공개된 메시지 중 상당수의 출처가 그 애와 잭의 문자 대화였다. "하지만 그건 그냥……."

이지키얼이 손을 올린다. "그 애 어머니의 사망에 대한 문자가 있니?"

"일이 벌어진 직후에요. 아줌마가 돌아가셔서 슬프다고 제가 보냈어요."

"다른 건?"

"기억나는 건 없어요."

"그럼 검색 기록은? 휴대폰이든 컴퓨터든. 해당 사건을 검색해 봤니?"

"네."

"소셜미디어에 그 얘기를 올렸니?"

"조금요."

"코트니가 유죄인지 무죄인지 네 의견을 제시했니?"

"걔가 한 짓이 아니라고 했어요."

이지키얼이 인상을 쓴다. 질문에만 대답하라는 당부를 잭이 어겼기 때문일 것이다.

잭은 스스로 얼른 고쳐 말한다. "네, 제 생각을 말했어요."

"구치소 교도관은 어떻게 알게 됐지? 교도관들 정보를 찾아본 거야?"

그러잖아도 내내 속이 불편했는데 새삼 무언가 더 얹히는 느낌이다. "네."

"개인 정보를?"

"네."

"너희 학교 선생님들 정보를 찾아본 적은 있니? 특히 소니아 벤저민에 대해서."

다시 한번 잭은 기억을 더듬어본다. 아니라고 대답하려다 문득 생각나는 게 있다. 편집자 자리를 제안받았을 때 그는 B 쌤에 대한 정보를 찾아봤었다. 어떠한 정보든 무조건 유용하니까. 엄마가 늘 하는 말이다.

"네." 그는 말한다.

이지키얼은 놀라지 않는다. 지금까지 한 번도 놀란 기색을 보이지 않았다. "그게 언제 적 일이지?"

"코트니가 체포된 후요."

"그럼…… 독극물은? 각종 독극물이 일으키는 증상이나 효과를 검색한 적이 있니?"

잭은 질문이 아니라 몽둥이로 언어맞은 듯한 충격을 느낀다. 당연히 독극물에 대해 검색해봤다. 물론 무엇이 코트니의 엄마를 사망에 이르게 했는지 알고 싶어서였다. 잭만이 아니라 모두가 그랬는데…….

그렇다, 역시나 하필 잭이 구치소에서 코트니를 만나고 온 뒤의 일이었다.

"하지만 그건……."

이지키얼이 손을 들어 올린다. "내가 이유를 들을 필요는 없어."

잭은 다시, 질문에만 답한다. "네. 독극물 정보를 찾아봤어요."

52

이튿날 아침, 잭은 평소와 똑같이 등교한다. 엄마가 그러라고 했다. 무슨 혐의든 유죄 판결이 난 것도 아니고 언론용 보도자료에도 그의 이름은 없다면서. 하지만 모두가 안다. 언제나 그렇다.

일단은 태연하게 행동해본다. 고개를 들고 미소를 머금은 채, 아무 일 없다는 듯이 복도를 걷는다.

그러다 사람들 반응을 본다. 그들 표정에 담긴 경악과 의심과 비난이 전해진다. 오전 휴식시간, 그는 고개를 숙이고 걷는다.

루커스가 위로한다. "걱정 마. 넌 오늘의 화젯거리일 뿐이야. 내일이면 또 새로운 화젯거리가 생길걸."

제발 그러길 빈다. 등교 전에 자기 집에서 같이 취하자고 했던 이 녀석의 제안을 냉큼 따르지 않았던 게 후회스러울 따름이다.

학생들만 잭을 전과 다르게 대하는 게 아니다. 영문학 교실로 들어서는 그를, 크러처가 아주 오랜만에 만난 친구처럼 맞이한다.

"여어, 잭 워드! 오늘 수업을 함께할 수 있어 다행이로구나."

"으음, 고맙습니다?"

"어서 앉아라. 오늘 다룰 내용이 많아서 시간이 빠듯하겠어." 크러처는 싱글벙글하는 얼굴로 나머지 학생들을 돌아본다. "다들「지옥 편」을 읽고 있길 빈다. 오늘은 지옥을 이루는 원들을 다룰 거니까."

칠판 맞은편 벽에 단테의 지옥도가 걸린다. 스마트보드를 쓰면 더 보기 편할 것 같은데 말이다.

시번이 손을 들고 말한다. "쌤, 이 책을 과제로 내주신 게 바로 어제인데요."

"그럼 이건 선물이라고 생각해라."가 그의 대답이다. "자, 각 원은 숫자가 매겨져 있다. 그나마 가장 나은 제1원부터 최악인 제9원까지 내려가지. 단테는 자기 나름의 판결 목록을 창조한 거야. 지옥의 여러 원과 작가가 누굴 어디에 집어넣었는지 살펴보는 동안 무엇이 유독 인상 깊게 다가오는지 발표해보자."

잭은 '뇌물'이라는 단어를 찾아본다.

"폭력이 제7원에 있는 거요." 누군가가 말한다.

크러처가 받아 말한다. "그렇지. 우리 사회에서 살인은 가장 극악한 범죄로 통하는데 단테는 그보다 더 나쁜 죄악이 있다고 봤어. 제8원을 볼까." 그가 그 부분을 가리킨다. "사기의 원이다. 거짓, 기만, 현혹의 죄를 지은 자들이 여기에 있지." 크러처는 학생들을 돌아본다. "도둑들도 이 원에 갇힌다. 단테는 절도가 살인보다도 악하다고 믿었던 거야."

어제까지만 해도 잭은 '사기'라는 단어에 별생각이 없었는데 오늘은 아니다. 이지키얼이 뇌물도 일종의 사기라고 했다.

크러처가 이어 말한다. "사실 절도를 능가하는 죄악은 배신이 유일하다." 그는 제9원을 가리킨다. "흥미진진하지? 너희 중 누구라도 살면서 거짓말을 했거나 사기를 쳤거나 뭔가를 훔쳤다면, 죽어서 갈 곳은 바로 여기란 얘기다."

그는 잠시 학생들을 둘러본다. 몇몇 아이가 불편한 기색으로 자세를 고친다. 잭도 그중 하나다. 어쩐지 크러처가 그를 콕 집어 쳐다보는 것만 같다.

정말 끝내주네.

여기서 어제 잭이 체포당한 사실을 모르는 사람은 없다. 코트니와의 연관성을 아무도 모를 뿐. 아직은 그렇지만, 어쨌든 그가 뇌물 공여 피의자라는 것은 모두가 안다.

그래서 이 기회에 크러처가 그에게 망신을 주려고 작정한 거다.

▶▷▶▷

테디는 제자들에게 미소를 날린다. 안 그러려 해도 어쩔 수가 없다. 과도한 특권을 누리며 사는 이 아이들도 가끔은 난처한 지경에 처해봐야 하지 않겠는가. 녀석들이 당황하는 모습을 보는 재미도 있고.

바로 지금이 그렇다. 특히 잭 워드가 체포된 후로. 녀석은 오늘 그리 건방지게 굴지 못한다. 겸손한 녀석을 보니 흐뭇하다. 암, 겸손하셔야지. 정말이지 뭐든 테디가 시키면 고분고분 잘 따를 태세다.

그런데 잭만 그런 게 아니다. 이들 중 누가 똑같은 죄목으로 잡혀갔대도 이상할 게 없다. 숙제를 대신 해달라거나 과제를 대신 작성해달라고 누군가를 매수했을 수도 있고, 과속 딱지를 떼지 말라고 경찰에게 돈을 찔러줬을 수도 있다. 지옥의 제8원에 들어가기에 마땅한 죄를 짓지 않은 아이는 이 교실에 단 한 명도 없을 것이다.

아마 절도범도 있겠지. 그의 상패를 훔친 인간. 여전히 그는 아무도 배제하지 않았다.

조도 용의선상에 있지만 테디의 심증은 팰런 쪽으로 기운다. 언제나 제멋대로였고, 멍청한 짓을 저지를 만큼 그에게 원한이 있으니까. 그러나 그 둘에 한정할 일이 아니다. 학생 중에 범인이 있을 수도 있다. 하나같이 무분별한 장난질을 하고도 남을 녀석들이다.

점심시간, 테디는 교사 휴게실로 올라가기 전에 뉴스부터 확인한다. 법원에 일이 있나 본데 무슨 일인지 보도되지 않는다. 코트니의 변호인을 비롯해 꽤 많은 변호사가 들어간다.

잘됐다. 드디어 코트니가 풀려나나 보다. 아닌 말로, 정의의 수레바퀴가 조금이라도 더 더디게 돌았다간 코트니가 죽은 다음에나 그 애의 무고함이 밝혀질지도 모른다.

그는 노트북을 덮어 캐비닛에 넣고 잠근 다음 교사 휴게실로 향한다.

►▷►▷

30초면 충분하다. 팰런에게 필요한 시간은 단 30초다.

테디의 교실 밖 모퉁이에서 그녀는 그가 나오기만 기다린다. 이윽고 그가 나오자 그녀는 얼른 화장실로 숨는다. 그는 아무것도 모른 채 계단을 올라간다.

팰런은 거침없이 움직인다. 주춤거리거나 뒤를 살피지도 않는다. 벨몬트 학생이라면 누구나 일찌감치 터득하는 생활의 지혜다. '어디에 있든지 자연스럽게 행동하라. 그래야 네가 거기 왜 있는지 아무도 의심하지 않는다.'

그녀는 곧장 테디의 교실 한구석, 몰카를 설치하기에 최적인 지점으로 간다. 교사 책상 뒤편 캐비닛 위에 책이 쌓여 있다. 그녀는 책 더미 사이를 손가락으로 슥 쓸어본다. 먼지가 묻어난다.

바로 여기다.

카메라는 맨 끝에 있는 책과 벽 틈새에 꼭 들어맞는다. 그녀는 카메라 렌즈가 테디의 책상 쪽을 향하게 두고 휴대폰으로 각도를 확인한다. 한 번 조정으로 끝이다. 이 카메라는 그의 집 앞에 설치한 것보다도 좋은 물건이다. 더 비싸기도 하고. 이건 녹음 기능에 더해 확대 촬영도 가능하다.

이제 교실에서 나온다. 복도는 휑하다. 아무도 없다. 새로 설치한 보안 장치는 아직 작동 전이다. 마샤 씨 말로는 이번 주말이나 돼야 시험 가동을 시작할 거라 한다.

운이 아니다. 팰런은 운을 믿지 않는다. 이건 업보다. 업보라는 신은 그녀 편이다.

첫째로 그녀는 그의 결혼 생활을 무너뜨렸다. 이제는 그의 직장 생활을 끝장낼 참이다.

53

테디가 교사 휴게실에서 샌드위치를 먹고 있을 때 루엘라가 비명을 질러대며 들어온다. 뭐, 언제나 꺅꺅거리며 호들갑을 떠는 여자지만 오늘은 참고 들어줄 수 없을 만큼 목소리가 새되다.

"기자회견요! 지금 지방 검사가 기자회견을 연대요!"

교사 대부분이 즉시 그녀를 따라 TV가 있는 포터 룸으로 몰려간다. 테디는 서두르지 않는다. 점심 식사를 마친 뒤 커피도 한 잔 내려 들고서 어슬렁어슬렁 복도로 나선다.

검사가 올바로 판단해 코트니를 석방하겠지.

또 하나의 문제가 해결됐다.

그러니 이제 다른 문제들에 집중할 수 있다. 팰런 그리고 사라진 상패.

처음엔 조가 가장 유력한 용의자였다. 상패에 접근할 수 있었고 훔칠 시간도 있었으며 테디가 경찰에 귀띔한 내용이 있으니 동기도 충분했다. 하지만 조 같은 노인네가 생계 수단을 잃을 위험까지 무릅쓰고 교사의 상패를 훔친다? 그 오랜 세월을 근무한 곳에서?

말이 안 된다. 미치지 않고서야.

테디는 이런 생각에 잠긴 채 포터 룸으로 들어간다. 기자회견 생중계가 한창이다. 검사의 둔하고 넙데데한 얼굴이 거대한 화면을 가득 채운다.

"어젯밤 늦게, 잉그리드 로스 살해 사건 담당 법원에 긴급 동의안을 제출했습니다. 오늘 아침, 재판부가 저희 의견을 심리하였고 재판을 한 달 연기하기로 결정했습니다.

지금으로선 많은 걸 말씀드릴 수 없습니다. 말씀드릴 수 있는 건, 이 사건이 피의자의 단독 범행으로 보이지 않는다는 사실입니다. 이 사건과 더불어 소니아 벤저민 살해와도 관련이 있는 제2의 인물을 확보했습니다."

잭. 그 녀석이 바로 제2의 인물임에 틀림없다.

담당 검사는 잭과 코트니가 공범이라고 여긴다.

바로잡아야 할 문젯거리가 또 생겼다.

이토록 무능한 인간들이 판치는 세상이 아니라면 테디가 더 많은 시간과 공을 들여 중요한 일에, 즉 가르치기에 매진할 수 있겠건만.

►▷►▷

모든 게 똑같다. 잭은 소파에 앉아 있고 이지키얼은 난롯가에, 부모님은 그 양옆에 서 있다.

어젯밤과 똑같다. 잭은 삶이 하염없이 쳇바퀴를 도는 기분이다.

이지키얼이 말한다. "기자회견은 전략적이었어요. 검사가 잭을 압박하려고 하네요. 지금쯤 저쪽은 잭의 통화 기록을 입수했을 겁니다. 어쩌면 인터넷 검색 기록까지 확보했을 수도 있고요. 저쪽은 그런 사실을 우리가 알길 바라고 있어요."

"그들이 뭔가 제안하지 않았나요?" 엄마가 묻는다.

잭이 입을 열지만 이지키얼에게 제지당한다. 그와 엄마는 잭이 여기 없다는 듯 둘만의 대화를 이어간다. 이지키얼이 답한다. "얘길 해보자고는 합니다."

"한번 낚아보겠다는 거네요."

"그런 것 같아요."

아빠가 성난 신음을 내뱉으며 휴대폰을 본다.

"응하지 않는 편이 낫겠어요." 엄마가 말한다.

"그것도 하나의 방법입니다만, 그러면 저쪽은 잭을 뇌물공여죄로 기소할 겁니다. 그 역시 중죄에 해당합니다. 거래도 하지 않겠죠."

"그래요, 그렇겠죠." 엄마가 동의한다.

잭이 벌떡 일어서자 비로소 어른들이 그를 쳐다본다. 그는 이지키얼에게 말한다. "뭐가 어떻게 돌아가는지 '저한테' 설명해주세요. 아저씨는 제 변호사잖아요."

"그래, 맞아. 네 변호사야."

"부모님 없이요. 단둘이 얘기하고 싶어요."

부모님은 시선을 교환하지만 결국 동의한다. 다시 한번, 잭과 변호사만 엄마 서재로 들어간다. 둘 다 자리에 앉자 이지키얼이 설명을 시작한다.

"경찰과 검찰은 네가 교도관을 매수하면서까지 코트니를 만난 까닭을 알고 싶어 해. 한 번도 아니고 두 번이나 그랬던 이유가 있겠지?" 그는 지레 손을 들어 잭의 대답을 막는다. "그들은 널 통해 코트니의 범죄 사실을 확인할 수 있을 거라고 생각해. 아니, 그러길 바라는 거겠지. 나아가 네가 소니아 벤저민의 사망에 연루됐다면, 코트니가 널 사주했을 거라는 게 그들 생각이고. 말하자면 그 애가 주범이라는 거지."

잭은 다 헛소리라고 외치고 싶은 심정이다. 죄다 틀렸다고. 그러나 그는 일단 경찰의 시각으로 사건을 바라보려고 해본다. "그러니까 저쪽은 제가 그 애한테 불리한 증언을 하는 조건으로 거래를 하겠다는 거네요?"

"그렇지."

"근데 제가 아무것도 모른다면요? 저쪽 추리가 다 틀렸다면요?"

"그럼 널 뇌물공여죄로 기소하겠지."

"코트니는 어떻게 되는데요?"

"그건 모르겠다. 소니아 벤저민이 똑같은 방식으로 살해당했으니…… 저쪽에서 어떻게 처리할지 짐작이 되지 않아."

잭은 이리저리 머리를 굴려본다. 어느 쪽이건 그는 망했다. 코트니도 마찬가지다.

"혹시 저쪽이 어떤 증거를 갖고 있는지 아세요? 코트니한테 불리한 증거요."

"다는 모르지만 들은 얘기가 있기는 해. 그 애 집 마당에서 해당 독물이 발견됐다더라. 엄마를 증오한다는 내용의 문자 메시지도 다수 확보했고."

"무슨 독인데요? 혹시 아세요?"

"너도 몰라?" 이지키얼은 놀란 눈치다. 그도 잭이 공범이라고 여겼던 것이다.

"몰라요."

이지키얼은 잠시 생각에 잠긴다. 잭이 거짓말을 하는지 가늠해보는 것 같다. "나도 정확히는 모른다. 식물에서 추출한 독이라는 것밖에는."

"식물요? 이를테면…… 독미나리 같은 거요?"

"그건가. 정확히 뭔지는 나도 모른다니까."

잭은 인터넷으로 다시 검색해봐야겠다고 생각하며 끄덕인다. 전에는 막연히 '독극물'로만 검색했다. 이제 그것이 식물 추출물인 걸 알았으니 범위를 좁힐 수 있다.

그런다고 이 상황에 도움이 되는 건 아니지만.

"뇌물공여죄로 기소되면 실제로 전 어떻게 되나요?"

"일반적인 상황이라면, 넌 미성년자인 데다 이 건은 정치 비리와 무관하니 경범죄로 낮춰달라고 호소해볼 수 있어. 아마 사회봉사 정도로 끝나겠지." 이지키얼은 잠시 생각하다 말을 잇는다. "하지만 이게 코트니 건과 연결돼 있어서…… 저쪽에서 그렇게 거래할 이유가 없지 싶다."

"그럼 저도 감방에 가요?"

"그럴 가능성이 있지. 그러면 중범죄 전과 기록이 남게 돼."

"무시무시하네요."

"생각을 잘해야 할 것이 또 있어. 여론이 법보다 중요할 수 있거든. 검사가 발표한 공범이 너란 사실을 곧 모두가 알게 될 거란 뜻이야. 널 학교에서 체포했잖아." 그는 이 사실에 조금 화난 듯 보인다. "그것도 저쪽 전략이었어. 일부러 사람들 보는 데서 널 잡아간 거지."

언론이 어떻게 나올지야 불 보듯 훤하다. 그들이 코트니를 어떻게 다루는지 이미 보았으니까. 그래서 얼마나 많은 사람이 그 애를 진범으로 여기는지도.

잭과 코트니는 그저 한 쌍의 부유한 특권층 자녀로 치부될 것이다. 살인을 저지르고도 처벌을 면할 수 있다고 여기는.

제길, 모르는 사람 일이었다면 잭 자신도 그렇게 믿을 판이다.

그는 이지키얼에게 말한다. "거래 안 해요. 전 아무하고도 얘기하지 않겠어요."

54

이지키얼이 부모님과 얘기하러 간 사이, 잭은 몰래 옆문으로 집을 빠져나온다. 차에 올라 GPS를 끄고 새 휴대폰에서 칩도 빼버린 다음 곧장 종합 할인점으로 가서 값싼 태블릿을 현금으로 산다. 경찰이 수색할 수 있으니 그의 방은 위험하고 수영장에다 둘 셈이다. 적어도 이 계절에 거길 드나들 사람은 없다.

30분 후 그는 스타벅스에 있다. 추적당하지 않고 인터넷 검색을 할 수 있는 장소다.

벤티 사이즈 트리플 샷 아메리카노를 주문하고 기다리는 동안 잭은 아무도 그가 어디 있는지 모르고 그를 찾을 수도 없다는 사실을 깨닫는다. 태어나 처음 있는 일인 것 같다. 낯설다. 어깨너머로 엿보는 눈길이 없다. 아무도 그를 감시하지 않는다. 아무도 그가 뭘 하는지 확인하지 않는다.

그래서 좋다. 난생처음, 그는 자유로운 기분이다.

워드 어록에서 또 한 문장이 떠오른다. 늘 실없는 소리라고, 공익광고 포스터 문구로나 쓰일 말이라고 여겼는데.

'돈이 문제가 아니다. 중요한 건 자유다.'

아빠 말이 백번 옳다. 실로 많은 게 들어맞는다. 처음부터 아빠를 믿었더라면 잭이 이렇게 전과자와 배신자의 기로에 설 일도 없었을 텐데. 그렇게 생각하니 더 이상 그리 자유로운 기분이 아니다.

커피가 나오자 그는 자리를 잡고 인터넷 검색에 들어간다.

즉사를 일으키거나 치명적인 독초

►▷►▷

제2의 인물이라니.

테디는 어처구니가 없다. 특히나 어이없는 건 다들 잭 워드를 지목한다는 사실이다.

그 녀석이 틀림없다고들 한다.

바로 전날 체포되지 않았느냐며.

달리 누구겠느냐며.

테디는 집 뒷문 포치에 앉아 있다. 공기가 얼어붙을 듯 차다. 재킷에 모자를 덮어쓰고 장갑까지 꼈는데도 추위가 느껴진다.

그가 깊은숨을 들이마셨다 내쉬자 차디찬 허공에 허연 입김이 퍼진다. 그는 다시 한숨을 쉰다. 한 번 더. 자신의 입김을 바라보고 있노라니 마음이 편안해진다. 어렸을 적에도 그랬다. 추위에 떨며 서서 버스를 기다릴 때. 그가 아홉 살이었던 해 겨울엔 집 난방기가 고장 났는데 고칠 돈이 없었다. 그래서 집 안에서도 입김이 눈에 보였다. 때로 그는 담배를 피우는 시늉을 하며 숨을 내뿜기도 했다.

당시 엄마는 추위를 느끼는 건 마음먹기에 달렸다고 했다. 그를 담요로 감싸주고는 해변에서 일광욕을 즐기는 상상을 하라고 일러주곤 했다. 가끔은, 너무 추워서 살이 다 아팠다.

이제 그는 어른인 데다 단단히 챙겨 입었으므로 추워서 아프진 않다. 오히려 좋다. 맹추위가 그의 배 속에서 꿈틀대는 벌레들을 얼려 죽이면 좋겠다.

그만큼 속이 거북하다. 처참한 기분이다. 단지 그는 코트니가 풀려나도록 돕고 싶었을 뿐인데 결국 살인 혐의를 뒤집어쓴 제자가 둘로 늘었다.

경찰이란 조직이 어쩌면 이렇게나 일을 그르칠 수 있단 말인가.

그보다, 어째서 '모든 것'을 테디가 바로잡아야 하는가?

기가 찰 따름이다.

벗어날 길이 있을 것이다. 언제나 길은 있으니까. 그게 무엇인지 알아내기만 하면 된다. 좀 더 똑똑한 사람들이 주위에 있다면 도움이 될 텐데, 없으니 어쩔 수 없다. 그가 아주 영리하게 행동해야 한다. 무엇을 어떻게 할지 명확히 정해야 한다.

교사들이 즐겨 말하듯 유치원생도 알아들을 만큼 명확하게.

공을 좀 들여야 할 것이다. 다행히 테디는 그런 수고를 꺼리지 않는다. 그렇지 않은 이가 많지만. 예컨대 팰런 같은 사람. 그녀가 자기 자신에게 더 공을 들인다면 그를 그렇게까지 원망하지는 않을

306

지도 모른다.

물론 그녀를 위한 시기도 오기는 할 것이다. 당분간 팰런 문제는 뒷전이다. 당장은 현재의 제자들을 구해야 한다.

그러나 학교 구석구석을 비추는 새 카메라들 때문에 일이 쉽지는 않을 것이다.

▶ ▷ ▶ ▷

야심한 시각, 팰런은 에어 매트리스에 앉아 그날 테디의 마지막 두 수업 장면을 보고 있다. 지금까지 녹화된 장면은 그게 전부다. 녹음 기능이 있는 몰카의 단점은 크러처의 목소리를 들어야 한다는 것이다. 단테를 ─ 무려 단테를! ─ 논하는 그의 목소리를 듣자마자 팰런은 다시 고등학생으로, 그의 교실에 앉아 있는 학생으로 돌아간다.

그때도 그의 목소리는 짜증 났다.

거만하기도 하고. 그건 지금에야 알았다. 그가 얼마나 거만한지. 내뱉는 한 마디 한 마디에 잘난 척이 뚝뚝 묻어난다. 그가 좋아하는 것 같은 학생들에게조차. 그나마 극소수지만.

카메라가 움직이지 않으므로 그는 교실 앞에 있을 때만 화면에 잡힌다. 맨 앞줄에 앉은 학생 몇 명과 함께.

그가 다른 데로 가면 몰카 화면에는 그의 책상만 덩그러니 남는다.

그게 핵심이다.

그녀는 더 이상 그의 목소리를 듣기 싫어 마지막 교시 수업을 빨리감기로 넘긴다. 이윽고 학생들이 나가고 교실에 혼자 남은 테디가 노트북을 연다.

그리고 비밀번호를 입력한다.

바로 이걸 보려고 그녀가 확대 촬영 기능이 있는 카메라를 구입한 거다.

그가 이메일을 확인한다. 그러나 몰카 위치가 너무 멀다. 최대한 당겨보아도 이메일 내용까지는 볼 수 없다. 그의 노트북 화면에 뜬 벨몬트 사이트는 로고로 쉽게 알아볼 수 있지만 역시 자잘한 글씨는 전혀 읽을 수 없다.

그녀는 노트북을 탁 덮어버리고 베개를 집어 맞은편 벽에다 던진다. 베개가 하나뿐인 전등을 덮치면서 코드가 뽑혀 방이 순식간에 캄캄해진다.

그녀는 다시 그의 교실로 몰래 들어가 카메라 위치를 옮겨야 한다.

언제나 그렇듯 테디 크러처는 밉살맞은 골칫거리다.

55

팰런은 문제의 해결책이 하늘에서 뚝 떨어진다거나 문을 열고 걸어 들어오리라곤 꿈에도 바란 적 없다. 그런데 그 일이 실제로 벌어졌다.

추천서를 써주기로 한 테디가 실상 무슨 짓을 했는지 알게 된 것이 문제의 시작이었다.

숱하게 애걸복걸하고 수중에 남은 돈까지 몽땅 털어 바친 끝에 컬럼비아 대학 입학처의 한 사무 보조원에게서 그걸 받아냈다. 복사는 금지였다. 심지어 사진도 못 찍게 했다. 대신 읽는 것은 허용되었다. 팰런은 그때 처음 알았다. 테디가 그녀에게 부정행위 혐의를 덮어씌웠다는 사실을.

제가 판단하기에 팰런 나이트가 제출한 에세이들은 본인이 작성한 것이 아닙니다. 일부는 몰라도 전부는 아닙니다. 이에 대한 확실한 증거를 찾아낼 수는 없었으나, 제가 지켜본 바 팰런 나이트는 그 정도 수준의 작문이 가능한 학생이 못 됩니다. 따라서 저는 이 학생을 귀교 입학생으로 추천할 수 없습니다.

그녀가 지원한 대학들에 붙지 못한 까닭이 그렇게 설명되었고, 그 편지는 그녀의 가슴속에 영원한 한으로 새겨졌다.

벨몬트에 항의서를 제출할 생각도 해봤지만 편지 사본 없이 주장만 내세울 수는 없었다. 그의 주장과 그녀의 주장이 맞선다면? 어느 쪽이 이길지 안 봐도 훤했다.

그래서 포기했다.

그녀는 더 이상 학생이 아니었다. 주립대학에서 2년을 보낸 뒤 팰런은 더 나은 대학교로 편입하고자 했다. 더 좋은 곳으로. 부모님을 기쁘게 할 명문대로. 평균 학점이 4.0, SAT 점수는 1590점인데도 여전히 그녀를 받아주는 학교가 없었다. 단 한 군데도.

주립대에서 3년째, 그녀는 학점 미달로 제적당했다. 일부러 그랬냐고? 어쩌면. 왜냐면 우울해서? 아마도.

어쨌거나 그 후로 그녀는 지금 사는 곳 못지않게 형편없는 원룸에서 살며 바텐더로 생계를 유지했다.

그러던 중 마침내 행운이 그녀를 찾아왔다.

그녀는 일하는 중이었다. 술을 내주고 팁을 버는 일이었다. 그때 벨몬트 선생 하나가 문을 열고 들어왔다.

프랭크 맥스웰의 수업을 들은 적은 없었지만 그가 수학을 가르친다는 건 알고 있었다. 벨몬트에 다니면서 그를 보았고 분명 그도 벨몬트에서 그녀를 보았을 것이다.

그녀가 먼저 알은체를 했다. "어머, 선……."

"생맥주 한 잔요." 그가 말했다.

그녀는 맥주를 따르며 생맥주 기계 꼭지 너머로 그를 살폈다. 그는 바 뒤편 거울을 멍하니 응시했다. 그녀를 알아보지 못하는 눈치였다. 하기야 그럴 만도 했다. 그녀는 이제 학생이 아니라 바텐더였으니까. 화장을 더 하고 옷은 덜 입은, 그렇게 해서 팁을 더 모으는.

그녀가 일하는 술집은 공항과 도시를 잇는 길 중간에 있었다. 근처에 사는 사람이라면 그녀가 모를 수 없었다. 나머지는 대개 뜨내기 손님이었다. 그는 후자였다.

"이 동네엔 무슨 일로 오셨어요?" 그녀가 말을 붙였다.

"학회요. 교육 학회."

"선생님이세요?"

그는 끄덕였다. "공항 근처 싸구려 호텔에 묵게 됐어요. 호텔 방에 있다가 미치는 줄 알았어요."

그녀는 테킬라를 한 잔 따라 그의 앞에 놓아주었다. "한잔하실 자격 있으세요. 힘든 일 하시잖아요."

그가 미소 지었다. 그녀도 미소 지었다. 그는 한 잔 마셨다. 한 잔 더 마셨다.

그가 충분히 취했을 때 그녀는 넌지시 떠보았다. "쌤, 학교 뒷얘기 좀 들려주세요. 왠지 쌤들은 흥미진진한 얘깃거리가 많을 것 같아요." 어느 학교냐고는 절대 묻지 않았다. 그래야 그가 속 편히 털어놓을 수 있을 테니까.

그는 털어놓았다. 처음 꺼낸 화제는 하나님이었다. 교사들이 믿음이 부족하다는 것이었다. 교사들이 올바로 살지 않아서 학생들에게 끔찍한 본보기만 된다는 얘기를 몇 번이나 되풀이했다.

"끔찍한 본보기가 뭔데요?" 팰런은 물었다. 바텐더로서 그녀는 멍청한 척하는 게 여러모로 유리하다는 사실을 배운 터였다. 자신의 신념과는 정반대였지만 그녀는 배운 대로 했다.

그는 선생 둘이 불륜 중이라고 했다. 과학 교사와 보건 교사. 그녀는 그 둘이 누군지 짐작할 수 있었다. 그녀가 벨몬트 학생일 때도 소문이 있었다.

그는 이교도 의식에 빠진 교사도 있다고 했다. 그건 분명 미술 교사 루엘라 메이슨일 것이었다.

팰런은 계속해서 그에게 술을 먹이고 그가 세상에서 제일 흥미로운 사람인 것처럼 그의 이야기에 열렬히 반응해주었다. "그래도요, 쌤이 본 중에 제일 저질이었던 건 뭐였어요? 진짜 진짜 나쁜 짓?" 그녀는 바 위로 몸을 숙였다. 과연 그의 시선이 그녀의 가슴골로 향했다.

"좋아요." 그가 목소리를 낮췄다. "근데 이건 진짜 나빠요."

"궁금해요."

"그 쌤은 영문학을 가르쳐요. 신사이긴 한데 성격이 꼬장꼬장해요."

빙고. 벨몬트에 남자 영문학 선생은 단 한 명이었다.

팰런은 말한다. "그래요? 그분이 뭘 어쨌는데요?"

"그 쌤 부부가 아이를 가지려고 꽤 오랫동안 노력하셨대요. 그 쌤이 아니라 아내분이 하신 얘기예요. 제 아내랑 같은 병원에서 일하셨거든요."

팰런은 끄덕였다. 이 이야기가 어떻게 흘러갈지 짐작이 되지 않았지만. "그래서 그 아내분은 결국 임신하셨대요?"

"아뇨. 잘 안됐죠. 검사를 받았는데 남편 쪽이 불임 판정을 받았대요. 테디는 아이를 가질 수 없는 몸이었던 거죠."

"이런, 안됐네요."

"그러니까요." 그러고서 프랭크는 맥주를 홀짝였다. 갑자기 말이 없어졌지만 오래가지는 않았다. 거기까지 얘기해놓고 중단할 수는 없는 법이다. "그런데 말이에요, 제 아내가 지금은 개인 병원에서 일하거든요. 원무과에서요."

팰런은 어깨를 으쓱했다. "그러시군요."

"그 병원 의사 토빈이 난임 전문의인데요, 글쎄 난임 치료 말고 다른 것도 하시더라고요."

"다른 거요?"

프랭크는 자세를 고치며 주위를 둘러봤다. 엿듣는 사람은 없었다. 밤이 깊었고 30분 후면 술집도 문 닫을 시간이라 다들 나가는 분위기였다.

"이게 원래는 아내도 나한테 말하면 안 되는 거였거든요. 병원에서 잘릴 수도 있지만 자긴 도저히 이해가 안 된다며 얘기하더라고요. 그 쌤이 병원을 찾아왔대요. 근데 검사를 받으러 온 게 아니었다네요."

"그럼 왜 갔대요?"

"정관 수술을 받았대요. 원무과 기록이 그렇다네요. 정관 수술."

"그럼 아내한테 거짓말을 했다고요?"

"네, 그랬대요."

▶ ▷ ▶ ▷

프랭크가 술집을 떠나기도 전에 팰런의 머릿속은 팽팽 돌아갔다. 마치 복권에 당첨돼서 당첨금을 어디에 쓰면 좋을지 따져보는 기분이었다.

물론 그녀는 아주 유용하게 썼다.

토빈이라는 난임 전문 의사를 찾는 건 어렵지 않았다. 레오 토빈 박사의 병원은 벨몬트에서 불과 몇 킬로미터 거리에 있었다. 그녀는 토빈 박사의 병원에 전화를 걸었고 샌드라는 여자가 받았다.

"안녕하세요, 샌드라. 전 메리라고 합니다. 우리 남편이 정관 수술을 받으려고 하는데요, 비용이 얼마나 들지 알고 싶어요."

"그건 보험 요율에 따라 다르거든요."

"제 직장이 벨몬트 아카데미예요. 보험도 직장을 통해 가입돼 있고요."

"아, 그 경우라면…… 잠시만요."

잠시 후 샌드라는 대략적인 비용을 알려주며 개개인의 사정이나 필요에 따라 달라질 수는 있다고 덧붙였다.

팰런은 감사 인사를 하고 전화를 끊은 뒤 컴퓨터로 병원 진료비 청구서를 만들었다. 그 감쪽같은 위조 청구서에서 유일한 '실수'는 봉투에 있었다.

받는 사람
시어도어 크러처 부인

어머나 이런.

56

올겨울 들어 가장 추운 날 새벽, 도로가 꽁꽁 얼었다. 테디가 모는 차가 블랙 아이스를 밟고 미끄러져 도로 밖 구덩이에 처박히기 직전에 멈춘다. 체크무늬 코트와 그에 어울리는 중절모 차림의 남자가 차를 세우고 그가 괜찮은지 살핀다.

중절모 남자가 구덩이를 가리키며 말한다. "빠지지 않은 게 천만다행입니다."

테디는 툴툴댄다. "애초에 얼음을 밟은 것부터 다행은 아니지요."

남자는 가버리고 테디는 학교로 향한다. 기자들은 보이지 않는다. 그들에게도 너무 이른 시각이다. 아직 동이 트지도 않았다.

차에서 내리면서 보니 바짓단에 흙이 묻어 있다. 구덩이에 빠질 뻔하고서 차에서 내렸을 때 묻은 게지. 하루의 시작이 짜증스럽다. 평소와 같은 시간대에 출근했으면 얼음이 좀 녹은 뒤였을 텐데. 하지만 선택의 여지가 없었다. 일찍 와야 남들 몰래 보안 카메라들을 살펴볼 수 있으니 말이다.

아직 본격적으로 가동되기 전이다. 주말 시험 가동 후에 한다고 들었다. 오늘은 금요일, 찍히지 않고 카메라들 위치를 파악해놓을 마지막 기회다.

조명이 켜지지 않은 복도는 아직도 어둑하고, 그의 발소리 말고는 아무 소리도 들리지 않는다. 그래도 무섭지 않다. 오히려 편안하다.

복도마다 카메라가 설치되어 양방향을 모두 비춘다. 건물의 모든 출입구에도 안팎으로 카메라가 있다. 소니아 벤저민이 샐러드를 보관했던 교사 휴게실도 예외일 수 없다. 그러나 교실이나 학생 휴게실, 회의실 안에는 카메라가 없다. 교장실 밖에도 없다.

마지막은 구내식당이다. 그는 문을 밀어 열고 천장을 올려다본다. 문 바로 안쪽에는 카메라가 없다. 안으로 들어가 이쪽 끝에서 저쪽 끝까지 걸으며 구석구석 살펴본다. 카메라가 한 대도 없다.

애들 식사 장면을 보고 싶을 사람이 없나 보다. 그럴 만도 하지.

이제 주방으로.

주방 등이 켜져 있는 걸 그는 뒤늦게 알아차린다.

조가 있다. 달걀과 토스트 접시가 놓인 조리대 앞에. 테디와 눈이 마주치자 그의 포크가 허공에서 멎는다.

잡았다.

이런 행운도 있군.

"여기서 뵐 줄은 몰랐습니다." 테디가 선수를 치고서 음식 접시

317

와 프라이팬에 차례로 눈길을 던진다. "아침 식사 중이셨군요."

조는 끄덕이면서, 놀란 가슴을 진정시키려는 듯 허리를 조금 편다. "테디 선생님이 이 시간에 여긴 웬일이세요?"

"출근길이죠. 지나가다 소리가 들리길래 무슨 일인가 싶어 들어왔습니다. 요즘 분위기가 뒤숭숭하잖아요. 경찰을 부를 뻔했어요."

"경찰이 왔으면 절 보고 실망했겠네요."

"그러게요." 테디는 다시 음식 접시를 건너다본다. "여긴 별다른 구경거리가 없네요, 그렇죠?" 그는 조가 학교 음식을 훔쳐 먹게 두고 뒤돌아 나간다.

실은 그새 주방에 카메라가 있는 걸 확인했다. 조의 무전취식도 내일모레면 끝이다.

▶ ▷ ▶ ▷

팰런의 새벽은 엉망진창이다. 난방기가 고장 난 탓에 추워서 깬다. 너무 추워서 더는 잘 수도 없다. 해서 그녀는 인터넷으로 테디와 관련된 모든 것을, 그야말로 뭐든지 찾아본다. 그의 제자들. 그의 전부인.

그의 가족.

그에겐 가족이 없다. 어쨌거나 팰런이 찾아낼 수 있는 사람은. 그의 부모는 오래전에 세상을 떴다. 한 명은 암으로, 한 명은 교통사고로. 그에겐 형제자매도 자녀도 없다.

처음 안 사실은 아니다. 여러 번 검색해봤으니까. 수도 없이 검색했다. 매번 새로운 정보가 튀어나오길 기대하며 검색하지만 오늘은 날이 아닌가 보다. 몇 시간이 흐르고 더는 입력할 검색어도 없겠다, 그녀는 일찍 출근하기로 한다. 적어도 학교는 따뜻하니까.

학교 주차장에 조의 차 말고 딱 한 대가 더 있다. 테디의 차다.

이상하다. 그가 이렇게 일찍 출근하다니. 보통은 출퇴근 시간을 칼같이 지키는 인간인데.

예상대로 복도는 텅 비었다. 교실로 향하는 그녀의 구둣발 소리가 또각또각 울려 퍼진다. 짐을 내려놓고 몸도 좀 녹이고 나자 문득 해보고 싶은 일이 생긴다. 괜찮은 생각인 것도 같고 아닌 것도 같다. 잠을 설쳤더니 판단이 잘 안 된다.

그래서 그냥 밀어붙이기로 하고 곧장 테디의 교실로 간다. 그녀가 문을 열자 그가 고개를 든다.

그의 깜짝 놀란 표정을 본 것만으로 벌써 보람차다.

그가 말한다. "팰런…… 선생. 좋은 아침."

"안녕하세요." 그녀가 들어서자마자 교실 온도가 족히 5도는 뚝 떨어지는 느낌이다. "학교에 누가 있는 줄은 몰랐네요."

그들은 서로를 응시한다.

그녀는 분노를 느낀다. 그러나 별일 아니다. 그녀의 내면은 늘 분노에 차 있다. 내면 깊숙한 데가 뭉근히 끓는 때가 있는가 하면 활활 타는 분노가 왈칵 치미는 때도 있다. 지금 그녀가 느끼는 감정은 그 중간 어딘가다.

테디가 일어선다. 그녀 쪽으로 돌아 나오더니 책상에 엉덩이를 기댄다. "그래, 벨몬트에서 적응은 잘 되고?"

"아, 지금까지는 좋아요."

"다행이구나. 소니아가…… 사람이 참 체계적이었지. 수업 계획서도 정리가 잘돼 있을 거야."

"예, 정말 그래요. 도움이 많이 돼요." 팰런은 태연하게 답하지만 속은 전혀 그렇지 않다. 그녀는 목청을 가다듬는다. "쌤, 사과드리고 싶었어요."

그는 놀라지 않는다. 조금도. "응?"

"그동안 제가 보냈던 이메일들……. 제가 선을 넘었어요. 멍청한 짓이었죠, 사실. 죄송해요."

그는 어깨를 으쓱한다. 별일 아니라는 듯, 실은 거의 읽지도 않았다는 듯이. "아, 그 이메일." 그는 희미하게 웃는다. "사과할 필요 없어. 교사가 학생한테 밉보이는 게 어디 어제오늘 일인가. 너도 곧 알게 될 거야."

놀라지 말아야 하는데 놀랍다. 그는 너무나도 아무렇지 않아 보인다. 그녀는 말한다. "그래도 제 이메일은 부적절했어요. 죄송합니다."

"사과는 받아들이마."

"고맙습니다."

다시 한번, 두 사람은 서로를 응시한다. 그녀는 그의 눈빛을 살핀다. 그의 진짜 속내를 드러내는 무언가를 찾아보지만 전혀 모르겠다. "전 이만 수업 준비하러 가야겠네요."

"좋은 하루 보내라, 팰런."

"쌤도요."

괜히 왔다고 생각하며 팰런은 그의 교실을 빠져나온다. 자기가 나간 뒤 그의 반응을 몰카 모니터로 확인할 심산이었는데 지금은 볼 것도 없겠다는 생각이 든다. 아마 그는 바로 다시 앉아 일할 것이다. 그녀가 온 적도 없었다는 듯이.

그는 언제나 그런 식으로 어물쩍 넘어간다. 너무나도 아무렇지 않게.

57

이제 학교에 가지 마라.

잭의 부모님이 내린 지시다. 집을 나간 그가 부모님 전화를 받지 않고 부재중 전화에 답신하지도 않은 채 커피숍에 머무르는 사이, 두 분은 그 시간을 기회로 삼았다. 부모님은 잭을 벨몬트에서 빼내어 남은 학기를 홈스쿨링으로 대체하게 하기로 정해버렸다.

그의 의견은 말하나 마나다. 질문도 금지다. 협상도 없다.

엄마가 발 빠르게 벌써 개인 교사를 고용했다. 엄마가 집에서 직접 그를 가르칠 리 없다. 날이 밝자 가장 먼저 학교에 통보하고 아들의 학업 내용을 넘겨받기로 했다. 엄마가 손을 대면 뭐든지 일사천리다. 일이 되게 하는 데 필요하다면 뭐든지 아낌없이 쓴다.

엄마가 일렀다. "수업 시작하면 마샤 씨가 학교 앞으로 나올 거야. 같이 가서 사물함 짐 챙겨오면 돼."

잭은 실제보다 더 억울한 표정을 지어 보이며 끄덕인다.

오전 9시 정각, 그는 물건들을 챙겨 벨몬트를 떠난다. 다음 행선지는 스타벅스다. 개인 교사와의 첫 만남은 정오로 예정돼 있다. 그렇게 되게 하기 위해 엄마가 거금을 지불했을 것이다.

어쨌든 그때까지는 자유 시간이다.

그는 다시 독초 목록을 연다. 범위를 좁히는 건 어렵지 않다. 우선 코트니의 엄마나 B 쌤에게 나타나지 않았던 증상을 유발하는 건 지운다. 그리고 사람을 죽이기까지 몇 시간이 아니라 며칠이 걸리는 독도 지운다. 마지막으로, 소량으로는 위험하지 않은 독을 삭제한다. 있는 줄도 모를 만큼 적은 양으로도 치명적이어야 한다. 경찰이 말한 코트니 엄마의 사인이 진실이라면, 티 나지 않게 커피에 섞을 수 있는 독이었을 것이다.

메스꺼움이나 구토, 설사를 일으키다 한참 후 사망에 이르게 할 수도 있는 독초는 많다. 독미나리, 사근초, 피마자 씨……. 까마중은 신경 마비를 유발하는데, 둘 다 그런 증상은 없었다.

피부로 흡수될 수 있는 독을 가진, 만지기만 해도 위험한 맹독초가 몇 가지 있다. 협죽도가 그렇다. 접촉만으로 피부염을 유발한다. 묵주완두 씨앗도 그렇다. 껍질 안쪽을 만질 경우, 특히 그 독성이 혈류로 스며들면 생명을 잃을 수 있다.

그러나 로스 아줌마와 B 쌤을 죽인 독극물은 소화기관에서 발견됐고 로스 아줌마는 사망 전에 심장마비로 쓰러졌다. 그런 증상을 유발하는 독초는 많지 않다.

그중 하나가 '케르베라 오돌람(Cerbera odollam)', 일명 '자살나무'다. 인도와 동남아시아, 컬럼비아, 코스타리카 등지에서 자생한다. 북미에서 발견되는 경우는 드물다.

또 하나는 '악타이아 파키포다'로, '노루삼' 또는 '인형 눈'이라고도 불린다. 캐나다와 미국 동부, 중서부에 서식한다. 열매가 제일 독성이 강하다. 심장 진정 효과가 있어, 먹을 경우 급성 심정지가 올 수 있다. 이거다.

잭은 짐을 챙기고 엄마에게 문자 메시지를 보낸다.

> 학교에서 짐 챙겨옴. 과외 쌤 기다리는 중.

득달같이 답신이 온다.

> 잘했네. 사랑해, 아들.

부모님이 왜 진즉 홈스쿨링을 생각해내지 못했는지 의아하다. 이렇게나 쉬운 일인데.

그가 중죄인으로 몰린 것만 빼면.

바깥은 너무너무 춥지만 잭은 근처에서 그 식물이 자랄 법한 장소를 찾아 나선다. 가장 먼저 들르는 곳은 구글맵상 가장 가까운 화원 '레어 어스'다. 이 근방은 이른바 상류층 구역이다. 잭의 엄마가 식물을 산다면 여길 이용할 것이다. '만약에' 산다면 말이다.

레어 어스로 들어서며 그는 계산대에 있는 나이 지긋한 여인에게 환한 미소를 건넨다. 하얗게 센 머리를 땋아 등까지 늘어뜨린 그녀는 얼추 그의 할머니뻘로 보인다.

"어머나, 어서 와요. 반가워요, 오늘은 손님이 없을 줄 알았는데. 이렇게 추운 날엔 아무래도 밖에 나다니기 싫잖아요."

"선물을 좀 하려고요. 엄마 드릴 거예요." 그는 또 한 번 빵긋 웃는다. "사장님께서 도와주실 수 있을 것 같은데요."

그녀도 미소로 화답한다. 두 눈에 반짝 생기까지 돈다. "그럼요, 얼마든지."

그들은 함께 온실로 들어간다. 잭은 열심히 두리번거리며 인형 눈 열매를 찾아본다.

"꽃을 찾는 건가요?" 그녀가 묻는다.

"실은 화분이 좋을 것 같아요. 겨울엔 실내에서 키우다가 날이 풀리면 마당에 옮겨 심을 수 있는?"

그녀는 어깨너머로 그에게 미소를 날린다. "현명하네. 어머니께서 정원 가꾸기를 좋아하시나 봐요?"

"엄청요. 그래서 뭔가 특이한 식물을 선물해드리고 싶어요."

"딱 알맞은 게 있어요."

그녀는 여러 가지 식물을 보여주며 하나하나 길게 설명한다. 그냥 두면 온종일이라도 수다를 늘어놓을 기세다. 그는 할머니 사장님이 실컷 떠들게 둔다. 단, 그가 찾던 식물을 발견할 때까지만.

그가 인형 눈을 가리키며 말한다. "이거 괜찮은데요. 진짜 특이해요."

"근데 독초예요. 집에 반려동물이나 어린아이가 있다면 들이지 않는 게 좋아요."

"정말요? 독성이 그렇게 강해요?"

"예."

"근데 그냥 밖에서도 자라나요? 야생으로?"

"이 지방 자생 식물이니까요. 봄이 되면 그로브 부근에서 흔히 보일 거예요." 그로브는 동네에서도 유서 깊은 구역으로 널찍한 터에 지어진 빅토리아풍 가옥이 많다. 잭의 엄마는 그 오래된 저택들을 아주 좋아하지만 아빠는 돈만 잡아먹는다고 싫어한다. 논쟁에서 아빠가 이겼기 때문에 잭네 가족은 비교적 최근에 지어진 집에서 산다.

화원 사장은 인형 눈에 관한 모든 것을 알려준다. 대부분 잭도 이미 아는 내용이다. 온실에 있어서 열매를 맺은 것뿐이지 원래 이 계절에는 열매를 볼 수 없다고 그녀는 덧붙인다.

화원 사장의 설명을 그는 웃는 얼굴로 끄덕이며 건성으로 듣는다. 그의 머릿속에서 인형 눈은 더 이상 식물이 아니라 무기다.

열매가 독성이 가장 강하다. 열매를 으깨서 사람의 음식에 넣는 것도 이론상 가능하다. 그러나 그렇다면 특정인에게 특정 음식을 먹여야 한다는 뜻이다. 두 사람은커녕 한 사람에게 그러기도 쉽지 않을 것이다. 두 사람 모두와 매우 가까운 관계라면 몰라도.

그러니까 열매를 통째로 쓸 수는 없었을 것이다. 그 안의 즙을 써야겠지. 즙을 뽑아내거나 짜내면 어디에라도 섞어 넣을 수 있다. 커피에도.

잭 자신이라면 그렇게 할 거다.

58

팰런은 테디의 교실을 찍은 하루치 데이터를 다운로드한다. 그의 교실 근처에 있을 필요도 없다. 오전 휴식시간, 그녀는 자기 책상에서 동영상을 보기로 한다.

오늘 아침 자신의 사과를 받고서 그가 어떻게 반응했는지 확인할 요량이다. 보나 마나 아무렇지 않게 책상에 앉아 업무를 봤겠지. 막상 그녀는 그 예상을 뒤엎는 장면을 목도한다. 예상보다 훨씬 기분 나쁜 장면을.

그녀가 떠난 뒤 그는 한동안 가만히 기다리다가 일어나 교실 문을 닫고 책상으로 돌아가 앉았다.

그러고는 웃음을 터뜨렸다.

피식대거나 빙그레 웃는 정도가 아니었다. 그녀 귀청이 떨어져 나갈 지경으로 크게 폭소했다.

▶ ▷ ▶ ▷

테디는 팰런이 뭔가 계략을 꾸미는 중임을 알고 있었다. 다만 어떤 계략인지를 몰랐는데 이제는 궁금하지도 않다. 그녀가 몸소 찾아와 그의 염려를 덜어주었다. 팰런은 남루한 신발에 명품 옷을 걸치고 그의 앞에 나타났다. 마치 꾸미기 놀이를 하는 어린애 같았다.

거짓말은 또 어찌나 어설프던지. 끊임없이 자세를 고치고 눈길도 피하고. 나름대로 긴장했겠지만 속이 훤히 들여다보였다. 여전히 그 애는 학교에서 기 싸움이나 하는 철없는 계집애에 지나지 않았다.

테디는 뭔가 더 있을 거라고 생각했던 자신이 한심하게까지 느껴진다.

내심 그 애를 상패 도둑으로 믿었다니. 그럴 깜냥도 안 되는 녀석인데.

새벽 출근길부터 차가 미끄러진 터라 오늘 운수가 좋으리라곤 기대하지 않았었다. 그러나 상황이 반전되었다. 그 시작은 구내식당 주방에서 조를 본 일이다. 그다음은 팰런의 깜짝 방문. 게다가 1교시 직후 잭 문제로 행정실 이메일을 받기까지.

잭 워드가 벨몬트를 자퇴하였으며 즉시 효력이 발생함을 알려드립니다. 남은 학기 잭 워드의 학업은 홈스쿨링으로 대체할 예정이오니 현재 수업 계획서를 되도록 빨리 행정실로 보내주시길 요청드립니다.

테디는 검사가 기자회견에서 언급한 제2의 인물이 잭이라고 믿어 의심치 않았다. 그래도 그 녀석이 학교를 떠난다는 소식이 벨몬트 주방에서 조를 본 것보다, 심지어 팰런이 찾아온 것보다 더 기쁘다. 오늘 들은 최고의 소식이다.

두 번째로 좋은 소식은 점심시간에 찾아온다. 그가 교실 창문을 열고 머리를 내밀었을 때. 없다. 창밖에는 카메라가 하나도 없다. 그는 맨 끝의 창문 하나를 잠그지 않은 채로 둔다.

▶ ▶ ▶ ▶

12시 정각, 잭은 집에 있고 개인 교사가 도착한다. 그의 이름은 타이터스다.

"묻기 전에 말할게. 본명 맞아." 타이터스는 키가 크고 안경을 썼다. 그리고 다트머스 스웨터를 입었다. "근데 아니야, 모태 신앙하곤 상관없어."

잭은 잠시 생각한다. "셰익스피어?"

"그래." 타이터스가 눈알을 굴린다. "부모님이 셰익스피어 축제에서 만나셨거든. 〈타이터스 앤드러니커스〉 공연장에서."

"으윽."

"말해 뭐하냐."

잭은 이 선생과 잘 지낼 수 있을 것 같은 예감이 든다. 자기 부모를 이만큼 경멸하는 사람이라면 성격도 괜찮을 거라는 그만의 기준이 있다.

잭은 타이터스와 함께 부엌으로 들어가 감자 칩 봉지와 생수 두 병을 챙긴다.

타이터스가 묻는다. "무슨 사연인지 물어봐도 되냐? 학교에서 무슨 문제라도 일으켰어?"

지난 몇 시간 동안 잭은 일상을 무너뜨린 모든 걸 잊을 수 있었다. 뇌물공여 혐의. 살인. 코트니. 전부 한꺼번에 되돌아온다. "비슷해요."

타이터스는 끄덕이며 식탁에 앉아 가방을 연다. 노트북과 책 다섯 권, 노트를 꺼낸다. "홈스쿨링 해본 적 있어?"

"아뇨."

"이렇게 하자. 내가 과제를 내주면 넌 작성해서 이메일로 보내. 우린 일주일에 한 번씩 만나서 네 과제를 검토할 거야. 시험을 치를 때는 내가 옆에서 감독하고." 타이터스는 말을 끊고 잭을 살핀다. 잭은 말없이 듣기만 한다. "까놓고 말할게. 난 네 부모님한테 고용된 사람이야. 그러니까 네가 과제를 빼먹거나 꾀를 부리면 난 네 부모님께 말씀드려야 해. 질문은 안 받는다."

인상적이다. 타이터스는 솔직하고 공정하다. 그래서 마음에 든다. 규칙이 최우선임을 알면 대처하기가 한결 수월하기 마련이다. 잭은 대답한다. "알았어요."

그때부터 그들은 거의 두 시간을 쉬지 않고 공부한다. 엄마가 잭에게 문자를 보내 타이터스가 왔는지 묻는다. 타이터스에게는 두 번, 잭이 잘하고 있는지 문자로 확인한다. 잭은 잘하고 있다. 이 수업은 벨몬트 수업보다 더는 아니어도 비슷하게 어렵다. 상관없다.

공부에 집중하니 잡생각이 나지 않는다.

잠시 쉬면서 그들은 잭의 엄마가 일주일에 한 번씩 사다놓는 포장 음식으로 끼니를 때우고 이 기회에 잭은 타이터스에 대해 좀 더 알게 된다. 그는 대학원에 갓 입학했으며 용돈벌이로 개인 교습을 한다고 한다. "우리 부모님께선 이게 되게 좋은 생각인 줄 아시지." 라면서 그는 다시 한번 눈알을 굴린다.

그리고 맞다, 타이터스는 벨몬트 출신이다.

"안됐네요." 잭이 말한다.

"그래, 암울했지. 그나저나 대체 거긴 뭐가 어떻게 돌아가는 거냐? 연쇄 살인?"

잭은 끄덕인다. 이지키얼과 엄마가 신신당부한 말이 떠오른다. '한마디도 하지 마라. 이유 불문, 누구에게든 아무 말도 하지 마.'

"쌤도 B 쌤을 아세요?"

"그럼. 좋은 분이셨는데."

"맞아요."

"팰런이 B 쌤 자리로 들어갔다는 얘기는 들었어."

"팰런?"

"팰런 나이트. 나랑 같은 해에 졸업했지."

"아, 학교에서 본 것 같아요. 전 올해 크러처 쌤 수업을 듣거든요. 아니…… 들었죠."

"으, 크러처." 타이터스는 고개를 절레절레 흔든다. "팰런이 그 인간을 그야말로 증오했지. 걔가 벨몬트로 돌아왔다고 해서 솔직히 놀랐다니까. 아무리 일이라고 해도 말야."

"그분도 크러처의 미운털 명단에 있었어요?"

"그랬던 것 같다."

"저도요."

"거 좆같겠다."

그렇다, 좆같다. 아니, 좆같았다. 이제는 상관없다. 그는 더 이상 벨몬트 학생이 아니니까. 적어도 그거 하나는 좋다.

"팰런 쌤은 어쩌다 크러처한테 밉보였대요?"

"나도 잘은 몰라. 걔가 온라인에 크러처 욕을 엄청 해댔던 건 기억나거든? 졸업한 이후에. 추천서가 어쩌고저쩌고 하던데."

"크러처한테 추천서를 부탁했다고요? 나라면 절대 안 해."

"선생들이 그렇게 음흉한 구석이 있어. 가끔 학생은 자기가 미운털 명단에 있는 줄도 모르다가 뒤늦게야 알게 된다니까."

59

월요일 아침 출근길, 테디는 기분이 좋다. 학교 앞이 조용하다. 기자들도 추위를 견디며 죽치고 서서 오지 않을 뉴스거리를 기다리는 데 질려버린 것이다. 이제 검찰도 경찰도 침묵하고 있다. 이렇다 할 제보나 소문도 없다. 누군가가 단단히 단속한 모양이다.

전에 없던 공고문이 학교 앞에 나붙은 것만이 새롭다면 새롭다.

경고

교내 CCTV 작동 중

카메라가 돌고 있다. 마침내.

학생들 태도가 달라질지 궁금하다. 그들이 말 한마디 행동 하나하나를 조심스러워한다면. 나쁘지 않은 일이다.

테디만 카메라가 학생들에게 미칠 영향을 생각하는 건 아니다.

교사 휴게실에서 루엘라가 수정 목걸이를 움켜쥔 채 '빅 브라더'를 비난한다.

"애들이 무슨 죄라고!" 그녀는 흥분한 나머지 허브차를 흘릴 뻔한다. "안전하면서도 사랑받는다고 느껴야 할 아이들이, 일거수일투족을 감시당하면서 지내야 한다니요!"

누군가 대꾸한다. "안타까운 일이죠. 안타깝지만 현실이고요."

옳은 말씀이다.

테디는 커피를 한 잔 내리고 물건들을 챙겨 아래층 교실로 향한다. 지난주 퇴근길에 잠근 문은 그대로 잠겨 있다. 문을 열고 들어가며 그의 눈길이 향하는 곳은 언제나 그렇듯 벽이다.

올해의 교사 상패가 돌아왔다.

첫눈에는 그런 줄 알았다. 복도 카메라가 작동하기 전이었던 금요일에 절도범이 몰래 들어와 되돌려놓은 줄로 생각했다. 가까이 가서 살펴보니, 테두리에 스티커가 하나 붙어 있다.

이건 새 상패다.

도둑맞은 상패를 찾느니 새로 하나 만들어준 거다. 교장, 아니 아마 마샤 씨가 그러기로 결정했겠지. 지름길로 쉽게 가자고. 사람들이 지름길을 택할 때마다 테디는 환멸을 느낀다.

그래도 벽에 상패가 걸린 덕에 교실 풍경이 한결 나아졌다. 모든 것이 제자리에 있는 것 같다.

오늘은 좋은 날이 될 것이다. 아침에 잠에서 깼을 때부터 예감이 좋았다. 벌써 해가 밝았고 기온도 영상이라 얼음이 녹기 시작했다. 아직 겨울이지만 이제는 막바지다.

게다가 곧 수업이니 그는 단테의 지옥 이야기를 이어갈 것이다. 아, 더할 나위 없이 흡족하다. 심지어 손거스러미를 뜯고 싶은 충동도 일지 않는다.

만사가 순조롭게 흐른다. 작은 파문 하나 없이, 그 어떤 문제도 없이, 뜻밖의 뉴스나 발표도 없이. 가르치기에 딱 좋은, 완벽하게 평범한 하루다.

오전까지는.

오후 1시 무렵 테디는 가벼운 현기증을 느낀다. 머리가 약간 띵하다. 5교시 수업이 한창이고 지옥 원을 논하는 중인데 더는 못 견디겠다. 그는 의자에 앉는다.

"쌤, 괜찮으세요?"

어느 학생이 묻기에 그는 끄덕인다. "어, 괜찮아."

아득하게 웬 비명 소리가 들린다. 아닌가. 환청인 것도 같은데 잘 모르겠다. 그는 그저 머리를 책상에 누이고만 싶다. 팽팽 도는 머릿속을 가라앉히고 싶을 뿐이다.

60

팰런은 눈을 뜨고 몇 차례 깜빡거린다. 여기가 어디지?

하얀 방, 하얀 침구. 그녀 방의 침구는 파란색인데. 또, 천장이 너무 가깝다. 에어 매트리스는 훨씬 낮아서 방바닥에서 올려다보는 느낌인데. 창문에 커튼이 드리워져 있어 밤인지 낮인지도 모르겠다.

그런데 팔에 고무관이 연결돼 있다.

정맥주사다. 그녀는 병원에 있다.

일단 다리를 움직여본 다음 팔도 움직여본다. 안도감이 밀려온다. 사지는 멀쩡하다.

이제 기억을 더듬어본다. 마지막 기억은 교실 풍경이다. 수업 중에 외마디 비명을 들었고 무슨 일인가 싶어 복도로 나갔다.

거기까지다.

그녀는 침상 옆에 달린 버튼을 누른다. 잠시 후 어떤 아가씨가 온다. 만면에 친절한 웃음을 머금고 있다. 마치 여기가 병원이 아닌

미용실이라는 듯이.

"깨셨어요?" 명찰에 적힌 그녀의 이름은 태미다. "좀 어떠세요?"

"왜……?" 목소리가 갈라져 나온다. 간호사가 얼른 챙겨다준 물을 한 모금 마시고서 다시 목소리를 내본다. "왜 제가 병원에 있죠?"

"학교에서 쓰러지셨어요."

"쓰러졌어요, 제가?"

태미는 입술을 옹송그리며 끄덕인다. 지금은 그리 명랑한 표정이 아니다.

팰런이 다시 묻는다. "제 몸에 무슨 문제라도 있나요? 목이 왜 이렇게 따가워요?"

"위세척을 받으셨어요. 목구멍으로 관을 삽입했기 때문에 아무래도 자극이 있었을 거예요. 당장은 불편하시겠지만 금방 괜찮아져요."

"아니 왜……?" 고개를 흔들며, 팰런은 뭘 먹었는지 떠올려본다. "식중독이었나요?"

태미는 침상 끝에 걸터앉는다. 알이 큰 연두색 안경을 써서 그런지 눈이 엄청나게 커 보인다. "벨몬트에 또 사건이 있었어요. 사상자가 여러 명이에요."

한참 만에야 팰런은 그 뜻을 이해한다. "독이구나. 제가 독이 든 음식을 먹은 거예요?"

"감식 결과가 나와봐야 알겠지만 지금으로선 그렇다고 보여요."

팰런은 이불을 끌어당겨 얼굴을 덮는다. "오, 세상에."

"환자분은 이제 괜찮으세요. 배고프지 않으세요?"

"아뇨, 지금은. 안 고파요."

"죄송해요. 괜한 질문이었네요. 경과를 지켜봐야 하니 오늘 밤은 여기서 보내시고 내일 퇴원하시면 되겠습니다." 그녀는 팰런을 토닥여주고 일어나 이불을 당겨 편다. "뭐든 필요하시면 호출 버튼을 누르세요."

태미는 충격에 휩싸인 팰런을 남겨둔 채 나간다. 벨몬트로 돌아오며 온갖 상황을 예상했지만 독을 먹게 될 줄은 정말이지 꿈에도 몰랐다. 학사 학위가 없다는 사실을 들킨다? 그래, 그럴 수 있다. 그래서 잘린다? 아마도 그렇겠지. 심지어 체포된다? 역시 가능한 일이다. 테디의 해고를 위해 그녀가 어떤 짓까지 하느냐에 달렸다.

하지만 독을 먹는다? 아니다. 그런 일이 생기리라곤 상상도 해본 적 없다. 자신은 물론이고 다른 누구에게도. 소니아가 그렇게 죽은 뒤니까.

사상자가 여러 명이라던 태미의 말이 떠오른다. 팰런은 리모컨을 집어 TV를 켠다. 화면 하단에 뜬 속보 문구에 그녀는 벌떡 상체를 일으킨다. 하마터면 팔에 꽂힌 주삿바늘이 빠질 뻔한다.

연속되는 위기의 벨몬트 아카데미: 1명 사망, 6명 입원 치료 중

화면 속 기자는 짙게 화장한 금발의 젊은 여성이다. 쉴 새 없이 나불대지만 기껏해야 속보 문구를 다른 말로 옮기는 것에 불과하다. 사망자 이름은 단 한 번도 나오지 않는다.

팰런은 호출 버튼을 누른다.

태미가 처음처럼 명랑한 얼굴로 다시 나타나자마자 팰런은 다짜고짜 묻는다. "누가 죽었어요?"

"예?"

팰런은 TV를 가리킨다. "누가 죽었다는데요."

"아." 태미는 돌연 미간을 잔뜩 모은다. 불길하다. "죄송하지만 저도 몰라요. 여기로 오신 분들은 모두 무사하세요."

불끈, 분노가 치민다. 익숙하다. 그녀가 기억하는 한 분노는 평생에 걸쳐 그녀와 한몸이었다. 기대가 너무 컸던 부모님 때문에. 그녀보다 더 똑똑하거나 예쁘거나 나았던 친구들 때문에. 시키고 시키고 또 시켰던 선생들 때문에.

그리고 테디 크러처, 그녀의 인생을 나락으로 떨어뜨린 그놈 때문에.

비단 큰일에만 화가 나는 게 아니다. 사소한 일에도 툭하면 화가 난다. 누가 지각할 때, 블라우스에 진 얼룩을 발견했을 때, 도로에서 다른 차가 끼어들기를 할 때……. 그녀는 늘 화가 난 상태다.

지금도 그렇고.

무심결에 리모컨을 너무 세게 쥔 나머지 음량이 쭉 올라간다. 이제 기자 목소리가 숫제 비명을 내지르는 것 같다.

▶ ▷ ▶ ▷

"이해를 못 하신 것 같은데요." 테디는 간호사에게 버럭 화내고 싶은 마음을 힘껏 억누른다. "제 아내가 이 병원에서 일해요. 앨-리-슨 크루-처. 아내 이름이에요. 그 사람 호출해서 제가 여기 있다고 말해주시겠어요?"

신보다도 늙어 보이는 그 간호사는 한마디 대꾸도 없이 비척비척 걸어 나간다.

테디는 한숨을 쉰다. 어째서 만사가 이토록 힘들어야 하는지 도무지 이해할 수가 없다.

병실 TV는 약 한 시간째 켜져 있다. 기자는 너무 말라서 꼭 흔들인형 같은데 정말이지 매력 없다. 그나마 목소리는 참아줄 만하다.

지금쯤 앨리슨은 그가 여기 있는 걸 알 것이다. 틀림없다. 그래, 여전히 화가 풀리지 않았겠지만, 맙소사, 그가 병원에 있지 않은가. 10년 넘게 부부로 살았는데 한 번은 와서 들여다봐야 하는 것 아닌가.

휴대폰을 흘낏대며, 응급실에 전화해볼 생각도 해본다. 의식이 없는 상태로 실려 온 게 한이다. 앨리슨이 봤는지, 처치를 도왔는지, 그로선 알 길이 없다. 그녀가 이 병실로 찾아오지 않는 한에는.

아니다, 전화하지 않으련다. 몇 달 동안 전화는커녕 연락 자체를 끊었다. 그녀에게 시간이 필요할 거란 생각에서였다. 배신의 과정이란 그런 것이다. 충격과 분노를 겪은 뒤 마침내 수용한다. 극한의 감정들이 차츰 잦아들면 그녀 쪽에서 연락하겠지. 그러고 기다렸더니 과연 연락이 왔다. 이혼 서류의 형태로.

드라마라도 찍는 줄 아는지, 원. 원래 그런 여자가 아니었다. 서류만 덜렁 보낸 건, 솔직히 말해 유치하고 볼썽사나웠다.

인정한다, 결혼을 결심했을 때는 그도 아이를 갖는 데 동의했던 것 같다. 그녀는 아이를 갖겠다는 생각이 워낙 확고해서, 아이를 원치 않는 남자와는 절대 결혼하지 않을 것이었다. 그에겐 선택권이 없었다.

그는 그녀를 안심시켰다. "당연히 낳아야지. 아이를 원하지 않는 사람이 어딨어?"

자기밖에 모르는 10대 아이들과 매일같이 부대끼는 사람인 그로서는 가장 원하지 않는 게 아이였다. 앨리슨과 함께 낳는대도 싫었다. 그래서 거짓말했다. 그 말을 철석같이 지켜야 한다고는 생각지 않았다. 언젠가 그녀의 생각을 바꿀 수 있을 거라 생각했다.

그러나 끝끝내 그럴 수 없었다.

►▷►▷

테디는 말했다. "왜 당장 아이를 낳자는 건지 난 이해가 안 돼. 나랑 둘이 사는 게 행복하지 않아?"

"물론 행복하지."

부부는 저녁 식사를 마친 참이었다. 테디는 아직 식탁에 앉아 있었지만 앨리슨은 아니었다. 그녀는 일어나서 빈 접시를 개수대로 가져갔다.

그가 말했다. "아이가 꼭 필요한지도 잘 모르겠어. 지금 당장은 더더욱, 우리 형편을 생각하면 그렇잖아. 아직 집도 더 수리해야 하는데."

"필요해서가 아니야. 원해서지. 난 아이를 낳고 싶어." 그를 등진 채 그녀는 접시를 씻기 시작했다. "당신도 원한다고 했잖아."

"당연히 원하지. 단지 난 돈 생각을 안 할 수가 없다고."

"부자가 되길 기다리다간 영영 아이는 못 낳아."

그는 대답하지 않았다. 사실이었으니까. 그녀의 말이 악취처럼 공중에 맴돌았다.

이윽고 그가 다시 입을 열었다. "나중에. 적어도 연휴 끝날 때까지만 기다려보자."

그녀가 그에게로 돌아섰다. 두 눈이 희망으로 반짝였다. "새해에? 새해에는 노력해보기로 약속하는 거다?"

"약속할게."

그녀는 잊지 않았다. 연말이 다가오자 난임 치료 얘기를 꺼냈다.

정관 수술이 불가피했다. 실은 그게 마지막 수단이었다. 앨리슨 본인이나 의사 몰래 그녀의 커피에 피임약을 몰래 타는 게 불가능해졌기 때문이다. 그는 정관 수술을 받아야 했다. 다른 방법이 없었다.

자기가 불임이라는 그의 고백에, 그녀는 당신 잘못이 아니라고 말해주었다. 이후 몇 달간은 일상이 제자리로 돌아온 듯했다.

그 망할 병원의 어느 미숙한 직원이 그의 집으로 청구서를 보내기 전까지는.

61

이튿날 아침, 팰런이 잠에서 깬 지 몇 분 만에 간호사가 다가온다. 태미가 아니다. 이 간호사는 나이가 더 많아 보이고 별로 명랑하지 않다. 바짝 깎은 잔디처럼 짧은 흰 머리에 간호사복은 하도 구겨져서 바스러질 듯하다.

"푹 쉬셔서 이제 몸이 가뿐하죠? 벌써 10시예요."

팰런은 침상 옆 탁자를 더듬거리며 물을 찾는다. "검사받을 게 있는데 제가 자느라 놓쳤나요?"

간호사가 짐짓 그녀를 흘겨본다.

팰런은 헛기침한다.

"의사 선생님이 와서 봐주실 거예요. 그런 다음 퇴원하실 수 있어요." 간호사는 컵에 물을 채워주고서 나간다.

곧이어 팰런은 TV를 켠다.

게임쇼. 토크쇼. 시트콤. 그녀는 이리저리 채널을 돌려댄다. 어째

343

서 이 시간에 그 뉴스에 대한 얘기가 없는지 모르겠다. 국영 방송 채널은 하나같이 정치 얘기로 바쁘다.

젊은 의사가 들어와 그녀의 채널 탐색을 방해한다. 눈이 크고 미소가 근사하다.

"몸은 좀 어때요?" 그가 묻는다.

"많이 나아졌어요. 목도 덜 따갑고요."

"다행이네요." 그는 차트를 확인하고 청진기로 그녀의 심장박동 소리를 듣는다.

팰런이 질문한다. "감식 결과는 나왔나요? 정말 독이었어요?"

의사는 미소를 거두고 고개를 젓는다. "저도 들은 바가 없어요."

"누가 죽었는지는 아세요? 사망자가 있다고 들었는데요."

"저도 모릅니다." 의사는 차트 하단에 서명한다. "퇴원 조치 해 드릴게요. 혹시라도 몸에 이상이 있거나 또 어지럽거나 하면 즉시 응급실로 오셔야 합니다."

의사가 나간다. 팰런은 몸을 일으키려다 아직 팔에 주삿바늘이 꽂혀 있다는 걸 깨닫는다. 한숨을 내쉬며 그녀는 버튼을 눌러 간호사를 호출한다.

정맥주사를 빼고 옷을 갈아입은 뒤 병실을 나서면서 그녀는 다음에 할 일을 생각한다. 퇴원 전에 수납처에 들러야 한다.

그러나 먼저, 병실 문밖에 서 있던 두 사람과 마주친다. 둘이 똑같은 재킷을 걸쳤다. 재킷에 FBI 로고가 박혀 있다.

▶ ▷ ▶ ▷

테디는 여전히 침상에 누워 앨리슨을 기다리지만 정작 그의 병실을 찾은 건 FBI 요원들이다. 놀랍지는 않다. 이 정도 규모의 독극물 사건이면 FBI가 개입하고도 남는다. 어쩌면 마약단속국까지. 피해자가 한두 명이면 몰라도 무려 일곱 명이 한꺼번에? 심지어 한 명은 사망? 이제 연방 당국이 넘겨받을 시점이다.

남자와 여자, 둘 다 FBI 재킷을 입었다. 둘 다 프로다워 보여서 다행이다. 프로답지 못한 법 집행관보다 나쁜 건 없다.

대머리 남자는 롤런드 요원이다. 너무나 평범한 이름이라 오히려 가명인가 싶을 정도다. 그가 맨 먼저 알고 싶어 하는 건 어제 테디가 먹은 모든 것이다.

그는 답한다. "음, 집에서 커피를 마셨습니다. 블랙으로 한 잔. 출근해서는 1교시 전에 커피를 또 한 잔……."

"그 커피는 어디서 났습니까?" 롤런드가 묻는다.

테디는 그를 빤히 쳐다본다. "제가 말씀드리고 있었듯, 1교시 전에 커피를 또 한 잔, 교사 휴게실에서 내려 마셨습니다. 전 프라임 볼드를 마셔요. 그 후로 점심시간까지는 아무것도 먹지 않았습니다. 점심은 집에서 싸 온 도시락을 먹었고요. 볼로냐 샌드위치와 사과 한 알. 매일 똑같은 걸 먹습니다." 그는 말을 중단하고 요원의 반응을 살핀다. 무반응이다. "어제는 우유를 받으러 구내식당으로 가긴 했네요. 교실에서 점심을 먹으면서 우유도 함께 마셨습니다."

"평소에도 그러십니까? 매일 구내식당에서 우유를 받아 오시나요?"

"매일은 아니고 가끔요. 보통은 집에서 생수를 가져옵니다."

"하지만 어제는 확실히 식당 우유를 마셨다는 말씀이시죠?"

"예." 테디는 슬슬 롤런드 요원의 이해력이 의심스러워진다. "확실합니다."

"샌드위치는요? 직접 만드셨습니까?"

"예."

"다른 사람이 건드렸을 가능성은요?"

테디는 잠시 생각해본다. 실은 생각하는 척한다. "아뇨. 항상 밀폐 봉지에 넣어서 교실에 보관합니다."

"댁에서는요?"

이 질문은 조금 의외다. "집에서요?"

"함께 사시는 분이 계십니까?"

"그게 무슨 상관인지 모르겠군요."

"상관이 있습니다. 선생님이 먹고 마신 것들에 누가 접근했는지 알아야 해요."

"혼자 삽니다." 테디는 말한다. 이로써 가정사와 관련된 질문의 고리를 끊어내길 바라면서.

끊어내지 못했다.

"선생님 말고 댁에 드나들 수 있는 사람은요?"

"방금 혼자 산다고 했잖습니까."

"그럼 열쇠를 가진 사람은 선생님뿐인가요?"

테디는 감정을 숨기고 표정을 관리한다. 그러지 않으면 그가 느끼는 증오를 이 FBI 요원이 꿰뚫어 볼지도 모른다. "아내한테도 열쇠가 있습니다."

롤런드는 놀란 기색이다. "혼자 사신다면서요."

"혼자 삽니다. 우린…… 별거 중이에요."

롤런드와 나머지 요원 프루이트가 눈짓을 교환한다.

테디가 이어 말한다. "저기요, 지금은 벨몬트 역사상 가장 비극적인 시기라 해도 과언이 아닙니다. 올해의 교사로서 제 최대 관심사는 우리 학생들과 그 애들의 성공인데요, 학교에서 실로 끔찍한 사건이 벌어졌어요. 그럼 학교에, '학생들'에게 이런 짓을 할 사람이 누구인지를 밝히는 데 집중해야죠. 제 아내는 이 일과 전혀 관계가 없습니다."

"양해해주십쇼. 어쨌거나 수사는 철저해야 하니까요."

이거야 원, 예상보다 오래 걸리겠다. 테디는 묻는다. "저도 뭐 하나 여쭤도 되겠습니까?"

두 요원이 동시에 끄덕인다.

"어제 사망자가 있었다던데 누구인지를 아무도 알려주지 않아요. 이 정보는 아직도 대외비입니까?"

롤런드는 잠시 망설인다. "아까 뉴스에 보도되더군요. 교장 선생님이 사망하셨습니다."

테디는 크게 충격받은 척한다.

62

#살인고대학살 다음 날, 잭은 다시 거실로 호출되어 이지키얼과 부모님 앞에 앉는다. 전과 같은 공간, 같은 위치에 있지만 상황은 전과 같지 않다.

이지키얼이 말한다. "잘됐어요. 이번 사건이 벌어지기 며칠 전부터 잭은 학교 근처에도 가지 않았으니까요."

"얠 거기서 빼내길 잘했죠." 엄마가 말한다.

아빠가 엄마의 어깨를 짚는다. "역시 당신 선견지명은 대단해."

잘됐어요, 란다. 여섯 사람이 병원으로 실려 가고 교장 선생님은 죽었는데. 변호사들한테는 이게 잘된 일인가 보다.

잭은 너무 화가 나서 고함을 내지르고 싶은 심정이다.

하지만 감정 조절 못하는 어린애로 보일까 봐 억지로 참는다. 속으론 주체가 안 될지라도 절대 내색하지 않을 테다.

'감정을 하나하나 다 드러내지 마라. 불안정해 보일 뿐이다.'

불안정해 보이고 싶은 사람은 없다. 수학을 가르치는 맥스웰 선생이 어떻게 됐던가. 그는 아직도 병가 중이다.

이지키얼은 사뭇 뿌듯한 표정이다. "일단 좋은 소식인 건 맞는데요……. 말씀드릴 게 또 있습니다." 아무도 대꾸하지 않자 그가 이어 말한다. "아마 뉴스를 보셨을 텐데, FBI가 이쪽으로 왔어요. 코트니 체포 건을 포함해 이전 사건들부터 전부 재수사할 모양입니다." 오늘 저녁 처음으로 이지키얼이 잭 쪽을 본다. "그들이 잭과 얘기하고 싶어 해요."

"안 돼요." 엄마는 단호하다.

"어림없는 소리." 아빠도 마찬가지다.

이지키얼이 멋쩍게 웃으며 안경을 밀어 올린다. "물론 저도 그렇게 얘기했습니다. 그런데 FBI가 개입하면서 일이 좀 복잡해졌어요. FBI 요원의 요청을 거절하기란 어렵거든요."

"거절하면 어떻게 될까요?" 엄마가 묻는다.

"음, 주에서는 뇌물공여죄 재판을 밀어붙이겠지요. 그것도 시작에 불과하고요. 이제 FBI까지 끼어든 상황이니……." 그는 '누가 알겠어요?'라는 듯 손바닥을 위로 펼치고 어깨를 으쓱한다.

"공무집행방해?" 엄마가 말한다.

"가능합니다. 그들이 원하면 혐의야 얼마든지 조작해서 덮어씌울 수 있으니까요. 심지어 뇌물공여 혐의에 연방법을 적용하려 들 수도 있어요. 만약 그렇게 되면……."

이지키얼은 주절주절 설명을 늘어놓고 엄마와 갖가지 법률 용어를 주거니 받거니 한다. 두 사람이 모의재판이라도 벌이는 것 같다.

그리고 잭이 할 행동을 그들이 정한다. 마치 그가 플레이어의 명령대로 움직이는 비디오 게임 속 캐릭터인 양.

사실 그는 거의 항상 그렇게 느낀다.

보통은 굳이 반항하지 않는다. 그러는 편이 더 쉬우니까. 그는 어리니까. 이 어른들이야말로 무엇이 그에게 최선인지 알고 있을 테니까. 아마 그럴 것이다. 그들이 내리는 결론이 최선일 것이다. 단지 옳지 않을 뿐.

아빠가 이 위치에 있다면 묵묵히 참아낼 리 없다. 그리고 제임스 워드의 아들이 아니면 잭 워드는 아무것도 아니다.

그는 소파에서 일어나 말한다. "만나볼래요. FBI에 연락해주세요."

부모님과 이지키얼이 반대하지만 잭은 귓등으로 넘기고 그 자리를 벗어난다.

속이 시원하다.

► ▷ ► ▷

한밤중에 팰런은 차를 몰고 학교로 간다. 도로를 달리는 다른 차는 없다. 길거리에도 사람이 없다. 현실감을 주는 신호라곤 가로등 불빛뿐이라 좀 으스스하다. 다른 사람이 나타나길 기다리며 자꾸 백미러를 흘깃거리게 된다.

학교 주위에 이번엔 FBI가 설치한 출입 통제선이 있지만 그녀의 목적지는 학교 안이 아니다. 몰카 근처로만 가면 된다. 수신 구역 내에만 있으면 원격으로 데이터를 다운로드할 수 있고 카메라에 저장된 데이터를 삭제할 수도 있다.

아직 FBI가 발견하지 못했다는 가정하에 말이다.

에이, 설마 벌써 찾아냈으려고. 카메라는 책 뒤에 박혀 있다. 음식이나 음료나 독극물이 있을 법한 장소와는 거리가 멀다. 책이며 종잇조각이며 스마트보드까지, 좌우간 학교 안에 있던 모든 물건을 그들이 깡그리 쓸어 가기로 작정한 게 아닌 한, 그녀의 몰카는 안전하다. 그러길 빈다. 사립학교 교실에서 누군가를 불법 촬영한 걸 들켜버리기엔 시기가 나빠도 너무 나쁘다.

영상을 삭제한다고 해서 영원히 사라지는 건 아니다. 누구든 카메라에 남은 데이터를 복원할 수 있다면, 그 누구는 FBI일 것이다. 그래도 그녀는 해볼 셈이다.

학교 동관에 테디의 교실이 있고 지금 도로에는 그녀밖에 없다. 새벽 2시니 아무도 없는 게 당연하다.

동관 근처 갓길에 차를 세우고 휴대폰을 꺼낸다. 앱을 켜지만 한 번에 연결이 안 된다. 세 번째에야 된다. 다운로드는 금방 끝난다. 역시 당연하다. 카메라는 동작을 감지해 작동하는데 독극물 사건이 벌어진 월요일 이후로 학교를 폐쇄했으니까. 그녀가 마지막으로 데이터를 받은 때는 금요일 점심시간이었고.

차를 몰고 돌아가는 길은 좀 덜 으스스하다. 그녀를 막아서며 지금 뭘 하느냐고 캐묻는 사람이 없었기 때문인지도.

하지만 집이 가까워올수록 점점 더 화가 난다.

금요일에 테디는 점심시간 내내 교실에서 나오지 않았다. 팰런은 카메라를 조정할 기회가 없었고 그래서 아직도 그의 컴퓨터 화면을 선명하게 볼 수 없을 것이다. 한마디로, 건진 게 없다. 하나도 없다.

정보가 없으면 누군가의 인생을 망치기도 어려운 법이다.

건물 계단을 쿵쿵대며 올라 원룸으로 들어간다. 나올 때와 똑같이 비좁고 답답하게 느껴진다. 잠을 청할 생각은 없다. 아직은 아니다. 그녀는 데이터를 노트북으로 옮기고 화면을 들여다보기 시작한다.

테디가 점심을 먹는다. 컴퓨터로 작업한다. 오후 수업을 한다. 마지막 교시 수업을 마치자마자 짐을 챙겨 나간다.

카메라는 그 시점에서 촬영을 중단했다.

월요일 오전 수업 전까지 영상에 등장할 유일한 사람은 조다. 그는 매일 밤 교실을 돌며 청소하니까.

과연 그가 화면에 잡혔다.

그런데 뭔가 더 잡혔다.

63

잭과 변호사가 기다리는 조사실로 FBI 요원 둘이 들어온다. 남자와 여자, 둘 다 중년이고 정장 차림이다. 남자는 대머리에 눈이 작고 입술이 얇다. 여자는 화장기 없는 얼굴에 밋밋한 쇼트커트 머리다. 엄마가 실용적인 헤어스타일이라고 할 법한. 엄마는 그런 머리를 싫어한다.

잭은 칼주름 잡힌 카키색 바지에 새로 산 흰색 셔츠를 입었고 머리도 갓 깎았다. 그는 미소를 짓는다. 누굴 만나든 저절로 미소를 짓게 된다. 설령 상대가 그를 신문하러 온 FBI 요원들이라 해도.

부모님은 이 면담에 100% 반대한다는 뜻을 분명히 밝혔다. 잭은 100% 개의치 않는다. 게다가 여기서는 부모님이 동석하지 않은 상태로 이야기할 수 있다.

여자가 먼저 운을 뗀다. "만나줘서 고맙다. 난 프루이트 요원이야. 이쪽은 롤런드 요원." 롤런드 요원은 이지키얼 맞은편, 프루이트 요원은 잭 맞은편에 앉는다.

그러니까 질문은 저 여자 요원이 하는 건가 보다. 알아둬서 나쁠 건 없지.

"너한텐 좀 버거운 일일 거야."

"아무래도 좀……." 잭은 긴장한 척할 필요가 없다. 이미 긴장했으니.

"변호사님께 들었겠지만, 우린 최근 벨몬트 아카데미에서 벌어진 일련의 사건들을 살펴보고 있어. 그 과정에서 네 이름이 나왔고."

"알고 있어요."

"좋아. 그럼 코트니 로스 얘기부터 해주겠니?"

"초등학교 4학년 때부터 알고 지냈어요." 잭은 딱 여기까지만 말한다. 후속 질문이 나와야 그에 맞춰 대답할 셈이다.

프루이트 요원은 잠시 기다려보다 질문한다. "그럼 너희 둘이 친한 사이라고 봐도 되겠니?"

"네."

"그 앨 만나려고 교도관한테 뇌물을 건넬 만큼 절친한 사이?"

이지키얼이 변호사답게 때맞춰 끼어든다. "아직 혐의에 지나지 않습니다. 기소된 거야……."

"압니다." 프루이트 요원이 손을 들어 막는다. 그녀는 이지키얼을 쳐다보지도 않는다. 오로지 잭만 본다. 조명이 어두워 상대적으로 그녀의 눈빛이 형형하다. 눈동자가 빛에 따라 녹색으로도 갈색으로도 보인다. 광대뼈도 도드라져 보인다. 전혀 꾸미지 않은 모습인데 본인이 그렇게 보이고자 하는 것 같다.

그녀가 잭에게 말한다. "여기서 네가 한 발언이 그 건에서 너한테 불리하게 쓰일 일은 없어. 봐, 녹음기는 꺼놨고 수기로 기록하지도 않을 거야."

잭은 요원의 말을 단어 단위로 분석해본다. 함정이나 구멍이 있을지도 모른다. '그' 건에서, 라고 그녀는 말했다. 그렇다면 '그들' 건에서는 그의 발언이 쓰일 수도 있을 것이다. 쓸 만한 발언이 이 자리에서 나온다면.

하지만 그는 아무한테도 독을 먹이지 않았다.

"예, 구치소 감방에서 걜 만났어요. 그러려고 교도관을 매수했고요."

이지키얼이 벌떡 일어난다. "제 의뢰인과 단둘이 얘길 좀 해야겠습니다."

잭은 FBI 요원들에게 무슨 말을 할지 생각하는 데 많은 시간을 쏟았고 변호사가 좋아하지 않으리란 것도 알고 있었다. 그래서 그에게 미리 말하지 않은 것이다.

프루이트 요원은 잭에게서 시선을 거두지 않는다. "너도 변호사와 단둘이 얘기하고 싶니?"

"아뇨, 전 괜찮아요."

"잭, 난 이 면담을 당장 끝내라고 권할 수밖에 없어." 이지키얼이 말한다.

"말씀은 감사해요. 근데 전 진실을 말하는 게 왜 문제가 되는지 모르겠어요."

요원들은 말이 없다. 그저 이지키얼이 입을 닫고 도로 앉아 손을 포갤 때까지 묵묵히 기다린다.

"그러니까 구치소 감방에서 코트니를 만났다는 거지?" 프루이트 요원이 묻는다.

"예. 한 번은 직접 만났고 또 한 번은 통화를 했어요."

"둘이 무슨 얘기를 했지?"

"애가 진짜 상심했더라고요. 무엇보다도, 어머니가 살해당했으니까요. 둘째로는 감방에 갇혀 있기 때문이었고요. 전 걜 위로하려고 무진장 애썼어요. 이건 다 오해니까 금방 해결될 거라고 얘기했어요." 딱히 거짓말은 아니지만 과장이 섞인 건 사실이다. 코트니가 그렇게까지 상심하진 않았었다. 우울해했지.

"그 애 어머니가 어떻게 돌아가셨는지에 대해서도 얘기했니?"

"네가 그랬냐고 묻지는 않았어요. 요원님 생각하시는 게 그거라면요. 어쨌거나 걔가 말했죠. 자기가 그런 게 아니라고, 저라도 그걸 알아줬음 좋겠다고요."

"넌 그 애 말을 믿었니?"

"그럼요."

"또 무슨 얘길 나눴지?"

"제가 학교 애들 근황을 얘기해줬어요. 걔한테 조금이라도 기분 전환이 됐으면 해서요. 그냥 시시껄렁한 얘기, 뒷담화 같은 것들. 변호사랑 아빠 말고는 얘기 나눌 사람이 없다더라고요. 무척 외로워했어요. 아마 지금도 그렇겠죠."

"또 다른 건?"

"없었어요. 주어진 시간이 많지 않았거든요. 끽해야 10분, 15분 정도였어요."

"전화로는? 그때는 무슨 얘길 했니?"

잭은 심호흡한다. "벤저민 쌤이 돌아가신 뒤였어요. 전 코트니가 심란할 걸 알았고요. 쌤이 《뷰글》일을 많이 도와주셨거든요. 학교 신문이요."

프루이트 요원은 끄덕인다.

"걔가 어쩌고 있는지 알아야겠더라고요."

"어쩌고 있던?"

"심란해했죠. 모든 게 너무…… 거짓말 같았으니까요. 지금도 그렇지만."

"소니아 벤저민의 사망에 관한 얘기도 나눴니?"

"네." 잭은 탁자를 내려다보며 고개를 약간 가로젓는다. 연기다. "전 코트니가 풀려나길 바랐어요. 벤저민 쌤도 돌아가셨으니 살인범은 따로 있다는 뜻이잖아요. 코트니가 아니라는 걸 이제는 경찰도 알겠지 싶었고, 걔한테도 그렇게 얘기했어요."

프루이트 요원이 조용하다. 잭은 계속 눈을 내리깐 채로 다음 질문을 기다린다. 요원과 시선을 맞추지 않을 셈이다. 아직은 안된다.

이윽고 그녀가 말한다. "잭, 넌 코트니를 보려고 선을 넘는 행동까지 했고, 단지 그 애랑 얘기 몇 마디 나누려고 스스로를 위험에 빠뜨렸어."

그러고는 멈춘다. 잭은 잠자코 질문을 기다린다. 이 질문이 나올걸 예상했고 답변도 준비해놓은 터다.

"왜 그렇게까지 하지?" 드디어 나왔다.

비로소 그는 고개를 든다. "왜냐면, 사랑하니까요. 걜 못 보니까 미치겠더라고요."

이 자리에서 롤런드 요원은 줄곧 침묵하고 있었다. 그가 고개를 주억인다. 눈에 띌락 말락, 아주 살짝이지만, 그거면 충분하다.

이해하는 거다. 더 중요한 건, 그가 잭의 말을 믿는다는 거다.

잭은 짐짓 슬픈 표정을 지으며 어깨를 늘어뜨린다. 영락없이 상사병 걸린 10대 남자애로 보여야 한다. 코트니 로스를 볼 수 없어 미쳐가는, 짝사랑에 빠져 허우적대는 소년으로.

잭은 내처 말한다. "바보같이 들리는 거 알지만 사실인 걸 어떡해요. 걘 몰라요, 아무것도……. 뭐, 어쨌거나 그래서 그랬어요. 걜 미치도록 사랑해서."

프루이트 요원이 파트너를 본다. 그는 어깨를 조금 들썩하고서 잭을 본다.

"협조해줘서 고맙다. 일단 여기서 들을 얘기는 다 들은 것 같구나."

잭은 건물을 빠져나갈 때까지 웃음 짓지 않으려 안간힘을 쓴다. 이지키얼은 머리 꼭대기까지 화가 나서 그에게 한마디도 하지 않는다. 그래도 잭은 불편하지 않다. 해야 할 말은 이미 다 했다.

몇 달 전이었다면 상상도 못 했을 거다. FBI한테 거짓말을 하다니. 아니, FBI 요원을 만나 얘기하는 것 자체가 그때는 상상 밖의 일이었다. 예전 같으면 부모님과 변호사가 시키는 그대로 했을 것이다. 최소한 그러는 척이라도 했을 테지. 그는 원래 그런 아이니까.

혹은 그런 아이였으니까. 어쩌면 부모님도 무엇이 최선인지 항상
아는 것은 아닌지도 모른다.

64

리사. 그 흔들인형 기자의 이름은 리사다.

어울리는 이름이다.

테디는 리사가 일하는 지역 방송국의 한 스튜디오에 앉아 있다. 누군가가 다가와 그의 셔츠에 마이크를 연결한다.

리사가 말한다. "편하게 말씀하시면 돼요. 목소리를 크게 내거나 하실 필요는 없어요."

"알겠습니다."

"단 생방인 걸 잊으시면 안 돼요. 어쩌다 말이 헛나오더라도 그냥 계속 말씀하세요. 중단하지 마시고요. 그래도 혹 말씀이 끊기면 제가 받아 말할게요."

"안심이 되네요."

다른 사정으로는 TV에 출연해 이런 식으로 주목받을 일 따위 절대로 하지 않을 그다. 그러나 이건 진정 피치 못할 사정이다. 벨몬트

편에서 목소리를 내는 사람이 아무도 없으니.

교장은 죽었고 이사회는 나서지 않으려 하고, 학교의 공식 입장
이라야 몇 줄짜리 성명서가 전부였다.

월요일 벨몬트에서 발생한 비극적인 사건으로 인해 학교를 폐쇄한 상태
로 경찰과 FBI가 수사를 진행 중입니다. 수사가 끝나는 대로 학교는 소
제 및 소독을 실시할 예정입니다. 그 후로 우리는 이 위기를 극복하고 미
래로 나아가는 절차에 들어갈 것입니다.

학생들에게는 임시 전학을 원할 경우 학교가 지원하겠다는 내용
의 개별 공지문을 발송했다. 이사회는 벨몬트가 언제쯤 다시 정상
화될지 예측하기 어려우나 조속한 시일 내에 수업을 재개할 수 있길
희망한다고 밝혔다.

그게 다였다.

테디는 할 말이 훨씬 많다. 병원에서는 훌륭하고 유능한 의료진
이 잘 돌봐줬다고. 이 환란 속에서도 학생들은 용감하고 강인하게
버텨내고 있다고. 벨몬트는 위기를 극복한 전력이 있다고.

누군가는 얘기해야 한다.

테디는 모니터를 보며 자세를 점검한다. 왼쪽으로 살짝 움직여
옆모습이 좀 더 보이게 한다. 조명이 인정사정없이 밝은데 정면을 적
나라하게 보여주긴 부담스럽다. 사흘간 씻지도 못한 꾀죄죄한 모습
은 온데간데없다. 깔끔하게 면도했고 넥타이까지 맸다.

그는 손을 내려다본다. 거스러미 뜯기를 중단한 덕에 적어도 손

톱 가장자리에 피가 맺혀 있지는 않다.

아마 앨리슨이 이걸 볼 것이다. 어쩌면 그의 모습이 보기 좋다고 생각할지도.

리사가 말한다. "월요일에 일어난 일에 관한 질문으로 시작할게요. 준비되셨어요?"

"준비됐습니다."

그가 얼마나 제자를 위하는지 녀석들이 알아줘야 할 텐데.

► ▷ ► ▷

팰런은 카페에서 테디의 생방 인터뷰를 본다. 원룸에 있자니 한순간도 더 견딜 수 없어서 뛰쳐나온 터였다.

테디를 보는 것도 견딜 수 없긴 마찬가지다. 그의 입에서 나오는 말은 죄다 거짓말이다. 새빨간 거. 짓. 말.

그녀에겐 그걸 증명할 동영상이 있다.

테디 교실 몰카에 찍힌 영상을 처음 봤을 때는 무슨 장면인지 잘 몰랐다. 녹화된 장면은 방과 후에 일어난 것이었다. 금요일 6시, 조가 교실에 들어오며 카메라가 켜졌다. 그는 바닥을 닦고 쓰레기통을 비운 뒤 6시 반쯤 나갔고 화면은 다시 캄캄해졌다.

그리고 토요일 새벽 1시에 카메라가 또 켜졌다.

테디가 교실로 들어왔는데 문이 있는 왼쪽이 아니라 오른쪽에서 걸어왔다. 처음엔 누군지 분간하기 어려웠다. 두꺼운 겨울 외투에 모자와 장갑으로 중무장한 모습이었다. 그가 책상 앞을 지나가는 찰나에야 화면에 언뜻 얼굴이 잡혔다. 그런데 그는 거기 서지 않았다. 책상 앞에 앉거나 물건을 챙기지도 않았다. 교실을 쭉 가로질러 그대로 문을 통해 나갔다. 곧이어 화면도 꺼졌다.

그리고 14분 뒤……

테디가 다시, 이번엔 왼쪽 문으로 들어왔다. 이번에도 책상을 그대로 지나쳐 교실 오른쪽으로 사라졌다. 녹화는 거기서 끝났다.

그녀는 그 영상을 두 번 돌려보고 나서야 그가 창문으로 들어왔다 그리로 나갔다는 사실을 깨닫는다. 교실 그쪽으로는 달리 통로랄 게 전혀 없다.

빌어먹을 '창문'.

그렇게 한 거다. 건물 정문으로 드나들려면 보안카드를 찍어야 하니까.

다음으로 그녀는 그의 집 우편함 몰카 영상을 확인한다. 그는 학교 창문을 넘기 15분 전에 집을 나섰고, 벨몬트를 떠난 지 얼마 지나지 않아 집으로 돌아왔다.

팰런은 잠을 못 잤다. 머핀 하나와—여기서 가장 싼—블랙커피 한 잔 말곤 아무것도 못 먹었다. 그러니 어쩌면 머리가 제대로 돌아가지 않는 상태일 수도 있다. 하지만 아무리 생각해도 테디 크러처가 독극물 사건의 배후일 가능성이 농후해 보인다.

마음 한편으로는 그래도 너무 억측이 아닌가 싶다. 그 인간이 아무리 오만한 개새끼일지언정 사이코 킬러는 아니지 않나.

그런데 다른 한편으로는, 왜 진즉 그를 의심하지 않았는지가 의아할 따름이다.

그녀는 머리 위에 매달린 TV 화면을 올려다본다. 테디가 여전히 나불대고 있다. 지금은 아침 8시, 출근 전 직장인들이 모여들었고 그들의 시선은 하나같이 TV 화면을 향해 있다.

"저희 교장 선생님은 존경스럽고 근면 성실한 분이셨습니다. 오로지 무엇이 학생들에게 최선인지만 신경 쓰셨지요. 그분을 잃은 건 우리 교직원과 학생, 벨몬트 전체에 크나큰 손실입니다."

그는 마치 학교 홍보팀에서 적어준 대로 읊는 것처럼 지껄인다.

그렇다고 그가 살인범이란 법은 없지만.

"기절하던 순간에 제가 무서웠다고는 할 수 없는 게, 그때는 이게 무슨 일인지 몰랐거든요. 나중에 병원에서 의식을 되찾고 나서야 제가 독극물을 먹었을 수도 있다는 사실을 알았습니다. 아직 경찰이 공식화하지는 않았다지만, 저에게…… 우리 모두에게 일어난 그 일은 확실히 그거구나 싶어요."

몸속에 카페인 기운이 돌면서 팰런의 두뇌도 어느 정도 작동하는 것 같다. 그녀는 결과를 먼저 놓고 그것이 성사되는 과정을 거슬러 올라가는 연역적 추론을 시작한다.

벨몬트에서 배운 그대로.

자, 사람들에게 독을 먹이고—몇 명은 죽이기까지 하고도—처벌을 면하려면?

빠르게 죽이는 독을 사용한다. 본인이 있는 것이 수상해 보이지 않을 장소에서 실행한다. 한꺼번에 너무 많은 사람을 죽이지 않도록 유의한다. 자칫 너무 많은 이목이 쏠릴 테니까.

한 번에 한 명씩.

그런 다음 한꺼번에.

팰런은 발딱 일어선다. 학창 시절 교사가 낸 문제의 정답을 알아냈을 때 그랬던 것처럼. 모든 조각이 빈틈없이 맞아떨어지면 답은 쉽게 나온다.

한꺼번에 여러 명을 대상으로 독극물 테러를 한다. 자기 자신도 피해자가 된다. 진짜 목적을 숨기기 위해.

진짜 목적은 교장이다.

65

그로브에서 파티. 1시.

파티 시작 한 시간 전에 루커스의 문자 메시지가 온다.

자퇴한 뒤로 잭은 그로브에 간 적이 없다. 벨몬트가 폐쇄된 뒤로 루커스가 매일같이 문자로 파티 소식을 전했지만 잭은 오늘 처음 간다. 우선은 혼자 시간을 보내는 게 지긋지긋해져서다.

그리고 축하할 일도 생겼으니까. 코트니가 곧 풀려난다.

그 애 아버지가 오늘 아침 제일 먼저 그에게 전화해 이 기쁜 소식을 들려주었다. 잭은 그때도 잠이 덜 깬 상태여서—이 또한 아침 8시에 등교하지 않아서 좋은 점이다—로스 아저씨가 하는 얘기를 알아듣기까지 시간이 좀 걸렸다.

"공식 발표가 난 거예요?"

"아니, 나한테 전화가 왔어. 하지만 상관없다. 드디어 코트니가 집으로 온다잖냐.”

무슨 꿍꿍이라도 있는 건 아닐까. 잭은 일어나 앉는다. “기소를 철회하겠대요?”

“그래. 재소 가능한 공소 기각인지 뭔지를 신청한대. 엄밀히 따지면 언제든 다시 기소할 수 있다는 뜻이지만, 변호사 말로는 그저 검찰 면피용으로 붙인 조건이라더라.”

“하기야 망신살이 뻗쳤겠죠.”

“그렇지.”

한마디로 자기네 실수를 인정하지 않으면서 인정하는 거다. 그들이 그렇지 뭐.

잭이 도착했을 때는 파티장이 한산했다. 지금은 다른 학교로 전학하지 않은 벨몬트 아이들로 미어터질 지경이다. ‘즐길 거리는 각자 챙겨 오기’가 이 파티의 유일한 규칙이라, 병과 캔과 일회용 컵 그리고 대마초 냄새가 그로브를 뒤덮고 있다. 한때 그로브는 과수원이었다. 현재는 버려진 공터로 10대 아이들 차지가 되었다.

잭은 술에 취하고 떨에도 취한다. 어떤 날에든 도움이 되는 좋은 조합이다. 자꾸만 그를 흘깃거리는 저 여자애도 그렇다.

라나. 아니지, 레나. 그래, 레나. 캘리포니아에서 이사 와 이번 학기에 벨몬트로 전학 온 아이. 저 애한테는 안된 일이지만.

잭과 눈이 마주치자 레나가 미소 짓는다.

애가 건전해서 귀엽다. 이상형이 따로 없는 잭에게는 건전함도 매력이다. 그도 씩 웃어 보이고는 그녀에게로 다가간다.

“안녕.”

"잭 워드, 맞지?"

"응. 넌 레나고."

"레나…… 뭘까?" 레나는 맥주병 주둥이를 손가락으로 훑으며 짝다리를 옮겨 짚는다.

"모른다고 하면 미워할 거야?"

그녀는 잠시 생각한다. "아마도."

"휴, 다행이다, 네가 레나…… 홀리데이인 걸 알아서."

놀랐지?

그런 성을 어떻게 기억 못 할 수 있겠는가. 그래도 그녀는 감동한다. 어쩌면 감동하는 척거나. 상관없다. 결국 둘이 함께 한구석으로 빠져, 허물어져 가는 돌의자에 앉아 오붓한 시간을 보내게 됐으니까.

레나는 한겨울에도 눈이 내리지 않는 캘리포니아 남부 출신이라 올겨울 전에는 한 번도 겨울 외투를 입어본 적이 없다고 한다.

"해변 얘기 좀 들려주라." 그가 말한다.

레나의 이야기를 듣는 동안 잭은 영하에 가까운 야외에 앉아 있다는 사실을 잊는다. 악몽 같았던 지난 몇 주도 덩달아 잊힌다. 터널 끝의 빛이 손에 닿을 듯 가깝게 느껴진다.

그러나 레나가 묻는다.

"그나저나 체포당한다는 건 어떤 기분일까나?"

"뭐?"

"너 체포됐었잖아, 맞지? 난 그렇게 들었는데."

갑자기 레나가 더는 그리 귀엽지 않다. 이미 소문이 날 대로 났다는 사실을 알게 하다니. 잭은 대답한다. "어, 맞아. 그게 바로 나였어. 세상 지질한 루저."

"누가 그렇대?" 레나가 그의 팔에 손을 얹는다. "난 그런 뜻이 아니라……."

"괜찮아, 괜찮아. 어쨌든 난 이만 가야겠다. 진짜 오지게 춥네." 일어나서 둘러보니 그새 파티가 상당히 커졌다. 너무 커졌달까. 아마 오래지 않아 파장 분위기로 변할 거다. "얘기 즐거웠다."

잭은 레나를 두고 간다. 조금도 후회되지 않는다. 어차피 여길 떠야 한다. 코트니가 오늘 풀려나니까. 그 앨 만나러 가야 한다.

▶ ▶ ▶ ▷

테디는 거실에 앉아 있다. 우유 한 잔을 비웠고 쿠키 한 봉을 다 먹었다. 보통은 당 섭취를 자제하지만 오늘은 예외다.

뉴스에서는 그의 인터뷰를 조각조각 잘라 오후 내내 내보내고 있다. 그는 하나도 빼먹지 않고 다 보면서 자신을—표정과 동작을—그리고 인터뷰 진행자를 평가한다. 리사는 생긴 건 흔들인형일지 몰라도 일솜씨만큼은 괜찮은 편이다.

"병원 의료진께 감사를 표하고 싶습니다. 제가 받은 치료와 간호 수준은 실로 인상적이었어요. 가히 세계 일류라 할 만한 의료 시설이 우리 동네에 있다는 건 크나큰 복이 아닐 수 없지요."

다시 봐도 제일 마음에 드는 대목이다. 과장이 섞인 건 인정한다. 심지어 진실보다 거짓에 가깝다. 그래도 그가 받은 의료 서비스가 나쁘지 않았던 건 사실이다. 비록 앨리슨은 끝끝내 그의 병실을 찾지 않았지만.

그는 그녀가 이 인터뷰를 봤길 바란다. 솔직히, 못 보려야 못 볼 수 없었을 것이다.

오후 늦게 벨몬트 웹사이트에도 이 인터뷰 링크가 걸렸다. 교장 추모 페이지, 생존한 피해자들─학생 넷, 팰런, 테디─의 회복 기원 페이지 링크와 나란히 실렸다.

팰런. 그녀가 얻어걸렸다. 노렸던 게 아니라.

그녀가 우유를 마시는 줄 누가 알았겠는가. 테디는 몰랐다. 그녀의 식습관을 딱히 눈여겨보지 않았으니까. 그가 손봐놓은 우유를 마실 학생이 누구누구인지도 미리 알았던 게 아니었다. 마셔도 죽지 않는다는 것만 알았을 뿐.

그것도 100%는 아니었지만.

하지만 하필 심장 문제가 있는 아이가 어쩌다 그 우유를 집어 들지 않는 한 누가 죽을 위험은 없었다. 물론 그가 옳았고.

다만 교장은 예외였다. 불행히도 그는 작년에 심장마비를 겪었다.

그 사실을 아는 이가 거의 없지만 테디는 알고 있었다. 앨리슨한테서 들었다. 부부란 그런 것이다. 그날 있었던 흥미로운 일을 서로 털어놓는다. 벨몬트 교장이 응급실에 나타난 일도 그런 이야깃거리에 속했다.

그렇다. 테디는 또한 그가 우유를 마신다는 것도 알고 있었다. 매일 점심시간이 되면 구내식당에 교장이 제일 먼저 나타났다. 매일 학생들 가운데서 식사하는 동안 우유 한 팩씩을 곁들여 마셨다.

그러니 어쩌면 테디는 조작된 우유를 마실 여러 사람 중에 교장이 죽을 수 있다는 사실을 모르지 않았을 것이다. 그가 죽기를 '바랐다'는 게 아니라, 그저 그럴 가능성이 있음을 알았던 거다.

목적은 따로 있었다. 그 목적이란 물론 제자들을 구하는 것이었다. 그들은 더 나은 인도자를 만날 자격이 있었다. 그들을 구하기 위해 필요 이상의 수고를 감내하는 사람. 설령 그들 중 하나가 잭 같은 녀석이라 해도.

때마침 테디의 성공을 알리는 속보가 뜬다.

모친 살해 혐의로 수감된 딸 석방
검찰, 기소 철회

진작 그럴 것이지.

테디는 부엌으로 간다. 우유를 한 잔 더 따른다. 유당 불내증인 그로서는 극히 드문 일이다. 아무튼 우유를 따르면서 그는 다음 속보가 언제 뜨려나 생각한다. 그들 입장에서는 대신 두들겨 맞을 누군가가 필요할 테니까.

테디 덕분에 일이 쉽게 풀릴 테니 이 얼마나 다행인가.

66

경찰서로 가자고 팰런은 스스로에게 말한다. 몇 번이고 되뇐다. 그런데도 여태 가지 않았다.

경찰서가 아닌 원룸에서 천장만 보고 있다. 경찰서로 갈 경우 발생할 수 있는 모든 상황을 가늠해본다.

왜냐면 테디는 비단 오만하고 나쁘기만 한 게 아니기 때문이다. 그놈은 영리한 개자식이다. 만일 그녀가 몰카 영상을 경찰에 보여주면 놈은 그 화살을 도리어 그녀 쪽으로 돌릴 것이다.

그 영상은 가짭니다. 조작됐다고요. 그걸 건넨 사람이 누굽니까. 팰런 나이트는 추천서에 얽힌 일로 나한테 원한을 품은 인물입니다. 여기요, 그 애가 보낸 이메일을 보세요. 여기, 날 '개새끼'라고 부른 거 보이시죠?

그녀의 동기가 의심받을 것이다. 덩달아 성격도.

둘의 입장이 맞바뀐 상황이라면 그녀도 같은 방법으로 방어할 것이다. 도리어 그를 공격하는 식으로.

혹은 그녀가 틀렸는지도 모른다. 테디가 전혀 다른 이유로 학교에 잠입했을 가능성도 있지 않은가. 어쩌면 학교에서 챙길 물건이 있는데 보안카드를 깜빡했고 집에 갔다가 되돌아오기 귀찮았는지도 모른다.

정말 그런 거였다면 그녀는 자신이 천하에 둘도 없는 바보로 느껴질 것 같다.

경찰도 그녀를 바보로 보겠지.

다른 길도 있기는 하다. 소셜미디어. 온라인에 영상을 풀고 대중의 판단에 맡기는 거다. 하지만 대중이 테디를 알아볼까? 그가 누구인지 알까?

하기야 TV에 출연해 얼굴이 알려졌지. 언론은 참 빠르게도 판결하고. 대개는 그 판결 대상이 체포도 되기 전에 말이다.

그러나 곰곰이 생각해보니, 이런 경우 누군가가 꼭 제보자를 밝혀내고는 한다. 사람들은 팰런이 절대 원치 않는 관심과 더불어 동기에 대한 의문도 갖게 될 것이다. 그녀는 컴퓨터 전문가가 아니다. 영상의 출처를 숨기는 기술이 존재한다 해도 그녀는 아예 방법을 모른다.

생각에 생각을 더해 돌고 돌아도 결국 제자리다.

한참을 꾸물대다 침대에서 기어 나온다. 일단 나온 다음엔 기계처럼 움직인다. 샤워, 화장, 머리. 좋은 옷. 유일한 좋은 옷. 예전에 입던 옷 중에 이것 하나만 남았다. 어딜 가도 거절당하기 전, 다니던 대학에서 쫓겨나기 전.

마지막으로 거울을 보고 원룸을 나선다. 자기 자신으로 보이는지 사기꾼으로 보이는지 잘 모르겠다.

밤이라 밖은 어둡고 운전해 가는 길이 까마득하게 느껴진다. 커네리 레인, 그 끝에 자리한 집. 다들 그렇게 부른다. 커네리 레인 끝에 있는 큰 집.

그녀 부모님의 집이다.

부모님은 그녀가 돌아온 줄 모른다. 그녀가 연락하지 않았고 와보지도 않았다. 부모님은 팰런이 아직 주립대에 다니는 줄로 안다. 그것 역시 그녀가 소식을 전한 적 없다. 그녀의 이름은 뉴스에 나오지 않았다. 이름이 공개된 피해자는 교장뿐이다. 학교 사람들은 누가 독에 당했는지 다 알지만 어쨌든 매체에는 노출되지 않았다.

음, 테디는 빼고. 하지만 그건 그 인간이 TV에 나와 제 입으로 떠들었기 때문이다.

그녀는 차량 진입로를 따라 올라가다 말고 차를 세운다. 숙제를 다 할 때까지 방에 갇혔던 어린 시절이 생각난다. 책상에 앉아 눈물을 줄줄 흘리며, 잠자는 시간 전까지 다 끝내려고 안간힘을 썼다. 처음에는 실패했다. 그러다 좀 나아졌다. 결국엔 더 영리해졌다. 지름길을 찾아냈다. 어떻게든 부모님을 만족시켜야 했다.

이번에는 자신이 왜 돌아왔고 왜 벨몬트에서 선생질을 하는지, 왜 테디의 집 밖이며 교실에까지 몰카를 설치했는지 구구절절 설명하는 상황을 상상해본다.

어머니의 모습이 눈에 선하다. 우아하고 고상한, 실망한 얼굴. 언제나 어김없이 실망한 얼굴.

그리고 아버지. 큰 키, 신과 같은 위엄이 서린 모습. 아버지가 고개를 가로저을 때는 마치 하늘에서 저주가 내리는 것만 같다.

그녀는 아버지가 뭐라 말할지 안다.

아직도 네 실패를 남 탓으로 돌리는 게냐?

팰런은 차를 돌려 그 집을 벗어난다.

► ▷ ► ▷

코트니는 폭신한 플러시 로브를 두른 채 초밥과 빨강 트위즐러 (막대 모양 젤리 – 옮긴이)를 먹고 있다. 가장 좋아하는 두 가지 음식이다. 잭이 그로브에서 오는 길에 사 왔다. 음식을 좀 먹어서인지, 해롱해롱하던 정신이 지금은 말짱하다.

코트니가 말한다. "꼬박 한 시간이나 목욕했어. 감방에선 아무리 해도 도무지 깨끗해진 느낌이 안 들거든."

"그래, 나도 가봤잖아. 너 냄새 나더라." 잭은 코트니가 던진 트위즐러를 피해 목을 움츠린다.

"시번이 문자 보냈더라. 펠리어로 전학 갔다네."

"들었어. 코너도 거기로 갔다더라."

"너도 전학 가?"

"일단 이번 학기엔 안 가. 홈스쿨링도 괜찮은 것 같고."

"망했다. 난 지난 학기도 다 못 마쳤고 이번 학기도 반은 놓쳤네." 코트니는 대수롭지 않다는 듯 어깨를 으쓱한다. 하지만 속으론 그렇지 않다는 걸 잭은 알고 있다. 자신이라면 무지 신경 쓰일 거다.

캘리포니아 롤을 입에 넣는 그 애를 보며 잭은 위로한다. "그래도 좋게 보면, 네 대학 지원 자기소개서는 끝내줄 거야."

"그야 그렇겠지만." 코트니는 중얼거린다.

TV가 켜져 있다. 프로그램 하나가 끝나고 뉴스로 이어진다. 첫 소식은 코트니의 석방인데 곧이어 난데없이 테디 크러처가 나온다.

"자, 월요일 벨몬트 아카데미 사건의 피해자 중 한 분과 나눈 단독 인터뷰를 좀 더 보시죠."

코트니가 한숨을 내쉰다. "나도 내가 지겹다."

잭이 받아 말한다. "난 크러처가 지겨운데."

"적어도 이젠 네 쌤은 아니잖아."

그는 손을 뻗어 트위즐러를 하나 집는다. "그거 알아? B 쌤 후임으로 온 쌤이 벨몬트 출신이래."

"그래?"

"내 개인 교사 형이 그 쌤을 안대. 크러처를 엄청 싫어한다던데."

"왜?"

"그 인간 미운털 명단에 있었으니까. 그 쌤도 독 테러에 당했다니 뭔가 이상해. 그 쌤이랑 크러처랑 둘 다."

"이상하긴 하네." 코트니는 마지막 스시 롤을 씹어 삼키고 콜라로 입가심한다. "있잖아, 날 내보내준 건 다른 용의자가 있어서일까?"

"어쩌면? 아님 여기 경찰들이 바보란 걸 FBI가 눈치 깠거나."

"진범을 알아낸 거면 좋겠다." 코트니는 멍하니 TV를 본다. "빨리 체포하면 좋겠어."

"너나 날 잡아가는 게 아니면야, 빠를수록 좋지."

"누가 한 짓이라고 생각해? 그러니까 내 말은, 굳이 추측해본다면?"

잭은 정말 많이 추측해봤다. 어쩌면 너무 많이. 죽은 사람들을 생각하면 도무지 앞뒤가 맞지 않는다. 고압적인 어머니, 사랑받는 교사, 한 학교의 교장. 그들의 죽음으로 이득을 볼 사람? 그가 보기엔 아무도 없다.

그러니 이건 '묻지마 범죄'다. 범인은 누구라도 상관없이 그냥 죽이고 싶었던 거다. 실은 그래서 제일 무섭다.

잭은 대꾸한다. "그야 모르지. 하지만 진범이 무슨 독을 썼는지는 알아."

"말도 안 돼. 공개된 적 없잖아."

그는 씩 웃는다. "이 몸이 알아내셨지."

"좋아, 브라운대 백과사전 씨. 무슨 독인데?"

"독초야. 음, 정확히는 열매."

코트니는 끄덕인다. 그 애는 변호사한테 들어서 이미 알고 있다.

그러나 잭은 거기서 그치지 않고 인형 눈에 대한 설명을 늘어놓는다. 그게 무엇이고 인체에 어떻게 작용하고……. 설명이 길어지자 코트니의 표정이 점점 어두워진다. 잭은 돌연 입을 다문다. 그 애 엄마가 어떻게 죽었는지를 신나게 떠들어대고 있었다. 너무 오래전 일처럼 느껴져 그만 잊을 뻔했다.

하마터면 크러처의 책상을 뒤지다 식물도감을 발견한 일까지 잊을 뻔했다.

67

저녁 8시가 넘은 시각, 테디는 시내에 있는 페어레인 호텔로 걸어 들어간다. 호화로운 호텔이다. 그의 학생과 학부모 들이 묵을 법한. 혹은 소유했거나.

벨몬트는 각종 모금 행사를 비롯해 교직원 크리스마스 파티, 교장 취임식, 졸업 무도회 등등 숱한 행사를 페어레인 호텔에서 연다. 학교가 문을 닫은 현재, 이사회는 회의 장소로 이 호텔을 택했다.

이사회 회의장은 중이층에 있다. 카펫이 추하고 커튼이 우스꽝스러운 것만 빼면 나쁘지 않은 장소다. 회의 테이블 상석에 회장이 앉아 있다. 땅딸보에 따분한 인간이지만 어마어마한 부자다.

"어려운 걸음 해주셨네요." 그가 인사말을 건넨다.

테디는 하나뿐인 빈 의자에 앉는다. "당연히 와야죠. 필요하면 언제든지요."

"고맙습니다." 회장은 못 보던 얼굴인 그레이디 루이스를 소개한다. 젊다. 멀끔한 헤어스타일에 가슴께 주머니엔 물방울무늬 손수건을 꽂았다. "그레이디는 뉴욕의 홍보 대행사에서 오셨습니다. 저희 법무 팀이 그 대행사를 추천했어요. 이…… 상황을 수습하는 데 도움을 주실 겁니다."

그레이디가 일어나 파워포인트 스크린이 기다리는 회의장 앞쪽으로 간다. 그와 연관된 모든 것이 그의 재수 없음을 부르짖는다.

그래도 테디는 그다지 거슬리지 않는다. 일단은.

그레이디가 말문을 연다. "현재 벨몬트는 그야말로 재난 상황입니다. 한 방에 해결하거나 무시할 수도 없어요. 교직원 학부모 할 것 없이 모두가 두려워하는데 이제는 학생들마저 잠정적으로 독극물의 피해를 입은 상황이지요. 재학생 수가 뚝 떨어질 겁니다. 그건 팩트예요." 그는 잠시 말을 끊고 좌중을 둘러본다. "저희가 추정하기로는, 학교가 다시 문을 열 무렵이면 재학생 수가 반토막 나 있을 겁니다."

아무도 입을 열지 않지만 모두가 불만 가득한 표정이다.

"이 시점에서는 선택지가 많지 않습니다. 수사는 여러분 손을 벗어났어요. 사실 학교 자체가 여러분 손을 벗어났지요. 하지만 이런 상황에서 여러분이 어떤 식으로 대처하고 있는지를 꾸준히 알리는 건 가능합니다. 새로운 보안 시스템이 한 예지요. 교내 식품 관리 체계를 재정비한 것도요. 이러한 노력들이 학부모 측에 전달돼야 합니다. 왜냐면, 주지하다시피……." 그레이디는 쓴웃음을 짓는다. "실질적인 결정권자는 바로 그들이기 때문입니다."

한마디로 돈줄이라는 말을 참 영리하게도 표현한다.

"불행히도—여러모로 가장 불행한 사건이었죠—교장 선생님께서 돌아가셨으니, 우선 학교 입장을 대변할 인물을 지명하시길 권합니다. 언론에 입장문만 내보낼 게 아니라 얼굴을 제공하세요. 임시 교장을 지명하시는 것도 괜찮을 수 있겠고요."

그레이디와 나머지 모두의 눈길이 테디를 향한다.

그가 작가였대도 이보다 더 훌륭한 이야기를 창작해내진 못했으리라.

► ▷ ► ▷

미치광이 과학자

잭은 루커스가 보낸 문자를 뚫어져라 노려본다. 암만 봐도 뭔 소린지 모르겠다. 영화? 만화? 비디오 게임? 영웅이나 악당 이름인지도 모른다. 이렇게 깊은 밤엔 루커스가 뭘 가리킨대도 이상하지 않다.

자정이 가까웠고 잭은 방에서 타이터스가 내준 과제를 하는 중이었다.

> 새로 생긴 네 장래희망이냐?

뭐래. 아냐. 인터넷 들어가봐. 그놈한테 붙은 별명이다.
미치광이 과학자.

381

인터넷에 들어가보지 않아도 알겠다. '그놈'이란 벨몬트에서 사람들한테 독을 먹이는 인간을 가리킨다.

코트니가 먼저 생각난다. 그 애도 인터넷을 쓸 거고 엄마를 죽인 사람을 남들이 뭐라고 부르는지 알게 되겠지. 감방에서는 소셜미디어를 보지 못했을 테니 #살인고라든가 사람들이 함부로 휘갈기는 글을 읽은 적이 없을 것이다. 어쩌면 그 편이 더 나았던 것 같다.

정신 나갔구민, 이라고 잭은 문자를 날린다.

연쇄 독살이야말로.

반박할 수가 없다.

다시 크러처가 생각난다. 그의 책상에 있던 책, 그의 TV 인터뷰. 범죄 실화를 다루는 TV 프로그램이나 팟캐스트가 떠오른다. 종종 살인범이 피치 못할 이끌림에 스포트라이트 아래 서는 경우가 있다. 그렇게 자신의 범행을 몇 번이고 되새기는 것이다.

하지만 크러처는?

머릿속을 떠다니는 온갖 생각을 헤집어봐도 도무지 결론이 나지 않는다. 주의만 산만해져서 이제 다시 과제에 집중하긴 다 틀렸다.

몰래 나가는 건 일도 아니다. 열네 살 때부터 숱하게 해봤다. 아무도 깨우지 않고 손쉽게 빠져나갈 수 있을 만큼 집이 아주 크다.

무작정 차에 오른다. 계획도 목적지도 없다. 적어도 잭 자신은 그렇게 여긴다. 동네 반대편, 그로브 근처에 이르고서야 처음부터 목적지는 여기였음을 깨닫는다.

이 구역의 집들이 다 그러하듯 테디의 집도 도로에서 다소 물러난 위치에 있다. 다른 집들은 대개 리모델링을 했지만 그의 집은 예외다. 그렇다고 귀신 들린 옛 저택 같은 고풍스러운 멋이 있는 것도 아니다. 밖에서 보면 그냥 허물다 만 집 같다.

마당을 제외하고는. 거기엔 허물고 말고 할 것조차 없다.

겨울이라고 해서 정원이 사라지는 건 아니다. 꽃이나 열매는 없지만 봄을 기다리며 동면 중인 식물이 있기 마련이다.

크러처의 마당엔 아무것도 없다. 마치 불도저로 밀어버린 듯 휑한 공터다.

잭은 차를 대고 시동을 끈다. 거리는 고요하고 크러처의 집에서는 빛 한 줄기 새어 나오지 않는다. 놀랍지 않다. 역시 그는 일찍 자고 일찍 일어나는 그런 인간형일 것 같다.

시야 언저리에 걸리는 어떤 움직임에 잭은 홱 돌아본다. 길 건너에 차 한 대가 그의 차와 나란히 서 있다. 오래된 고물차인데 안에 누가 있다. 운전석에 앉은 여자를 보고 그가 놀란 만큼 그녀 역시 그를 보고 놀란 기색이다.

그는 손을 흔들어 인사한다. B 쌤의 후임이 크러처의 집 바깥에 앉아 있는 게 조금도 이상하지 않다는 듯이.

68

잭 워드가 차를 몰고 떠난다. 이제 팰런의 시선은 우편함 몰카 영상을 다운로드하는 휴대폰 대신 잭의 차 후미등에 들러붙는다.

꼼짝없이 들켰구나 싶다. 이날 이때껏 테디의 집 근처에서 아는 사람이라곤 본 적도 없는데 이렇게 마주쳐버렸다. 더구나 이런 한밤중에. 잭이 전에도 여기서 그녀를 본 적이 있는 걸까. 어쩌면 그녀의 차를 알아봤는지도 모른다.

그녀는 온라인으로 잭 워드를, 그의 주소를 검색해본다.

테디의 집 근방이 아니다. 가깝지도 않다.

아마 친구나 사귀는 여자애가 여기 어딘가에 사나 보다. 말 한번 섞어본 적 없고 애당초 모르는 애나 마찬가지여서 절대 장담할 수 없지만.

다운로드를 마치고 카메라를 리셋한 다음 원룸으로 향한다. 그러잖아도 요즘 들어 우편함 몰카의 효용성에 의심이 들던 차였다. 테디가 들어가고 나가는 장면뿐이라 건질 게 없다. 아무도 찾아오지 않는다. 배송 기사 말고는 누구 하나 현관 쪽에 얼씬하지도 않는다.

직업여성이나 마약상이 뻔질나게 드나들면 그의 인생을 망치는 일이 훨씬 쉬울 텐데.

물론 그 인간이라면 그런 손님들을 뒷문으로 들이겠지.

벨몬트 남학생들은 여자애들을 그런 식으로 분류하곤 했다. 집고양이와 길고양이. 부모님께 소개할 만한 여자애와 그렇지 않은 여자애.

팰런은 언제나 집고양이였다.

그녀의 첫 남자친구는 제러미 로크, 그녀와 집안 수준이 비슷한 부잣집 아들내미였다. 부모가 강압적인 것도 비슷했다. 둘이서 그 얘길 얼마나 많이 했는지 모른다. 좋은 대학에 가야 한다는 부담감. 성공해야 한다는 부담감. 벨몬트 학생이라면 누구나 그렇게 살았다.

그녀는 연애에 빠진 여고생답게 제러미를 매우 사랑했다. 모든 게 완벽했는데 부모님이 알아버렸다.

"공부에 방해돼."

그녀는 항변했다. "아니에요, 절대 방해되게 안 할게요."

부모님은 믿지 않았고 상관하지도 않았다. 어머니가 제러미에게 건 전화 한 통으로 둘의 관계는 완전히 끝났다.

"연애할 시간은 나중에 차고 넘칠 거야."

아니다. 어머니가 잘못 짚었다. 한참 잘못 짚었다. 지금의 그녀 같은 인생 낙오자와 연애하고 싶어 하는 남자는 없다.

원룸이 있는 건물에 도착하자 머릿속에서 제러미가 사라지고 테디가 되돌아온다. 세 사람이 죽었고 벨몬트엔 휴교령이 내린 가운데 여전히 그녀는 그를 잘리게 하는 길에서 한 발짝도 나아가지 못한 느낌이다. 솔직히 그게 되기나 할지도 모르겠다. 지금 그는 그야말로 언론의 귀염둥이가 아닌가.

한숨을 내쉬며 그녀는 건물 주차장에 차를 댄다. 그녀 뒤로 차한 대가 지나간다.

후미등 모양이 잭의 차와 똑같다.

▶ ▷ ▶ ▷

다음 날 아침 9시 정각에 타이터스가 나타난다. 어찌나 칼같은지 잭은 그가 휴대폰으로 초읽기를 하다가 정확히 9시에 문을 두드리는 게 틀림없다고 생각한다.

타이터스는 잭을 지나 부엌으로 들어가며 말한다. "지난번 수업은 좀 느슨했지? 그건 어디까지나 벨몬트에서의 그 사건 때문이었어. 이제 다시는 수업 헐렁하게 안 한다."

잭은 타이터스가 못 보게 얼굴을 돌린 채 슬그머니 웃는다. 암, 당연히 빡빡하게 돌리시겠지. 처음 듣는 얘기도 아니고.

"고마워요, 살살 대해줘서." 비꼬는 게 아니다. 타이터스한테 밉보여서 좋을 게 없다.

"좋아. 이제 펠로폰네소스 전쟁으로 들어가보자."

잭은 이미 과제를 끝내놓았다. 필요하다면 온종일이라도 펠로폰네소스 전쟁에 대해 떠들 수 있다.

90분 후 둘은 잠시 쉬기로 한다. 잭은 이 틈을 놓치지 않고 벨몬트의 최근 사건들 얘기를 꺼내고, 마침내 진짜 얘기하고 싶었던 주제까지 끌어낸다.

팰런 나이트.

이제는 잭도 그녀에 대해 많은 걸 알고 있다. 우선은 그녀가 사는 허름한 원룸 건물부터. 그리고 그녀의 부모가 사는 곳도. 커네리 레인 끝에 있는 큰 집을 모르는 사람은 없다.

그러니까, 대체 무슨 일이 있었던 걸까?

부유한 벨몬트 학생이 왜 주립대로 진학했을까?

기본적인 사실들은 인터넷으로 쉽게 찾아낼 수 있었지만 그다음이 오리무중이었다. 먼 대학으로 가면서 온라인 레이더망을 벗어났다가 B 쌤 후임으로 다시 나타났다.

뭔가 석연찮은 구석이 있었다.

시간이 남아도냐고? 그렇다. 잭은 그렇다는 걸 안다. 홈스쿨링으로 전환하고 나니 여유 시간이 확 늘었다. 또한 인정한다. 간밤에 팰런의 집까지 뒤따라가면서는 아주 약간 스토커가 된 기분이었다. 하지만 크러처의 집 바깥에 있는 그녀를 본 게 너무 이상해서 그랬다. 어쩌면 '그녀가 그를' 스토킹하는 것 같기도 해서.

"팰런 나이트가 벨몬트 사건 피해자였다는 얘긴 들었어요?" 잭은 타이터스에게 넌지시 묻는다.

"진짜? 전혀 몰랐어."

"아, 쌤이랑 가끔 연락하고 지내는 줄 알았어요."

"아냐, 한동안은 같은 반 애들끼리 단톡방도 만들고 했는데 결

387

국엔 하나둘 떨어져 나가더라고. 걔하고 연락 끊긴 지 2년은 됐어. 걘 주립대로 갔거든."

"주립대요? 주립대에 간 벨몬트 출신이 있는 줄은 몰랐네요."

"그래, 별일이긴 했지. 걘 지원한 대학에 죄 떨어졌단 말이야. 벨 몬트를 졸업하기 전의 일이었어. 나중에는 그게 다 크러처 탓이었다 고 하더라."

잭은 타이터스가 계속 말하길 바라며 정작 본인은 아무 말 없이 고개만 끄덕인다. 때로는 잠자코 기다리기만 하면 된다. 이건 아빠가 아니라 엄마한테서 배웠다. 엄마가 증인들한테 써먹는 잔기술이다.

타이터스가 채소 칩을 하나 더 골라 집으며 이어 말한다. "사실 나는 잘 몰라. 대학 입시랑 관련된 일인가 본데 자세한 내막은 들은 적 없어."

다시 한번, 잭은 기다린다. 하지만 타이터스는 어깨를 으쓱하고 채소 칩을 뒤적일 뿐 더는 아무 말도 하지 않는다.

"이상한데요. 대학 지원할 때 추천서는 세 통이 필요하지 않아 요?" 잭이 말한다.

"그치."

"뭔가 더 있을 거예요." 잭은 대수롭지 않은 척 채소 칩을 집는 다. "팰런 쌤은 어땠어요? 그니까 벨몬트 다닐 때요."

"되게 예민했지. 야심 많고."

"한마디로 평범했다?"

"대체로." 타이터스는 채소 칩을 또 집으려다 멈칫한다. "걔가 '로아크했다'는 소문을 들은 기억이 있긴 한데 뭐, 진짜인지 아닌지는 나도 몰라."

'로아크하다'란 '중압감을 못 이기다'를 뜻하는 수험생 은어다. 잭도 그 표현을 안다. 벨몬트 학생이면 다 안다.

그렇게 된 것일 수도 있겠다. 그녀는 중압감을 못 이겨 머리가 이상해진 거다. 그래서 한밤중에 크러처의 집 바깥에 앉아 있었나 보다.

69

대체 왜 신경이 쓰이는지, 때로는 테디 자신도 의아하다. 그의 삶은 학생들을 중심으로 돌아간다. 지금까지 그러했고 앞으로도 그러할 것이다. 심지어 제자들을 위해 살인까지 저질렀는데 녀석들은 어떡해서든지 그를 엿 먹일 방법을 찾아낸다. 꼭 작정하고 일부러 엇나가는 것 같다.

저녁 뉴스가 한창이다. 온종일 그는 차기 교장 내정 소식이 지역 뉴스를 온통 뒤덮을 거라 기대했다. 아니, 그럴 줄로 믿었다. 전임 교장이 최근 화제인 벨몬트 독극물 사건으로 사망하지 않았던가.

테디가 무슨 큰 죄라도 지었나? 물론 사람을 죽이는 건 죄다. 보통의 경우라면. 하지만 더 큰 선을 위해서였다면—예컨대 그의 제자들인 코트니와 잭을 일생일대의 위기에서 구출해내기 위해서였다면—그건 넓은 의미로 '죄'가 아닌지도 모른다.

그리고 자기 자신을 위한 무언가를 원한 것이 그렇게 큰 잘못인가? 그가 한 일, 그 수고는 누군가에게 털어놓을 수 있는 성질의 것이 아니었다. 테디는 교장이 되겠다는 야망을 품은 적도 없었다. 역대 벨몬트 교장은 전부 벨몬트 출신이었다. 그래서 테디가 감히 넘보지 않았던 자리였는데 갑자기 그의 차지가 되었다.

당연히 뉴스감이다. 벨몬트 졸업생이 아니면서 벨몬트 교장이 된 최초의 인물. 그 정도로 뛰어난 인물.

그러나 정작 뉴스를 도배하고 있는 인물은 그가 아닌 베로니카다.

괜찮은 아이다. 2학년 때 그의 수업을 들었다. 공부도 곧잘 했다. 아주 탁월하진 못해도 그럭저럭 잘하는 편이었다. 현재는 4학년이고 벨몬트에서 가장 인기 있는 학생이다. 가장 예쁘다고 하는 사람들도 있다. 테디 눈에는 그 정도는 아니지만.

베로니카도 지난 월요일에 독극물 피해를 입었다. 그래서 지금 TV에 나와 그때 일을 이야기하고 있다.

"점심시간 끝나고 한 시간쯤 지났을까, 꼭 오래 굶었을 때처럼 눈앞이 핑 돌더라고요. 하지만 그때 전 점심도 충분히 먹었고 배가 고프지도 않은 상태였거든요."

"점심으로 뭘 먹었죠?"

"부리토랑 우유…… 2% 저지방 우유 한 팩이요. 구내식당에서 먹었어요. 5교시 끝나고 나가려고 일어서는데 어지러웠어요. 마치…… 마치 터널을 통해 보는 것처럼 모든 게 점점 작아졌어요. 기억나는 건 거기까지예요."

테디는 눈알을 굴린다. 터널을 통해 보는 것처럼, 이라니. 저 녀석은 수업에 더 집중했어야 한다. 그랬다면 더 나은 비유를 사용했을 것이다.

인터뷰가 끝날 줄 모른다. 다른 소식은 아예 전하지 않을 셈인가 보다. 신임 교장에 관한 이사회의 성명, 그의 기자회견과 추념식 발표도.

기자회견 아이디어는 그의 머릿속에 사이렌처럼 불현듯이 떠올랐다. 잉그리드 로스가 죽고 코트니가 체포된 까닭에 학교는 자살한 전임 교장을 기리는 추념식을 무기한 연기했다. 조각상 헌정은 물론이고 테디의 연설 기회도 물 건너갔다.

하지만 이제 추념식은 벨몬트 희생자 '모두'를 기리면서 신임 교장과 함께하는 미래를 약속할 완벽한 기회다.

추념식은 학교 본관 앞에서 열릴 것이다. 아직 건물 내부로는 들어갈 수 없지만 앞 계단과 주차장은 통제가 풀렸다. 테디는 이미 계획을 다 세웠다. 계단 꼭대기를 무대 삼으면 학교 건물 자체가 멋진 배경이 되어줄 것이다.

완벽하다.

그런데 아무도 얘기하지 않는다. 모두 베로니카의 수다에만 귀를 기울인다.

테디는 TV를 끄고 서재로 들어간다. 며칠 만에 소셜미디어에 접속한다. 아이들이 새 교장에 대해 이러쿵저러쿵 떠들어주면 좋겠지만—미담이든 험담이든 무조건 환영이다—그건 테디의 바람일 뿐이고 보나 마나 온라인에서도 화제의 중심은 베로니카일 것이다.

과연 그의 예상대로다.

대부분 그 애가 당한 일에 안타까워하지만 일부는 그 애를 '관종녀'라며 깎아내린다. 틀린 말은 아니다.

또한 그 인터뷰의 모든 것이 분석 대상이다. 그 애가 한 말뿐 아니라 패션이며 화장까지 도마에 오른다. 테디는 저도 모르게 빠져든다. 살짝만 다듬으면 학기말 에세이로도 손색이 없겠다. 그만큼이나 인상적인 분석 글이다.

제2의 자아인 나타샤를 소환해 테디도 몇 마디 보탠다. 호의적이진 않지만 진실된 의견이다.

지루해지자 그는 특정 학생들이 이 인터뷰에 대해 뭐라고 하는지 찾아본다. 먼저 코트니. 석방된 지 만 하루가 지났다. 온라인 활동을 하기에 충분한 시간이다.

흔적이 없다. 코트니는 체포당한 날 이후로 게시물은커녕 댓글 한 줄도 올리지 않았다.

과연 현명하다. 그 애는 언제나 뛰어난 학생이었다.

다음은 잭 차례다. 녀석은 온라인에 접속했지만 베로니카 얘기에는 끼지 않았다. 신임 교장을 언급하지 않은 건 녀석이 이제 벨몬트 재학생이 아니니까 그러려니 한다.

다시 테디는 베로니카 얘기가 왕성하게 오가는 대화창을 들여다본다. 이 아이는 졸업반인 걸 천만다행으로 여겨야 한다. 아니면 그가 이 아이의 콧대를 아주 납작하게 눌러줬을 테니까.

▶ ▷ ▶ ▷

멈춰 섰었다.

팰런은 한참 나중에야 이걸 기억해낸다. 자신을 미행하는 잭을 본 이래로 마음이 너무나 복잡했다. 그 이튿날엔 테디가 임시 교장으로 내정됐다는 소식에 또다시 속이 부글부글 끓었다.

역시나 그랬던 것이다.

모든 게 딱딱 맞아떨어지기 시작했다. 모든 게 너무나 명료해져서 그녀는 스프레드시트에 일의 전말을 상세히 정리하기까지 했다. 음, 대부분은 일목요연하게 정리가 됐는데 아직 군데군데 빈칸이 있다. 우선 잉그리드 로스의 사망. 팰런은 아직 모르는 뒷얘기가 분명 있을 것이다.

스프레드시트 내용을 다시 훑어보며 생각나는 대로 빈칸을 채워가다가 문득, 잭이 멈춰 섰던 게 기억난다.

잭의 차는 테디의 집 앞 도로변에 멈춰 섰고 이내 전조등이 꺼졌다. 다시 말해 그 애가 거기에 차를 댔다는 얘기다. 그런 오밤중에 테디의 집에 무슨 볼일이라도 있다는 듯이.

그녀와 눈이 마주치자 그 애는 손인사를 날리고 떠났다. 아니, 떠나는 척하고서 몰래 그녀의 뒤를 밟았다.

왜 그랬을까? 정말 테디를 만나러 간 것이었다면, 그녀를 봤다고 해서 달라질 게 뭐란 말인가?

그녀는 온라인으로 잭과 그의 가족을 검색한다. 그는 전형적인 벨몬트 학생이다. 성공한 부모를 두었고 동네의 번듯한 구역에 있는 멋진 집에서 산다. 그의 소셜미디어는 시시하다. 녀석은 '어그로꾼'이 아니다. 적어도 실명으로 그런 짓은 하지 않는다. 어느 모로 보나 잭 워드는 지극히 평범한 고등학생이었는데 느닷없이 경찰에 잡혀가더니 학교까지 그만뒀다.

이 모든 사실을 종합한 결과 팰런의 추리는 두 가지 가능성에 도달한다.

그 애는 한밤중에 테디의 집을 방문했다. 해코지가 목적이었다면 버젓이 자기 차를 몰고 갔을 리 없고 변장이나 위장이라도 했을 것이다.

하지만 테디에게 조수가 있다면? 모든 게 자연스럽다.

3부

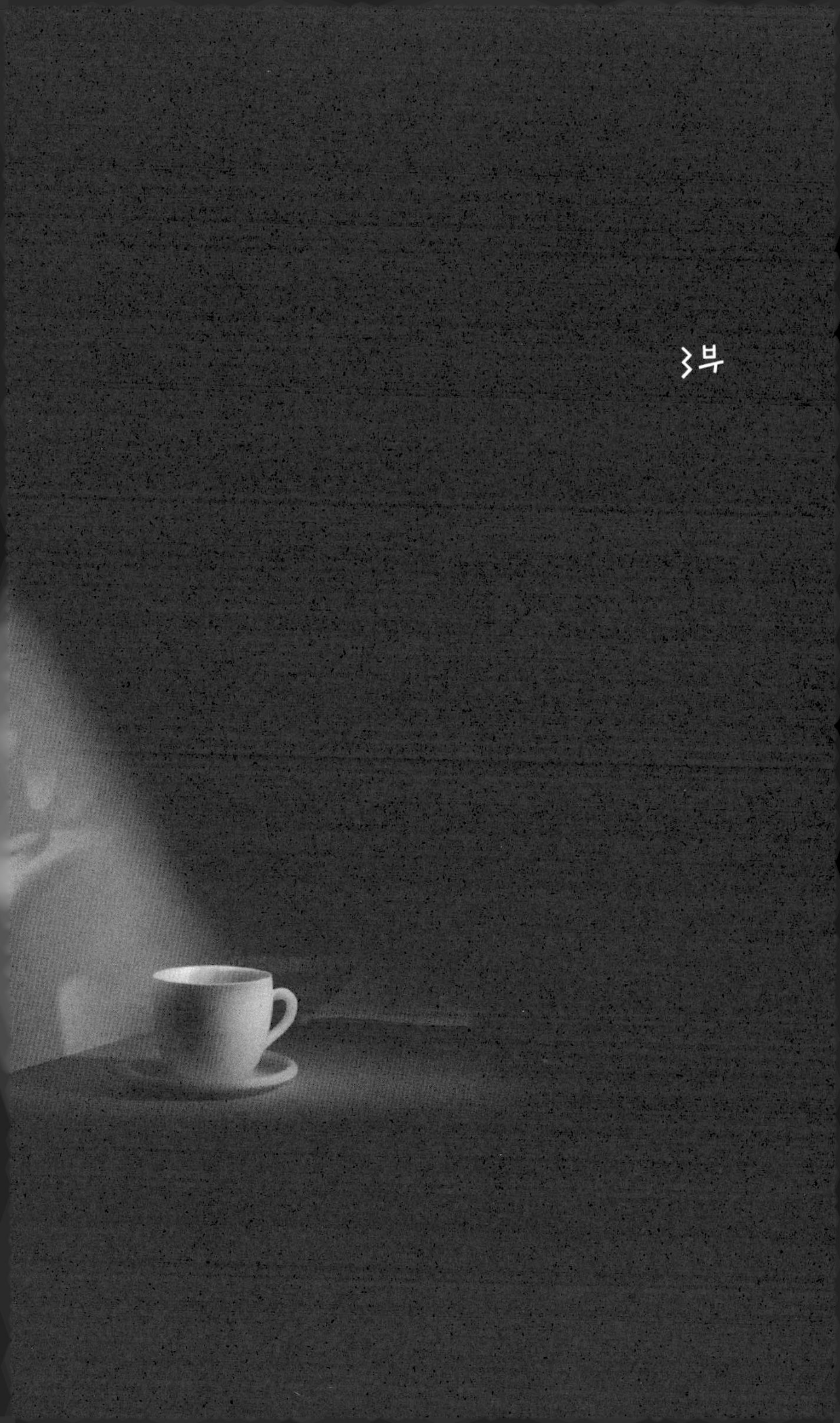

70

낮 12시가 되자마자 코트니가 TV를 켠다. 잭은 그만하라고 말하고 싶지만 엄두가 나지 않는다. 정오 뉴스 소리가 왕왕 울리는 통에 공부에 집중할 수가 없다.

"방금 들어온 소식입니다. 주간 도로에서 3중 추돌사고가 발생했습니다. 현장에 나가 있는 트레버 하먼 기자가 더 자세한 소식을……"

코트니가 채널을 바꾼다.

"오늘 시의회가 올해 예산안을 심의하는 정기 회의를 개시합니다. 이번 회의는 수차례에 걸쳐……"

꾹.

"사고로 발생한 부상자 명단은 아직 입수되지 않았는데요, 조만간 주 경찰의 발표가 있을 것으로 보입니다."

꾹.

"벨몬트 아카데미에서 벌어진 독극물 사건의 용의자가 아직도 검거되지 않은 가운데, 벨몬트의 임시 교장 시어도어 크러처가 추념식 계획을 발표했습니다. 다가올 추념식 주제는 '기억과 회복: 새로운 시작'입니다. 지난주에 저희가 보도했듯이 애초에 이 행사는 벨몬트 전임 교장의 죽음과 최근 사건의 희생자들을 한꺼번에 기리는 자리가 될 예정인데요, 여기에 업그레이드된 보안 시설로 현재 개보수 중인 교내 투어 프로그램이 추가된다고 합니다.

다음으로 날씨를 알려드립니다. 톰, 점심시간 야외 풍경을 전해주시죠."

"저게 다야?" 코트니가 투덜댄다. "저러고서 벨몬트 뉴스는 끝이라고?"

잭은 리모컨을 집어 TV를 꺼버린다. "FBI 사건이니까. 아무렴 요원들이 기자들한테 뭘 흘리겠냐."

"그냥 손 놓고 시간만 죽이고 있는지도 모르지."

"그냥 넘어갈 리 없어. 학교 총기 난사 사건이나 마찬가진걸. 그렇게까지 폭력적이진 않아도."

코트니는 불만 어린 신음을 뱉는다.

막상 코트니는 홈스쿨링에 좀처럼 적응하지 못한다. 휴대폰과 TV를 조금만 멀리하면 좀 나을 것도 같지만.

"팰런인지 뭔지, 그 여자에 대해 더 알아낸 건 없어?"

이것도 잭의 실수다. 크러처의 식물도감이라든가 그의 집 밖에서 팰런 나이트를 본 일을 코트니한테 얘기하지 말았어야 한다. 진범이 잡히지 않은 채 또 일주일이 흘러갈 줄 알았다면 절대 얘기하지 않았을 것이다.

"없어. 크러처를 증오한다는 게 다야."

코트니가 그를 빤히 쳐다본다. 어쩐지 많이 불편하다.

잭은 다시 강조한다. "진짜야. 그거 말곤 없다니까."

코트니는 한숨을 쉬고 다시 컴퓨터를 들여다본다. 잭은 하던 공부로 돌아간다. 고개를 좀 더 수그리고서.

평소 그는 거짓말하는 데 거리낌이 없는 편이지만 지금은 마음이 불편하다. 코트니한테 뭘 숨기는 건 익숙하지 않다. 전에 없던 일이다. 이런 현실이 익숙하지 않기는 코트니도 마찬가지다. 얼마 전까지만 해도 이 아이의 어머니는 살해당하지 않고 멀쩡히 살아 계셨다. 그때까지만 해도 이 아이는 감방에 대한 모든 것을 드라마 〈오렌지 이즈 더 뉴 블랙〉에서 배웠다.

집으로 돌아온 뒤로 코트니는 수감 생활을 다루는 TV 프로그램들에 집착한다. 현실을 얼마나 잘 담았는지에 따라 순위까지 매긴다.

그러지 않을 때는 온라인으로 벨몬트 연쇄 살인을 검색한다. 기사 하나, 게시판 하나, 대화창 하나도 빠뜨리지 않고 샅샅이 뒤진다. 너무나 이해가 되면서도 또 너무나 신경 쓰인다.

잭의 부모님이라면 그게 다 엄마의 비극적인 죽음을 애써 받아들이는 과정이라고 할 것이다.

이번에는 잭도 부모님 생각에 공감한다.

그래서 더는 그 애 앞에서 팰런이나 크러처 얘기를 꺼내지 않는다. 사실 그는 팰런을 여러 번 미행했다. 그녀는 매일 한 번씩 크러처의 집 근처에 차를 댄다. 하루도 빠짐없이. 그런데 차에서 내리지는 않는다. 그냥 거기로 가서 차를 대고 잠시 휴대폰을 만지작거리다가 차를 몰고 떠난다.

도무지 알 수 없는 행동이지만 필시 이유가 있을 것이다. 그 짓을 꾸준히 반복하는 걸 보면.

그리고 팰런도 잭을 미행한다. 그 작은 고물차가 몇 번이나 그의 눈에 띄었다. 한번은 집에서 한 골목 건너에 있었다. 또 한번은 신호등에서 차 몇 대를 사이에 두고 뒤에 있었다.

팰런이 왜 미행하는지는 모르겠다. 어쨌거나 잭은 일부러 장난을 좀 쳤다. 그녀가 몰래 뒤따라오는 걸 처음 눈치챘을 때는 임부복 전문점으로 차를 몰았다. 두 번째엔 반려견 놀이터로 갔다. 반려견 없이.

하지만 코트니에게는 아무 얘기도 하지 않았다.

잭은 그 애에게 거짓말해야 한다. 그것이 최선이다.

▶▷▶▷

회의실은 10층에 있어 동네 전체가 한눈에 내려다보인다. 저 멀리 벨몬트도 보인다.

"우리, 연사를 정해야겠죠?" 위니가 말한다.

테디는 미소 지으며 돌아본다. 그녀가 '우리'라는 단어를 쓰는 게 귀엽다. 학부모 협의회의 새 의장 자리를 꿰찬 그녀는 그 자리에 따르는—그녀가 그렇다고 생각하는—권력을 기꺼이 떠안았다. 아

402

직 이사회에 들지 못했는데 그건 시간이 좀 걸린다. 질리도록 많은 수다도 필요하다.

테디는 테이블 상석 의자에 깊숙이 기대앉는다. 마샤 씨 자리는 그의 왼쪽, 위니는 오른쪽이다. 이곳에 모인 나머지 사람은 있어도 그만 없어도 그만이다.

"후보자 명단을 읽어주시죠."

테디가 이르자 위니가 '기억과 회복' 행사장 연단에 설 후보자들 이름을 줄줄이 읊는다. 무의미한 짓이다. 어차피 연사들은 이미 맘속으로 정했다. 이제는 가르치는 일을 하지 않는 그에게 일거리를 던져준다는 점에서, 이 무의미한 모임이 그래도 고맙다면 고맙다.

회의실 벽 너머 사무실에서는 사람들이 바삐 일한다. 타자, 입력, 다운로드. 서류 넘기기. 칸막이 안에서 근무하는 사람들이 하는 일. 여기는 벨몬트 학부모 중 한 명이 소유한 회사 사옥이다. 휴교령이 해제될 때까지 회의실을 제공하겠다고 그쪽이 먼저 제안했다. 테디는 냉큼 수락했다. 자신이 일하는 장소에 창문이 많으면 더 좋겠다는 바람을 덧붙여서.

그가 청하면 이루어진다.

위니가 명단을 다 읽고 그를 보면서 답변을 기다린다. 그녀는 잉그리드만큼 드세거나 자기주장이 강하지 않다. 덕분에 그의 삶이 조금은 수월해질 듯하다.

테디는 말한다. "물론 피해자 전원을 소개하고 무대에 올려야겠지요. 다만 한 명 한 명 돌아가며 연설하자면 시간이 너무 오래 걸릴 거예요. 불행히도 피해자 수가 적지 않으니까요."

"예. 너무나 불행한 일이죠." 위니가 거든다.

마샤 씨가 발언한다. "학생 피해자 중 한 명이 대표로 연설하게 하면 어떨까요?"

테디가 받아 말한다. "제가 하려던 말을 먼저 하셨군요. 저도 그렇게 제안하려던 참이었어요."

위니는 좀 심하게 고개를 끄덕거린다. 거슬린다. "훌륭한 생각이세요, 학생 중 하나라면…… 누구?"

테디는 속으로 명단을 떠올려보지만 결국 답은 정해져 있다. "아무래도 적임자는 베로니카가 아니겠습니까?"

"역시 그렇죠. 베로니카가 딱이에요." 위니가 맞장구친다.

"혹시 지나친 관심이 이제는 부담스러울까요? 사건과 동일시되는 인물이 돼버렸잖습니까." 테디는 마샤 씨를 슬쩍 건너다본다. 마샤 씨는 어느 쪽일까. 절대 속을 드러내지 않는 그녀의 태도가 위니의 열성보다 더 거슬린다. "전 데이미언을 생각하고 있었습니다. 썩 괜찮은 연사가 되어줄 듯한데요."

데이미언 하코트는 3학년생이고 그의 부모는 이 지역에서 10위 안에 드는 부자다.

교장이 된 이상 테디는 기부금을 고려하지 않을 수 없다.

처음에는 물론 저항했다. 학교의 사명이며 수준 높은 교육이며 아이들에게 가르치는 가치의 무게 등등을 강조했다. 학부모는 그의 안중에 없었다. 그가 가려는 길에 학부모가 끼어들기 전에는.

그때 마샤 씨가 회계 장부를 보여줬다. 소송 기록도. 독극물 사건이 연달아 터진 뒤 상당수 학부모가 학교를 고소했다. 전부 다 학교 탓이라는 듯이.

그러니 어쩌겠나. 그렇다, 데이미언 하코트가 추념식 연사 명단에 오를 것이다. 부자 가운데서도 최상급 부자인 학생들은 대개 재수 없기로도 최상급이지만, 적어도 어떤 면에서는 쓸모가 있다.

테디는 벽시계를 힐끗한다. "또 다른 안건이 있습니까? 제가 3시에 약속이 있어서요."

그 약속 상대가 FBI라는 사실은 굳이 언급하지 않는다. 그들이 다시 한번 그를 만나고 싶어 한다.

71

날마다 팰런의 원룸이 조금씩 더 좁아지는 것 같다. 날마다 침대 속 공기가 조금씩 샌다. 시끄러운 이웃이 날마다 더 참을 수 없게 느껴진다. 여기서 이렇게나 오래 지내게 될 줄은 꿈에도 몰랐다. 테디의 인생을 끝장내는 일이 애초 생각보다 훨씬 오래 걸린다.

팰런은 깊은숨을 쉰다.

한 번 더.

또 한 번.

노트북을 열어 뉴스를 확인한다. 소셜미디어를 둘러본다. 다시 한번 뉴스를 훑는다. 테디의 우편함 몰카 영상을 본다. 이미 두 번이나 봤지만.

아무것도 없다.

처벌받지 않는다고 확신할 수 있다면 잭의 집 밖에도 카메라를 설치할 텐데. 하지만 그녀도 한때 그런 집에 살았으므로 그런 집들은 하나같이 보안 시설을 갖추었다는 걸 안다. 근처에만 가도 카메라에 잡힌다.

그 애가 테디를 돕고 있다. 틀림없이 그 애다.

그녀는 잭이 자퇴하기 전 테디의 교실 몰카에 찍힌 영상을 돌려봤다. 과연 보였다. 잭에게 말할 때 그의 태도. 무시와 칭찬이 반반섞여 있다. 마치 잭을 총애하지 않는 척.

너무나 자명하다. 정황도 받쳐준다.

온라인으로 수집한 정보들도 그렇다. 네티즌이라는 무개념 집단이 벨몬트 사건에 사용된 독의 종류를 알아내기까지는 그리 오래 걸리지 않았다. #살인고대학살 단체 대화방 중 하나가 '죽음의 검색질'로 인형 눈이라는 괴상한 식물이 이 지역에서 자란다는 사실을 알아냈다.

즉시로 그녀는 테디의 집 밖을 찍은 영상을 전부 돌려봤다. 잉그리드 로스가 살해당하고 불과 며칠 뒤, 그는 자기 집 마당을 싹 밀어버렸다. 얼마나 편리한가. 그래서 몰카에 인형 눈이 찍혔냐고? 아니. 카메라 방향 탓에 그쪽이 세밀히 담기지 않았다.

그녀가 가진 것을 전부 경찰이나 FBI에 갖다 바친대도 테디가 배후라고 설득하기엔 역부족이다. 다른 사람이 아닌 그녀가 제보자라는 사실도 오히려 역효과만 부를 것이다.

그녀는 테디에게 이메일을 보내고 그를 개새끼, 나쁜 놈이라고 욕했다. 그것도 여러 번. 그러지 말았어야 했다. 누가 봐도 그녀는 그를 못 잡아먹어 안달인 여자다.

실제로도 그렇고.

우편함 몰카 영상은 무용지물이다. 테디 크러처, 지구상에서 가장 무료해 보이는 그 인간의 일상에서는 유용한 증거를 뽑아낼 수 없을 것이다. 잭한테서도 건져낼 만한 것이 없다. 잭과 테디가 같이 찍힌 사진 한 장 얻을 길이 없고 하물며 둘의 대화 기록을 손에 넣을 수도 없다.

그렇게 해서 결국 또 제자리다. 이 쥐구멍만 한 원룸 안.

어쩌면 오늘은 운이 좋을지도 모른다. 뭐라도 얻어걸릴지 누가 알겠나. 그녀는 가방을 챙겨 나간다. 정 여의치 않으면 잭이라도 찾아볼 셈이다. 그 애를 찾는 건 어렵지 않다. 집에 있지 않으면 그로브에 있다. 아니면 코트니의 집에.

오늘은 거기에 있다. 그 애가 친구인 코트니의 집을 나선다. 아니, 여자친구인가? 이제 막 사귀기 시작한 사이? 어쨌거나 확실히 저 둘은 퍽 많은 시간을 함께한다.

또 하나의 흥미로운 연결고리다. 이렇게 자잘한 조각은 곳곳에 널리고 깔렸다. 그러나 결정적인 단서는 아니다. 연기 나는 총이나 피 묻은 칼, 손에 든 독이 필요하다.

그래서 팰런은 계속한다. 계속해서 잭을, 그 애가 모는 고급 차를 따라다닌다. 그의 차가 코트니의 집 부근을 벗어나 시내로 진입한다. 잘됐다. 도로의 다른 차들 틈에 섞여 몰래 미행하기 좋다. 팰런은 서너 대의 차를 사이에 둔 채로 잭의 차를 따라간다. 가능하면 거리를 조금 더 벌린다.

잭이 좌회전한다. 작은 상점과 식당 들에서 멀어지면서 사무용 건물만 즐비한 산업 단지로 향한다. 칙칙하고 네모난 그 건물들은 코트니가 사는 집처럼 값비싼 주택들과 동떨어진 한산한 구역에 자리해 있다.

팰런은 들키지 않게끔 주차장을 크게 빙빙 돌면서 잭을 주시한다. 그 애는 창문이 거의 없는 1층짜리 건물 바로 바깥의 한 지점에 차를 댄다. 차에서 내리지는 않는다. 누굴 기다리거나 휴대폰을 보고 있나 보다.

거리가 멀어 건물 전면의 간판을 읽을 수 없다. 그녀는 차를 몰아 건물 뒤편으로 돌아간다. 검은색 옷을 입은 중년 여성이 마침 차에서 내리는 게 보여 그 옆에 차를 세운다.

그리고 말을 건넨다. "저기, 죄송한데요, 제가 길을 잃은 것 같아서요. 이게 무슨 건물인지 말씀해주실 수 있을까요?"

중요한 약속에 늦기라도 했는지, 여자는 귀찮다는 듯 대꾸한다. "정자은행요."

정자은행. 그러면 그렇지.

또 들켰다. 또 녀석의 장난질에 놀아났다. 이게 벌써 몇 번째던가.

그래, 똑똑한 녀석이다. 아주 자알 알았다. 하지만 그래봤자 고등학생이다. 그녀가 얼마든지 뛰어넘을 수 있다.

다만 들키지 않고 뒤따라갈 수가 없을 뿐이다.

한숨을 지으며 그녀는 산업 단지를 빠져나와 스타벅스로 향한다. 다시 테디를 미행해야 하나. 하지만 그는 학교에서 그녀의 차를 봤을 것이다. 기껏 미행한다 해도 그가 그녀의 차를 알아보고 목적지를 바꿀지도 모른다. 잭처럼 유치하고 뻔한 장난질을 하지는 않겠지만. 더 똑똑해서가 아니다. 그는 열일곱 살이 아니기 때문이다.

테디는 망치기 쉬운 인간이 아니다.

자살한 전임 교장과는 다르게.

72

테디는 FBI를 만나는 자리에 변호사를 대동해야겠다고 생각했다. 처음에는 그랬다. 다시 잘 생각해보니, 의심받는다고 지레짐작하는 것이야말로 최악의 대응이다. FBI를 만났다고 하는 교직원이 여러 명이니만큼 아마 그들은 모두를 만나볼 요량인가 보다. 게다가 그는 피해자이기도 하니 그들이 한번 더 부를 만하지 싶다.

파견 나온 FBI 요원들은 보안관 본부를 임시 근무처로 쓰고 있다. FBI 재킷과 갈색 제복이 뒤섞인 혼잡한 풍경이 테디를 맞이한다. 안내 데스크에 앉은 남자의 표정에 짜증이 가득하다. 테디의 심정도 벌써 그 남자와 다르지 않다.

"테디 크러처입니다."

남자가 그를 보며 눈을 끔뻑끔뻑한다.

"FBI가 면담을 요청했어요."

한숨을 푹 쉬며 남자는 어딘가를 가리킨다. "저기로 가세요."

411

'저기로' 가는 길 중간에 롤런드 요원이 나타난다. 병원에서 만났던 그 대머리 요원이다. 그때 같이 있었던 여자 요원이 지금도 옆에 있다.

"와주셔서 고맙습니다."라면서 롤런드 요원이 그를 의자로 안내한다.

"별말씀을요." 테디는 의자에 앉는다. 웃지는 않는다. 일부러 정색한다. "모두가 무척 힘든 시간을 보내고 있습니다. 누가 이런 짓을 했는지 밝혀내는 데 도움이 된다면 뭐든지 하겠어요."

"그러실 거라 믿습니다."

여자 요원 프루이트가 한 말이다. 꾸밈없는 생김새만큼 말투도 담백하다.

롤런드가 말한다. "축하 인사부터 드려야겠군요. 이제 교장 선생님이시니까요."

테디는 가볍게 끄덕한다. "그럴 필요는 없길 바랐는데…… 그렇게 됐네요."

프루이트가 말한다. "예. 그렇게 됐네요."

아니다, 테디는 이 여자가 마음에 들지 않는다.

롤런드가 본론으로 들어간다. "자, 처음부터 되짚어보려고 합니다. 잉그리드 로스 사망 당일부터요. 당시 상황을 기억하시는 대로 말씀해주시겠어요?"

테디는 그날 소니아의 근속 10주년 축하 파티가 있었다면서 학교가 교사의 10년 근속을 왜 축하하는지 설명한다. "벨몬트에서는 모두가 한 가족이니까요. 학교 분위기가 그래요. 그래서 이 사태가 더더욱…… 믿기지 않고요."

그는 파티에 참석했던 사람들 이름을 기억나는 대로 말한다. 당시 교장, 마샤 씨, 프랭크, 루엘라, 나리, 학부모 협의회 회원인 학부모들과 몇몇 학생들까지. 프루이트 요원이 그대로 받아 적는다.

롤런드가 묻는다. "소니아 벤저민 사망 당일에는요? 그날 고인을 보거나 대화한 기억이 있으십니까?"

"그럼요. 아무래도 매일 마주칠 수밖에요. 음, 교사 휴게실 밖에서 마주칠 일은 잘 없었지만요. 그날도 분명 인사말 정도는 나누었을 겁니다. 그렇지만 그날 정확히 어떤 일이 있었는지까지는 기억이 나질 않네요. 미안합니다."

프루이트 요원이 서류철을 열고 종잇장을 팔락팔락 넘긴다. "예전 경찰 조사에서는 소니아 벤저민이 조를 정중하게 대하지 않았다고 말씀하셨네요. 학교 관리인이요."

"예, 맞아요. 소니아는 좀……. 음, 고인을 나쁘게 말하고 싶지는 않지만, 소니아가 그런 식으로 엘리트 의식을 드러내고는 했거든요."

"당시 교장 선생님은 조를 어떻게 대하셨나요?" 롤런드의 질문이 이어진다.

"그게요, 참 좋은 질문이군요. 저도 답변드릴 수 있으면 좋겠어요. 하지만 사실 전 그분과 대화한 적이 거의 없어요. 아마 들으셨겠지만 그분과의 소통은 대부분 마샤 씨를 통해 이루어졌거든요." 테디는 잠시 자기 손을 내려다보다가 이어 말한다. "교장 선생님과 직접 대화할 기회 자체가 정말 드물었어요."

"하지만 그분이 매일 구내식당에서 점심을 드셨다면서요." 프루

413

이트가 지적한다.

"아, 그렇죠, 그러셨어요. 하지만 학생들과 대화하는 시간으로 활용하셨죠. 교직원을 위한 시간은 아니었습니다."

프루이트는 그것도 적는다.

롤런드가 묻는다. "프랭크 맥스웰이 소니아를 발견한 이후의 상황은 기억하십니까?"

"그 일은 정말이지…… 충격이었습니다. 처음엔 다들 소니아를 걱정하느라 여념이 없었어요. 아마 아무도 소니아와 로스를 연관 지을 생각조차 못 했을 겁니다. 그건 분위기가 어느 정도 진정된 후의 일이었지요."

"그럼 몇 주 전의 사건으로 넘어갈까요. 병원에서 충분히 진술하신 건 알지만 지금 다시 한번 짚어보죠. 시간이 좀 지난 뒤에야 기억나는 것들이 있을 수 있으니까요."

"물론입니다." 테디는 무엇을 어디서 먹었고 기절하기 전에는 어떤 느낌이었는지 다시 한번 이야기한다. 토씨 하나까지 일치하지는 않아도 대략 같은 내용이다.

"달리 또 기억나는 건 없으신가요? 그날따라 뭔가 달랐다거나 이상했다거나."

"실은, 있습니다." 테디는 상체를 약간 내민다. 이 자리에 앉은 이래 처음으로 움직였다. "그 전 주에 있었던 일입니다만, 확실히 이상했어요. 제 교실 벽에 걸어둔 '올해의 교사' 상패가 사라졌어요. 하루아침에 흔적도 없이."

"사라졌다고요?" 프루이트가 묻는다.

"예, 사라졌어요. 바로 전날까지도 있었는데 아침에 보니 없더라고요. 그냥 그렇게, 휙." 테디는 손가락을 탁 튕긴다. "그래서 조한테 물어봤지요. 그분이 매일 밤 교실을 돌면서 청소하니까. 근데 그분은 애초에 상패가 있었는지도 몰랐다고 하시더라고요. 없어진 것도 당연히 알아채지 못하셨고요. 그래 제가 교장 선생님께 말씀드려 보려고 했죠. 엄연히 절도 사건이니 조치가 있어야 하잖아요. 그런데 마샤 씨가 그분은 절 만날 짬을 내실 수 없다고……. 뭐, 소니아 일이며 새 보안 시설 점검도 있고 해서요."

"그래서 아직도 못 찾으셨습니까?" 롤런드가 묻는다.

"예. 금요일에 출근해 보니 새로 제작한 상패가 걸려 있었어요. 신설한 보안 카메라를 정식으로 작동시키기 전 주 금요일이요. 휴교령이 내리기 전, 그러니까…… '그' 월요일 바로 전 주였죠."

프루이트 요원이 어김없이 받아 적는다. "누가 가져갔는지는 알아내셨어요?"

"아뇨. 그저 짐작만 할 뿐입니다. 우선 학생들 장난이 아닌가 싶었어요. 충분히 가능한 일이지요." 그는 깊은숨을 쉰다. "하지만 그 상을 탐내는 누군가가 한 짓일 수도 있잖습니까. 아니면 누군가 저한테 그 상이 과분하다고 여겨서 그랬는지도 모르고요. 그게 누구일지 전 짐작도 못 하겠지만요. 제가 확실히 아는 건 방과 후 학교에 절도 행위가 있었다는 사실이지요. 그리고 교장을 제외하고 그런 시간대에 자유롭게 학교에 출입할 수 있는 사람은 딱 둘뿐이라는 거요. 그중 하나가 조예요. 늦은 밤까지 학교에 머무는 사람, 밤중에 건물 안에 있는 게 예사인 사람."

415

"나머지 한 명은요?"

테디는 자리에 앉기도 전에 이 질문에 어떻게 답변할지 생각해뒀다. 대놓고 누군가를 고발할 수는 없었다. 그러나 학교 내부에 가장 쉽게 접근할 수 있으면서 가장 그럴싸한 인물이 누구인지 FBI가 알게 한다면? 그건 해볼 만했다.

"마샤 씨요. 그분이 보안카드를 배부하고 카드 단말기를 관리하시죠." 테디는 곰곰이 생각하는 척 잠시 뜸을 들인다. "그래요, 그분이라면 사실, 언제든 학교에 잠입할 수 있어요."

FBI가 이를 몰랐을 리 없다. 그러나 테디는 누가 됐든 제 일을 제대로 해내고 있다고 섣불리 믿지 않는다.

또한 그들이 이미 마샤 씨 책상을 샅샅이 수색했을 거라고 생각지도 않는다.

이제 수색할 것이다.

73

코트니나 타이터스와 함께 있지 않을 때 또는 자길 미행하는 팰런을 찾아다니지 않을 때면 잭은 새로 산 태블릿을 가지고 스타벅스로 간다. 인터넷 검색은 꼭 거기서 한다. 한번 체포돼보고 나니 온라인 활동에 약간 편집증이 생겼다.

오늘은 부모님이 오기 전인 이른 저녁에 집을 나와 늘 다니는 길을 따라 시내로 운전한다. 빨강 신호등 앞에서 정지해 있는데, 크러처의 차가 보인다.

저 낡아빠진 사브를 그가 몰라보고 지나치기란 불가능하다. 첫째, 학교 주차장에서 매일같이 봤기 때문이다. 둘째, 차 앞유리에 벨몬트 스티커가 붙어 있기 때문이다. 그런데 주차 위치가 너무나도 의외다.

주류 상점 앞.

크러처가 술꾼일 수도 있다는 생각은 단 한 번도 해보지 않았다.

잭 주변엔 술꾼이 넘쳐난다. 술독에 빠진 부모를 둔 친구가 한둘이 아니다. 하지만 그가 크러처한테서 술꾼의 특징—얼룩덜룩한 실핏줄 자국, 얼굴의 부기, 부어오른 눈두덩, 충혈된 눈—을 발견한 적은 이제껏 없었다.

어쩌면 최근에야 술맛을 알았는지도 모른다. 이건 알아둘 가치가 있는 정보일 수도 있다.

잭은 갓길에 차를 대고 백미러로 크러처의 차를 지켜본다. 몇 분 뒤 포스 애비뉴 주류점에서 크러처가 갈색 봉투를 들고 나온다.

이거 흥미로운데?

잭은 크러처가 차를 몰고 떠나길 기다렸다가 주류점으로 간다. 문을 열자 종이 땡그렁 울리면서, 순식간에 사방이 알코올 천지다. 가게 안쪽 아이스박스에 맥주가 들어 있고 벽마다 양주가 가득 진열돼 있다.

계산대 너머에 앉은 중년 남성은 TV를 보고 있다. 물론 CCTV 화면도 틈틈이 확인하고 있을 것이다. 잭은 그에게 미소를 보내고 아이스박스로 다가가 생수병을 집어 든 다음 식품 진열대를 눈으로 훑다가 과자 봉지를 하나 골라잡는다.

계산대 앞에서 그는 다시 한번 미소 짓는다. "안녕하세요."

남자도 미소 짓는다. 진짜 미소다. "안녕하지, 그럼. 보다시피 꿈을 이뤘잖냐."

"멋있어요. 저기…… 사장님, 저 좀 도와주실 수 있을까요?"

"뭔데 그러냐?"

"전 벨몬트 학생인데요, 여기 오다가 저희 학교 쌤을 분명히 본 것 같아서요. 여기서 나오시더라고요. 음, 얼마 전까지 그 쌤 수업을 들었는데 지금은…… 아시죠? 학교엘 못 가니까요."

남자는 사뭇 심각해진 표정으로 고개를 주억인다. 벨몬트 사건을 모르는 사람은 없다.

잭은 내처 묻는다. "방금 다녀가신 손님이 테디 크러처 쌤인가요? 저희 학교 새 교장 쌤?"

"그래, 그분이었어." 남자는 선선히 답하지만 딱 그뿐이다.

"그게 이상해서요. 전 크러처 쌤이 술을 입에 대지도 않는 줄 알았거든요." 잭은 비밀 누설이라도 하듯 남자 쪽으로 몸을 기울인다. "사장님은 아시겠네요. 저희 학교에 음주를 즐기시는 쌤이 몇 분 계시잖아요."

남자가 너털웃음을 놓는다. "인마, 난 손님들 뒷담화는 안 해. 근데 어차피 테디 선생님은 술을 사러 온 게 아니야. 우유를 마시거든."

"우유요? 여기 와서 우유를 사 간다고요?"

"그렇다니까. 그분이 마시는 브랜드의 우유를 취급하는 데가 여기뿐이라서."

잭은 눈을 깜빡거린다. "마시는 우유 브랜드가 따로 있다고요?"

"내가 그분을 위해 따로 챙겨놓지. 그분은 꼭 유리병에 담긴 우유만 마시거든. 종이 팩이나 플라스틱 통은 풍미를 망친다나 뭐라나."

얼마나 터무니없는 소리인지 안다는 듯 남자는 눈알을 뒤룩 굴린다. 정말이지 터무니없는 소리니까.

어쩐지 이상야릇하기도 하다. 비단 '이상야릇한 버릇' 식이 아니라…… 벨몬트엔 유리병에 담긴 우유가 없기 때문에 이상하고 야릇하다. 학교에서 취급하는 우유는 전부 작은 종이 팩에 담겨 있다. 독이 들었던 우유들도 마찬가지였다.

► ▷ ► ▷

이 동네에서 가장 싸게, 귀찮은 일 없이 술과 공짜 와이파이를 즐길 수 있는 장소는 '더 홀'이다. 팰런이 형편없는 진토닉을 홀짝이며 진전 없는 현실을 곱씹는 장소도 바로 거기다. 그녀는 자신이 실망스럽다. 새삼스러울 것도 없지만.

다시금 분발해야 한다. 위로 타넘든 아래로 기어가든 하다못해 어딘가에 난 틈을 찾아 비집든 간에, 결코 열리지 않을 문을 어떻게든 통과할 방법을 찾아내야만 한다.

그녀가 테디를 크러처 쌤이라 부르던 시절에 교실에서 그가 한 말이다. 러시아 문학처럼 특히나 어려운 책을 읽을 때면 그는 이렇게 말하곤 했다. "단어 하나하나 문장 하나하나를 분석하고 그 뜻을 파악해라. 단어들을 노려보기만 하지 말고 뭐라도 해."

우선 진토닉을 한 잔 더. 한 잔 마셨을 때는 졸렸는데 두 잔째엔 기운이 좀 난다. 게다가 살짝 취한 상태로 마시니 술맛이 조금 낫게 느껴진다.

'뭐라도 해.'

지금까지 팰런은 테디와 잭의 실수를 잡아내려고 애쓰기만 했지 실상 뭣도 하지 않았다. 두 번째 잔을 비운 그녀는 노트북을 열고 타이핑하기 시작한다.

이메일 세 통, 수신인은 각각 다르다. 그리고 셋 중 하나에만 본명으로 서명을 넣는다.

처음 하는 로데오가 아니다. 때로는 살짝 찔러줄 줄도 알아야 한다. 단 아주아주 살짝이어야 한다. 자칫하면 누군가가 자살해버릴지도 모른다.

하지만 그건 팰런 잘못이 아니었다. 교장은 어디까지나 본인 의지로 자기 사무실에서 목을 맸다.

소심하고 여린 사람이었다. 어떻게 봐도 도박에 빠질 인간형이 아니었지만 그는 도박을 했다. 우연찮게 그 정보를 발견했을 때 팰런은 2학년이었다.

그녀는 이사회 학생 대표 후보로서 교장실에 불려 가 있었다. 이사회가 학생 대표를 각 학년에서 한 명씩 뽑고자 했고 그녀는 2학년 후보였다. 면담 중에 마샤 씨가 교장을 호출해서 그녀는 그곳에 잠시 혼자 있게 되었다. 그의 컴퓨터 화면을 슬쩍 훔쳐보기엔 충분한 시간이었다.

브라우저 탭이 여러 개 열려 있었는데 그중 하나가 온라인 포커 사이트였다. 팰런은 얼른 휴대폰으로 그 화면을 찍었다. 벨몬트 학칙이 도박을 허용할 리 없다는 생각에서였다. 나중에 더 알아보니 온라인 도박은 학칙 위반을 넘어 불법이었다.

교내에서의 불법 도박은 해고 사유가 되고도 남았다.

다시 말해 그녀가 귀중한 정보를 확보했다는 뜻이었다. 그리고, 써먹지 못할 바에야 정보가 무슨 소용이겠는가?

그녀가 아는 것을 넌지시 들이밀자 교장은 항변조차 하지 못했다. 그는 그녀가 뭘 할 수 있는지 알고 있었다. 팰런은 바로 그 점을 노렸다.

이사회 학생 대표? 통과. 과제 기한 연장? 통과. 하계 연수 후보자 명단의 더 높은 자리? 통과.

정말이지 더할 나위가 없었다. 교장이 자살해버리기 전까지는.

이어서 테디가 그녀를 부정행위자로 저격하기 전까지는.

솔직히, 부정행위는 아니었다. 엄밀히 말해 그녀는 정보를 모아 유리하게 써먹었을 뿐이다.

교장을 상대로 그랬듯이 테디를 상대로도 그렇게 했다. 그렇게 그의 결혼 생활을 파탄으로 몰아넣었다.

그것이 그녀가 잘하는 일이었다.

74

그래, 부모님이 가족 식사를 선언했었다. 주류 상점에서 나오자마자 아빠로부터 약속 확인 문자가 온다. 잭은 점점 지친다. 코트니, 팰런, 크러처의 우유, 부모님의 존재…… 음, 부모님……. 그의 인생 속 등장인물들을 전부 감당하는 건 쉬운 일이 아니다.

"네 현재 상황에 관해 얘기를 좀 해보자." 아빠가 말한다.

온 가족이 식사실에, 족히 열두 명이 넉넉히 앉을 수 있는 식탁 끄트머리에 모여 앉았다. 저녁 메뉴는 또 연어다. 엄마가 슈퍼푸드라 믿어 마지않는. 그래도 우유는 없다. 우유는 절대로 없다.

잭은 연어를 한입 삼키고 헛기침을 한다. "내 현재 상황?"

"타이터스는 네가 제법 잘하고 있다고 하더라." 엄마가 말한다.

"잘됐네." 잭이 대꾸한다.

아빠가 탄산수를 한 모금 마신다. "물론 홈스쿨링은 유지해야지. 그건 계속 잘 따라줬으면 한다. 우리가 염려하는 건 네 과외 활동

이야. 따로 하는 게 없잖아."

"벨몬트에서는 너무 많이 해서 걱정이었지." 엄마가 덧붙인다.

"지금은 아예 아무것도 안 하고." 아빠가 거든다.

요즘 그가 하루를 어떻게 보내는지 아빠 엄마가 알아야 하는데. 잭도 나름대로 '과외 활동'에 치여 사는 판인데 말이다.

"그러네. 알았어요." 잭은 답한다.

아빠가 끄덕인다. "네가 알아들을 줄 알았다."

잭은 아무 말도 하지 않는다. 이미 둘이서 정한 바가 있는 거다. 그는 부모님이 뭘 시키는지 잠자코 듣기만 하면 된다.

"엄마 아빠 생각엔 자원봉사가 괜찮을 것 같아." 엄마가 말한다.

"사회에 이바지하는 건 중요하지. 우리가 늘 말했잖냐, 지역사회 사업은 중요하다고." 아빠가 보탠다.

다시 엄마가 받아 말한다. "우리 로펌도 여러 단체를 후원하고 있거든. 엄마가 목록을 뽑아놨으니까 어디 끌리는 데가 있나 한번 훑어보렴. 목록은 이메일로 보낼게."

잭은 웃는 얼굴로 끄덕이며 장단을 맞춘다. 이토록 끝내주는 아이디어를 떠올릴 수 있는 부모님을 둬서 자기는 너무너무 행복하다는 듯이.

마침내 가족 식사에서 놓여난 그는 자기 방으로 올라가 노트북을 연다. 읽지 않은 이메일 한 통이 맨 먼저 눈에 들어오는데 발신자 주소가 낯설다. 메일 제목은 '미치광이 과학자'다.

▶ ▷ ▶ ▷

FBI를 만나고 귀가한 테디는 책을 펴든다. TV도 인터넷도 거들 떠보지 않고 오로지 헨리 밀러의 『북회귀선』그리고 차가운 우유 한 잔과 오붓한 시간을 보낸다. 참 오랜만이다. 앨리슨이 곁에 있었 던 시절엔 매일 저녁을 이렇게 보냈는데.

그녀 생각이 그의 머릿속으로 스멀스멀 기어든다. 그의 배 속으 로 기어드는 구더기 떼처럼.

여전히 눈에 선하다. 좋아하는 의자에 몸을 구기고 앉아 책을 읽 고 있는 그녀의 모습. 그녀는 그때그때 끌리는 책을 골라 읽었다. 때 로는 로맨스였고 때로는 스릴러였다. 좌우지간 장르 불문 모든 책 을 조금씩 읽었다. 그렇게 부부가 한 공간에서 조용히 각자 책을 읽 었다. 더없이 편안한 시간이었다.

결혼해서 좋았다. 다들 그렇게 말하지만 그의 경우는 진심이었 다. 둘이서 행복하게 잘만 살았는데 그녀가 아이를 갖겠다고 고집 을 피우면서 부부의 삶에 균열을 일으켰다.

이제 테디는 홀로 남아 책을 읽는다. 결코 그때와 같지 않다.

겨우 스무 쪽을 읽고서 책을 덮는다. 인터넷이 그를 유혹한다. 오늘 자 뉴스가, '미치광이 과학자'를 두고 갑론을박하는 게시판이 그에게 손짓한다. 그 별명에 대한 그의 소감을 정확히 꼬집을 수는 없지만 온라인에선 그렇게 굳어진 분위기다. 일단 성별에 매이지 않 는 별명이기 때문이다.

매체가 꾸준히 상기시키듯, 독살 사건은 대부분 여성이 범인이다.

테디는 진즉에 알고 있었다.

이메일을 처리하러 서재로 간다. 교장이 되고부터 받은메일함이

미어터진다. 안부 메일과 축하 메일도 엄청나게 날아오지만 민원 메일 공세에는 비할 바가 아니다. 학부모, 교직원, 심지어 학생들조차 그에게 이래라저래라 해도 되는 줄 아는 모양이다.

아주 피곤하다.

오늘도 읽지 않은 메일이 백 통 넘게 쌓였다. 일부는 스팸이지만 나머지는 답신을 요한다. 학비를 지불하는 사람들을 무턱대고 무시할 수는 없다. 학생들이 대거 빠져나간 마당이라 더더욱 그러하다. 이제 그는 그들에게 친절해야만 한다.

이메일 목록을 훑던 그의 눈길이 한 제목에서 멎는다. '미치광이 과학자.'

그 메일을 연다.

네 짓인 거 알아.

심장이 내려앉는다. 아니다. 미친 듯이 쿵쾅거린다. 가슴이 너무 뛰어 견딜 수 없다. 그는 눈을 감고 몇 차례 심호흡한다.

말도 안 돼. 어느 몹쓸 인간의 역겨운 장난이겠지. 스팸이거나. 그만이 아니라 모두한테 함부로 날린 찔러보기식 이메일.

그의 주소가 숨은 참조에 있지 않다. 이건 그에게만 보낸 메일이다. 발신자 주소도, 그가 가짜 소셜미디어 계정을 만들 때 사용하는 것과 같은 익명의 일반 계정이다. 웬만하면 웃어넘길 텐데 이 이메일은 너무나 찜찜하다.

그런데 발신자 주소 말이다. 주소명이 그의 눈길을 끈다.

남자가 이런 이름을 선택할 확률이 과연 얼마나 될까?

팰런. 당연히 그 애가 가장 먼저 떠오른다. 이미 그에게 수차례 이메일로 악담을 퍼부은 전력이 있으니까. 하지만 그 애는 항상 실명 계정을 사용했다.

이제 와서 숨긴다고? 왜?

게다가, 그 애가 '안다'고? 어떻게? 불가능하다. 잉그리드가 죽었을 때 그 애는 이 동네에 있지도 않았다.

달리 누가 보냈을지 따져보려고 하는 차에 문 두드리는 소리가 그를 방해한다.

테디는 흠칫 놀라 상체를 발딱 세운다. 어쩌면 문 두드리는 소리가 아니었는지도 모른다. 아마 그의 심장이 두방망이질하는 소리였나 보다.

초인종이 울린다. 심장 소리가 아니다.

그는 서재에서 나와 현관으로 향한다. 밖에 누가 와 있건 간에 마음의 준비를 한다. 경찰일까? FBI? 둘 다일 수도 있다.

심호흡을 한다. 그는 잘 대처할 수 있다.

창문으로 밖을 살피지도 않는다. 누가 왔든지 평범하게 대해야 한다. 자연스럽게. 누가 찾아올 줄 전혀 몰랐다는 듯이. 그는 망설이지 않고 문을 연다. 너무나 뜻밖이라 놀란 기색을 감출 길이 없다.

경찰이 아니다. FBI도 아니다.

프랭크다.

427

75

심장 박동이 조금씩 제 박자를 찾는다. 테디는 말한다. "프랭크, 이게 웬일입니까."

프랭크는 민망한 표정으로 선웃음을 짓는다. "불쑥 찾아와서 놀라셨죠. 미리 전화라도 드렸어야 하는데."

"아뇨, 아뇨. 뜻밖의 반가운 손님인걸요." 테디는 문을 더 열고 프랭크에게 들어오라 손짓한다. 프랭크가 병가를 낸 뒤로 서로 만날 일이 아예 없었는데, 그사이 한 백 년은 지난 것 같은 느낌이다. 그동안 너무 많은 일이 있었다. "들어와서 좀 앉아요."

테디는 그를 명목상 거실, 그러니까 집에서 그나마 제일 깨끗한 공간으로 안내한다. 프랭크는 소파 끄트머리에 걸터앉는다. 테디는 그 옆의 의자에 앉아 직장 동료를 찬찬히 뜯어본다.

확실히 여위긴 했지만 건강해 보인다. 눈 밑 그늘도 사라졌고 전체적으로 은은하게 밝은 기운을 풍긴다. 그리고 사람이 퍽 차분해졌다. 전에는 항상 너무 들떠 보였는데 말이다. 지금은 무슨 조각상처럼 미동도 없이 앉아 있다.

그제야 테디는 프랭크의 옷차림을 알아본다. 재킷 안에 보이는 흰 목깃의 검은 셔츠.

성직자의 흰 목깃이다.

그가 알아본 것을 눈치챘는지 프랭크가 미소를 짓는다.

"그러니까…… 성직자가 되셨군요?" 테디가 말한다.

"예." 프랭크는 주머니에서 봉투를 꺼내어 그에게 건넨다. "목사 안수를 받았습니다."

테디는 봉투 안의 증서를 펼쳐 들여다본다. 프랭크의 이름이 있고 '터치포인트 미니스트리' 로고와 서명이 있다. 인터넷에서 받아 인쇄한 것처럼 보인다. "축하해요. 이거 참…… 대단하십니다. 힘든 선택이었을 텐데."

"사실 제 평생에 가장 쉬운 선택이었답니다." 프랭크의 얼굴엔 여전히 은은한 미소가 걸려 있다. "쌤도 축하드려요. 교장 선생님이 되셨다고요."

"고맙습니다. 불행히도 너무나 비극적인 상황하에 일이 이렇게 됐네요." 자연히 그 이메일이 생각난다. 인생이 달라졌어도 절대로 바뀌지 않는 게 있는 법이다. 프랭크는 여전히 타이밍을 참 못 맞춘다.

프랭크가 대답한다. "예. 벨몬트에서 일어난 일들은…… 음, 참으로 사악했어요. 그냥 가볍게 하는 말이 아닙니다. 성직자는 악을 가벼이 여기지 않아요."

테디는 내심 발끈하지만 그저 끄덕인다. "그럼, 이렇게 새 삶을 시작했으니 교직은 사임하시는 걸로 이해해도 될까요?"

"예, 그만둬야지요. 그래서 이렇게 직접 뵙고 말씀드리고 싶었어요."

"고맙네요."

"실은 따로 드릴 말씀이 또 있기도 하고요."

"아, 퇴직연금 문제라면 걱정할 것 없어요." 테디는 안심하라는 뜻으로 손사래를 한다. "벨몬트는 401(k)만 제공하니까요, IRA(개인은퇴계좌)로 옮겨도 좋고 달리 원하는 방식이 있으면 그대로 하시면 됩니다."

"그게 아니고요, 추념식 관련해서 부탁드리고 싶은 게 있어서요." 지금껏 꼼짝도 하지 않고 말만 하던 그가 처음으로 움직인다. 테디 쪽으로 약간 몸을 기울인다. "행사에 성직자를 초빙하실 계획이 있거든 저를 불러주시면 좋겠어요. 전 더 이상 벨몬트 소속이 아니겠지만 그래도 학교의 미래를 염려하고 온 마음으로 응원하니까요."

테디는 이 대화가, 프랭크가 지겹다. 이메일 생각에 집중하고 싶어 초조하다. "당연히 모셔야지요. 어디에서 무얼 하든지 프랭크가 벨몬트 가족이라는 사실은 변하지 않아요." 그는 자리에서 일어나 이 짧은 대화가 끝났음을 넌지시 알린다. "미안합니다. 이거 내가 무례했네요. 마실 거리라도 내드렸어야 하는데. 아내가 집에 없어요. 손님 접대는 그 사람이 나보다 훨씬 나은데 말이죠."

"앨리슨도 잘 지내죠? 못 본 지 한참 됐네요."

"그럼요, 아주 잘 지냅니다. 항상 바쁘지만 뭐, 잘 지내요."

"다행이네요." 프랭크도 일어선다. "전 이만 가볼게요. 쌤 시간을 너무 많이 뺏은 것 같아요." 그러고선 머뭇거린다. "원하시면 좀 더 있으면서 쌤을 위해 기도해드릴 수도 있는데요."

"전 괜찮습니다."

테디는 현관 밖 그의 차까지 배웅하고서 가족들 안부를 묻는다.

"미시랑 프랭키는 일단 처가에서 지내고 있어요. 그게 최선이죠. 제 상황이 이렇다 보니……."

한마디로 별거 중이라는 얘기군. 그럴 만도 하지. "잠시 그렇게 지내는 것도 좋을 겁니다."

"다시 한번 감사드려요."라면서 프랭크는 차 문을 달칵 연다. "전 진심으로 벨몬트와의 인연을 이어가고 싶어요."

"당연히 그래야지요."

테디는 애써 상냥함을 유지한 채 프랭크가 차에 타기를 기다려주고, 떠나는 차에 대고 손을 흔든다.

침착하게. 아무렇지 않게. 아주 멀쩡하게.

도로 집에 들어와 이메일을 생각하며 도자기 사발을 집어 든다. 결혼 선물. 앨리슨이 아끼는 그릇. 테디는 그 그릇을 바닥에다 힘껏 내팽개친다. 그릇이 산산조각 나면서, 튕겨 나온 파편이 그의 팔에 꽂힌다.

그는 저녁 내내 바닥을 치운다.

▶ ▷ ▶ ▷

네가 놈을 돕고 있다는 거 알아.

잭은 멍하니 이메일을 응시한다. 처음엔 루커스가 장난을 친 거라고 생각했다. 하지만 녀석이라면 메일이 아니라 문자 메시지를 보낼 것이다. 만에 하나 메일을 쓴대도 천만에, 녀석이 '아기삐약이' 따위를 주소명으로 쓸 리 없다.

다음 용의자: 팰런 나이트.

그녀는 그를 미행하고 매일 크러처의 집 근처로 간다. 그리고 잭을 가리켜…… 뭐? 미치광이 과학자를 돕고 있다고? 딱 한 번 크러처의 집 밖에 있었다는 이유로?

미쳤군.

하지만 그녀가 제대로 짚었는지도 모른다. 잭에 대한 건 완전히 잘못 짚었지만. 크러처. 그 인간을 진범으로 의심하는 이가 팰런 한 명뿐인 건 아니다. 잭도 같은 의심을 품었다. 특히 크러처에게 교장이란 직함이 붙게 된 후로. 그리고 그의 우유 취향을 알게 된 후로.

잭은 의자 등받이에 기대앉아 화면 속 단어들을 노려보며 머리를 굴린다. 그녀는 왜 이런 메일을 보냈을까? 뭐 하러? 정말 그가 연쇄 살인을 돕고 있다고 여기거든 간단히 경찰에 신고하고 말지? 그녀가 하려는 건…… 협박인가?

마음 한편으론 그녀를 찾아가 이게 다 뭐냐고 따져 묻고 싶다.

다른 한편으론 자꾸 똑같은 생각으로 되돌아간다.

'이 여잔 미쳤어.'

76

프랭크. 프랭크 맥스웰.

팰런은 이해할 수 없어 머리를 흔든다. 몇 달에 걸쳐 테디를 지켜봤는데 그간 그의 집을 찾은 손님은 없었다. 단 한 명도. 그런데 그 이메일을 보낸 바로 그날 밤, 프랭크가 나타났다.

그녀는 몰카 영상을 다시 한번 돌려본다.

때는 이른 아침, 그녀는 잭의 집 근처에 차를 댄 채 30분째 휴대폰 화면으로 어젯밤 테디의 집 밖 몰카에 찍힌 영상을 들여다보고 있다.

프랭크 맥스웰이라니.

팰런이 벨몬트로 돌아왔을 때 그는 없었고 건강 문제로 휴직했다고 들었는데 지금 난데없이 나타난 것이다. 그녀는 그 이메일로 반응을 이끌어내려 했었고 과연 반응을 얻었다. 하지만 이건 정말이지 뜻밖이다.

어쩌면 그녀는 지금 엉뚱한 집 앞을 지키고 앉았는지도 모른다.

프랭크 맥스웰이 사는 곳을 검색해본다. 이 부자 동네가 아니다. 그녀는 맥스웰이 사는 동네로 운전해 가서 그의 집 근처에 차를 세운다. 그러나 막상 오래 머물 수는 없겠다. 여기 윌로우 하이츠는 집들이 다닥다닥 붙어 있고 주택가가 도로에 인접한 중산층 구역이다. 동네에 낯선 차가 서 있는 걸 수상쩍게 볼 주민이 있을 수밖에 없다.

팰런이 이만 여길 떠야겠다고 생각하던 차에 때마침 프랭크가 집에서 나온다.

다행이다. 오늘은 운이 좋다. 5분만 늦었어도 그녀는 떠나고 없었을 것이다.

그는 주간 도로를 20분쯤 달리다 그녀가 잘 모르는 출구로 빠져나가 그녀가 전혀 모르는 동네로 진입한다. 계속해서 가다가 그의 차가 멈춘 곳은 터치포인트 미니스트리 주차장이다.

교회다. 아직 아침 9시도 되기 전인데 프랭크는 교회를 찾는다.

어쩌면 너무나도 끔찍한 죄를 지어서, 용서를 비는 기도를 올리러 왔는지도 모른다.

▶ ▷ ▶ ▷

암만 생각해도 이건 바보짓이다.

잭은 팰런이 사는 원룸 건물 앞에 이렇게 죽치고 앉아 있으면 안 된다. 첫째, 이러고 있으니 꼭 스토커가 된 기분이니까. 둘째, 그 여자는 아마도 미쳤으니까.

혹은 소문대로 '로아크'했거나. 잭이 실제로 보거나 겪은 적은 없지만, 벨몬트 출신으로 로아크한 사람이 그녀가 처음은 아니다.

이 표현은 로아크라는 이름의 한 학생에게서 유래했다. 성은 말하는 사람에 따라 바뀌지만 이름은 한결같이 로아크다. 졸업생 대표에다 과외 활동 이력도 지극히 모범적이다. 수학 동아리, 어린이들을 돕는 자원봉사, 그리고 남는 시간에 〈샤크 탱크(Shark Tank, 미국의 비즈니스 리얼리티쇼. 참가자가 창업 및 사업 아이템을 소개하면 심사위원이 투자 여부를 결정하는 식으로 진행된다 – 옮긴이)〉에 나올 법한 발명품까지 만들었다고 한다. 그러나 늘 수면 부족에 시달렸다. 실패를 잘 받아들이지 못했고.

결국 그는 완벽주의의 압박감에 무너지고 말았다. 자기 사물함에 불을 질러 교과서와 노트북, 심지어 휴대폰까지 몽땅 태워버렸다.

그는 유유히 학교에서 걸어 나갔고, 자퇴했다. 이후 그의 소식을 아는 이는 아무도 없다.

실화냐고? 정확히 아는 사람은 없다. 어쨌거나 '로아크'는 잭과 친구들에게 경고성 우화이자 공포의 대상이다. 다른 고등학생들이 주로 듣는 충고는 마약을 멀리해라, 친구를 잘 사귀어라, 공부 열심히 해서 대학에 가라 등등이다. 벨몬트 아이들은 로아크 전설을 듣는다.

어쩌면 팰런도 그렇게 돼버렸나 보다. 중압감을 못 이겨 무너졌고 그것을 크러처 탓으로 돌리게 된 거다. 그래서 복수하러 돌아온 거다.

아니, 어쩌면 잭이야말로 미쳐 가는 게 아닐까. 이제는 잭 자신도

긴가민가하다.

그가 확실히 아는 건 자신이 살인을 돕지 않았다는 사실이다. 그러니 팰런에게 사실대로, 차분하게, 이성적으로 설명해야겠다. 설마 그 여자가 품에서 도끼 같은 걸 꺼내진 않겠지. 제발.

이러거나 저러거나 그녀가 집에 와야 가능한 일이다. 잭은 얼마나 걸리든 기다리겠다는 각오를 다지며 운전석 등받이를 뒤로 젖힌다. 그녀가 오늘 그를 미행했으면 좋았을 것을. 잭은 눈을 감는다. 몇 분 뒤, 차 문 닫히는 소리에 반짝 눈을 뜬다.

누군가 방금 주차장 오른쪽 맨 끝자리에 주차하고 나왔다. 잭은 누군지 보려고 그쪽으로 고개를 뺀다.

팰런이 아니다.

크러처다.

77

18분. 크러처가 팰런의 원룸 건물로 들어간 지 18분 만에 나온다. 곧바로 차에 올라 주차장을 빠져나간다.

잭은 그녀가 집에 없다는 걸 알고 있다. 직접 확인했고, 그가 지켜보는 동안에는 아직 돌아오지 않았다. 그가 주차한 지점에서 원룸 건물 정문이 보인다.

앗, 이런. 후문. 건물에 후문이 있을 텐데.

잭은 스토커 노릇에 영 젬병이다.

차에서 내려 정문으로 간다. 세대별 초인종이 없다. 호텔처럼 그냥 문이 개방돼 있다. 건물 자체가 오래된 호텔을 용도 변경한 것처럼 보인다. 심지어 로비도 그렇다. 다만 여기엔 접수계 직원이 없다.

인터넷상 그녀의 주소는 이 건물 104호, 즉 1층이다. 그는 금세 찾아낸다. 역시나, 건물 뒷면을 향한 위치다.

잭은 장래 직업 목록에서 형사를 지운다. 범죄자도. 어느 쪽이건

437

소질이 없는 게 확실하다.

104호 문을 노크한다. 응답이 없다.

또 한 번 노크한다. 여전히 아무도 응답하지 않는다.

문에 귀를 대고, 안에서 무슨 소리가 들리는지에 집중한다.

조용하다.

크러처는 여기 서서 18분을 보낸 건가? 쪽지 같은 걸 써서 문 아래 틈으로 밀어 넣었나? 굳이? 그녀도 벨몬트 교사다. 그가 그녀의 연락처를 모를 리 없다. 왜 이메일이나 문자를 보내지 않고?

하기야 뭐, 그는 스마트보드를 수업에 활용하기조차 거부하는 인간이지.

잭은 온 길로 돌아 나가다 말고 우뚝 선다. 되돌아가서 후문을 찾는다. 후문 밖 주차 공간이 있지만 팰런의 차는 보이지 않는다.

다행이다. 잠깐이지만 그는 크러처가 팰런을 어떻게 했을지도 모른다는 생각까지 했었다.

타이터스가 내준 과제를 하는 것 말고는 딱히 할 일도 없겠다, 잭은 여기 남아 제대로 확인해보기로 한다. 미친 여자라 해서 살해당해도 되는 건 아니니까.

▶ ▷ ▶ ▷

세 시간. 프랭크가 무려 세 시간째 교회에서 나오지 않는다. 세상에 누가 그렇게까지 오래 기도하는가. 잠이 들면 들지. 팰런도 몇 번은 기도하다 잠들 뻔했다. 그러므로 하나님의 응답을 기대하지도

438

않는다.

처음부터 그와 대화할 생각이 있었던 건 아니다. 멀리서 지켜보기만 하려 했는데 여태 아무런 소득이 없다. 머리를 매만지고 립스틱을 지워 신의 성전에 어울리는 모습을 하고서 그녀는 터치포인트 미니스트리로 들어간다.

건물 외관은 내부에 비하면 유도 아니었다. 곁에서 봐도 물론 크지만 안으로 들어오니 그야말로 어마어마하다. 교회라기보다는 초대형 공연장 같다.

"어떻게 오셨나요?"

나직하다 못해 속삭이는 목소리. 청록색 정장 차림의 중년 여성이다. 상냥하게 웃고 있긴 한데 화장이 너무 짙다.

"그냥 들어가 앉아도 되나요?" 팰런은 묻는다.

"그럼요." 여자는 흔쾌히 들어가라고 손짓한다. 강단에는 아무도 없고 하고많은 신도석엔 단 두 명이 앉아 있다. 둘 다 머리를 숙인 채 기도 중이다.

둘 다 프랭크가 아니다.

팰런은 앉아서 기다린다. 20분쯤 지나자 드디어 뭔가 움직임이 있다.

한 남자가 강단으로 올라간다. 흰 정장에 검은 셔츠를 입고 성직자 목깃을 단 백발노인이다. 설교대에 놓인 태블릿을 집어서는, 그의 뒤를 졸졸 따라다니는 남자에게 보여준다.

프랭크다. 그의 셔츠에도 하얀 성직자 목깃이 있다.

아.

아!

기도하러 온 게 아니었다. 그는 여기 와서…… 일을 한다?

팰런은 생소한 모습의 프랭크에게 경악한 채 그들을 주시한다. 이윽고 그들은 강단에서 내려가 어디론가 사라지고, 그를 두 번 볼 것 없이 그녀도 자리에서 일어난다.

돌아오는 길, 그녀는 이 새로운 국면을 이해하려고 애써본다. 아울러 어젯밤 프랭크가 왜 테디의 집을 방문했는지도. 테디 그 인간이 용서를 구하는 기도를 자청했을 리는 없는데.

원룸 건물 주차장에 차를 대면서도 그녀는 이 생각에 몰두해 있다.

잭의 차가 그녀를 현실로 잡아챈다. 세련된 검은색 고급 승용차. 여기서는 더욱더 눈에 확 띄는.

허술하다, 저 녀석.

녀석이 안에 있는 것 같지는 않다. 하지만 다가가서 들여다보니 등받이를 젖힌 운전석에 누워 있다. 그러고 잠들었다.

정말 허술하다.

그냥 두고 갈까 싶다. 알아서 깨고 차에서 기어 나와 그녀의 집 문을 두드리길 기다리자. 하지만 좋은 생각이 아닌 것 같다. 녀석이 문을 막아서면 그녀는 꼼짝없이 갇힌다. 아무래도 녀석이 그녀보다 힘도 더 세겠고.

그리고, 이걸 바라고 이메일을 보냈잖은가. 그녀는 반응이 오길 바랐고, 이렇게 왔다.

잠시 머뭇거리며 생각을 정리하고 맞서 싸울 각오를 다진다. 자,

준비됐다. 그녀는 주먹을 쥐고 차창을 때린다.

한 번. 세게.

잭이 눈을 부릅뜬다. 그녀를 보고는 몇 번 끔뻑끔뻑하다가 일어나 앉는다.

녀석이 문을 여는 순간 그녀는 한 걸음 물러선다. 녀석한테서 고급 가죽 냄새가 풀풀 난다. 그 냄새를 들이마시며 그녀는 자기가 그런 차를 몰았던 기억을 떠올린다. 지금도 그녀는 그런 차의 주인이어야 한다.

크러처만 아니었다면.

잭이 셔츠를 당겨 펴며 말한다. "안녕하세요, 나이트 쌤. 직접 인사드리는 건 처음인 것 같네요. 잭 워드입니다."

어쩌나 예의 바르신지. 남의 집 앞에서 자다 깬 이런 순간에조차.

"그래. 벨몬트에서 네가 체포되는 거 봤어."

제대로 찔렸나 보다. 녀석은 미소를 거두고 고개를 푹 수그린다. "예. 저였어요."

"그나저나 왜 내 집 앞에 차를 대고 자고 있는 거지?" 팰런은 턱을 올리고 짐짓 엄격한 선생의 표정과 말투로 묻는다.

그가 그녀를 똑바로 쳐다본다. "쌤은 왜 절 미행하셨어요?"

팰런은 당황하지 않는다. 녀석을 발견하자마자 예상한 질문이다. "네가 뭔가 꾸미고 있으니까."

녀석이 씩 웃는다. 건방진 자식.

"좋아요, 아기삐약이 님." 녀석이 말한다.

78

팰런의 눈동자가 흔들린다. 충격을 감추려 하지만 잭에겐 다 보인다.

"역시 쌤이었군요." 긴장이 조금 풀린다. 차창 밖의 팰런을 알아본 순간 솔직히 식겁했다. 저 미친 여자가 무슨 짓을 할지 몰라서.

이제 긴장한 쪽은 그녀다.

그가 말한다. "쌤일 줄 알았어요. 쌤 말고 절 미행하는 사람은 없으니까."

그녀는 턱을 내밀고 살짝 반격을 시도한다. "너도 켕기는 데가 있으니까 여기까지 왔겠지."

맞는 말이다. 단지 그녀의 생각과는 다른 데가 켕길 뿐이다.

대화가 그의 뜻대로 흘러가지 않는다. 그렇다, 그녀는 방어적이고 그도 마찬가지다. 접근법이 틀렸다. 이 상태로는 이도 저도 안 된다. 서로 적대할 게 아니라 힘을 합쳐야 한다.

아빠가 늘 말하듯 '적군보다 아군을 더 많이 만들라.'

"오해하실 만해요. 제가 쌤이었어도 그랬을 거예요." 그녀는 미심쩍은 표정이지만 잠자코 듣는다. "근데요, 저도 크러처에 대해 쌤이랑 같은 생각이에요. 우린 한편이라고요."

"그게 거짓말이 아닌 걸 내가 어떻게 알아? 어쩌면 넌 그놈을 돕고 있고 이건 그 일의 일부인지도 모르지."

"그렇게 생각하시는 것도 이해해요."

"내가 너라도 그렇게 말할걸."

역시 맞는 말이다. 그렇지 않다는 걸 증명할 방법이 없다. "그럼 우린 계속 이 상태겠네요."

"그렇겠네."

잭도 크러처에게 불리한 증거를 내밀고 싶다. 하지만 그가 가진 거라곤 강한 의심, 끽해야 크러처의 책상에 있는 식물도감과 그의 우유 취향뿐이다.

어차피 잃을 것도 없고.

"좋아요, 까놓고 말해 전 크러처가 범인이라고 생각해요. 로스 아줌마에서 시작해 벨몬트에서 사람들을 죽인 범인은 그 인간이에요. 뭐, 교장이 되고 싶은 사이코패스라서 그랬겠죠." 팰런의 눈이 조금 커지지만 아직 부족하다. "증명할 길은 없지만 아무튼 전 그렇다고 믿어요. 쌤 생각도 똑같다면, 우린 힘을 합쳐야 해요. 왜냐면 제가 보기에 FBI는 아예 감도 못 잡고 있는 것 같거든요."

팰런은 비웃지 않는다. 잭은 이를 청신호로 받아들인다. 그녀는 아무 반응 없이 잭을 쳐다볼 뿐이다.

"쌤도 저랑 같이 일을 도모할 맘이 생긴다면, 전 대환영이에요. 제가 거짓말하는 거라고 생각하시면…… 하는 수 없죠. 하지만 거짓말 아니에요, 진짜." 그대로 그는 등을 돌리고 차에 오른 다음에야 다시 그녀를 본다. "그리고 이젠 절 미행하시지 않아도 돼요. 어차피 시간 낭비예요."

잭은 문을 닫고 시동을 건다. 기다리라는 말을 기다린다. 무슨 말이라도 날아들길 기다린다.

그녀는 아무 말도 하지 않는다.

"하나 더요. 크러처가 여기 왔었어요."

"뭐?"

"쌤 오시기 전에 크러처가 저 건물로 들어가서 18분 동안 안 나왔어요."

팰런은 팔짱을 낀다. "거짓말."

"그렇게 생각하시는 거 아는데요, 저라면 쌤 집에 있는 건 절대 먹지도 마시지도 않을 거예요."

▶ ▷ ▶ ▷

팰런은 잭의 차가 모퉁이를 돌아 시야에서 사라질 때까지 지켜보다 건물로 들어간다. 지금 녀석을 미행하는 건 무의미하다. 그녀를 흥미로운 장소로 이끌지 않을 것이다.

그녀는 원룸 문으로 조심스레 다가간다. 만에 하나 잭의 말이 사실일 수도 있으니까. 우선 손잡이를 확인한다.

잠겨 있다.

열쇠를 꽂고 문을 열면서 바닥을 살핀다. 테디가 뭔가 남겼을지도 모른다. 쪽지나…… 다른 뭔가를.

없다. 아무것도.

원룸 안도 그녀가 나갔을 때와 똑같다. 침구는 흐트러져 있고 전등은 바닥에 나뒹굴고. 작은 옷장은 옷들로 미어터지고 옷장 문은 늘 그렇듯 옷들에 밀려 덜렁 열려 있고.

바닥에 가방을 떨구고 곧장 '미니 주방'으로 향한다. 집주인이 그렇게 부른다. 작은 개수대 하나와 전자레인지, 냉장고에 그렇게 멋들어진 이름이 붙어 있다. 평소 그녀는 벌레가 꼬이지 않게 음식을 전부 냉장고에 넣는다. 음식이라야 크래커 한 통, 조미료 몇 종류, 종이 팩에 든 오렌지 주스 한 통이 전부다.

달라진 게 없어 보이기는 하지만 테디는 물건 위치를 바꾸는 실수 따위 하지 않는다. 뭔가 건드렸더라도 원래 위치에서 한 치도 어긋나지 않게 되돌려놓았을 것이다.

그녀는 아무것도 손대지 않고 냉장고 문을 닫는다.

노트북을 연다. 음식에서 독을 검출해낼 방법을 검색해본다. 그녀 같은 일반인에게 그런 서비스를 제공하는 업체는 많지 않고, 있는 업체를 이용하려 해도 엄청나게 비싸다. 증거를 확보할 수만 있다면 그 돈을 들일 가치가 있다. 테디가 그녀를 독살하려 했으니까. 그러나 그건 잭 말이 사실이라는 전제하의 얘기다.

솔직히, 녀석이 거짓말하는 것 같지는 않았다.

녀석이 능구렁이 같으리라는 짐작 정도는 했었다. 하지만 그게 거짓말하는 모습이었다면, 녀석은 진정 생각보다 더 뛰어난 사기꾼이다.

그런데 만일 거짓말이 아니었다면, 그렇다면 녀석이 옳다. 그들은 힘을 합쳐야 한다.

잭이든 누구든 동지가 생긴다면 얼마나 든든하겠는가. 이 일을 의논할 사람, 모든 걸 알아내고 경찰이 믿게끔 짜 맞추는 데 도움이 되어줄 사람이 있다면.

이런. 경찰. 경찰에게 잭은 그녀보다도 더 나쁜 인상을 줄 텐데. 그녀가 테디에게 보낸 이메일을 그들이 본다 해도 말이다.

이모저모로 따져본 끝에 그녀는 녀석을 시험해볼 필요가 있다는 결론에 이른다. 벨몬트에 다닐 적 과학 시간에 그녀는 가설을 세운 다음 실험을 통해 참과 거짓을 가려내라고 배웠다. 그 과학적 검증법을 잭에게 적용해보자.

가설: 잭이 진실을 말하고 있다면, 그는 좋은 동지가 되어줄 것이다.

그러나 분젠 버너와 시험관을 사용해 답을 얻을 수는 없다. 그녀는 다시 인터넷을 뒤져 과학적 검증법에 관한 기억을 되살린다.

가설은 실험을 통해 검증해야 한다. 동일한 실험을 반복해 동일한 결과를 얻는 경우 그 가설은 참이 된다.

아무래도 알맞은 방법이 아닌 것 같다. 과학자보다는 변호사가 낫겠다. 이미 답을 알면서 질문을 던지는 방식.

그녀가 아는 것을 그에게 물어봐야겠다.

그녀가 가진 정보를 그에게 까발리는 셈이 되겠지만 이 시점에 그녀는 잃을 게 없다. 테디는 그녀의 원룸을 찾아온 것 외에는 이렇다 할 응답을 남기지 않았다. 그녀가 보낸 세 번째 이메일도 여태 응답이 없다.

컴퓨터 앞에 앉아 잭에게 보낼 이메일을 쓴다. 크러처에 대해 아는 것을 적는다. 그가 남몰래 학교에 들어가는 영상도 언급한다. 영상의 출처는 밝히지 않는다. 그건 녀석이 몰라도 된다.

이메일 작성 도중에 피로가 몰려온다. 늦은 밤이고 머리가 흐리멍덩해서 도저히 더는 못 쓰겠다.

내일 마저 써야겠다. 다 쓰고서 잭에게 보낼 것이다. 그러고 나서 녀석 말이 참인지 거짓인지 가려낼 것이다.

79

잉그리드 로스가 그립다.

테디는 다시 10층 회의실에 있다. 위니가 추념식 초청 인사 최종 명단을 그에게 건넨다. 날은 빠르게 다가오는데 프랭크 맥스웰을 추가한다는 건 덩달아 모든 종교의 성직자를 불러 모아야 한다는 뜻이다.

잉그리드라면 누구누굴 초청할지 알 것이다. 그녀는 세상 사람 전부를 아는 것만 같았다.

인맥으로는 마샤 씨도 뒤지지 않지만 그녀는 오늘 아침 여기에 없다.

위니가 말한다. "제가 두 번이나 전화했는데 안 받으시더라고요. 아직까지 답신 전화도 없네요."

테디는 벽시계를 올려다본다. 9시 20분. 마샤 씨가 20분째 지각이라는 얘기다. 있을 수 없는 일이다. 그 여자는 스위스 시계보다도 정확하다.

아마 아예 안 오려나 보다.

그는 위니에게 이른다. "시간이 얼마 없습니다. 초청 가능한 각 종교계 지도자 명단을 뽑아주세요. 그러고서 쭉 살펴봅시다."

그녀는 끄덕하고서 노트북 자판을 두드리기 시작한다.

테디는 초청 인사 명단을 집어 들고 다시 한번 들여다본다. 앨리슨 크러처는 없다. 그의 아내이니 자동으로 초대되는 것이고 당연히 참석하는 것이다. 테디는 그녀가 최소한 그 정도의 예의는 아는 여자이길 바랄 뿐이다. 그녀는 여태 축하 인사를 전하지 않았다. 하다못해

벨몬트에서 일어난 비극은 마음 아프지만 당신은 교장으로서 훌륭하게 잘해낼 거야.

라는 이메일 한 통조차 보내지 않았다.

그냥 아무것도 보내지 않았다.

정말이지 분통 터지게 감감무소식이다. 사랑과 미움은 별개의 문제지만 그 무엇도 무시보다는 나쁘지 않다. 그래서 그가 이때껏 이혼 서류에 서명하거나 그녀 변호사의 부재중 전화에 답신하지도 않은 것이다.

위니가 일어나 회의실을 나간다. 쾌활하고 싹싹한데 딱히 머리를 잘 쓰는 편은 아니다. 어쩌면 그의 비서로는 안성맞춤인지도 모른다. 그가 시키는 일에 자기 생각을 더하지 않고 그대로 이행하는

사람.

그러나 새 비서를 구하기는 아직 이르다.

▶ ▷ ▶ ▷

잭과 코트니가 스타벅스에서 각자 공부를 하던 중 별안간 코트니가 연필을 내팽개친다.

"내 개인 교사 맘에 안 들어."

"알아."

"왜 아빠는 네 쌤을 고용할 수 없다는 거지? 말이 안 되잖아."

잭은 눈도 들지 않는다. 진즉에 다 설명하고 끝낸 얘기다. "왜냐면 타이터스는 젊은 남자고 네 아버지는 그 형이 당신의 어린 딸한테 추근댈 거라고 생각하시니까." 이런 까닭에 코트니의 개인 교사는 교편을 잡다가 은퇴한 노부인이다.

"난 '어린' 딸이 아냐. 빵 생활까지 해본 몸이라고."

"아저씨한텐 그 주장이 먹히지 않았나 보지."

"씨알도 안 먹혔지."

10시 반, 출근 시간과 점심시간 중간이라 커피숍은 매우 한산하다. 직원들을 제외하면 잭과 코트니 둘이서 커피숍을 통째로 빌리기라도 한 것 같다. 그런데도 둘 다 서로 속닥거린다. 코트니는 수감 경험자임을 동네방네 광고하지 않는다. 심지어 머리도 자르고 더 짙은 갈색으로 염색까지 했다. 잭 눈엔 영 어색하지만 그는 암말도 하지 않는다.

팰런에 관해서도 여전히 함구한다. 어제 직접 대화했다는 얘기를 코트니에게 전할 생각은 추호도 없다. 하지만 속으로는 계속 그 대화를 곱씹는 중이다. 과연 팰런이 그를 믿어보기로 맘먹을까?

코트니가 앉은 채로 몸을 돌려 TV를 본다. 또다시.

잭이 말한다. "아무 일 없어. 토크쇼잖아."

"알아. 아무 일 없지. 당최 아무 일도 일어나지 않아."

"추념식이 열리잖아. 너 갈 거야?"

"가야 해. 엄마 때문에." 코트니는 전혀 내키지 않는 표정이다.

"같이 가줄게. 난 벨몬트 학생도 아니지만."

"찐따." 그녀가 피식 웃는다.

그가 '빵새'라고 반격하려는 순간 TV 화면 하단에 속보가 뜬다. 뉴스 알림음을 듣고 코트니도 휙 돌아본다.

화면에 마샤 씨가 나온다. 머그 숏이다.

그런데 혼자가 아니다. 또 다른 머그 숏이 나란히 뜬다.

조다.

교장 비서와 벨몬트 관리인이 동시에 검거됐다.

▶ ▷ ▶ ▷

이제야 잡았군.

테디는 회의실에서 속보를 본다. 위니와 행정 직원 몇 명도 함께 있다. 컴퓨터가 스마트보드에 연결돼 있어 모두가 뉴스를 고화질로 감상할 수 있다.

부스스한 머리에 립스틱도 바르지 않은 마샤 씨는 퍽 달라 보인다. 조는…… 뭐, 똑같다. 뚱한 표정까지.

테디는 짐짓 중얼거린다. "세상에. 이게 무슨…… 믿을 수가 없군."

"하지만 왜……?" 위니가 탄식을 섞어 말한다.

그새 화면이 바뀌어 흔들인형 기자가 소식을 전한다.

"마샤 파울러와 조셉 애플은 둘 다 벨몬트에서 20년 이상 근무한 장기 근속자인데요, 이제는 세 명을 살해하고 학생 포함 여섯 명을 음독 상해한 피의자 신분이 되었습니다. 이들이 진범이라면 유일하게 남은 의문은 범행 동기입니다. 이들은 어떤 이유로 이런 범행을 저질렀을까요?"

드디어. 그러나 테디는 모두가 보는 앞에서 안심한 티를 내면 안 된다. FBI가 드디어 제 일을 해냈다. 기적 같은 일이다.

"벌써부터 기자들 전화가 빗발치네요." 위니가 말한다.

"교직원들에게 이메일을 보내야겠습니다. 모든 문의는 교장실로 하도록 지시하세요." 테디는 회의실을 둘러본다. 이전 같으면 그이메일을 보낼 사람은 바로 마샤 씨다. 그의 눈길이 벨몬트 입학등록부 총무 대프니에게 닿는다. 젊고, 왠지 모르게 서툴러 보여 약간 안쓰러운 마음이 들게 하는 그런 여자다. "대프니, 처리해줄 수 있을까요?"

그녀는 눈이 휘둥그레지지만 이내 끄덕인다. "예, 할 수 있어요."

"좋아요." 앞으로 이틀 정도는 처리할 일이 많을 것이다. 변호사들, 이사회, 교직원 등등 만날 사람도 많다. 그러나 천 리 길도 한 걸음부터다. "아울러 성명서도 내야 합니다. 학교 관계자가 체포됐다는 소식에 심심한 유감을 표하는 공식 성명서가 필요해요." 그의 눈길은 여전히 대프니를 향해 있다. 그녀는 냉큼 앉아 테디가 부르는 대로 타이핑하기 시작한다.

위니는 TV를 보며 하염없이 눈물을 줄줄 흘린다. 오늘 들어 두 번째로 테디는 잉그리드가 그립다. 여러모로 거슬리는 여자였지만 질질 짜는 부류는 아니었다.

어쨌거나 그녀는 실수였다. 그 실수를 바로잡느라 테디는 몇 달을 소비했다. 소니아를 희생양 삼은 데 이어 우유에 독을 타고 증거를 심어야 했다. 주사기 구입 영수증을 마샤 씨 책상 속 서류 더미 틈에. 인형 눈 열매 찌꺼기를 조의 관리실 한구석에. 어쨌거나 그 노인네는 남몰래 혼자 학교 주방에서 아침 식사를 하는 습관이 있었으니까.

그리고 부유한 아이들과 그 부모들을 받들어 모시는 데 질릴 대로 질려버린 사람이라 하면, 벨몬트에서 가장 오래 일한 그 두 사람 말고 달리 누구겠는가? 하물며 그들은 그런 불평을 담은 글을 익명으로 인터넷에 올리기도 했는데? 테디가 가짜 프로필을 만들려고 검색해 익힌 지식들이 상상외로 쏠쏠하게 쓰였다. 이를테면 학교 서버로 우회하는 IP를 셋업하는 방법. 그는 은근히 그들의 정체가 드러나는 이메일 주소와 그들이 아니면 알 수 없는 비밀 정보를 사용했다. 자기가 무슨 짓을 하고 있는지도 모르는 사람들이라는 증거.

드디어 되었다. 코트니가 풀려났고 잭도 혐의를 벗었으니 이제 벨몬트는 교육이라는 본래의 업으로 돌아갈 수 있다.

80

"생각해보면 사실 완벽하게 말이 된다니까. 처음엔 뭔가 안 맞는다 싶었거든? 그동안 우리끼리 크러처 얘길 좀 많이 했어야지. 그렇잖아? 근데 마샤 씨랑 조라고 하니까, 그 두 사람이 우리 같은 애들을 참아내느라 얼마나 속이 썩었을지 생각하니까, 역시 말이 돼. 상상이 돼? 수십 년을 애들 뒤치다꺼리나 하면서 산다니! 열 받은 학부모들 전화를 일일이 상대해야 한다니! 그 사람들이 잘했다는 게 아니고. 내 말은, 동기가 딱 보인다니까……."

"그래, 안다니까?" 잭은 코트니가 다시 명랑해진 건 좋은 일이라고 스스로 되새긴다. 뉴스에 스트레스 받지 않고 소셜미디어에 집착하지도 않고. 그저 신이 났다.

정작 그는 그 두 사람이 체포당한 게 못내 꺼림칙하지만.

잭은 코트니를 차에 태우고 그 애 집으로 돌아가는 길이다. 라디오는 뉴스 채널에 맞춰져 있다. 코트니는 뉴스에 귀 기울이다가 재잘

454

거리고 다시 듣다가 또 재잘거리길 되풀이한다. 잭은 방해하지 않는다. FBI가 틀렸을 수 있다는 의심을 털어놓지도 않는다.

어쩌면 잭이 틀렸을 수도 있다. 애초에 크러처가 아니었는지도 모른다.

하지만 그 책.

그리고 우유.

팰런.

어쩌면 그 여자야말로 누구보다도 미친 사람 아닐까.

아버지에게서 전화가 오자 코트니가 또 흥분해서는 방금 한 얘길 다시금 반복한다. 추론의 규모가 점점 커진다. 강도도 세진다.

"너무 명백하잖아, 안 그래……? 그렇다니까! 아니 왜 이제껏 아무도……? 내 말이! 어떻게 그걸 놓쳤지? 다행이지 뭐야, FBI가 왔기 망정이지……."

통화를 마친 코트니가 잭을 돌아본다. 얼굴이 환하다. 그야말로 희희낙락이다.

"너무 잘됐어, 그치?"

"그럼."

"잘된 기념으로 아빠랑 나가서 점심 먹기로 했어. 너도 갈래?"

잭은 고개를 젓는다. "못 가. 타이터스 형 만나야 해."

"헐."

"나도 안다."

잭은 타이터스와 만나기로 하지 않았지만 코트니는 그냥 믿는다. 잭은 코트니에게 거짓말하지 않으니까. 그럴 이유가 없으니까.

보통은. 그러나 얼마 전부터 그는 무언가를 생략하는 식으로라도 친구를 속이고 있다.

코트니를 집에다 내려주고서 그는 길가에 차를 대고 이제 어디로 갈지 생각한다. 그로브? 보나 마나 다들 거기 모여 있을 것이다. 루커스가 보낸 문자 메시지를 보면.

> 미치광이 과학자가 둘이라?! 그대들을 토론의 장 그로브로 소환하노라, 지금 당장.

루커스 사전에 '토론'의 정의는 '취하고 막말하기'다. 그것도 되게 나쁜 선택은 아니겠다. 그렇지만 루커스는 크러처나 팰런에 대한 걸 전혀 모르고 잭은 절대로 그 얘길 흘리고 싶지 않은데, 취하면 입에서 무슨 말이 튀어나올지 모를 일이다.

가지 말자.

그럼 팰런을 찾아가 다시 한번 얘기해볼까. 그건 좀 애매하다. 최선도 아니고 최악도 아니다. 하지만 지금껏 연락이 없는 그녀를 또 이쪽에서 먼저 찾아가자니 이러다 진짜 스토커로 거듭나는 게 아닌가 싶다.

그냥 집에 가서 뉴스를 틀어놓고 공부나 할까. 재미없지만 그러는 편이 그나마 제일 낫겠다. 그는 FBI 요원이 아니다. 증거물 확인도 피의자 심문도 뭣도 할 수 없는데 생각은 해서 뭐 하나? 이제는 남의 문제인데.

그런데 신경 쓰인다. 할 수 있는 일이 아무것도 없다는 이 느낌은 그야말로 최악이다. 워드 어록에도 이럴 때 참고할 말은 없다.

▶ ▷ ▶ ▷

테디는 집에 돌아와 뉴스를 보고 있다. 가끔은 모든 게 제자리를 찾고 제대로 돌아가기도 한다. 오늘이 바로 그런 날이다.

앨리슨이 곁에 없는 것을 제외하면.

그것 하나만은 그가 바로잡을 수 없다. 거짓말을 되돌릴 수도 없고 그럴듯한 해명도 불가능하다. 안 해본 게 아니다. 하나님은 아신다, 그가 해명할 길을 찾으려 애썼다는 것을. 솔직히 정말 하나님이 존재하는지부터 미심쩍지만.

그가 아이를 갖는 데 동의하기만 했어도 다 없었을 일이다. 그냥 한 명이면 됐는데. 모두가 살아 있을 것이고 앨리슨은 여기 있을 텐데.

그렇게 생각하니 배 속에서 구더기 떼가 꿈틀대기 시작한다.

그는 TV 소리를 키우고 애써 자신의 성공을 즐긴다. 과연 즐겁다. 그렇게 한창 흐뭇한 기분에 젖어 있는데, 초인종이 울린다.

81

프랭크다. 또.

짜증이 확 치밀어 오른다. 테디는 프랭크가 눈치채지 못하게 불쾌감을 꿀꺽 삼켜 뱃속 깊숙이 밀어 넣는다.

"일주일 새 두 번이나!" 짐짓 넉살을 피우며 문을 열고 불청객을 맞아들인다. "또 보니 좋군요."

프랭크는 입을 다문 채 은은하게 미소한다. 낯설다. "또 귀찮게 해드려 죄송합니다. 몇 번 전화를 드렸는데……. 아무래도 무척 바쁘시겠지요."

테디는 손바닥으로 이마를 탁 친다. "아이고, 이거 미안합니다. 안 그래도 전화를 드리려고 했는데 갑자기 일이 터지는 바람에……. 아, 뉴스 보셨지요?"

"예, 봤어요." 프랭크의 미소가 사라지고 침통한 표정이 그 자리를 대신한다. "너무나 충격적인 일입니다. 충격 그 자체예요."

그들은 함께 거실로 가고 프랭크는 전과 같이 소파에 앉는다.

테디가 말한다. "마실 것 좀 드릴까요? 차 한잔 어때요?"

"아뇨, 아뇨, 안 그러셔도 돼요. 저어…… 문제가 안 된다면 제가 추념식 프로그램을 좀 검토했으면 합니다만." 프랭크는 초청 연사들에게 배부된 계획안을 주머니에서 꺼낸다. "괜찮을까요?"

"물론 괜찮지요." 테디도 앉는다.

이후 약 30분 동안 프랭크는 프로그램을 일일이 검토한다. 기본적으로 그는 틈만 나면 기도를 넣고 싶어 한다. 연설이 끝날 때마다 기도하면 더할 나위가 없겠단다. 테디는 다른 종교를 대표하는 인사들도 함께 자리할 것이며 기도를 맡을 기회는 골고루 돌아갈 것이라고 누차 설명한다.

협상이 이어진다.

프랭크가 말한다. "마지막 기도는 제가 맡아야 한다고 봅니다. 벨몬트 가족이니까요."

가족이라. 벨몬트는 배타적인 가문이다. 테디는 교장이 되었으므로 이제 가문의 일원이다.

프랭크는 아니다.

"공식 프로그램 인쇄까지 끝났는데요." 그냥 둘러대는 말이 아니다. 인쇄비는 더럽게 비쌌다. 테디는 재인쇄를 고려할 마음이 추호도 없다. "내가 개식 선언에 덧붙여 행사 내내 기도 시간이 있을 거라는 안내를 하겠습니다. 초빙된 종교 지도자들 명단을 연단에 게시해 모두가 볼 수 있게 할게요. 그리고…… 좋습니다, 프랭크가 대미를 장식하세요."

"고맙습니다. 정말 감사해요." 프랭크가 비로소 활짝 웃는다. 치아가 다 드러나도록 환하게. "그럼 가기 전에 하나만 더요. 테디 쌤, 저와 함께 기도합시다."

"뭐, 뭘 하자고요?"

"함께 기도해요. 제발요. 오늘 그런 비보가 전해졌으니 우리 둘이서 기도를 올려야지요. 벨몬트를 위해. 또 테디 쌤을 위해."

"날 위해?"

"그럼요."

테디는 다툼에 매우 신중해야 함을 알고 있다. 교장이 무턱대고 감정대로 싸워서는 안 되는 법이다. 그렇다고 한없이 받아주기만 할 수도 없다. 프랭크의 다른 요구를 전부 들어줬으니 이제는 거절할 때다.

"난 종교의 자유를 지지하고 프랭크의 신앙을 존중해요. 하지만 내 믿음까지 프랭크의 믿음과 똑같아야 하는 건 아니지요."

프랭크는 손을 뻗어 테디의 어깨에 얹는다. "이해합니다. 전 이렇게 생각해요. 우리가 할 수 있는 최선은 우리의 지난 죄를 사해주십사 기도를 올리는 것이라고요. 함께 말입니다. 오직 기도로써만 우리 모두가, 벨몬트를 포함한 모두가 새롭고 정결한 시작을 향해 나아갈 수 있어요."

테디는 조심스레 몸을 틀어 프랭크의 손을 떨쳐낸다. "같은 신앙을 가진 동지들과 함께 기도하시지요." 그러고는 일어선다. 그들이 함께하는 시간은 끝났다.

프랭크는 깊은숨을 쉰다.

테디는 프랭크를 배웅하며 기꺼이 현관문을 열어준다. 문을 나서기 전, 프랭크가 돌아선다.

"쌤을 위해 기도하겠습니다."

"고마워요. 정말로요."

프랭크를 내보낸 뒤 테디는 곧장 서재로 돌아간다. 새로 온 이메일이 백 통은 쌓였을 것이다. 학교 재정 상태에 관한 최신 보고서는 말할 것도 없고.

하지만 우선 뉴스부터. 아까부터 컴퓨터 화면에 띄워놓은 지역 신문 웹사이트를 새로고침 한다. 그는 사회면에 팰런이란 이름이 뜨길 기다리는 중이다.

▶ ▷ ▶ ▷

잭은 머리가 지끈지끈하다. 병이 난 게 아니라 크러처 생각에 너무 골몰해서다. 틀림없이 그래서다. 그 인간은 순전히 두통거리니까. 언제나 그랬다.

순전히 악질이기도 하고.

하지만 FBI가 잭의 말을 믿어줄까? 그들에게 잭은 코트니를 만나려고 불법을 불사할 만큼 사랑에 빠진 청소년이다. 아마 그를 제정신이 박힌 아이로 보지는 않을 것이다. 그때는 썩 괜찮은 아이디어였는데. 지금은 그렇지 않다.

어쩌면 부모님과 변호사가 시킨 대로 잠자코 입 다물고 있었어야 했나 보다.

지친다. 매일 매시간 매분 뭘 어떻게 해야 최선일지 알아내려 애쓰느라 진이 빠진다. 그냥 다 포기하고 싶다.

어쩌면 그게 정답인지도 모른다. 크러처를 잡거나 옳은 일을 하려 애쓰길 포기하는 게 맞는지도. 그냥 10대 소년답게 어른들 몰래 취하고 정크푸드를 먹고 소파에 널브러져 지내야 하나 보다.

바로 지금처럼.

TV를 켠다. 지역 방송은 온통 마샤 씨와 조 얘기뿐이다. 동네 이웃과 지인들 인터뷰, 두 사람의 사생활 사진들, 그렇고 그런 단편들을 끼워 맞춰 하나의 이야기로 만든다. 물론 이야기의 결말은 살인이다.

틱.

잭은 뉴스 말고 액션 영화를 보기로 한다. 10분 뒤 다시 뉴스 채널을 튼다.

여러 뉴스 채널을 돌려 봐가며 실낱같은 희망을 찾아본다. 혹시라도 FBI가 자기네 실수를 알아차리지 않았을까. 그러나 이내 벨몬트 뉴스는 더 나오지 않고 누군가 날씨 소식을 전한다. 이어서 스포츠 단신…….

그러더니 뜬금없이 팰런의 원룸 건물 사진이 뜬다.

"히든 팜스 건물에서 23세 여성이 일산화탄소 중독으로 숨진 채 발견되었습니다. 경찰은 오래된 온수기가 문제를 일으킨 것으로 보고 있습니다. 오늘밤 10시……."

팰런이다.

▶ ▷ ▶ ▷

잭은 누가 죽었고 그게 누구 때문인지 단번에 이해한다. 그 건물에서 크러처를 보았을 때 더 잘 처신했어야 하는데.

아니다, 할 만큼은 했다. 팰런을 만나 얘기했고 그녀는 무사했다.

하지만 뭔가를 더 했어야 한다. 크러처를 막든지. 말을 걸든지. 하다못해 그가 건물로 들어가는 모습을 사진 찍기라도 했어야 한다. 그러나 그는 그저 보고만 있었다.

그래서 거의 공모자가 된 듯한 기분이다.

팰런은 진실을 알고 있었다. 내내 알았다. 그렇기 때문에 크러처가 이렇게 한 거다.

잭은 일어나 서성이며 휴대폰으로 그녀의 죽음에 관한 정보를 검색한다. 뉴스에 나온 것 말고는 없다. 일산화탄소, 낡은 온수기, 불의의 사고.

TV는 다시 벨몬트 소식을 전한다. 연쇄 살인, 용의자 검거, 신임 교장. 화면에 나타난 크러처의 사진이 잭의 속을 뒤집는다.

크러처는 아무것도 책임지지 않고 빠져나갈 것이다.

82

공기가 차고 하늘은 청명한 날이다. 장례식을 치르기엔 너무 아름다운. 그러나 테디는 불평하지 않는다. 비 내리는 우중충한 날 야외에 서 있기보다 싫은 건 없다.

그는 두말할 것 없이 참석해야 했다. 팰런은 벨몬트 출신인 데다 벨몬트 교사일 때 죽었으니까. 아니지, '세상을 떠났'으니까. 살해나 자살로 인한 죽음이 아니면 사람들은 '세상을 떠났다'고 표현한다. 팰런의 죽음은 그저 비극적인 사고였다.

경찰도 그렇게 결론 내렸다. 그녀가 휴교 중인 학교의 교사였다는 사실을 가지고 잠시간 기자들이 법석을 떨었지만, 형사들이 온수기 문제를 발견하고 건물주가 나머지 온수기를 전부 교체하겠다고 나서자 더 이상의 논란 없이 사건이 종결됐다. 때로는 사람이 그냥 죽기도 한다. 흔들인형 기자 리사도 그렇게 말했다. 그리하여 그것이 사실로 굳었다.

장례 예배는 묘지에서 치른다. 놀랍게도 팰런의 부모가 왔다. 딸내미와 연을 끊고 재정적 지원도 전혀 하지 않았으면서. 검은색 명품 옷을 떨쳐입은 그들이 맨 앞에 있다. 모친은 울고 부친은 침통한 얼굴이다. 모든 면에서 매우 적절하다.

다수의 벨몬트 교사, 팰런을 알았던 예전 학생들도 참석했다. 몇명은 테디도 아는 얼굴들이다. 다들 생전의 팰런보다 훨씬 신수가 훤하다. 적어도 저들은 부모한테 '손절' 당하지 않았겠지.

프랭크도 와서 테디 옆에 서 있다. 이 자식이 여기까지 와서 그의 신경을 긁는다. 남들이 보면 그가 신을 찾는 줄 알 것 아닌가. 하지만 성직자 목깃을 단 남자에게 장례식장에서 꺼지라고 말할 수는 없는 노릇이다.

예배를 주관하는 남자도 성직자 목깃을 달았다. 기품 있어 보이는 노인이 굵직한 바리톤 음성으로 팰런에 대해 진실이 아닌 이야기를 늘어놓는다.

"데이비드와 올리비아 나이트의 사랑하는 딸 팰런 메러디스 나이트는 어디든지 누구든지 힘껏 돕고자 하는 그런 여성이었습니다. 최근에 벨몬트로 돌아온 이유도, 얼마 전 피살된 교사를 대신하기 위함이었지요. 학교와 학생들을 향한 애정이 남달랐기에 고인은 자신의 목표를 뒤로하고 돕기를 자청한 것입니다."

테디는 헛기침을 한다. 저도 모르게 나온 반응이다. 결국 저 노친네는 쥐뿔도 모른다. 팰런이 그 마지막 메일을 보내지만 않았어도 지금껏 멀쩡히 살아 있을 거라는 사실도.

또한 그녀가 예전 모텔 건물 1층에 살지 않았다면 일이 그렇게 쉽지도 않았을 것이다. 정말이지, 쉬워도 너무 쉬웠다. 그 모텔 건물은 애당초 싸게 지어 개보수 한번 거치지 않았을뿐더러 관리도 안 되며 창문도 싸구려다. 열쇠 없이도 벨몬트처럼 얼마든지 들어갈 수 있다.

거기에 온수기까지. 아주 작은 구멍 하나에서 티 나지 않게 새는 가스가 비좁은 원룸을 꾸준히 채우며 치사량에 이르렀다.

모든 게 척척 받쳐줬다. 원래 그리될 운명이었다는 듯이.

물론 테디는 대비책까지 마련해두었다. 쥐약. 오래된 건물에 흔하디흔한 독극물. 다행히, 그건 사용할 필요가 없었다.

이제 남은 거라곤 여기, 그녀의 관 옆에 있는 게 전부다. 몇 마디 애도의 말, 약간의 눈물, 그러고 나면 끝.

그래서 뿌듯하다는 건 아니다. 그럴 수 없다. 이러거나 저러거나 팰런은 벨몬트 학생이었으니까. '그'의 제자였으니까. 테디는 그녀를 도울 책임이 있었고 갖은 노력을 다했지만 결국 실패했다. 그래서 이렇듯 그 책임을 무겁게 통감한다. 지금 여기, 그녀의 장례식장에서. 생각하니 속이 찌르르하다. 잠자던 구더기 떼가 깨어나려 하는 것 같다.

그는 스스로를 다독인다. 구하고 싶다고 해서 모두를 구할 수는 없다. 구해지길 한사코 거부하는 이들이 있기 때문에.

팰런의 아버지가 추도사를 시작한다. 그는 한 은행의 CFO(최고 재무 관리자)로, 과연 그에 걸맞은 분위기를 풍긴다.

"제 딸은 착한 아이였습니다. 순수한 영혼의 소유자였어요. 어쩌면 너무 순수해서 이 세상과 맞지 않았나 봅니다." 그는 하늘을 올려다본다. "딸아이가 다섯 살 때였나, 정원에서 난생처음 무당벌레를 봤어요. 무당벌레는 홀로 잔디를 타고 돌아다녔지요. 팰런은 그 벌레가 친구들을 찾을 수 있게 도와주고 싶어 했어요……."

테디는 귀를 닫고 추모객들을 둘러보며 여기 모인 사람들의 순자산액을 어림잡아본다. 다 합하면 벨몬트를 수백 년간 운영할 수도 있겠다. 그는 기부 요청 편지를 한 번 더 돌려야겠다는 생각을 머리에 새긴다.

그가 한창 그렇게 머릿속 계산에 몰두해 있을 때 마침내 팰런의 관이 땅 아래로 내려지고 그 위로 첫 흙이 흩뿌려진다. 테디는 얼른 팰런의 부모에게로 가서 조의를 표한다.

"따님은 훌륭한 여성이었고 벨몬트의 귀중한 자산이었습니다. 삼가 고인의 명복을 빕니다."

그와 나이트 씨가 악수하는 순간 누군가가 그의 시야에 턱 걸린다. 그는 고개 돌려 그쪽을 본다.

잭 워드다.

진회색 정장을 입은 녀석은 제 나이인 열일곱 살보다 훨씬 나이 들어 보인다. 머리는 갓 다듬은 듯하고 신발도 광이 난다. 아버지 흉내라도 낸 듯하다.

녀석이 테디를 똑바로 쳐다보고 있다.

▶ ▶ ▶ ▶

잭은 테디가 나타나리란 걸 알고 있었다. 교장 아닌가. 오지 않을 수 없겠지.

게다가 아마 자기가 만든 불행을 눈으로 보며 즐기고 싶은 마음도 있을 테고.

잭은 끈질기게 크러처를 노려본다. 결국 크러처도 더는 버티지 못하고 이쪽으로 다가온다. 그러나 그가 입을 떼려는 순간, 프랭크 맥스웰이 끼어든다.

"너도 왔구나, 잭. 이런 데서 반갑다고 하긴 뭣하지만…… 얼굴 보니 좋다."

잭은 어리둥절한 채 끄덕인다. 휴직한 이래 한 번도 본 적 없고 소식조차 몰랐던 수학 선생을 여기서 만나다니. 더구나 저 하얀 목 깃은……? "안녕하세요, 맥스웰 쌤. 저도 봬서 좋네요. 그동안 잘 지내셨어요?"

"그럼, 잘 지냈지. 고맙다." 미소 짓는 그의 표정이 너무나 차분하고 평온하다. 뭔가에 취한 건가. 그렇다면 많은 게 설명된다. "잭 너도 벨몬트 추념식에 올 거지?"

"가야죠, 당연히."

맥스웰은 미소 띤 얼굴로 끄덕하고는 자리를 뜬다. 비로소 크러처에게 말할 기회가 돌아간다.

"네가 팰런 나이트와 아는 사이인 줄은 미처 몰랐구나."

"아는 사이였어요." 잭은 손을 주머니에 넣은 채로 대꾸한다. 덜덜 떨리는 손을 크러처에게 들키긴 싫다. 그는 그만큼 긴장했다.

"그랬어?" 크러처는 턱을 들면서 고개를 갸웃한다. 잭의 말을 곱씹어보는 듯하다. "흠, 끔찍한 일이다. 정말 무서운 사고야. 이 일을 계기로 집집마다 일산화탄소 감지기가 필수품이 되겠고."

"저희 부모님은 여덟 대나 사셨어요. 온수기도 최신식으로 바꾸셨고요."

"잘하셨네. 뒤늦게 후회하느니 미리 조심하는 게 낫지."

"재밌네요, 얼마 전에 제가 팰런 쌤한테 바로 그렇게 말했는데." 잭은 바로 정곡을 찌른다. "쌤 집이 있는 동네가 썩 안전하지는 않아서."

크러처가 놀란 표정을 짓는다. "이런, 둘이 무척 가까운 사이였구나?"

"제 홈스쿨링을 도와주셨어요."

"팰런이 그런 걸 했어?"

잭은 끄덕인다. 심장이 너무 세차게 뛰어서 정장 밖으로도 보이는 게 아닌가 싶다. 크러처는 위험한 인물이다. 목숨을 위협하는. 집이라는 안전한 보호막 안에 있을 때는 크러처를 대면하는 게 좋은 생각 같았다. 지금은 잘 모르겠다. 이건 잭의 문제가 아니다. 그가 나서서 해결해야 하는 것도 아니다.

하지만 그가 아니면 누가 하겠는가? 이제 남은 사람은 그뿐이다.

"크러처 쌤이 거기 있는 걸 봤어요, 제가." 잭은 말한다. 나직한 목소리로, 담담한 표정으로.

"내가 어디 있는 걸 봤는데?"

"팰런 쌤이 사시던 건물요."

크러처는 터무니없는 소리라는 듯 잭을 쳐다본다. "네가 잘못 봤겠지."

469

"팰런 쌤이 돌아가시기 전날에 저도 거기 있었어요. 제 홈스쿨링 과제를 같이 검토하기로 했었거든요." 거짓말이 마치 참말처럼 술술 나온다. "근처에 차를 댔는데 크러처 쌤이 건물에서 나오시더라고요? 곧장 쌤 차로 가셨죠. 매일 벨몬트로 몰고 오시던 그 차요."

크러처는 잭의 말을 물리치듯 손을 내젓는다. "학교가 폐쇄된 뒤로 교직원들 집을 일일이 방문했다. 확인해봐도 좋아."

"방금 거기 간 적 없다고 하셨잖아요. 근데 바로 말을 바꾸시네요?"

크러처는 교실에서처럼 그를 쳐다본다. 경멸을 가득 담은 눈빛으로. 예전에 잭은 그 눈빛이 당혹스러워 크러처에게 미움받지 않기 위해 노력하기도 했다. 물론 이제 더는 그럴 마음이 일지 않는다.

크러처가 돌연 입꼬리를 끌어올려 미소 짓는다. 너무나 갑작스러운 그 표정 전환에 잭은 흠칫 놀라고 만다. 크러처가 말한다. "오늘은 모두가 무척 심란한 날이다, 잭. 말이 헛나온 것쯤은 너그럽게 눈감아줘야지."

"어느 쪽이요?"

"무슨 말인지 모르겠는데."

"어느 쪽이 헛나왔는데요? 거기 갔어요, 안 갔어요?"

크러처의 입은 여전히 웃고 있지만 눈은 그렇지 않다. 눈빛이 뭔가 달라졌다. 잭이 처음 보는 눈빛이고 섬뜩하다.

"만나서 반가웠다, 잭." 그는 몸을 돌려 걸어간다.

잭은 마음을 다잡는다.

그가 가진 건 이론뿐이다. 증거도 증인도 뭣도 없다. 그러나 팰런에겐 뭔가 있는지도 모른다. 어쩌면…… 컴퓨터에? 그녀의 죽음은 명백한 사고로 종결됐으므로 아무도 그녀의 컴퓨터를 주목하지 않는다. 누군가는 들여다봐야 하는지도 모른다.

"하나만 더요." 잭은 크러처를 불러 세우며 뒤따라간다.

크러처는 화난 표정이지만 이내 끄덕인다. "말해봐."

"우유요. 크러처 쌤도 학교 우유를 드셨어요, 그렇죠?"

"그래. 그게 왜?"

"그냥 이상해서요. 쌤은 유리병에 든 우유만 드시잖아요."

크러처가 턱을 악물자 살갗이 눈언저리까지 부르르 떨린다. 그가 주먹을 쥔다. 잭은 순간 크러처가 주먹을 날릴 거라 생각한다.

그러나 겁먹지 않는다. 이제 확실해졌기 때문이다.

"잘 가라, 잭." 크러처는 뒤돌아 주차장으로 향한다. 장례식장에서, 잭에게서 멀어진다.

잭은 크러처가 더 이상 보이지 않을 때까지 눈으로 그를 좇는다.

'닥치고 웃어라.'

이번만은 그럴 수 없다.

휴대폰을 꺼내 머릿속에 저장해놓은 번호를 두드린다.

"안녕하세요. 잭 워드예요. 저 기억하세요?"

"그럼, 기억하지." 프루이트가 답한다. 이 FBI 요원, 기억력이 좋다.

"제보를 좀 하려고요. 찾아뵙고 말씀드려도 될까요?"

471

83

찬란하다. 그저 찬란하다.

마샤 씨와 조가 체포된 지 2주일이 지났다. 처음의 충격도 지나
갔으니 이제 치유를 시작할 수 있다.

테디는 벨몬트 정문 앞 계단 꼭대기에 선다. 그의 앞으로 군중이
머릿수를 불리고 있다. 학부모, 학생, 언론······. 모두 여기 있다. '모
두'가.

그의 뒤엔 거대한 현수막이 본관 벽을 가로질러 걸려 있다.

기억과 회복

벨몬트여 영원하라

그가 선 연단 뒤로 종교계 인사들이 앉을 의자들이 놓여 있다.

바윗덩어리도. 마침내 추모의 바위가 베일을 벗을 수 있게 됐다.

무게 때문에 미리 갖다 놓되 금색 술이 달린 빨간 벨벳 천을 덮어씌웠다. 그 일은 위니가 맡았다. 장식에 일가견이 있는 여자다. 그거 하나는 테디도 인정한다. 꽃 장식 또한 굉장하다. 학교 상징색을 본떠 선택한 파란색 과꽃과 황금빛 해바라기를 돌 화분에 고정하여 주차장에서 학교 앞까지 죽 늘어놓았다. 그리하여 이곳에 오는 이들은 숨 막히게 장엄한 꽃길을 걷는다.

추념식이 오전 내내 이어질 예정이기 때문에 음식과 음료도 제공해야 한다. 학교에서 사건이 있었으니만큼 먹거리는 막중한 문제다. 테디와 식음료 준비팀은 어떤 먹거리를 어디서 구해다 제공할지 정하는 데 많은 시간과 공을 들였다. 사람들이 행사장에서 먹는 것을, 심지어 커피 한잔하는 것조차 불안하게 여기지는 않을지 몇 시간에 걸쳐 논의하기도 했다.

칼리스토 케이터링 밴이 좌석 구역 바로 옆, 모두가 볼 수 있는 위치에 있다. 값을 치를 수 있는 이들이 선택하는 출장 요리 전문 업체다. 결혼식, 자선 행사, 기업체 골프장 회동이 있는 곳이면 어김없이 칼리스토가 함께한다. 칼리스토의 음식을 먹지 않겠다는 건 세상 그 어떤 음식도 먹지 않겠다는 뜻이다.

이미 먹고 마시는 사람들이 보인다. 다행이다. 막대한 돈을 퍼부은 보람이 있길 빈다.

위니가 대프니를 뒤에 달고 그의 옆으로 온다. 두 여자가 마샤 씨 업무를 이어받았다. 일단은 둘의 합이 나쁘지 않다. 테디는 가을쯤 새 비서를 들일 생각이다.

손에 든 클립보드를 힐끔거리며 위니가 진행 상황을 빠르게 보고한다. "초청 연사는 전원 도착하셨습니다. 시장님은 행사 시작 5분 전까지 도착한다고 연락하셨고요. 근데 의자를 몇 줄 더 놓아야겠어요. 아무래도"—그녀는 군중을 돌아본다—"저것만으론 부족할 것 같아요."

테디가 눈을 든다. 방금까지 손톱 거스러미를 살피고 있었다. 손끝 꼴이 말이 아니다. 팰런의 장례식에 다녀온 뒤로 손거스러미 물어뜯는 버릇이 또 도졌다.

"안녕하십니까."

프랭크다. 예의 그 묘한 미소를 머금은 얼굴로 그를 보고 있다.

"프랭크, 여기서도 반갑군요."

"오늘 멋있으십니다." 인사치레를 하며 프랭크가 두리번거린다. "앨리슨은요? 오랜만에 인사라도 꼭 하고 싶은데."

테디는 울컥 짜증 난 티를 내지 않으려 자신을 다잡는다. "병원에서 어떻게든 빠져나오려 했는데 여의치 않은가 봅니다. 간호사 일이 그렇지요, 뭐."

"진짜 요즘 많이 바쁘신가 봐요. 미시도 말 한마디 못 나눈 지좀 됐다더라고요."

"예, 계속 바쁘더군요." 테디는 이만 프랭크를 외면하고 위니를 돌아보며 이른다. "턱없이 부족하겠네요. 의자를 더 갖다 놓으세요." 그러고는 계단을 내려간다.

그가 좌석 구역에서 세 걸음 거리까지 갔을 때 위니가 외친다. "20분 남았어요!"

그는 돌아보지 않는다. 맨 앞줄 근처에 학부모 한 무리가 모여서 있기에 그리로 다가가 인사를 건넨다. 악수하고 어울린다. 그들이 많이 많이 기부하길 기원하며 웃음 짓고 끄덕인다. 마샤 씨는 이런 일이 교장 업무의 일부라고 했다. 홍보. '학교의 얼굴이 되어야 한다'고 그녀는 말했다.

지금 그가 하는 일이 바로 그거다. 돌아다니며 얼굴도장 찍기.

여전히 일개 교사라면 이런 일은 하지 않을 것이다. 올해의 교사로서 연설할 내용을 다듬고 있을 것이다. 만일 올해의 교사도 아니었다면, 간식을 씹고 있지 않으면 행사 시작 직전에나 도착할 것이다.

교장의 삶이란 이런 것이다.

그가 기대한 삶은 아니다. 그래도 결코 벨몬트 가문의 일원이 될 수 없는 교사인 것보다는 낫다.

가장 큰 고역은 피해자 가족을 상대하는 일이다. 중앙 통로 오른쪽 맨 앞줄이 전부 그들이다. 죽음의 냄새를 흠뻑 뒤집어쓴 검은 옷의 물결. 이런 줄 알았다면 위니에게 그들 자리를 더 뒤편에 배치하라고 일렀을 것이다.

먼저 그들에게 인사해야 한다. 첫 상대는 전임 교장의 부인이다. 남편 살아생전에 그녀는 꼿꼿하고 빈틈없는 여자였다. 얼굴을 베일로 가린 채 구부정하게 앉은 지금 모습은 거의 딴사람 같다. 조의를 표하는 그에게 그녀는 별다른 대꾸 없이 고개만 주억일 뿐이다.

다음은 소니아의 남편 벤저민 박사다. 회색 정장 차림이고 전형적인 전문직보다 머리가 길고 덥수룩하다. 교수들은 그런 게 허용된다. 테디가 마지막으로 그를 보았던 소니아의 추도식 때보다 몸집도 아주 많이 불었다. 그의 경우 슬픔이 허기를 부르나 보다.

테디는 그에게 악수를 청한다. "와주셔서 정말 고맙습니다. 마음을 달래기엔 역부족이겠지만, 최선을 다해 예를 갖추고 고인을 기리겠습니다."

"감사합니다."

소니아가 생전에 아이를 낳지 않아 얼마나 다행인지. 테디는 어린애 상대라면 질색이다.

마지막 유족은 코트니와 그 애의 부친이다. 테디는 품위 있고 겸허한 모습을 보이자고 다짐한다. 가을 학기에 코트니가 벨몬트로 돌아올 가능성이 없지 않으니까. 로스 씨는 능히 학비를 댈 수 있다.

"아버님, 다시 뵙게 돼 기쁩니다. 작금의 상황과는 별개로요."

"예, 이해합니다."

이어서 테디는 코트니를 돌아본다. "FBI가 개입한 덕에 너에 대한 끔찍한 오해를 바로잡을 수 있어 얼마나 기쁜지 모른다."

그 애는 애써 옅은 미소를 지으며 끄덕인다. "고맙습니다."

테디의 눈길이 코트니 뒤에 앉은 사람에게로 향한다. 로스 부녀의 일행으로 온 사람이다.

잭 워드. 저 좆만 한 새끼.

"안녕하세요, 크러처 쌤." 놈이 먼저 인사를 건넨다.

"와줘서 고맙구나. 이제 벨몬트 학생도 아닌데."

잭은 눈도 깜짝하지 않는다. "꼭 오고 싶었거든요."

테디는 놈의 말을 무시하고 다시 로스 씨를 상대한다. "필요한 건 뭐든지 말씀만 하세요. 부담 갖지 마시고."

"그러지요. 다시 한번 감사드립니다." 로스 씨의 목례를 받고서 테디는 연단으로 돌아간다. 아무도 이날을 망치지 못한다. 잭조차도.

바야흐로 쇼를 시작할 때다.

84

크러처가 다녀간 뒤 잭은 앉은 채로 상체를 돌려 뒤쪽을 살핀다.

오늘 FBI가 온다.

프루이트와 롤런드 요원은 그의 진술을 진지하게 들어주었다. 질문도 했다. 아주 많이 했다. 먼젓번처럼 이번에도 프루이트가 질문을 도맡다시피 했다. 잭은 우유에 대해, 식물도감에 대해, 팰런에 대해 털어놓았다. "팰런 쌤은 뭔가 알고 있었어요. 쌤 컴퓨터에 정보가 있을 수도 있어요. 확실하진 않아요. 쌤 돌아가시기 전에 알아볼 기회가 없었거든요. 그래도 제발요, 한번 확인해주세요."

"당연히 확인할 거야." 프루이트가 말했다.

"그리고 곧 추념식이 열려요. 큰 행사고 그 인간은 교장이니까…… 또 누군가를 죽일 생각이 있는지는 모르겠어요. 하지만 그날이 딱이에요. 인파가 엄청날 거예요. 제가 아는 한, 크러처는 절 죽이고 싶어 해요."

프루이트가 손을 뻗었다. 그를 건드리지는 않아도 닿을 듯이 가까이 댔다. "그래서 생명의 위협을 느끼는 거니?"

그는 진저리쳐 일축했다. 내심 두려운 마음이 없지 않았지만. "현장에 있는 건 먹지도 마시지도 않을 작정이에요, 그건 확실해요."

"가기는 할 거고?"

"가야 해요. 코트니 때문에."

프루이트는 끄덕이고서 파트너를 돌아봤다. 그때까지 묵묵히 대화 내용을 받아 적기만 하던 롤런드 요원이 비로소 한마디 했다. "덕분에 유용한 정보를 많이 얻었어. 용기 내 와줘서 정말 고맙다."

"제가 도울 수 있는 일이 또 있을까요?" 잭은 물었다.

프루이트가 대답했다. "여기서부턴 우리가 맡으마. 하지만 부탁인데, 테디 크러처를 멀리 피해라."

오늘 전까지는 그렇게 했다. 코트니에게도 이에 관한 얘기는 한마디도 하지 않았다.

자리가 맨 앞줄이라 잭은 FBI가 왔는지 보려고 자꾸 고개를 돌려 뒤를 살핀다.

"누굴 그렇게 찾아 쌓냐?" 이윽고 코트니가 묻는다.

"찾기는 무슨. 그냥 둘러보는 거지." 그는 다시 앞으로 돌아앉는다. "넌 괜찮아?"

그녀는 끄덕이다 말고 어깨를 으쓱하더니 고개를 젓는다. 괜찮지 않다는 뜻이다. 잭은 자기 잘못도 아닌데 괜히 미안하다.

계단 위 무대에서는 크러처가 연단 뒤에 앉은 연사들 사이를 돌아다니며 일일이 인사를 나누고 있다. 위니도 부산스럽게 종종대며 학부모 협의회장의 소임을 다하려 애쓰는 중이다.

하지만 정작 잭의 시선을 끄는 사람은 연단 뒤 의자들을 각 맞춰 다시 놓고 있는 남자다.

"저기, 맥스웰 쌤 아냐?" 잭이 말한다.

"맞는 것 같은데." 코트니는 몸을 앞으로 조금 내밀며 목을 빼고 그쪽을 살핀다. "잠만, 저 쌤 목깃, 저거 뭐야?"

"음…… 그러게. 흰 목깃이네."

"이제 쌤이 아니라 목사님이야?"

잭은 입을 다문다. 팰런의 장례식에서 프랭크 맥스웰을 봤지만 코트니에게 그 얘기를 하지는 않았다. 자기가 거기 갔다는 얘기조차 꺼내지 않았다.

프랭크는 의자 정리를 마치고선 추모의 바위를 덮은 벨벳 천을 공략한다. 이리저리 당기거나 탁탁 털거나 하면서 비뚤거나 주름진 부분이 없도록 골고루 매만진다.

코트니가 잭을 돌아보며 어깨를 추어올린다.

"거 이상하네."

"그러게."

퉁, 퉁, 마이크 소리가 울려 퍼지는 통에 둘의 대화는 중단된다. 위니가 마이크 테스트차 두드려 난 소리다. 이어서 그녀는 마이크에 대고 말한다. "모두 착석해주십시오. 장내가 정리되는 대로 행사를 시작하겠습니다." 잠시 후 그녀가 외친다. "자, 이제 시작합니다!"

►►►►

행사 시작과 동시에 테디는 재킷을 당겨 펴고서 군중을 향해 슬픈 미소를 날린다. 그 순간에 걸맞은 모습으로.

"오늘 와주신 여러분께 우선 감사 인사를 전합니다. 주지하시듯이, 지난 몇 달간 벨몬트는 수차례 비극을 겪어야 했습니다. 무엇보다도 이 행사는 뜻하지 않게 우리 곁을 떠난 고인들을 기리기 위해 마련된 자리입니다." 그는 최대한 근엄한 표정을 짓고 청중을 둘러본다. 엄청난 인파다. 예상을 훌쩍 뛰어넘은 인원이 모여 이날의 의의를 드높이지만, 테디는 긴장하지 않는다. 중압감은 그를 더욱 분발케 한다. "나아가 우리는 벨몬트의 미래를 위한 걸음을 다시금 내딛고자 합니다. 생존을 위해 우리는 정진해야 합니다. 이 자리에 참석하시어 우리의 행보에 힘을 실어주신 여러분 모두, 다시 한번 깊이 감사드립니다."

청중이 그에게 갈채를 보낸다. 환호성 없이 박수 소리뿐이지만 어디까지나 행사의 성격에 맞는 반응이다. 이건 추념식이지 록밴드 공연이 아니다.

그는 첫 번째 연사인 소니아의 남편을 소개한다. 벤저민 박사는 깊은 슬픔에 잠긴 사람답게 약간 횡설수설하지만 아주 못 봐줄 정도는 아니다. 다음은 로스 씨다. 코트니가 연단에 서길 극구 사양한 탓에 로스 씨 혼자서 잉그리드에 대해 이야기한다.

연사가 나올 때마다 테디는 연단에서 물러서되 앉지는 않는다. 한시도 청중의 시야에서 벗어나면 안 된다. 아버지의 추모사를 들으며 코트니가 눈물을 흘리자 잭이 손수건을 건넨다. 깨끗한 손수건이어야 할 텐데.

전임 교장의 부인도 연사 초청에 응하지 않았다. 연설 같은 걸할 상태가 아니니 그건 잘한 결정이라고 본다. 원래는 그녀 대신 마샤 씨가 연단에 설 계획이었는데 보다시피 무산됐다. 감방을 연결해마샤 씨 연설을 생중계할 수도 없는 노릇이고.

대신에 교장을 위한 추모사는 역사 교사 나리 탬이 맡았다. 행사에 살짝 다양성을 가미해서 해될 일은 없다.

나리의 연설이 하도 지루해서 테디는 딴생각에 빠져든다. 그러는 사이 나리의 연설이 끝나고 첫 번째 종교 대표가 연단에 선다. 어느 초교파 교회의 여성 목사로, 참여하고자 하는 이들을 위해 기도하겠다고 한다. 전반적으로 매우 훌륭하다.

테디는 다시 연단으로 나와 다음 연설자 무리를 소개한다. 음독 사건 피해자이자 생존자들. 데이미언 하코트가 계단을 올라와 테디와 악수한다. 데이미언의 부유한 부모는 맨 앞줄에, 그러나 유족들 자리와는 떨어진 통로 건너편에 앉아 있다.

테디는 도로 물러난다. 고맙게도, 슬픈 시간이 거의 끝나간다. 이번 행사의 전반부를 그는 그렇게 칭한다. 슬픈 시간. 즐겁지 않지만 필수로 넣어야 하는 시간. 그는 회복을 다루는 2부 행사로 얼른 넘어가고 싶다. 바윗덩어리 제막에 이어 교내 투어로.

그동안 학교 안팎을 완벽하게 쓸고 닦았다. 주방 리모델링을 거쳐 냉장고며 냉동고며 식자재 창고에도 잠금장치를 설치했다. 심지어 정수기와 음료 자판기도 보안카드를 찍어야 이용할 수 있다.

그렇다, 벨몬트는 보안을 중시한다. 매우 중시한다. 벨몬트의 구내식당 주방은 아마 전국의 학교를 통틀어 가장 많은 돈을 들였고 가장 보안이 철저한 주방일 것이다.

그리 치명적이지 않았던 경험을 대단히 극적으로 각색한 데이미언의 이야기가 끝나자 테디는 20분 휴식 후 2부 행사를 시작하겠다고 알린다.

지금까지는 완벽에 가까웠다. 아무것도 틀어지지 않았다. 모든 게 계획대로 이루어졌다.

확실히 FBI도 없다.

오 그렇다. 물론 그는 잭이 FBI를 찾아간 걸 알고 있다. 프루이트와 롤런드, 그 두 요원이 그의 집으로 찾아와서는 그가 마시는 우유에 관한 것을 비롯해 갖가지 질문을 뿌려대고 갔다. 그래서 알게 됐다.

되려 그가 질문하기도 했다. "요원님들이 입수한 그 정보들 말입니다, 혹시 잭 워드라는 학생이 제보한 것일까요?"

"정보의 출처는 밝힐 수 없습니다." 롤런드 요원의 말이었다.

"물론 그렇겠죠. 이해합니다. 하지만 전 그 녀석이라는 확신이 드네요. 잭 워드가 어떤 녀석인지 말씀을 좀 드려도 될까요?" 테디는 자기 제자에 대한 모든 것을 그들에게 고해바쳤다. "녀석이 유난히 내게 집착합니다. 지난 학기에 내 수업을 들었는데 어떤 과제 점수가 자기 생각과는 달랐나 봐요. 그래서…… 요즘 애들 말로 '빡친' 거죠. 심지어 그 녀석 부모님도 학교로 찾아와 걔 점수를 고쳐 달라고 요구했습니다. 난 당연히 거절했고요." 그때를 떠올리며 테디는 몸서리를 쳤다. 연기가 아니었다.

음, 약간 과장이 들어갔을 수는 있다.

"그때부터 잭은 상당히 불안한 행동에 빠져들더라고요. 날 미행했어요. 그건 그 녀석 GPS로 확인이 될 겁니다. 보통은 학생들 하는 짓에 겁먹을 일이 없는데요, 그게…… 벨몬트 아닙니까. 우리 애들은 대체로 화가 나도 착해요. 하지만 잭은…… 어딘가 단단히 잘못된 것 같습니다. 더구나 요원님들도 아시겠지만 녀석은 뇌물공여 혐의로 체포된 적도 있지요."

테디는 일단 한숨 돌리며 고개를 가로저었다. "제자가 엇나갈 때마다 저도 교사로서 무력감을 느낍니다. 하지만 잭의 경우는 특히나 고통스럽네요. 지금은 교장직을 맡고 있으니까요. 전교생이 제 책임이죠."

요원들은 시간을 내어준 그에게 감사를 — '심심한' 감사를 — 표했다.

이미 그들은 코트니를 애꿎게 체포했다 풀어준 전력이 있다. 그러고서 마샤 씨와 조를 잡아들였는데 과연 그마저 실수였음을 인정하고 싶을까?

그럴 리가. 테디는 그들이 진정으로 원하는 답을 주었다. 빠져나갈 구멍. 더 심한 압박을 피할 핑계를 원했던 그들은 그가 던져준 핑곗거리를 덥석 물었다.

그렇다, 그는 성가신 FBI 문제도 해결했다. 손쉽게.

그렇게 이제 그는 계단 아래 맨 앞줄에 앉은 잭을 내려다본다. 녀석은 팰런의 장례식 때와 똑같은 정장을 입었지만 오늘은 제 아버지처럼 보이지 않는다. 그저 어린애로 보인다.

녀석이 별생각 없이 눈을 들다가 테디와 시선이 마주친다. 녀석
이 웃는다. 아니, 비웃는다. 저 좆만 한 애새끼가 테디를 비웃는다.

테디는 정색하고 고개를 젓는다. 눈여겨보지 않으면 알아채지
못할 만큼 천천히.

잭의 미소가 사라지고 경악이 뒤를 잇는다. 그다음엔 분노가. 결
국 녀석은 테디의 시선을 피해 눈을 내리깐다.

그래 맞아, 잭.

테디의 승리다. 이번에도.

85

프랭크 자리에서는 다 보인다. 무대 위에 늘어선 의자 열 맨 끝자리에 앉아서 보니 연단에 선 테디의 옆모습과 청중 전체가 훤히 보인다. 테디와 프랭크 사이에 놓인 바윗덩어리는 여전히 벨벳 천에 덮여 있다.

2부 행사의 첫 순서로 테디가 그 바윗덩어리의 탄생 과정을 설명한다. 수년에 걸쳐 수많은 아이디어와 디자인이 등장했다 폐기되길 거듭했다는데 테디는 마치 어제 일처럼 이야기한다. 마치 자기가 모든 것을 결정한 장본인이라는 듯이.

"어떤 가치를 담을까? 우리가 잃은 벨몬트 가족을 어떤 식으로 기려야 마땅할까? 저는 과거를 상기시키면서 학교의 상징이 되어줄 무언가를 원했습니다. 떠나간 이들을 기리고 앞으로 맞아들일 이들을 환영하는 마음을 담고 싶었습니다."

프랭크의 심장이 두근거린다. 테디의 연설이 길어질수록 그 느낌이 강해진다.

긴장인가. 그렇다.

회한인가. 아니다.

프랭크는 제법 오래전부터 테디의 진실을 알고 있었다. 테디는 아내를 속였다. 아내 몰래 정관 수술을 받았으면서 원래 불임이라고 거짓말했다. 교회와 가까워질수록 프랭크는 테디의 도덕성 결핍을 분명히 꿰뚫어 볼 수 있었다.

프랭크는 노력했다. 그의 노력은 '하나님'도 아신다. 프랭크는 테디의 집을—두 번—찾아가 함께 기도하자고 권했다. 거의 애원했다.

테디는 거부했다.

테디가 청중에게 미소를 보내며 말한다. "학부모 협의회가 벨몬트에, 또 이 기념비에 중요한 역할을 해주셨습니다. 자, 수고를 아끼지 않으신 그분들께 감사의 박수를 보냅시다."

박수 소리가 터져 나오고 프랭크도 덩달아 손뼉을 친다. 그러나 그의 눈길은 청중을 향하지 않는다. 그는 테디의 손을 본다.

저 손거스러미. 아직 교사이던 시절에 처음 알아챘다. 테디의 손이 늘 저렇진 않았다. 자기 아내에게 거짓말하기 전에는 멀쩡했다. 프랭크가 저 손의 변화를 처음 눈여겨본 것이 바로 그때였다. 손끝이 너덜너덜했고 때로는 피가 맺혀 있기도 했다.

지금도 그렇다. 그의 내면이 심하게 곪았음을 드러내는 증표다.

죄책감은 떨쳐낸다고 해서 사라지는 것이 아니다. 애초에 그것이 나고 자란 곳, 즉 영혼에 붙박인 채 도리어 깊숙이 파고든다. 그런 점에서 사랑과 같지만, 그 느낌은 사랑과 달리 끔찍하기만 하다.

프랭크는 관여하지 않으려 했었다. 참고 인내하며, 테디가 마침내 신께 용서를 구할 준비가 되기를 기다렸다. 그런 것은 강요할 수 없는 법이다.

그런데 미시에게서 연락이 왔다.

프랭크가 목사가 되기로 마음먹었음을 고백했을 때 그녀는 짐을 싸서 프랭키와 함께 친정으로 갔다. 프랭크는 그런 그녀의 결정을 이해했다. 아닌 게 아니라 일생일대의 변화였으니까. 좋은 방향, 옳은 방향의 변화였지만 미시는 적응할 시간이 필요하다고 했다. 충분히 이해할 만했다.

두 사람은 일주일에 몇 번씩 안부를 주고받았다. 주로 프랭크가 아들 목소리를 들으려고 전화하면서 겸사겸사 아내와도 대화했다. 그런데 며칠 전, 늦은 밤에 그녀가 전화를 걸어 왔다. 사실 미시는 최근에 앨리슨과 이야기했다. 아까 프랭크가 테디에게 거짓말을 한 건 양심에 찔리지만 어디까지나 더 큰 선을 위해서였다.

"방금 앨리슨이랑 통화했어." 미시가 말했다.

"잘 지낸대?" 그가 물었다.

"별로. 팰런 나이트라는 사람한테서 이상한 이메일이 왔대. 자기는 벨몬트를 졸업했다고 밝히면서 학교에서 독으로 사람들을 해친 사람이 테디라고 하더래."

"그게 무슨 소리야. 팰런 나이트는……."

"죽었지." 미시가 말했다. "알아. 앨리슨이 얘기해줬어. 그냥 미친 사람이 보낸 메일이라고 생각하고 무시했는데 팰런이 죽었다는 뉴스가 난 거야. 앨리슨은 그길로 이 동네를 떠났어."

그는 미시가 한 말을 이해해보려고 머리를 흔들었다.

그녀가 말했다. "프랭크, 앨리슨은 겁에 질려 있어. 테디가 자길 해칠까 봐."

미시의 말이 너무나 충격적이어서 프랭크는 꼼짝도 할 수 없었다. 전화를 끊고 나서도 그는 거실에 그대로 앉은 채 한동안 멍하니 있었다. TV도 라디오도 그 어떤 소리도 없는 정적 가운데 그의 머릿속만은 시끄러웠다.

그는 테디가 거짓말한 걸 알고 있었고 기도나 구원을 거부하는 무신론자라는 사실도 알고 있었다. 그러나 테디가 사람을 해칠 수 있다고는 생각해본 적 없었다. 하물며 사람을, 사람'들'을 죽일 수 있다는 건…… 그야말로 상상 밖의 일이었다.

프랭크는 기도했다. 하나님의 인도하심을, 도와주심을, 혜안을 주심을 기도로써 간구했다. 어떠한 응답이라도 주시기를. 밤새 그렇게 앉아서 해가 뜰 때까지 기도했다.

무언가를 해야 했다. 그리고 그렇게 할 사람은 프랭크 자신일 수밖에 없었다.

이 정보는 우연히 그에게 흘러 들어온 게 아니다. 그는 알게 될 운명이었다. 알아서 바로잡아야 할 운명이었다. 다른 누구도 테디 크러처를 어찌하지 않는 상황이니, 그가 나서야 했다.

테디는 괴물이다. 앨리슨을 두려움에 떨게 한 괴물. 수차례 거짓말하고도 용서를 구하지 않는 괴물.

그 괴물이 벨몬트 아카데미를 이끌고 있다.

참을 수 없다.

489

'벨몬트'다. 학생들을 최고 명문대로 보낸 역사를 지닌 학교. 부통령 한 명을 비롯해 기업가, 자선가, 심지어 종교 지도자까지 무수히 배출한 학교.

그는 미친 듯이 뛰는 심장을 가라앉히려 심호흡한다.

이게 옳다. 이것이 정의다. 반드시 이루어져야 할 일이다.

테디가 말한다. "자, 더는 지체하지 않겠습니다. 이제 우리의 앞길이 베일을 벗을 시간입니다. 우리의 신조, 우리의 굳은 의지, 우리의 버팀돌. 신사 숙녀 여러분, 벨몬트 아카데미 공식 기념비를 소개합니다."

프랭크는 테디가 벨벳 천을 모아 쥐고 단숨에 벗겨내는 장면을 지켜본다. 바윗덩어리가 모습을 드러내자 우레와 같은 갈채가 터져나온다. 햇빛을 받은 구릿빛 바위는 타오르는 봉화처럼 눈부시게 아름답다. 빛나는 바위를 바라보며 프랭크는 언젠가 저것을 공식적으로 축성해야겠다고 생각한다.

그의 시선이 테디의 손을 향한다. 여전히 벨벳 천을 쥐고 있다. 이윽고 천을 떨어뜨리고는 손가락을 손바닥에 문지른다. 마치 손바닥에 뭐가 있는 것처럼.

있다.

프랭크의 눈에는 보인다. 테디의 손바닥과 손가락에서 떨어지는 적갈색 가루. 손에 벨벳 천을 들고 있을 때는 보이지 않았던.

테디는 발언을 이어가면서도 손 긁기를 그치지 않는다. 흙먼지나 꽃가루인 줄 아는지 열 손가락을 다 써가며 쉴 새 없이 문질러댄다.

저 으깬 묵주완두는 테디의 피부로 흡수될 것이다.

식물을 이용한다는 아이디어는 미치광이 과학자—아마도 마샤 씨와 조—에게서 얻었고, 접촉만으로 사람을 죽일 수 있는 식물을 찾는 건 어렵지 않았다. 몇 종류 되지도 않았는데 개중 '묵주완두' 라는 이름이 일종의 계시처럼 느껴졌다. 프랭크가 자신에게 주어진 사명을 정확히 이행하고 있다는 신호였다.

탐색하기 쉬웠고 구하기도 쉬웠다. 그는 무대 준비를 돕겠다고 청한 뒤 벨벳 천을 매만지며 가루를 뿌렸다. 가루를 담아 온 유리병 은 이제 텅 빈 채로 프랭크의 주머니 속에 있다.

가루는 테디의 손에 묻어 있고.

하루쯤은 버틸지도 모른다. 어쩌면 이틀도. 프랭크가 사람에게 독을 쓴 게 처음이라 잘은 모른다. 그가 아는 건 테디가 죽을 거라 는 사실이다.

죄악인 건 안다. 그러나 해야만 하는 일이었다.

성직자로서 프랭크가 깨달은 진리가 하나 있다면, 모두가 구원 받을 수는 없다는 것이다.

에필로그

그래닛 힐 고등학교 기숙사는 잭이 기대했던 것보다 마음에 든다. 널찍한 방에 침대 둘, 책상 둘, 그리고 한쪽 벽 전체가 책장이다. 버몬트의 기온은 약 20도, 열린 창문으로 햇빛이 쏟아진다.

지내기 괜찮은 곳이다. 토요일에도 수업이 있다는 것이 기숙학교의 큰 단점이지만.

부모님은 떠났고 새 룸메이트는 아직 도착 전이다. 잭은—여긴 버몬트니까—히터와 가까운 침대를 골라 차지하고 짐을 풀기 시작한다. 오래 걸리진 않는다. 옷가지 몇 벌과 컴퓨터, 필수품만 챙겨 왔다. 너무 추워지기 전에 집으로 돌아가 겨울옷을 챙겨 와야 한다.

짐 정리를 끝내고선 새 책상에 앉아 방 안을 둘러본다. 회색은 없다. 칙칙하고 암울한 건 아무것도 없다.

추념식 이후로 넉 달이 흘렀다. 그가 벨몬트 교내에 마지막으로 들어갔다 나온 지 넉 달. 그사이 너무나 많은 일이 있었다.

행사 이틀 뒤, 테디가 회의 자리에 나타나지 않았다. 협의회 새 의장이 그의 집으로 가서 그를 발견했다.

그의 시신을.

만 하루를 죽은 채 방치돼 있었다고 한다.

처음엔 자살이라는 소문이 돌았다. 그다음엔 심장마비. 최종 결론은 피살이었다.

또 한바탕 난리가 났다. 마샤 씨와 조는 미치광이 과학자가 아닌지도 모른다는 여론이 일었다. 진범은 따로 있을 가능성이 제기되고 FBI와 경찰은 '여전히' 무능하다는 비난을 받고. 갖가지 소문과 추측이 난무했지만 잭은 크게 관심 두지 않았다. 두 번은 못 할 짓이었다. 게다가 사회봉사 200시간을 채우느라 좀 바쁘기도 했다. 뇌물공여 혐의에 대한 형량 거래의 일환이었다. 적어도 중범죄자 딱지는 면했다. 비싼 변호사를 고용한 보람이 있었다고나 할까.

하지만 독극물은 다른 문제였다. 으깬 묵주완두가 붉은 벨벳 천에 온통 흩뿌려져 있었다고 한다. 손거스러미만 아니었어도 테디는 그렇게 빨리 죽지 않았을 것이다. 상처를 통해 독소가 그의 혈류로 곧장 들어간 탓이다.

프랭크 맥스웰이 살인죄로 체포됐을 때 사람들은 충격을 받은 데 그치지 않고 벨몬트가 문제라고 쑥덕대기 시작했다. 학교가 저주에 씐 것 같다며. 어쨌거나 프랭크 맥스웰도 거기서 일하다 정신적으로 무너졌으니까. 그래서 처음엔 본인 의지에 반해 정신과 폐쇄병동에 들어갔다고 한다. 퇴원 후에 목회자가 된 것이다.

그는 테디를 죽일 방법을 알아냈지만 처벌을 피할 방법은 알아보지도 않았던 것 같다. 행사장에 모인 사람 모두가 휴대폰 카메라를 갖고 있었던 데다 전문업체가 추념식 전체를 녹화했다. FBI는 프랭크 맥스웰이 주머니에서 뭔가를 꺼낸 뒤 추모비 덮개를 만지는 장면을 발견했다. 그리고 그의 집 쓰레기에서 으깬 묵주완두 가루가 나왔다.

그가 검거되던 날 잭은 TV로 그를 보았다. 수갑을 찬 채 경찰서로 연행되는 장면이었는데, 그는 웃고 있었다. 잭이 팰런의 장례식장에서 보고 저 쌤이 취했나 하고 의심했던 그 평온한 미소였다.

"원 세상에." 엄마는 탄식했다.

"널 저 학교에서 빼내길 정말 잘했지 뭐냐." 아빠가 말했다.

잭은 아무 말도 하지 않았다.

충격에 휩싸여야 하는데 그런 느낌이 전혀 없었다. 평생 받을 충격을 지난 1년간 몽땅 받아버린 탓이다. 더는 남은 게 없었다.

심지어 크러처를 용의선상에 두고 수사 중이었다는 FBI의 발표에도 잭은 전혀 충격받지 않았다. 애당초 믿지도 않았다. 크러처가 죽은 뒤에나 용의선상에 올렸겠지.

좌우지간 그들은 그동안 수집했다는 증거 일부를 공개했다. 크러처는 죽었고 법의 심판을 받을 일도 없는 마당에 팰런이 그의 집 밖과 교실에 설치한 카메라에 찍힌 화면을 공개한들 무슨 소용이라고. 그래도 팰런 쌤이 한 일이 마침내 인정을 받은 셈이다.

그러나 크러처의 컴퓨터 기록이야말로 가관이었다. 마샤 씨와 조에게 혐의를 덮어씌우기 위한 가짜 메일이며 가짜 소셜미디어 계정들까지. 전부 젊은 여성이었다. 크러처는 온라인에서 10대 여자애로 행세했다. 무엇보다도 그 사실이 공개되면서 모두가 그를 진범으로 믿게 되었다. 정신이 똑바로 박힌 평범한 남자는 그런 짓을 하지 않는다.

"역겨운 놈." 코트니가 말했다.

잭은 아무 말도 하지 않았다.

이제 그는 버몬트에 있다. 그 모든 것에서 멀리 벗어났다. 거의 모든 것에서.

그의 휴대폰이 진동한다. 코트니다.

"안녕, 귀요미." 그녀가 말한다.

잭은 미소 짓는다. "안녕, 자기."

"방은 어때?"

"마음에 들어. 네 방은?"

"환상적이지. 룸메이트는 만났어?"

"아니, 아직 안 왔어. 괜찮은 놈이어야 할 텐데."

"그래. 내 룸메이트는 괜찮은 애인 것 같아." 코트니가 웃음 섞인 목소리로 말한다. "한 바퀴 둘러볼까?"

"그래야지. 10분 후?"

"우리 기숙사 밖에서 만나."

그는 아직도 웃는 얼굴이다. 이제는 그 애를 볼 생각에 웃음이 난다. 둘이 함께다. 잭과 코트니. 진정한 '우리'다. 이렇게 완벽한 한 쌍인데 어쩌면 그토록 오랫동안 몰랐는지 그걸 모르겠다.

실은 크러처에게 고마워해야 하는 게 아닌가 하는 생각이 든 적도 여러 번이다. 벨몬트에 그 끔찍한 일들이 일어나지 않았다면 어쩌면 그와 코트니는 친구 사이로만 남았을지도 모른다.

잭은 옷장 문을 열고 깨끗한 셔츠로 갈아입은 뒤 문 안쪽 거울로 자기 모습을 점검한다. 거울 옆 오른쪽 문 위쪽에 '올해의 교사' 상패가 걸려 있다.

크러처의 이름이 박힌.

어느 날 방과 후 잭은 몰래 그걸 떼다가 가방에 넣고 교실을 빠져나왔다. 그날 오후 그는 화가 났었다. 코트니가 아직도 감옥에 있어서, 너무 많은 사람이 그 애를 유죄로 단정해서, 크러처가 아닌 B쌤이 죽어서 화가 났다. 상패를 계속 가지고 있을 생각은 없었는데 이후 부모님이 그를 벨몬트에서 자퇴시키는 바람에 되돌려놓을 기회가 없었다. 지금은 그래서 다행이라고 생각한다.

크러처 때문에 잭의 장래 희망이 바뀌었다. 금융가는 무슨. 변호사도 됐다.

잭은 교사가 되려 한다. 교사가 되어 벨몬트로 돌아갈 것이다.

누군가는 아이들을 지켜줘야 한다. 바로 그들을 위한 일이다.

감
사
의
글

언제부턴가 『티처: 벨몬트 아카데미의 연쇄 살인』은 나의 가장
사적인 작품이 되었습니다. 부잣집에서 태어나지도 않았고 사립학
교에 다닌 적도 없지만 10대 시절의 경험이 작품 속 몇 가지 (살인과
는 무관한) 사건에 영감을 주었습니다. 예를 들어 교사들의 일부 행
동이나 잭과 코트니의 우정 같은 거요. 관련 인물들의 실명은 누구
나 알 만한 이유로 여기서 언급하지 않겠습니다만, 모두 감사합니
다. 여러분의 좋은 면도 나쁜 면도 유용하게 참고했답니다.

이 책이 탄생하기까지 아주 많은 분의 노고가 있었습니다. 되도
록 아무도 빠뜨리지 않게 최선을 다해볼게요…….

나의 든든한 에이전트 바버라 포엘, 놀라운 능력의 편집장 젠 먼
로, 집요한 2인조 홍보팀 로런 번스타인과 다셰 로저스, 아무도 못
말리는 마케팅팀 유진·제시카 맨지카로·파리다 불러트, 매의 눈을
지닌 교열 담당 엘리자베스 존슨. 고맙다는 표현으로는 부족하네

요. 이 팀과 버클리의 모든 분이 없었다면 이 책은 끝내 독자들을 만날 수 없었을 겁니다.

그리고 대서양 건너에서 뛰어난 역량을 발휘해준 영국 팀도 고마워요! 조엘 리처드슨, 그레이스 롱, 엘리 휴즈, 케이티 윌리엄스, 루스 앳킨스, 그리고 마이클 조셉 출판사의 모두가요.

책 표지를 만들어준, 재능 넘치는 디자이너 여러분에게도 특별한 감사를 전합니다!

지난 2년간 나는 미국 전역의 수많은 북클럽 모임에 참여할 수 있었습니다. 정말 감사한 시간이었어요. 여러분과의 대화는 전율 그 자체였답니다! 프레즈노 북클럽, 북스 & 브런치, 그레셤 북클럽, 설레스트 폭스, 세라 헨리, 책을 읽어줘서 고맙고 날 모임에 넣어줘서 고마워요.

내 서평 동지들은 늘 그렇듯 내가 이 책을 쓰는 동안에도 귀중한 평을 제공해주었습니다. 특히 서평 동지이자 전직 교사인 마티 듀머스에게 외칩니다. "고마워요!" 덕분에 세세한 부분들을 놓치지 않을 수 있었어요.

수많은 작가가 친절하고 너그럽게도 이 책의 초고를 읽어주셨습니다. 여러분이 해준 말 한마디 한마디가 내게는 큰 의미가 있어요. 고마워요, 메건 미란다, JP 딜레이니, 리사 엉거, 세라 페카넌, B. A. 패리스, 챈들러 베이커, 길리 맥밀런, 해나 메리 맥키넌!

시간을 내주고 행사에 초대해주고 내 책을 추천해준 서적상 여러분께 감사한 마음은 이루 말로 표현할 수가 없네요. 메리 오말리, 파멜라 클링거-혼, 바버라 피터스, 맥스웰 그레고리, 알렉스 조

498

지……. 아울러 내가 온오프라인으로 방문한 멋진 서점들에도 고마운 마음을 표하고 싶어요. 가든 디스트릭트, 그레셤, 스카이락, 머더 바이 더 북, 언라이클리 스토리, 포이즌드 펜, 미스터리 러버스, 북 패시지, 파르나소스 북스, 노벨 네이버, 레이크 포레스트, 북스 & 북스, 매직 시티 북스……. 이외에도 정말 많은데요. 이들 서점이 없었다면 난 세 번째 책을 낼 수 없었을 겁니다.

북스타그래머, 블로거, 독자 서평단은 내게 특별한 존재입니다. 독서를 향한 끝없는 애정, 열정과 지지에 감사합니다. 여러분이 최고 예요!

도서관은 무조건 사랑입니다. 어릴 적에 정기적으로 도서관 나들이를 하면서 독서를 사랑하게 됐어요. 독서 사랑이 자연스레 글쓰기로 이어졌지요. 모든 도서관의 모든 사서에게 감사합니다.

마지막으로, 사랑하는 내 친구와 가족 여러분, 그냥 다 고마워요.

토론을 위한 질문들

1. 어떤 인물들이 마음에 들었습니까? 어떤 인물들이 싫었나요?

2. 응원하는 인물이 있습니까? 이유는요?

3. 학비가 비싼 엘리트 사립학교가 어떤 느낌으로 다가오나요? 공립학교와 는 다른, 벨몬트 아카데미 같은 사립학교만의 특징은 무엇일까요?

4. 테디는 자기가 학생들을 위한 최선의 행동을 하는 것이라고 진심으로 믿 고 있습니다. 여러분도 그렇게 믿었던 순간이 있었나요? 그렇다면 그가 스스로를 속이고 있음을 여러분이 깨달은 지점은 어디입니까?

5. 소니아 역시 자기가 학생들에게 가장 유익한 행동을 한다고 믿었습니다. 과연 그랬나요? 그렇게 생각하는 이유는요?

6. 진정으로 '아이들을 생각하는' 인물이 있었습니까?

7. 잭과 코트니는 벨몬트 학생입니다. 그들의 학교생활과 부모에 대해 공감 하는 바가 있었나요? 어떤 점에서요?

8. 펠런은 남의 실수를 이용한 전력이 있습니다. 그래서 전임 교장이 자살 했고 테디의 결혼 생활은 파탄 났지요. 그녀는 테디의 인생을 망가뜨릴 방법을 찾으려고 벨몬트로 돌아왔습니다. 그녀가 죽지 않았다면 결국 잭 과 협력했을까요? 두 사람이 힘을 합쳤다면 테디를 이길 수 있었을까요?

9. 이 책에서 프랭크는 드물게 등장하지만 핵심적인 역할을 합니다. 책의 내용이 전개되는 동안 그는 어떻게 성장했고 어떻게 변했지요?

10. 이 책에서 여러분에게 가장 충격적인 대목은 무엇이었습니까? 이유는 요? 결말에 놀라셨나요? 장차 교사가 되겠다는 잭의 결심은요?

뒷이야기

온라인으로나 오프라인으로 책 관련 이벤트를 할 때면 꼭 집필 과정에 관한 질문이 빠지지 않습니다. '집필 기간은 얼마나 되나요?' '탈고 후엔 어떻게 되나요?' '처음 넘긴 원고가 최종 인쇄본에 이르기까지 얼마나 많은 수정을 거치나요?' 답은 간단합니다. '그때그때 달라요.'

이 책의 원고를 써서 넘기기까지 정확히 얼마나 걸렸는지 알아보려고 이메일을 뒤져봤습니다. 첫 두 장(章)을 써서 담당 편집자에게 보낸 날짜는 2019년 9월 19일이었어요. 당시에는 막연히 어떤 이야기를 쓰겠다 하는 아이디어만 있었을 뿐, 제목도 없었고 내용의 윤곽도 잡히지 않은 상태였죠. 얄밉도록 재능 넘치는 편집자 젠 먼로는 그 아이디어와 내가 보낸 몇 쪽짜리 원고를 마음에 들어 했고, 그로부터 채 일주일이 안 되어 나는 정식으로 집필 작업에 들어가게 되었습니다.

그때도 제목은 없었어요. 나는 책을 '테디'라고 불렀습니다. 책을 쓸 때마다 그렇게, 집필 중인 원고를 칭할 때 주인공 이름으로 부르곤 해요. 『마이 러블리 와이프』도 내게는 언제나 '밀리센트'였죠! 『티처: 벨몬트 아카데미의 연쇄 살인』은 여러 화자의 시점에서 서술되지만 누가 뭐래도 주인공은 테디니까요(본인도 그렇게 생각할 거고요).

2019년 9월 말부터 2020년 1월 말까지 초고를 썼습니다. 내 작법은 오랜 글쓰기 경험을 통해 개발한 것이며 강좌에서 배운 게 아닙니다. 다시 말해 하나부터 열까지 다 틀려먹었다는 거죠. 전문가의 시각으로 보면 말이에요.

우선 나는 줄거리를 먼저 구상하지 않습니다. 이른바 '유기적인 글쓰기'라고들 하는데 말은 그럴싸하지만 실은 이야기가 어떻게 전개될지 전혀 모르는 채 무작정 쓰고 본다는 얘기죠.

대부분 전문가는 일단 초고를 완성해놓고 나서 수정을 거치라고 이를 텐데, 책 한 권을 끝까지 쓰기가 어렵거나 번번이 수정에 발목 잡히는 사람에겐 유용한 조언일 것입니다. 나는 그렇게 못 할 뿐이죠. 살짝 강박증이 있는 건지 완벽주의 성향이 지나친 건지, 좌우지간 엉망진창이고 도움이 절실한 원고인 걸 알겠는데 손보지 않고 그냥 둘 생각을 하면 나는 뇌가 아파요. 아니, 아픈 건 둘째 치고 도저히 배겨내질 못하겠어요. 나는 쓰면서 수정합니다. 최대한 깔끔하게 고치고 정리해 가면서 씁니다.

그럼 만일 나중에 뭔가 변경될 경우 앞부분을 '또다시' 수정해야 하냐고요? 그렇습니다. 어쨌든 나는 또 고칩니다.

이 책의 집필 마감 기한은 3월 중순까지였습니다. 1월 말에 '탈고'를 했으니만큼 약 한 달간 최종 수정 및 오탈자 검토에 들일 시간이 있었어요. 나는 내 메모를 참고하며 처음부터 끝까지 다시 읽어야 했죠(아닌 말로, 이 시점에 제3장 내용을 무슨 수로 기억하겠어요?).

자, 여기서 '메모'라 함은 퍽 관대한 표현입니다. 나는 워드로 책을 씁니다. 책한 권에 파일 하나. 쓰면서 기억해둘 것들은 별도의 파일 하나에 그때그때 입력해놓습니다. 나는 스릴러 작가라, 그 별도 파일은 주로 이런저런 단서와 반전 포인트, 즉 잘 엮거나 제거할 것들로 채워집니다. 한마디로 그 메모는 그냥 목록이라고 할 수 있죠.

2020년 3월 초에는 일주일간 『마이 러블리 와이프』 페이퍼백 출간 기념 북 투어 일정이 잡혀 있었기에, 그때까지 수정 작업을 완료할 계획이었어요. 다른 책 이야기를 하며 원고 생각에서 벗어났다가 상쾌하게 돌아와서는 일주일 동안 다시 한번 원고를 통독한 다음 편집자에게 송고했습니다.

그 당시는 팬데믹으로 전 세계가 혼란에 빠지기 시작한 시기이기도 했는데요. 그러나 마감은 마감이니까요. 아무 작가나 붙잡고 물어보세요!

그리하여 원고가 편집 단계로 넘어갔습니다. 내 책은 내가 됐다고 해서 된 게 아닙니다. 편집자가 됐다고 해야 된 거죠. 편집자는 내가 넘긴 원고를 읽고 '편집 의견서'라는 것과 함께 돌려줍니다. 편집 의견서는 한 쪽일 수도 있고 열다섯 쪽일 수도 있습니다. 거기엔 원고의 오류, 단점, 수정이 필요한 부분 등이 꼼꼼히, 적나라하게 담겨 있죠. 어떤 작가들은 이 의견서를 쌍수 들고 환영합니다. 난 그런 작가에 해당하지 않지만 이 과정이 꼭 필요하다는 걸 알아요. 편집 과정을 거치고 나면 어김없이 원고의 질이 훌쩍 높아지니까요!

보통은 편집 의견서와 책에 대해 담당 편집자와 전화로 논의한 다음 다시 원고를 손봅니다. 정해진 기한 내에 수정본을 송고합니다. 그러면 또 편집 의견서가 날아와요. 우리는 다시 한번 통화하고 나는 다시 한번 원고를 고쳐서 보냅니다. 그러고서 그 과정을 또 한번 되풀이합니다.

그 횟수는 평균 세 번이지만 '필요한 만큼 얼마든지' 늘어납니다. 『티처: 벨몬트 아카데미의 연쇄 살인』은 다행히 딱 세 번으로 끝났어요. 이제 이야기도 완성되고 글도 완성되고, 이 시점이면 원고는 작가와 편집자가 만들 수 있는 최상의 상태입니다. 이 책의 아이디어가 채택되고부터 담당 편집자가 '됐다'고 인정하기까지 정확히 10개월 12일이 걸렸더라고요. 그러고서 원고는 교정교열 담당—다른 편집자—에게로 넘어가 오탈자 및 문법 오류 수정을 거칩니다. 운 좋게도, 사실관계 확인까지 놓치지 않는 유능한 교정교열자들이 내 책을 맡아주었습니다.

『티처: 벨몬트 아카데미의 연쇄 살인』은 거의 1년이 지나 2021년 7월 20일에 양장본으로 출간되었습니다. 영국에서는 사실 진행 승인이 떨어진 날로부터 정확히 1년 뒤인 8월 5일에 출간됐어요.

책 한 권 출간에 온 마을이 필요하다는 말은 절대 과장이 아닙니다! '테디'라는 막연한 아이디어가 하나의 책으로 완성되어 서점에 놓이기까지, 실제로 아주아주 많은 사람이 공을 들였던 거죠.

티처:

벨몬트 아카데미의 연쇄 살인

지은이 서맨사 다우닝
옮긴이 신선해
펴낸이 정규도
펴낸곳 황금시간

초판 1쇄 발행 2024년 3월 25일

편집총괄 허윤영
편집 김민주
디자인 지완

황금시간
Golden Time

주소 경기도 파주시 문발로 211
전화 (02)736-2031 (내선 524)
팩스 (02)738-1713
인스타그램 @goldentimebook

출판등록 제406-2007-00002호
공급처 ㈜다락원
구입 문의 전화 (02)736-2031 (내선 250~252)
팩스 (02)732-2037

한국 내 Copyright © 2024, 황금시간

ISBN 979-11-91602-47-0 (03840)